Les Ombres du Givre

Charlotte Deghilage

les Ombres du Givre

Tome 1

Roman Fantasy

Édition : BoD · Books on Demand, 31 avenue Saint-Rémy,
57600 Forbach, bod@bod.fr
Impression : Libri Plureos GmbH, Friedensallee 273,
22763 Hamburg (Allemagne)

ISBN : **978-2-3225-5504-8**

Dépôt légal : mars 2025

Pour Isabelle...

Chapitre 1

La céramique de sa tasse lui brûlait les doigts alors que le regard de Wyllina se perdait dans les volutes de fumée. Elle souffla doucement sur le breuvage en s'abandonnant dans la contemplation de la prairie gelée qui s'étendait devant elle, dans laquelle le jour naissant peignait d'argent les herbes drapées de givre. Habiter dans la campagne bruxelloise était certainement l'une des pires décisions qu'avait pu prendre Erwin. Ici, il était seul, isolé. Personne n'aurait pu intervenir en cas de problème.

Wyllina trouvait pourtant sa maison, une vieille bicoque en bois, chaleureuse. Cela faisait deux cent cinquante années qu'elle retrouvait Erwin au moins une fois par semaine entre ses planches grinçantes, et pour la plupart, ajourées. La décoration n'était pas moderne, et il ne fallait pas être allergique à la poussière, mais elle avait appris à apprécier le calme de cet endroit, uniquement brisé par le vent qui s'engouffrait dans la cheminée en pierre.

Mais voilà, Erwin n'avait pas été présent à leur rendez-vous cette fois-ci. Habituellement, il l'attendait à 23 heures tapantes, pour passer la nuit à refaire le monde avant de reprendre leur service le lendemain matin.

Travaillant tous deux pour l'Agence Royale de Protection Magique, l'ARPM, ils avaient matière à discuter. Que ce fût sur leur job, sur leurs collègues ou sur les affaires qu'ils parvenaient toujours à résoudre avec brio.

Quand Wyllina s'était rendu compte que son ami Erwin, un elfe noir, était absent, elle avait aussitôt prévenu Pullman, leur patron. Au départ, il n'avait pas trouvé cela suspect. Ce n'était pas la première fois qu'Erwin s'offrait une escapade nocturne. Il adorait se promener dans les champs au moment où tout le monde dormait. Pourtant, après deux jours durant lesquels Wyllina n'avait pratiquement pas bougé, Pullman avait envoyé Peter, son bras droit, pour analyser les lieux et la situation avec elle. Mais il n'y avait rien à déclarer dans la maison.

Des pas timides s'approchèrent justement d'elle, glissant sur le bois vieilli du porche de la demeure de son collègue. Wyllina cessa le balancement du rocking-chair qu'ils avaient glané dans une déchèterie et tourna les yeux vers Peter, dont le teint verdâtre et la modeste taille trahissaient son appartenance au peuple des syltains. C'était un peuple des forêts, qui vivait autrefois dans les arbres. Lorsqu'ils étaient encore tous dans l'Ancien Royaume.

— Tu es restée là toute la nuit ? s'étonna le petit homme.

Wyllina haussa les épaules et déposa sa tasse bouillante sur le bois grisé par le temps.

— Oui, admit-elle en rejetant ses longs cheveux roux dans son dos. Erwin aime les promenades nocturnes. J'espérais le voir revenir à l'aurore.

Ce qui, bien sûr, ne fut pas le cas. Comme elle ne quittait pas l'horizon des yeux, Peter l'imita.

D'aussi loin qu'ils pouvaient observer, il n'y avait que des champs, des arbres et des collines, baignés par cette lumière particulière de l'aube et d'une lune pleine toujours aveuglante.

— Eh bien, ça fait deux jours que tu es ici. Peut-être que…

— Il va revenir, le coupa-t-elle.

Peter s'intéressa de nouveau à elle et plongea ses yeux dans ceux, argentés, de Wyllina.

— Ne crois-tu pas qu'il est peut-être mort…

Elle soupira longuement tandis que son café, à ses pieds, se mettait à bouillir. Peter s'écarta de quelques mètres quand il le remarqua. Wyllina était une nocturna, une fée nocturne. Sa particularité était de dégager de la chaleur en fonction de l'intensité de ses émotions. Lorsqu'elle s'énervait, qu'elle souffrait ou qu'elle perdait le contrôle d'elle-même, sa peau chauffait si fort que tout objet, qu'il fût solide, liquide ou gazeux, bouillonnait autour d'elle.

Elle attrapa sa tasse pour donner le change et tenta de se détendre. Peter, qui avait blêmi, en fit de même.

— Je ne comprends pas pourquoi tout le monde pense qu'il est mort, dit-elle en prenant une gorgée de café brûlant.

Elle n'attendait aucune réponse, mais le silence de Peter l'agaça. Il s'approcha d'elle et entreprit un geste d'affection en avançant sa main vers son épaule. Wyllina se dégagea brusquement, renversant quelques gouttes de liquide bouillant sur ses genoux. Le syltain en frissonna. Pourtant, la nocturna ne sentit rien du tout.

— Ne me touche pas, lui conseilla-t-elle. Tu risques de te brûler.

— Le boss veut te voir, Wylli. Il veut te donner un nouveau coéquipier. Il dit que c'est la règle.

— C'est la règle quand le précédent est mort. Ce qui n'est certainement pas le cas. Pourquoi Pullman ne veut-il pas qu'on parte à sa recherche ?

— S'il est mort, il ne sert à rien de le chercher et si ce n'est pas le cas, c'est un déserteur… et tu sais comment est Pullman…

Oui. Intransigeant.

— Dans ce cas, il serait mort à ses yeux, continua Peter.

Mais tout cela ne la convainquait pas. Erwin n'avait jamais disparu sans laisser de traces, même lorsqu'il planchait sur une affaire plus discrète.

Il laissait toujours un indice à Wyllina, un mot, quelque chose qui lui permettait de savoir qu'il était en vie et qu'il serait bientôt de retour. Mais l'éventualité de sa mort n'existait pas pour elle. Et si l'elfe noir n'avait pas que des amis, personne n'osait s'attaquer à lui. Peut-être était-ce à cause de la réputation de son peuple qui le précédait. Ou peut-être était-ce parce qu'il était l'un des meilleurs agents de l'ARPM. Peut-être encore était-ce parce qu'il maniait les mots avec habileté et que son sens de la diplomatie était étrangement bien développé.

Dans tous les cas, Erwin s'en sortait constamment. S'il avait disparu, ce n'était pas un hasard. Il pouvait très bien être en danger. Ce qu'elle ne manqua pas de faire constater à Peter, qui ne sut que répondre. Il baissa ensuite les yeux vers le breuvage qu'elle tenait toujours fermement en main et recula un peu plus, remarquant qu'il bouillonnait sans cesse.

— Je vais t'attendre à l'intérieur, dit-il d'une voix à peine audible.

Il la quitta sur-le-champ, pénétrant dans la maison par la porte grinçante dont les carreaux crasseux tremblaient au moindre mouvement.

Wyllina se concentra à nouveau sur l'horizon où quelques rayons de soleil venaient de percer la terre. Peter n'avait pourtant rien à craindre d'elle. Non seulement elle avait été forcée de suivre des cours de self-control, mais elle ne ferait pas de mal à une mouche, sauf si elle n'avait pas le choix.

Elle décida finalement de le suivre. L'admettre était une réalité bien trop dure, mais Pullman avait raison sur un point. Soit Erwin était mort, soit il était un déserteur. Et aucune des deux solutions n'était bonne. Ni pour elle ni pour l'elfe noir.

Leur travail n'était pas toujours bien perçu, et si quelqu'un en voulait à Erwin, peut-être qu'il serait sage qu'elle surveillât ses arrières, elle aussi. Et dans le cas où il avait déserté, alors tout ce qu'elle croyait être vrai sur leur relation était faux.

Elle pourrait être prête à le comprendre, mais pas dans ces conditions. Envisager qu'il fût parti sans se retourner et sans un mot pour elle lui brisait le cœur.

L'agence pour laquelle travaillaient Peter et Wyllina se trouvait dans le centre de Bruxelles. Ou plutôt, sous son centre. Installée dans d'anciennes galeries de métro abandonnées, l'agence était composée de couloirs et de pièces qui s'étalaient sous les pieds des Bruxellois en créant un véritable réseau.

Après plus de deux heures de voiture, les deux agents de l'ARPM eurent tout le mal du monde à dénicher une place de parking non loin de l'entrée principale. Il s'agissait de la station Sainte-Catherine, en service, dans laquelle se mêlaient les êtres magiques natifs de l'Ancien Royaume, dont le nom était Vaquoria, les humains et les êtres magiques nés sur Terre, les non-natifs.

Les non-natifs étaient donc ceux qui n'étaient pas nés dans l'Ancien Royaume, mais qui étaient pourvus de magie. Loups-garous, vampires, sorcières…

Wyllina, pourtant habituée à ce spectacle, s'amusait chaque matin à observer l'elfe vendeur de journaux ou le nain qui jouait de l'harmonica au détour d'un couloir. Et si les humains ne voyaient aucune différence entre eux et les natifs, ce n'était pas le cas de la fée nocturne et des autres espèces magiques qui habitaient sur Terre.

Les humains avaient-ils du mal à remarquer les longues oreilles des elfes, la face fripée des gobelins et les interminables dents des vampires ? Peut-être, mais c'était surtout qu'aux yeux d'un être non magique, un elfe aurait toujours l'air aussi humain qu'un humain. De même qu'un gobelin ressemblerait toujours à un homme de petite taille, un peu bourru. Les humains étaient dépourvus de magie. Ils ne pouvaient donc pas la déceler.

Aux yeux d'un humain, Wyllina serait donc passée pour une jeune femme d'environ vingt-cinq ans malgré ses quelque cinq cent quarante ans, tandis que Peter devait certainement s'apparenter à un petit homme frêle. Lors de la destruction de l'Ancien Royaume, les êtres magiques qui le peuplaient avaient été propulsés sur Terre, puisque ces deux mondes étaient liés depuis des millénaires.

Vivre parmi les humains et abandonner l'idée de rejoindre un jour leurs terres n'avaient pas été les seuls défis des vaquoriens, peuple de Vaquoria. Une révolution ancienne avait uniformisé la langue de chaque ethnie de natifs au sein de l'Ancien Royaume, les forçant à n'employer la langue de leur peuple qu'auprès de leurs semblables. Apprendre à parler le langage des humains en fonction de sa localisation avait, pour certains, relevé d'un défi de cent ans. Et à présent, la langue native n'était utilisée que lorsqu'ils étaient certains qu'aucun humain ne pouvait l'entendre. C'était le cas au sein de l'Agence Royale de Protection Magique.

Une fois dans la station de métro Sainte-Catherine, les agents qui voulaient se rendre à l'ARPM devaient prendre un couloir plus reculé, emprunter un ascenseur dont eux seuls possédaient un passe et s'enfoncer sous la terre. Une fois que les portes de l'ascenseur s'ouvraient, le ballet de l'ARPM commençait. On arrivait directement dans le hall d'accueil agité par le passage des milliers d'agents, tous des natifs, à quelques exceptions près, qui entamaient leur journée. Les lumières blafardes qui éclairaient les lieux à toute heure du jour et de la nuit contrastaient avec la profondeur à laquelle l'agence se trouvait, si bien que Wyllina oubliait souvent qu'ils étaient sous terre.

Lorsqu'ils arrivèrent, le brouhaha si typique d'un début de journée les reçut, mêlé à une odeur de renfermé et de fragrances bon marché. Elle était persuadée que la valtari, un peuple proche des chamans de l'Ancien Royaume, qui avait installé sa parfumerie juste à l'entrée de la station de métro, avait encore un nouveau stock. Et les femelles qui travaillaient ici s'y étaient toutes précipitées.

Toutes, sauf Wyllina qui détestait les odeurs trop entêtantes.

Après avoir remonté le hall d'accueil et traversé plusieurs couloirs bondés en évitant de percuter plusieurs de leurs collaborateurs pressés dont les pas résonnaient sur le carrelage en pierre, Peter et Wyllina arrivèrent au bureau de Pullman, leur patron. Le syltain n'avait même pas pris la peine de frapper avant d'entrer. Il était l'ombre de leur boss, toujours à ses côtés, un peu comme son bras droit. Il possédait donc quelques passe-droits en matière de protocole.

Wyllina le suivit de près et referma la porte derrière elle, étouffant au passage les bruits frénétiques de ses collègues agités. Le bureau de leur patron était vaste. C'était bien sûr le plus grand de l'agence. Pourtant, les meubles étaient rassemblés au centre de la pièce, comme si Pullman craignait de s'éparpiller. Des casiers en métal faisaient office d'étagères, et un bureau en ambre avait été posé sur un tapis rond de plusieurs mètres de diamètre. Lorsqu'elle y arriva, le bruit de ses pas qui résonnaient jusqu'à présent sur le marbre de l'agence fut aussitôt étouffé. Elle aperçut immédiatement qu'un nouveau venu était assis sur l'un des fauteuils en velours installés face au bureau de Pullman. Était-ce son nouveau coéquipier ?

Ça ne pouvait être que lui. Peter se posta près de leur patron, debout derrière son bureau. Il semblait discuter avec l'homme assis en face de lui. Lorsqu'il les remarqua, il s'interrompit et adressa un large sourire à la nocturna.

— Wyllina, la salua Pullman dans leur langue, bonjour. Je ne vais pas tourner autour du pot, comme nous n'avons aucune information concernant la disparition d'Erwin, voici ton nouveau coéquipier, Dimitri.

La fée nocturne dévisagea le nouveau alors que celui-ci pivotait vers elle. Ses yeux noisette l'étudièrent à son tour pendant un moment et il rit discrètement en secouant ses cheveux bleu ciel.

Ce furent les seuls détails qu'elle se donna la peine de relever chez lui. Cet homme ne resterait pas longtemps à ses côtés, c'était sûr.

— Alors tu ne comptes même pas chercher Erwin ?

— Tu as besoin d'un coéquipier, et lui, d'une formation, éluda-t-il. Tu es l'une de mes meilleures agentes. Auprès de toi, il apprendra vite.

Malgré elle, elle l'observa. De là où elle se trouvait, difficile d'en savoir davantage sur lui, mais il avait l'air d'avoir une trentaine d'années. Ce qui était trompeur. Certaines espèces vivaient pour l'éternité ou presque, et conservaient leur jeunesse lorsque leur croissance s'arrêtait à leurs vingt-cinq ans. C'était leurs cas, à elle, à Pullman et à Peter. Mais elle ignorait si c'était son cas, à lui. À part ses cheveux bleus en bataille et ses oreilles légèrement en pointe, rien ne permettait de lui donner un indice sur l'espèce à laquelle il appartenait. Comme s'il sentait son regard sur lui, Dimitri se tourna à nouveau vers elle et se leva. Il était plus grand qu'elle d'au moins une tête et demie et portait une tenue décontractée. Un jean noir, une chemise blanche et des chaussures noires en cuir ciré.

Il s'approcha d'elle en tendant la main, comme pour l'inviter à la serrer.

— Salut, Wylli, dit-il.

Elle l'ignora en croisant les bras, contrariée qu'il osât utiliser un surnom que normalement seuls ses amis employaient.

— Pullman, j'ai déjà un coéquipier.

Dimitri haussa un sourcil en souriant, visiblement amusé.

Sa main s'abaissa, car Wyllina guettait son patron qui échangeait quelques mots discrets avec Peter. Pullman se racla la gorge en se tournant vers elle. Le nouveau venu, lui, la fixait du regard.

Les yeux de Pullman voyagèrent entre les deux agents pendant quelques secondes, alors qu'il déposait ses poings sur son bureau. Il prit une profonde inspiration, comme si lui aussi se maîtrisait pour ne pas s'énerver.

— Si tu parles d'Erwin, je te prie de bien vouloir arrêter de dire que c'est ton coéquipier.

— Mais…

— Il a disparu et il n'y a rien d'autre à comprendre…

— Bien sûr que si, il a peut-être besoin de notre aide !

— Wyllina, ça suffit.

— Attends un peu de savoir ce qu'en pensent tes supérieurs. Laisser l'un de tes agents dans la nature alors qu'il est peut-être blessé, ou pire, je me demande bien ce qu'ils…

Elle fut coupée par le bruit du point de Pullman frappant la table. Et si la colère de Wyllina avait commencé à réchauffer l'atmosphère, ce ne fut rapidement plus le cas. Elle n'avait aucune envie de provoquer Pullman et l'autorité qu'il exerçait sur elle suffisait à la calmer d'un seul regard.

— J'ai dit assez ! cria Pullman en articulant chaque mot.

La nocturna chancela. La voix de son patron s'était insinuée tout au fond d'elle, résonnant dans sa tête comme s'il avait hurlé directement dans son oreille. Et ce fut également le cas de Dimitri et de Peter. Celui-ci dut s'appuyer sur le dossier de la chaise de leur chef.

Pullman était un gonthor. Il y avait bien longtemps, dans l'Ancien Royaume, c'était un peuple de guerriers.

Cette force de persuasion et cette autorité naturelle leur étaient propres. Cela avait toujours laissé Wyllina envieuse, même si elle pouvait aussi jouer de ses atouts pour parvenir à ses fins. Mais jamais elle n'atteindrait le niveau expert de son patron qui, après des millénaires, avait eu suffisamment de temps pour s'entraîner sur toutes sortes d'espèces et de personnalités. Il savait, plus que quiconque, quels étaient les points faibles de ses agents. Et principalement ceux de la nocturna.

Wyllina n'eut tout à coup plus aucun argument pour le contredire, si bien qu'elle se frotta le front, perplexe. Pullman prit une grande inspiration pour se calmer, ses longs cheveux blancs ondulant sous les mouvements de ses épaules.

— D'accord, répliqua-t-elle finalement. Et qui est-il ? D'où vient-il ? Pourquoi arrive-t-il maintenant ? Je veux dire… Tu ne trouves pas ça étrange, Pullman ?

— Dimitri a passé le plus clair de son temps en Russie, répondit le gonthor. C'est bien ça, n'est-ce pas ?

— Absolument… rétorqua Dimitri.

En Russie ?

— On s'est déjà croisé, reprit-il. Il y a bien longtemps. J'aurais cru que tu m'aurais reconnu, même si…

— Apparemment, il vient d'une espèce méconnue, un genre de fée des glaces, le coupa Pullman. Je veux que tu fasses un effort, Wyllina, tu lui apprends tout ce que tu peux et tu veilles sur lui.

Maigre consolation, Wyllina se réjouit du peu d'attention que Pullman portait à Dimitri. Le nouveau en parut déstabilisé. À coup sûr, le gonthor n'accordait de crédit qu'à lui-même.

— Jusqu'à nouvel ordre, poursuivit le boss, vous n'irez pas sur le terrain. Pas tant qu'il ne connaît pas le fonctionnement de base de notre agence sur le bout des doigts. De quoi te remettre quelque temps à l'administratif, Wyllina. Tes derniers dossiers laissaient à désirer.

La fée nocturne ignora le reproche et fit mine de ne pas être vexée à propos de sa mise à pied. Elle se tourna vers Dimitri.

— Comment ça, on s'est déjà croisé ? s'inquiéta Wyllina.

Wyllina avait travaillé pour le roi, le *Rova*, dans l'Ancien Royaume. Elle faisait partie de la chevalerie. Des natifs, elle en avait menacé beaucoup lors de sa courte carrière. Mais jamais pour des raisons injustes ou par plaisir. Et jamais elle n'avait croisé une espèce qui s'apparentait à la sienne. Elle aurait aussi pu le rencontrer au cours de l'une de ses missions sur Terre. Erwin et elle avaient été envoyés un peu partout dans le monde pour peaufiner les termes d'un traité ou pour mener une enquête. Mais en Russie, elle n'avait jamais vu personne qui lui ressemblait. Est-ce qu'il venait de l'Ancien Royaume ? Sa langue native était parfaite, ce qui laissait supposer que oui.

Mais…

— Oh, tu ne te souviens pas, alors ? Tuer des innocents est donc si habituel pour toi que tu n'y prêtes plus attention ?

Tuer des innocents ? Cette fois, Wyllina était perdue. Elle s'apprêtait à répondre quelque chose, lorsque Pullman se redressa de toute sa hauteur.

— Allez, cela étant dit, mettez-vous au travail.

Il les chassa d'un geste de la main, replongeant dans ses dossiers alors que Peter se penchait vers lui.

La nocturna ne sut comment réagir en premier lieu. Elle voulut riposter, insister pour entamer des recherches concernant Erwin. Mais puisque Pullman relevait ses petits yeux noirs vers elle, visiblement impatient de les voir partir, elle soupira longuement et se dirigea aussi vite que possible vers la porte. Des pas résonnant sur le marbre lui indiquèrent que Dimitri la suivait.

Elle ne prêta pas attention à lui et quitta le bureau de son patron. Aussitôt, l'agitation de l'agence l'enveloppa. Plusieurs de ses collègues couraient dans tous les sens et elle fut tentée pendant un moment d'en interpeller un pour en savoir davantage sur la disparition d'Erwin. Mais c'était inutile : personne ne pouvait en savoir davantage et si Pullman la surprenait en train de glaner des informations alors qu'il lui avait expressément demandé de laisser tomber, il pourrait la réprimander. Ce qu'elle n'avait pas du tout envie d'expérimenter, sachant à quel point la sentence pouvait être dure.

Son nouveau collègue sur les talons, la nocturna remonta deux longs couloirs surchargés avant d'arriver à la porte de son bureau. Elle se tourna vers Dimitri lorsqu'elle y parvint et remarqua qu'il l'observait curieusement. Il arrêta de marcher à quelques centimètres d'elle, si bien qu'elle fut tentée de reculer pour laisser une distance respectable entre eux. Mais par fierté, elle n'en fit rien et le toisa.

— Tu ne me reconnais vraiment pas ?

La nocturna resta silencieuse en étudiant son visage. Non, vraiment, elle ne voyait pas. Il semblait pourtant la connaître et même lui en vouloir. Mais pourquoi ?

— Franchement, c'est dommage d'oublier son passé à ce point, reprit-il.

Wyllina croisa les bras. S'il continuait à faire ce genre de sous-entendu en espérant qu'elle garde son calme, il se trompait lourdement.

— Donc tu es une fée des glaces ? se moqua-t-elle. Alors tu ne crains pas la chaleur ?

Pendant une seconde seulement, il parut déstabilisé par sa question.

— Pas exactement, répondit-il en s'approchant encore.

Un souffle d'air frais le suivit et heurta Wyllina de plein fouet. Sur la porte de son bureau, une traînée de givre se forma, dessinant des arabesques gelées sur le bois verni. Elle comprit qu'il en était à l'origine. Et le froid, elle détestait ça, sauf quand elle perdait le contrôle d'elle-même.

— Bref, dit-elle en tentant de retrouver une contenance. Ne fais pas de vagues, fais-toi discret et je ferai peut-être en sorte que tu restes en vie.

Le sourire de Dimitri s'élargit, ce qui l'agaça plus encore. C'était un petit malin, voilà tout. Elle décida d'en rester là pour le moment et posa la main sur la poignée de la porte de son bureau qu'elle partageait avec Erwin. Mais Dimitri lui attrapa le bras pour la retenir. Surprise, elle se tourna vers lui d'un air outré. Son bras nu était bouillant, elle en était persuadée. Pourtant, Dimitri ne sourcilla pas et ne desserra pas l'étau de ses doigts, qui semblaient d'ailleurs couverts de glace. Il ne la lâcha pas, même lorsque de la vapeur s'échappa au contact de leurs deux peaux.

— Je ne sais pas comment tu as fait pour t'en tirer, mais crois-moi, je finirai par rétablir la vérité.

Mais pour qui se prenait-il ?

Elle se dégagea brusquement et le fixa sombrement.

—Je ne cesse de te répéter que je ne te connais pas. Tu as un sacré problème.

Il n'eut aucune réaction. Un collègue passa près d'eux et remarqua la tension dans l'atmosphère. Il interrogea Wyllina du regard, mais celle-ci l'ignora. Sans vouloir poursuivre cette conversation grotesque, elle se détourna et ouvrit la porte en négligeant le givre qui la collait légèrement au chambranle.

Dimitri la suivit d'un air obscur. Visiblement, il semblait persuadé qu'elle lui avait fait du mal. Et du plus profond de ses souvenirs, jamais elle n'avait eu affaire à quelqu'un comme lui. À part peut-être... non, c'était impossible.

Cette famille avait été tuée bien longtemps auparavant.

Et quand bien même, elle n'avait rien à voir avec leur mort.

Elle, peut-être pas. Mais...

 Chapitre 2

Plongée dans ses dossiers, Wyllina prenait soin d'ignorer Dimitri. Il s'était nonchalamment installé sur le fauteuil de son vrai coéquipier, les pieds croisés sur son bureau. Distrait, il jouait avec une plume, chatouillant son menton à l'aide de la pointe. Elle lâcha un soupir d'exaspération et reporta son attention sur le seizième rapport qu'elle avait ressorti des archives.

— Je peux savoir ce que tu fais ? finit par lui demander Dimitri. On ne devrait pas plutôt rédiger des rapports, au lieu de lire ceux concernant des enquêtes terminées ?

La nocturna le fusilla de ses yeux argentés.

— Aucune mission n'est plus importante que celle de retrouver Erwin.

Il sembla… perplexe. Il ne posa pourtant pas de question sur la motivation de ce remplacement. Sans doute que Pullman lui avait simplement dit qu'il avait disparu. Et quelque part, c'était une raison que Dimitri avait pu croire très facilement, étant donné que les agents de l'ARPM ne prenaient que peu de vacances — une fois tous les cent ans — et ne tombaient jamais malades. L'infirmière de l'agence était si douée qu'elle pouvait soigner n'importe quoi, de la pire blessure au rhume des foins. Et tout cela en quelques minutes.

— Et en quoi relire tes anciens dossiers peut-il nous aider ?

Intrigué, il décroisa ses jambes et reposa les pieds sur le sol en se redressant. Malgré elle, la nocturna en fut soulagée. Elle détestait voir Dimitri prendre ses marques à la place d'Erwin alors qu'il venait d'arriver et qu'il l'avait menacée un peu plus tôt.

— Je doute d'avoir mentionné que tu faisais partie du voyage, siffla-t-elle. Je croyais que tu étais là pour te venger.

Il fixa ses iris sur elle en posant sa joue sur son poing et lui offrit un sourire moqueur. Wyllina referma le dossier d'un coup sec, sans quitter le jeune homme des yeux, et le jeta sur une pile approximative où se trouvaient les autres rapports qu'elle avait parcourus depuis le matin.

— Peut-être, répondit-il, mais Pullman m'a engagé pour faire mon travail. Et jusqu'à preuve du contraire, je suis ton coéquipier.

— Ce travail n'est pas pour toi, parce qu'il ne s'agit pas d'une enquête ouverte. Pullman est…

Elle se tut lorsqu'elle se rendit compte qu'elle lui livrait déjà trop d'informations.

— Bref, ce n'est pas officiel. Si tu lui en parles, je te donnerai un motif pour te venger de moi.

Il rit doucement à cette remarque. Pourtant, elle était très sérieuse.

— Pullman a été très clair, contrecarra-t-il, je ne dois pas te lâcher d'une semelle.

Wyllina soupira longuement en observant Dimitri. Et soudainement, elle comprit quelque chose. Et si sa formation n'était pas la seule raison de sa présence auprès d'elle ?

Non seulement c'était inattendu et étrange, mais le fait qu'il ne dût pas la quitter l'était plus encore.

Pullman n'avait pas voulu lui offrir un nouveau coéquipier. Il lui avait trouvé une baby-sitter. Est-ce qu'il craignait que Wyllina défît ses ordres et recherchât Erwin à tout prix ?

Certainement. Et son boss la connaissait bien, parce que c'était exactement ce qu'elle comptait faire.

Mais peut-être que c'était ce qu'il prévoyait, après tout. La laisser le retrouver pour faire subir à son collègue les conséquences de ses actes. S'il avait fui, il était à présent un déserteur et tous ceux qui s'y étaient essayés avaient été tués après un interrogatoire poussé — parfois abusif. C'était sévère, mais il s'agissait d'une règle d'or que l'agence avait mise au point à sa création, cinq cents ans auparavant. À ce moment-là, les natifs étaient arrivés sur Terre sans possibilité de retour chez eux, dans l'Ancien Royaume, et les tensions interespèces étaient à leur paroxysme. Cohabiter avec les humains et les non-natifs avait aussi réclamé une organisation particulière. Et le premier qui sortait des clous menaçait cet équilibre fragile trouvé à force d'échecs, de nuits blanches et de sueur.

Peut-être qu'en fin de compte, Dimitri était là pour la surveiller. Et si elle désobéissait en cherchant Erwin, serait-elle victime de ce genre d'interrogatoire et de cette punition fatale ?

Elle détourna le regard, rien qu'une seconde, avant de retrouver son allure assurée.

Mais aucun mot ne parvint à franchir ses lèvres. Dimitri récupéra un air sérieux en appuyant son dos sur le dossier de sa chaise. Il jeta la plume sur le bureau et plissa les yeux, comme s'il s'efforçait de la sonder.

— Les ordres de Pullman me passent un peu au-dessus de la tête. Je veux bien t'aider à retrouver ton coéquipier et te couvrir auprès de lui. Mais…

— Si tu me demandes quelque chose en échange, le coupa-t-elle, ce n'est même pas la peine d'y penser.

Il leva les mains d'un air innocent, mais Wyllina ne se laissa pas duper. Dimitri avait clairement une dent contre elle, et il lui proposait son assistance malgré tout. Le prix qu'elle allait devoir mettre pour cela risquait d'être intolérable.

Et en même temps, elle n'avait pas besoin de lui. Elle connaissait Erwin depuis deux cent cinquante ans. Ce qui signifiait qu'elle le connaissait par cœur. Un gamin tout juste débarqué à l'ARPM ne pourrait jamais la seconder pour retrouver une trace que l'elfe noir avait sûrement rendue floue. Wyllina, elle, parviendrait à la décrypter à coup sûr.

— Dans ce cas, dit-il d'une voix blanche, je me verrai dans l'obligation de tout dire à Pullman. Je crois que vous avez une relation conflictuelle, tous les deux. Je sais que tu as dû faire tes preuves et que pendant longtemps il te surveillait davantage que n'importe quel autre agent. Je me demande bien ce que Pullman serait capable de faire si jamais tu devenais à nouveau incontrôlable…

Elle, elle savait parfaitement ce dont Pullman serait capable dans ce cas-là. Un frisson d'effroi parcourut son dos alors qu'elle était convaincue que Dimitri la faisait marcher pour qu'elle cédât. Cependant, elle ne pouvait prendre le risque de subir les foudres de Pullman.

Par le passé, sa colère l'avait effleurée et elle y avait échappé de peu. Il l'avait épargnée contre une promesse d'obéissance, une implication constante dans l'agence et dans la rédaction de certains traités à la création de celle-ci. Ça, en plus de l'obligation d'assister à des cours de self-control, plusieurs fois par mois, aussi longtemps que cela avait été nécessaire.

Elle devait encore s'y rendre de temps à autre : ses émotions lui échappaient régulièrement.

Cela faisait d'elle l'une des meilleures agentes, mais Dimitri l'avait bien compris, l'une des plus surveillées, parce que l'une des plus dangereuses. Des plus instables, incontrôlables. La réputation sulfureuse et destructrice des nocturnas la précédait. Et même si parfois, elle trouvait cela injustifié, elle ignorait ce que la colère pourrait déclencher en elle et en ses pouvoirs. Elle se soumettait donc volontiers à cette contrainte, davantage par crainte d'elle-même que par réelle nécessité.

Pullman s'était efforcé de l'enfermer dans une cage invisible pour la garder sous sa supervision, et elle l'avait admis. Mais que Dimitri tentât de l'imiter, ça, elle ne l'acceptait pas. Il pensait pouvoir la contrôler à peine quelques heures après leur rencontre ? Alors qu'il voulait manifestement se venger d'elle ?

Et d'ailleurs, pourquoi tenait-il tant à lui venir en aide ?

Elle s'apprêtait à rétorquer, mais Dimitri souleva la main pour l'interrompre avant même qu'un son n'eût franchi ses lèvres.

— Avant que tu ne dises quoi que ce soit, reprit-il, je souhaiterais préciser quelque chose.

Comme tétanisée, la nocturna était suspendue au souffle de Dimitri. S'il commençait comme ça, elle ne donnait pas cher de leur relation. À moins qu'il ne cherchât à devenir son ennemi, auquel cas il y parviendrait plus vite qu'il ne le pensait.

Il se leva lentement et porta un doigt à son menton, comme pour réfléchir aux mots qu'il allait employer. Avec une certaine mesure, il se déplaça en douceur jusqu'à elle. Elle fixait chacun de ses pas et de ses mouvements, prête à se dérober s'il se jetait sur elle.

Mais il s'arrêta à quelques centimètres d'elle avant de se baisser à sa hauteur et de plonger les yeux dans les siens.

La proximité qu'il avait installée la mettait mal à l'aise. Pourtant, elle fut incapable de bouger.

— J'ai peut-être l'air d'un débutant, mais je ne suis pas stupide. Et je sais très bien ce que tu as en tête concernant Erwin et ma présence ici. Je pourrais très bien aller voir Pullman dès maintenant pour lui faire part de tes plans.

La nocturna avala sa salive, par réflexe. La voix du jeune homme lui avait paru soudainement plus grave et plus assurée, et ses mots étaient lourds de sens. Ce n'étaient pas des paroles en l'air.

Avait-il osé la menacer ? Ça en avait toute l'apparence. Elle aurait pu lui coller une droite pour le faire taire, mais se retint. Après tout, elle ne savait rien de lui et de la façon dont il pouvait réagir. Et si Pullman prétendait que sa venue était due à la disparition d'Erwin, rien ne permettait de l'affirmer. Dimitri avait peut-être quelque chose à voir avec cette disparition. Ou peut-être pas. Pour le moment, Wyllina n'avait aucun moyen de le savoir. Elle décida donc de jouer la prudence.

Pour donner le change, elle recula imperceptiblement et prit une profonde inspiration.

— Très bien, dit-elle, tentant de se montrer détachée. Je suppose que tu ne comptes pas me dire ce que j'ai bien pu te faire ?

Il sourit, et Wyllina, tout à coup si proche de lui, remarqua quelque chose. Ses canines étaient légèrement plus longues que la moyenne. Ses pensées s'accélérèrent. Elle était persuadée qu'il n'était ni un vampire ni un loup-garou.

Pullman n'aurait jamais engagé quelqu'un faisant partie de ces deux espèces de non-natifs au sein de l'agence.

Pourtant, c'était encore quelque chose qu'il partageait avec une famille de Vaquoria. Mais encore une fois, c'était impossible.

— Non, finit-il par répondre. Je trouve ça plus drôle de te laisser chercher.

Dimitri se releva et se détourna enfin en effleurant le bureau de Wyllina du bout des doigts. La fée nocturne se détendit et respira. Elle se rendit compte au moment où il s'éloigna qu'elle était tendue en sa présence. Sans doute plus que de raison.

Pour tenter de donner le change, elle remit ses cheveux en place et se racla la gorge. Dimitri, lui, observait les dossiers que Wyllina avait encore à étudier avec un intérêt à peine dissimulé.

— Bien, conclut-elle. Que veux-tu, dans ce cas ?

Il haussa les épaules, et la nocturna se mordit les joues pour s'empêcher de dire quoi que ce soit. Tout cela ne lui annonçait rien de bon. Et surtout, elle était persuadée que Dimitri profiterait de la situation pour lui demander l'impossible.

— Ça, dit-il enfin en désignant le pendentif qui ne quittait jamais le cou de la fée nocturne.

Wyllina attrapa son collier d'un air anxieux. Son regard glissa de Dimitri au pendentif en fil d'or serti d'une obsidienne. Comment… ?

C'était précisément ce qu'elle voulait dire par « impossible ». Pour rien au monde elle ne se séparerait, ne serait-ce qu'une seconde, de cette obsidienne.

— Il n'a aucune valeur, tenta-t-elle à demi-mot.

Les nocturnas étaient connues pour ne pas pouvoir mentir, tout comme les elfes. Et ce n'était pas totalement faux. Sa valeur marchande ne s'élevait qu'à quelques dizaines d'euros.

Sa valeur sentimentale, en revanche… Et si Dimitri lui réclamait, c'était sans doute parce qu'il avait été mis au fait de l'importance que cette obsidienne avait à ses yeux. Ce qui était étrange, parce que personne à part elle ne savait la signification qu'avait cette pierre, dernier vestige de sa sœur morte le jour de la destruction de l'Ancien Royaume.

Pas même Erwin qui excellait pourtant dans l'art de faire avouer n'importe quoi à n'importe qui. Elle n'avait jamais révélé son secret.

À personne.

Dimitri se frotta le menton en esquissant une moue, chassant le peu d'assurance que Wyllina tentait encore de feindre.

— C'est ça ou une éternité à être punie par Pullman. Et je crois pouvoir affirmer que ça ne serait vraiment pas une partie de plaisir.

Il appuya ses deux paumes sur le bureau de la nocturna, comme pour sceller ses mots. Wyllina déglutit. Lui donner ce pendentif revenait à lui confier son plus lourd souvenir. Qu'il la fît chanter avec quelque chose d'aussi important la troubla, et sa poitrine ne tarda pas à brûler sous l'effet de la rage. Elle inspira longuement en tentant de se contrôler, alors que la température de sa peau augmentait.

— S'il n'a aucune valeur, insista Dimitri, ça ne devrait pas te poser de problème.

L'air ambiant changea. Il devint plus chaud. Wyllina en était responsable. Ses sentiments la dépassaient. Selon une légende, le peuple des nocturnas avait été créé par leur déesse au sein d'un volcan et, à son image, ils n'étaient que fusion et chaleur. C'était en partie pour cette raison que cette espèce avait tant de mal à maîtriser ses émotions. Elles jaillissaient d'eux comme de la lave, éclaboussant tout ce qui se trouvait autour.

Comme son obsidienne, elle s'efforça pourtant de paraître aussi lisse et transparente qu'une pierre forgée par les entrailles de la Terre.

Les dents serrées, elle lâcha son pendentif et saisit un dossier, laissant sa réponse en suspens. Dimitri dut retirer sa veste et éponger son front humide à cause de la chaleur ambiante. Cependant, il ne semblait pas mal à l'aise ou surpris. Ce qui était étrange, parce qu'elle en était persuadée, il faisait facilement une cinquantaine de degrés dans la pièce. Ça ne devait pas être un environnement agréable pour quelqu'un qui maîtrisait la glace. À moins que ce fût justement pour cette raison qu'il fût capable d'y résister.

— C'est la loi du plus offrant, réagit Dimitri en relevant les manches de sa chemise. Il faut bien que j'y gagne, à te couvrir. Après tout, je prends des risques, moi aussi.

— Je peux te donner ce que tu veux, mais pas ça.

— Alors notre accord est obsolète, répondit-il en attrapant sa veste posée sur sa chaise.

Il se détourna d'elle alors qu'il se dirigeait vers la porte de leur bureau. La nocturna chercha à déterminer son sérieux, sans bouger d'un cheveu. La main de Dimitri agrippa la poignée. Wyllina baissa les yeux vers son pendentif. Le jeune homme l'actionna.

Allait-il vraiment la dénoncer ?

La porte s'ouvrit de quelques millimètres.

Erwin. Qu'aurait fait Erwin ? Elle devait faire tout ce qui était en son pouvoir pour le retrouver. Et ce n'était pas en étant enfermée pour le restant de ses jours qu'elle pourrait intervenir.

Dimitri s'apprêtait à quitter la pièce.

Après tout, elle pourrait toujours tenter de récupérer son pendentif en profitant d'un moment d'inattention du jeune homme.

Ou bien abandonner la rébellion et filer droit, pour ne prendre aucun risque. Que ce fût concernant Dimitri ou Pullman. Une unique chose était exclue : délaisser Erwin.

Des bruits de passage parvinrent à la nocturna alors que ses collègues s'activaient, en dehors des murs de son bureau. Dimitri était déjà dans l'entrebâillement, un pied dans le couloir, prêt à fermer la porte et à laisser Wyllina seule. Il salua quelqu'un, tout sourire.

— C'est bon, cria-t-elle, à bout de souffle.

Elle se leva d'un bond, manquant de renverser sa chaise. Dimitri rouvrit le battant juste assez pour y passer sa tête.

— Quoi ? dit-il.

En rage, elle se précipita vers lui en retirant son collier. Elle se posta près de l'entrée du bureau et attendit que son nouveau coéquipier revînt dans la pièce. Elle attrapa brutalement sa main une fois la porte close et y fourra l'obsidienne et sa chaîne en or. Au contact de la pierre, de la vapeur s'échappa de la peau de Dimitri, preuve que le pendentif était aussi bouillant que sa propriétaire. Et que le nouveau coéquipier de Wyllina était aussi glacial que la plus austère journée d'hiver.

Donc il ne craignait vraiment pas la chaleur…

Le jeune homme resta de marbre et referma ses doigts sur le bijou d'un air conquérant.

— Ravi de faire affaire avec toi, dit-il sur le ton de la victoire, soudainement bien plus amical.

La chaleur de la pièce fut tout à coup chassée par un vent froid. Comme précédemment, dans le couloir de l'agence, du givre commença à se former sur les surfaces environnantes. La nocturna réprima un frisson, mais ne répondit rien.

Elle ne parvenait pas à détacher son regard de la main glacée de Dimitri. Lorsqu'il plaça le pendentif autour de son cou, l'estomac de Wyllina se comprima sous l'angoisse. Que venait-elle de faire ? Avait-elle perdu la tête ? Pouvait-on appeler ça un sacrifice ?

Elle en avait bien peur.

— Alors, par quoi on commence ?

Wyllina leva vers lui des yeux vides, sans être capable d'agir. Elle se sentait sonnée. Désorientée. Tout cela n'avait aucun sens, et pourtant, il était parvenu à la faire capituler. C'était la première fois en plus de cent ans que quelqu'un arrivait à la maîtriser. C'était une première, depuis Pullman…

Comme elle gardait le silence, Dimitri sourit fièrement. Il passa à côté d'elle dans un souffle glacé, dispersant son odeur boisée dans l'air. Très calmement, il attrapa quelques dossiers archivés sur le bureau de la nocturna qui restait immobile. Puis, il prit place au bureau d'Erwin, aussi détendu que s'il n'avait jamais proféré de menaces.

La jeune fille l'observait avec un mélange de fascination et d'effroi. Qu'il se montrât si ambigu lui tirait une certaine forme d'admiration. Il n'y avait aucun doute, le culot n'était pas ce qui manquait à ce garçon.

Mais qui était-il ? Comment était-il arrivé ici ? Pourquoi tenait-il à lui prendre son pendentif ?

Wyllina s'en fit un point d'honneur ; elle finirait par percer son secret.

L'atmosphère ne s'était pas réellement détendue dans le bureau des deux agents. Le givre avait fondu, mais l'air ambiant alternait entre le froid et le chaud. Wyllina s'efforçait pourtant de garder son sang-froid, le nez plongé dans les dossiers de ses précédentes enquêtes, alors que Dimitri l'imitait d'un air distrait et détaché, les pieds croisés sur le bureau d'Erwin. Régulièrement, elle levait ses yeux de ses rapports, observant son pendentif autour du cou de son nouveau partenaire.

Elle ferma le cas qu'elle étudiait et voulut passer au suivant, lorsque Dimitri sursauta légèrement. Il retira ses chaussures en cuir sombre du bureau avant de les reposer sur le sol.

— J'ai peut-être quelque chose, dit-il en se soulevant pour de bon.

Contrainte de ne plus feindre son désintérêt, la jeune fée nocturne se redressa, tâchant de maîtriser l'amertume qui pourrait se lire sur son visage. Lorsqu'il s'approcha d'elle avec le dossier ouvert entre les mains, elle dut contrôler le moindre de ses muscles pour ne pas s'éloigner comme un chat effarouché. Il se posta à quelques centimètres d'elle. L'odeur de sa peau l'envahit soudainement, la ramenant au milieu des forêts de Vaquoria. Et curieusement, cela lui rappelait quelqu'un, sans qu'elle parvînt à savoir qui.

Dimitri posa l'archive devant elle et lui indiqua une ligne en particulier, encourageant d'un coup d'épaule la jeune fille à observer ce qu'il lui présentait. Elle s'exécuta à contrecœur et laissa ses yeux voyager sur la page en question.

Mais rien ne lui parut inhabituel, ce qui la soulagea. Si en plus c'était lui qui trouvait quelque chose de suspect… Elle refusait d'envisager le fait que Dimitri lui fût vraiment utile dans la recherche de son ami.

Elle releva la tête vers lui et lui adressa une moue moqueuse.

— Et ? dit-elle d'un air provocant.

Mais le jeune homme ne renonça pas. Il donna une tape au dossier d'un revers de la main.

— Tu ne remarques rien ?

— À part que cette enquête a été comme toujours magnifiquement bien menée, non.

Et voilà que son sourire en coin réapparaissait. Wyllina soupira en levant les yeux au ciel. Ce qu'il pouvait l'agacer !

— Une investigation concernant un vampire un peu trop indiscret et sanguinaire envers les terriens.

Elle attendit une suite, qui ne vint pas. Elle l'encouragea à poursuivre d'un geste de la main.

— Tu n'étais pas présente lors du dernier entretien entre lui et Erwin, il y a deux semaines.

Toute forme d'assurance s'effaça du visage de Wyllina en quelques secondes. C'était impossible, parce qu'Erwin et elle ne se séparaient jamais, sauf pour dormir. Perplexe, elle s'intéressa à nouveau au rapport étendu sous ses yeux. Et elle ne put qu'admettre que Dimitri avait raison. Elle voulut dire quelque chose, mais ne trouva pas les mots.

— On dirait que ton cher Erwin te cachait quelque chose.

— Je devais être occupée ailleurs, défendit Wyllina. Il doit y avoir une excellente explication.

Dimitri récupéra le dossier, le referma, et le passa sous son bras en s'éloignant de la fée nocturne.

— Qu'est-ce que tu fais ? lui demanda-t-elle.

— Puisqu'Erwin n'avait rien à te cacher, rendre une petite visite à ce vampire pour apprendre de quoi ils ont parlé ne te posera aucun problème.

Une profonde inspiration permit à la nocturna de garder son calme. Elle n'appréciait toujours pas l'aisance de Dimitri dans son nouveau poste. Et envers elle. Son attitude semblait dissimuler quelque chose. Et elle ne savait rien de ses motivations. Qu'il cherchât à l'aider de cette façon sans la connaître lui paraissait étrange.

— D'accord. Comment comptes-tu justifier ça auprès de Pullman ? Comme tu l'as si bien dit, on est surveillé.

— Rectification, TU es surveillée. Et heureusement pour toi, nous avons un marché.

Elle considéra un instant les paroles du jeune homme, sans être certaine de comprendre les sous-entendus qu'il s'amusait à disséminer partout dans leur conversation.

— Ne me dis pas que tu veux y aller seul ? risqua-t-elle.

Il leva le menton, l'air fier. Ce fut trop. Wyllina quitta en vitesse sa chaise et avança d'un pas précipité vers son arrogant binôme, avant de lui arracher le dossier des bras. Surpris, celui-ci ne réagit pas et plongea les yeux dans ceux de la fée nocturne.

— Je ne vois pas pourquoi ça t'embête autant.

— Mon enquête, mon coéquipier. Tu es là uniquement parce que tu me fais chanter. Alors c'est hors de question que je te laisse aller seul sur le terrain.

Elle replaça ses cheveux pour se donner une contenance et s'apprêta à quitter la pièce. Mais elle se tourna à nouveau vers Dimitri. Il voulait jouer, n'est-ce pas ?

— Bien qu'avec un peu de chance, tu pourrais mourir et je serais ainsi débarrassée de toi.

Le jeune homme ne répondit rien, mais porta doucement sa main à l'obsidienne qui pendait à son cou avant de la serrer. Les jointures de ses doigts blanchirent sous sa force.

— À toi de voir, dit-il d'un ton si bas que la nocturna dut tendre l'oreille pour l'entendre.

Face à cette menace à peine voilée, Wyllina cilla et garda tant bien que mal un air neutre. Elle se répéta qu'il ne pouvait pas réellement savoir ce que représentait ce pendentif. Personne ne le pouvait. Elle-même n'était pas certaine de pouvoir en tirer quelque chose, mais il fallait que cette obsidienne restât intacte. Parce que si elle renfermait l'âme de sa sœur jumelle, comme elle le pensait, il s'agissait de la seule relique qui lui permettrait un jour de la revoir. Dans le cas où l'Ancien Royaume ferait son retour, et où les natifs pourraient rentrer chez eux. Pour le moment, ce n'était qu'une pierre qui nourrissait ses espoirs. Sa destruction ne serait peut-être pas si grave…

Pourtant, elle ne pouvait prendre le risque de le découvrir à ses dépens.

— Très bien, lâcha-t-elle. Dépêche-toi, alors.

Chapitre 3

— Il y a quelque chose d'étrange, souffla Wyllina en observant la ruelle sombre, où un brouillard d'hiver diffusait la lumière des lampadaires.

Comme son nouveau coéquipier gardait le silence, elle se tourna vers lui et se confronta à son regard interrogateur. Il ne semblait pas du tout comprendre ce à quoi elle faisait allusion.

Elle reporta son attention sur la rue Vandenbranden en soupirant.

— Pas dans la rue, murmura-t-elle. C'est toi qui es bizarre.

C'était plus fort qu'elle, il fallait qu'elle lui révélât ses doutes. Les nocturnas n'étaient pas douées pour mentir, et continuer comme ça lui coûtait plus que ce qu'elle ne voulait l'admettre.

Dimitri arbora une expression énigmatique. Entre l'étonnement et la satisfaction. Comme s'il attendait qu'elle fît cette remarque, mais qu'il pensait ne jamais l'entendre.

— Je ne vois pas du tout ce qui te fait dire ça, répondit-il d'une voix basse, un nuage de vapeur s'échappant de sa bouche.

— Pour commencer, tu persistes à vouloir m'aider à retrouver Erwin, ce qui me pousse à croire que tu en sais plus que ce que tu me dis. Pourquoi ne crois-tu pas qu'il est mort, ou n'essayes-tu pas de me dissuader de le chercher, comme les autres ?

Le silence du jeune homme était éloquent d'aveu.

— Ensuite, attaqua-t-elle, je me demande bien ce que je t'ai fait, et comment tu peux savoir ce que renferme mon pendentif.

Elle affronta le regard noisette de son partenaire. Celui-ci paraissait imperturbable. Pourtant, il ne semblait pas trouver les mots pour répondre à ses questions.

La fée nocturne allait poursuivre, lorsque le grincement d'une porte attira leur attention. Dans la ruelle, une ombre s'échappa d'une maison. Wyllina se frotta les mains, sensible au froid ambiant. Il n'y avait vraiment qu'un seul moment où elle appréciait la fraîcheur : quand elle perdait le contrôle d'elle-même. Cela l'apaisait. Mais en temps normal, cela avait plutôt tendance à l'affaiblir.

Quoi qu'il en fût, ils parleraient plus tard : c'était leur homme.

Dimitri la devança et sortit de sa cachette avant la nocturna, ce qui eut le don de l'agacer. Elle voulut l'attraper par la manche, mais elle se ravisa. Il se trouvait déjà loin et engageait la conversation avec le vampire.

— José Blame ? demanda-t-il, sa voix perçant le silence de la nuit.

Wyllina remarqua que son français était impeccable.

Elle s'immobilisa et jugea finalement préférable de rester dissimulée. Après tout, comme l'avait si bien dit Dimitri, elle était surveillée contrairement à lui. José était tout à fait en droit de contacter Pullman pour lui signaler une interpellation illégale de la part de la nocturna. Cela la fit pester plus encore quand elle s'accroupit à nouveau entre les sacs poubelles qui attendaient d'être ramassés. Elle avait du mal à l'admettre, mais avoir Dimitri à ses côtés pouvait s'avérer utile.

Le vampire interrogea Dimitri du regard alors que Wyllina se concentrait sur leur échange, tapie dans l'ombre.

— Sí ? répondit-il.

Parce qu'elle le connaissait, la nocturna reconnut immédiatement l'accent chantant qui trahissait le passé d'homme espagnol de la créature. Cela faisait plusieurs décennies qu'il avait été transformé et qu'il avait quitté son pays natal, pourtant, sa voix ne perdait rien de sa mélodie.

— Dimitri Stroganov, de l'Agence Royale de Protection Magique, reprit son coéquipier. J'aimerais vous questionner sur la disparition de l'un de nos agents.

Wyllina souffla sur ses mains pour les réchauffer. Ne pas intervenir avait un autre avantage : récolter des indices sur l'identité de son partenaire et sur ses intentions sans se faire remarquer. Stroganov... Elle n'avait jamais entendu ce nom de famille.

— Ah, répondit José en souriant largement, dévoilant ses canines dégoulinantes de sang.

La nocturna frémit. José sortait de table. Elle devina au geste de recul de Dimitri que cela ne l'enchantait guère plus qu'elle. Il semblait dérouté. Malgré elle, Wyllina en tira une certaine satisfaction. Alors comme ça, il n'avait pas l'habitude des vampires ?

Mais pour le coup, elle partageait ses craintes. Si le traité de l'ARPM notifiait que les vampires ne devaient en aucun cas s'attaquer aux natifs, il n'empêchait pas les débordements.

— Yé mé demandais quand usted viendrait mé voir.

Désormais, il n'y avait plus aucun doute sur les origines latines de l'homme que le vampire était jadis.

Dimitri s'éclaircit la gorge, tentant de récupérer une contenance.

— Nous parlerons du meurtre que vous avez certainement commis une autre fois.

Il marqua une pause, durant laquelle il s'ébouriffa les cheveux, mal à l'aise.

— Était-ce un humain ? reprit-il. Peu importe… Accepteriez-vous de vous entretenir avec moi dans un lieu plus… neutre ?

Là, Wyllina tiqua.

À quoi jouait-il ? S'isoler avec un vampire n'était pas forcément une bonne idée, même si cela voulait dire qu'il avouerait plus facilement. Avec ce genre de personnage, avoir des témoins était de mise. On ne savait jamais ce qu'ils étaient capables de dire aux plus haut placés de l'ARPM pour leur défense. À deux doigts de quitter sa cachette, elle se détendit lorsque le vampire approuva et proposa un bar à quelques foulées d'ici. Là-bas, ils seraient au chaud et ils ne seraient pas seuls. Et elle pourrait observer les choses avec plus de facilité, sans devoir se planquer entre le tétanos et la grippe aviaire.

José et Dimitri s'éloignèrent dans la ruelle, leurs pas crissant dans la neige fraîche. Elle leur laissa quelques secondes d'avance avant de se faufiler sur leurs traces. Elle resserra ses bras autour d'elle en se jurant d'acheter un manteau plus dense que cette doudoune triple-épaisseur. Vraiment, elle détestait le froid quand elle n'avait pas à le subir pour de bonnes raisons.

Mais José n'avait pas menti. Le bar se trouvait presque immédiatement sur la droite, dans la rue de la Serrure. Si peu de passants s'aventuraient dans les rues à cette heure-ci, quelques lycéens traînaient dans le parc qui faisait face au bar. La nocturna resserra son manteau autour d'elle en suivant Dimitri et José le plus discrètement possible.

Arrivée à la hauteur du bar, qui semblait bondé, elle leur permit d'entrer en premier, puis, camouflant sa longue chevelure rousse sous sa capuche, elle pénétra dans le bâtiment à son tour.

Elle ressentit tout d'abord la chaleur et fut instantanément plus à l'aise. La musique était si forte et les rumeurs de conversation si nombreuses qu'elle se demanda comment Dimitri et José parviendraient à s'entendre. L'humidité et l'odeur de bière la frappèrent ensuite, puis elle observa les clients, les yeux écarquillés. À première vue, il n'y avait aucun humain. Ou alors, ils ne l'étaient plus. Parce qu'il y avait surtout des non-natifs.

Elle repéra un groupe de vampires, un autre de loup-garou et quelques autres espèces de l'Ancien Royaume. Un bistrot pour créatures fantastiques ? Intéressant...

Elle se demanda immédiatement si Erwin avait l'habitude de s'y rendre, lui qui aimait la vie mondaine et à peu près tous les chiens errants de cette planète.

Ce qui n'était pas vraiment son cas à elle.

Retenant une moue de dégoût et ignorant l'odeur de vestiaire, elle s'avança jusqu'au bar collant et humide, où elle commanda un gin sec, avant de détecter Dimitri et José assis à une table au milieu des autres, une pinte de bière à la main. La plupart des clients parlaient le français, mais de temps à autre, Wyllina captait un mot ou deux dans la langue native.

Depuis le comptoir, difficile de savoir ce qu'ils se racontaient. Par contre, elle remarqua que Dimitri semblait étrangement à l'aise. Pullman lui avait dit qu'il était débutant, mais... plus elle le côtoyait et plus elle doutait de cette information. Une aura particulière émanait de lui.

Il paraissait avoir une facilité certaine pour charmer les gens et se faire écouter avec sérieux. Ce qui n'arrangeait rien au mystère qui l'enveloppait.

Une gorgée de gin et un coup d'œil plus tard, elle décida de le laisser faire. Après tout, elle voyait difficilement comment les choses pouvaient mal tourner, ici. Bien qu'elle ne fît confiance à aucune des espèces qui se trouvaient là, il semblait que ce bar était à l'écart des rivalités interespèces qui pouvaient exister.

— Je t'assure, dit une voix proche de la nocturna, c'est un gars qui me l'a vendue, il jure qu'elle provient de l'Ancien Royaume.

Interloquée, Wyllina se tourna vers le bavard. C'était un jeune lycan blond aux yeux verts. Il brandissait une pierre semblable à une opale, dont les reflets nacrés teintaient ses joues de bleu et de violet. Elle fronça les sourcils. Cette pierre était une parfaite imitation de ce qui pouvait se former sur Vaquoria.

— N'importe quoi, lui répondit son ami, un loup-garou, lui aussi. On n'est même pas sûrs que l'Ancien Royaume ait existé. C'est une légende que les natifs ont inventée pour se sentir légitimes alors qu'ils ne sont pas chez eux, ici. Et pour avoir l'occasion de nous rejeter.

— Tu as déjà vu une roche pareille ? Et je ne crois pas que ce soit le genre de mec à mentir.

Son ami ricana, tout comme la nocturna. L'Ancien Royaume avait bien existé, mais cela faisait des siècles qu'il était impossible de s'y rendre. Et même si la pierre avait effectivement des ressemblances avec certaines gemmes de l'Ancien Royaume, ce que les artistes étaient capables de faire avec de la résine dépassait aujourd'hui toute forme de magie. Elle s'apprêtait à se désintéresser de la conversation, lorsque le jeune lycan insista.

— Regarde, dit-il en pointant quelqu'un de l'index. C'est lui, là-bas. Tu n'as qu'à aller lui demander.

Alors, les jeunes n'apprendraient donc jamais que la discrétion était la meilleure des vertus ? Piquée par la curiosité, Wyllina porta son attention vers la direction indiquée par le garçon et remarqua un homme assis en retrait, le visage masqué par une capuche. Un homme tout vêtu de noir, qui lui disait sensiblement quelque chose... L'homme leva légèrement le menton, juste assez pour dévoiler une barbe naissante, une peau noire et un sourire qui...

Son cœur rata un battement.

— Allons-y, la surprit Dimitri.

La fée nocturne sursauta en se tournant vers son coéquipier, un air de reproche sur le visage. Sans lui prêter attention, elle observa à nouveau l'endroit où se cachait, elle en était sûre, Erwin.

Malheureusement, seul un troll déguisé grossièrement en femme trouva ses yeux.

— Merde ! cracha-t-elle dans la langue des nocturnas.

Précipitamment, elle fouilla la salle du regard, avala son gin cul sec, laissa un billet sur le comptoir et quitta le bar. Une fois dehors, alors qu'elle remontait le col de sa veste sur son cou à cause du froid mordant, Dimitri lui attrapa le bras et l'obligea à lui faire face.

— Mais qu'est-ce qui te prend ? cria-t-il presque.

Elle se dégagea brusquement. Elle était prête à parcourir les moindres centimètres du quartier pour retrouver Erwin, son vrai coéquipier. Mais Dimitri récupéra sa prise et serra ses doigts un peu plus fort.

— Toi, qu'est-ce qui te prend ? répondit-elle dans la langue native, en s'extirpant une nouvelle fois.

Mais à présent, c'était trop tard. Si Erwin avait fui, il se trouvait déjà loin. Inutile de chercher à le rattraper maintenant. La nocturna se tourna vers Dimitri en soupirant, les joues en feu.

— Tu es content ? reprit-elle en français. À cause de toi, on l'a perdu !

— Mais de quoi tu parles ?

— Erwin ! dit-elle peut-être un peu trop fort.

Elle desserra sa veste, car à présent, la chaleur de son corps en ébullition l'étouffait. Face à l'incompréhension de son collègue, elle tenta de reprendre son calme.

— Erwin était ici, dit-elle presque à bout de souffle. Je le sais, c'était lui.

Dimitri secoua la tête, comme si son discours n'avait aucun sens.

— C'est impossible, Wyllina.

— Puisque je te dis que je l'ai vu. Après deux cent cinquante ans à ses côtés, je crois que je suis capable de le reconnaître !

Des clients sortirent du bar à leur tour, ce qui leur fit prendre conscience que parler de tout ceci en pleine rue n'était peut-être pas la meilleure stratégie. Aussi, ils s'écartèrent et reprirent leur route au son de leurs pas crissant dans la neige.

— C'est impossible, répéta Dimitri.

— Le jeune lycan, insista-t-elle malgré tout en jetant un coup d'œil derrière elle pour s'assurer qu'ils n'avaient pas attiré l'attention. Il a dit quelque chose d'étrange. Il possédait une pierre et…

— Tu parles de celle-là ? l'interrompit Dimitri.

Sans cesser de marcher, il retira la main de sa poche et lui montra le minéral de la taille d'une balle de tennis brillant dans sa paume. Surprise, la fée nocturne s'arrêta net, le regard ancré sur la gemme. Dimitri rangea immédiatement la roche et attrapa son bras pour la forcer à avancer.

— J'ai remarqué que quelque chose avait attiré ton attention, dit-il. Quand j'ai compris que cette pierre avait quelque chose à voir là-dedans, je l'ai subtilisée avant de te suivre à l'extérieur du bar. Ça n'avait rien de compliqué parce que l'intérêt était dirigé vers toi. Je te pensais plus discrète.

Rien de compliqué, peut-être, mais pour un débutant… Sa mauvaise foi l'empêcha d'admettre qu'elle était impressionnée.

— Il expliquait qu'elle venait de l'Ancien Royaume, reprit-elle malgré tout, et que c'était un gars bizarre qui lui avait vendu. Ce gars-là se trouvait à l'intérieur du bar et quand il l'a désigné, je suis presque sûre d'avoir reconnu Erwin.

Cette fois-ci, Dimitri ne chercha pas à lui dire que c'était impossible. Mais l'incertitude se lut sur son visage. Wyllina ne parvint pas à savoir exactement pourquoi. Il refusait de la croire ?

— Et quelques secondes plus tard, ce mec-là s'est volatilisé. Je suis peut-être parano, et pas très objective, mais Erwin était… est le maître dans l'art de disparaître.

— Oui, ça ne fait aucun doute, railla Dimitri.

Il cala ses mains dans les poches de sa veste de costume. Wyllina se retint de dire quoi que ce soit. Pour une fois, elle était plutôt d'accord avec lui.

— Ça ne fait aucun doute, répéta Dimitri, mais ça ne correspond pas du tout à ce que j'ai découvert grâce à José.

Après avoir balayé les environs du regard, il ajouta :

— Ne parlons pas ici, dit-il. Rentrons à l'agence. Je vais tout t'expliquer.

Wyllina se laissa tomber sur sa chaise, encore sous le coup de l'émotion. Durant le trajet, la discussion était restée au point mort. Ni Dimitri ni elle ne savait quel sujet aborder après ce qui s'était passé. Et quand bien même ils auraient pu parler de tout et de rien, elle n'en avait aucune envie. Se rapprocher de son nouveau coéquipier était loin d'être sa priorité. Savoir ce qu'il lui voulait et comprendre qui il était, oui. Mais ce n'était pas en discutant de la pluie et du beau temps que cela arriverait.

Son collègue retira sa veste, en prenant soin d'enlever la pierre de sa poche et de la déposer sur une pile de dossiers encore ouverts, et s'assit lui aussi. Tous les deux semblaient chercher une façon de résumer les choses. Maintenant qu'ils étaient à l'abri des oreilles indiscrètes, ils pouvaient reprendre leur conversation là où elle s'était arrêtée.

— Donc, commença Wyllina, tu disais que c'était impossible qu'Erwin se soit trouvé dans ce bar. Alors je t'écoute. Qu'as-tu découvert grâce à ce cher José ?

Les mains jointes, les deux index appuyés sur la bouche, le jeune homme semblait pensif. Il inspira profondément et se redressa, comme pour s'étirer le dos, avant de laisser tomber ses mains de part et d'autre de la pierre.

— Elle est quand même étrange, cette pierre.

Blasée, la jeune fée lui lança un regard de reproche. Ce n'était pas comme si cela faisait une heure qu'elle attendait d'avoir cette conversation.

— Mais bref, reprit-il en secouant ses cheveux, le vampire a confirmé qu'Erwin est venu le voir seul, il y a deux semaines. Pour lui demander de l'aide par rapport à une situation compliquée dans laquelle il s'était fourré, mais je n'en sais pas plus… En revanche… José affirme qu'Erwin est mort.

Wyllina pouffa, n'en croyant pas un mot. Erwin, mort ? Il lui annonçait ça de but en blanc, sans état d'âme, et il espérait qu'elle l'envisageât ?

— Mais je ne le crois pas, finit-il, avec le recul.

— Pourtant, tu disais tout à l'heure que…

— Je suis au courant de ce que j'ai dit, la coupa-t-il. Il faut reconnaître qu'il avait des arguments assez convaincants. Comme des photos et…

Il sortit un objet de la poche de son pantalon qu'il brandit devant lui. Un anneau. Le cœur de Wyllina se serra lorsqu'elle identifia l'alliance de son coéquipier.

— Il m'a donné ça comme preuve. Il dit que c'est son alliance, qu'il a récupérée sur son corps.

— Il ne s'en séparait jamais depuis la mort de sa femme, souffla-t-elle.

Doucement, Dimitri se leva en serrant l'anneau dans sa main et s'approcha d'elle d'un pas mesuré. Il porta une main à ses lèvres et lança un coup d'œil à la nocturna lorsqu'il déposa la bague en face d'elle.

— Est-ce que c'est toi qui l'as tué ?

Elle ne put s'empêcher d'éclater de rire. Un rire nerveux.

— Qu'est-ce que c'est encore cette histoire ? dit-elle en croisant les bras, mal à l'aise. Si je l'avais abattu, penses-tu que je m'évertuerais à vouloir le retrouver ?

— C'est que…, reprit-il. José a parlé de quelque chose d'étrange. En fait, je ne suis pas sûr que ça ait un lien avec cette pierre, mais on aurait dit un message caché.

Wyllina secoua la main en soupirant.

— Oui, les vampires adorent faire ce genre de choses. Et donc ?

— Eh bien, d'après lui, il aurait simplement été… éliminé par l'Agence, avec l'aide d'un des meilleurs agents de l'ARPM. D'où ma question.

Il planta ses yeux noisette dans les siens. La fée nocturne se sentit frémir. Un froid glacial parcourut la pièce. Est-ce que Dimitri était en train de perdre son sang-froid, lui qui ne connaissait même pas Erwin ?

Outrée qu'il pût la soupçonner, Wyllina soutint son regard.

— Je ne l'ai pas tué.

— D'accord, finit par admettre son coéquipier. Je te crois.

— Tu dis qu'il aurait été éliminé. Pour quelle raison José pense-t-il ça ? Et comment peut-il avoir des photos de son corps alors qu'il était bien vivant il y a une heure ?

Dimitri haussa les épaules. Elle devina, dans son attitude, que ses réflexions ne menaient nulle part chez lui non plus.

— Je ne sais pas, mais il est bien placé pour être au fait qu'un mort ne le reste pas obligatoirement…

Ce n'était pas faux. Pas faux du tout, même. C'était bien entendu le cas des vampires… Soudainement, une nouvelle perspective s'offrait à la nocturna.

Et si Erwin leur avait tout simplement tourné le dos pour appartenir à une autre espèce ? Aux non-natifs, qui plus est ! Elle n'était pas du genre sectaire, mais pour un elfe noir qui avait la réputation de l'être, c'était plutôt curieux.

Cette éventualité l'écœurait. Cela ne ressemblait pas à Erwin et surtout pas de le faire dans le plus grand secret sans lui en parler.

— Il a également évoqué un royaume. Je n'y ai pas fait attention. Mais… voilà que tu me parles d'un Ancien Royaume, et que cette pierre serait la preuve qu'il existe selon les dires du jeune lycan qui se trouvait dans le bar.

Wyllina mordilla l'ongle de son pouce, signe de sa nervosité. Alors il ne connaissait pas l'Ancien Royaume ? C'était en tout cas ce qu'il laissait supposer. Ne croyait-il pas en son existence ?

— Tu as toujours résidé sur Terre ?

Cela limiterait les perspectives de leur première rencontre. Celle qui, d'après Dimitri, lui permettait de la haïr. Un nom russe, une enfance terrestre… Rien de tout cela ne lui rappelait quoi que ce soit. Depuis qu'ils étaient tous arrivés sur Terre, Wyllina avait été prise en charge par Pullman et n'avait que rarement quitté l'Europe. Mais comme elle ne savait pas vraiment qui était Dimitri, il n'était pas exclu qu'il lui mentît. Tous les natifs n'étaient pas contraints de dire la vérité quoi qu'il en coûtât.

— Il faudrait que je la fasse analyser, l'ignora-t-il.

— Mais c'est impossible. L'Ancien Royaume a été détruit et je…

Elle laissa sa phrase en suspens en frissonnant à cause de la fraîcheur de la pièce. Son regard glissa imperceptiblement vers l'obsidienne que son coéquipier lui avait subtilisée et qui trônait toujours à son cou.

Sa surface semblait couverte d'une fine pellicule de givre. S'il ne croyait pas en l'Ancien Royaume, pouvait-il réellement savoir ce que représentait ce pendentif ? Elle le soupçonnait depuis le départ, mais... bluffait-il ? Connaissait-il l'histoire sans vouloir l'avouer ?

Dimitri remarqua ses doutes.

— Je suis bien placée pour le savoir, finit-elle par dire. C'est de là que je viens. C'est de là qu'on vient, tous. Enfin, ceux d'entre nous qui n'ont jamais été humains. Les natifs.

Encore une fois, ces mots n'étaient pas choisis au hasard. Peut-être que Dimitri avait été humain autrefois ?

— Je suis au courant, répondit le jeune homme. Du moins, je sais que c'est ce qui se dit. Je n'ai jamais pu m'assurer de la véracité de ce que les plus anciens me racontaient et je suis un peu comme Saint-Thomas. À force, tout ça se perd, on finit par croire que les non-natifs ont raison. Tout cela a été inventé et les natifs se persuadent que c'était la réalité. Les natifs sont très doués pour ça. Ils sont assez naïfs, finalement...

Son discours était étrange pour plusieurs motifs. Sa langue native était impeccable, au même titre que son français et certainement que son russe. Ça n'avait aucun sens.

— Continue de parler comme ça et je te montrerai si je suis naïve, rétorqua Wyllina, les lèvres pincées.

Dimitri passa une main dans ses cheveux en soupirant, comme si cela devenait trop compliqué pour lui. En réalité, pour Wyllina aussi, la tournure que prenaient les évènements n'avait aucune signification.

— Ce n'est pas le sujet, de toute façon, se ressaisit Wyllina. L'Ancien Royaume n'est plus. Que cette pierre en provienne ne prouve pas qu'il existe toujours. Si ça se trouve, elle a été extraite il y a bien longtemps.

— C'est bien pour ça que je voudrais la faire analyser.

— Sans attirer l'attention de Pullman ? Si Erwin a été évincé de l'agence volontairement et que ça a un rapport avec Vaquoria, je ne suis pas certaine qu'il faille en parler à notre chef.

Ce fut au tour de Dimitri de paraître suspicieux.

— Comment ça ? Tu crois que Pullman cherche à camoufler des éléments ?

La nocturna haussa les épaules. La température de la pièce redevint enfin normale, ce qui prouvait que Dimitri et la fée nocturne se détendaient.

— Réfléchis, dit-elle. José dit qu'Erwin a été éliminé par l'ARPM. Erwin qui, d'après un jeune lycan dans un bar malfamé, fait du trafic de gemmes issues de l'Ancien Royaume. Erwin qui, s'il en avait eu le choix, ne m'aurait jamais laissée sans nouvelles. Pullman n'a même pas cherché à savoir où se trouvait mon coéquipier. Voilà quarante-huit heures qu'il a disparu et il est déjà remplacé par… toi, sans qu'une enquête soit lancée. Je ne crois pas que tout ceci soit un hasard.

— Tu oublies qu'on n'est pas sûrs que le gars que tu as vu soit Erwin.

Wyllina planta ses iris argentés dans ceux de Dimitri.

— Je suis sûre et certaine que le gars que j'ai vu était Erwin. Je suis une nocturna. Je me trompe rarement.

Le jeune homme ne trouva visiblement rien à redire, ce qui lui donna entière satisfaction.

— Et tu négliges le fait que je suis la meilleure, continua-t-elle en se levant. La meilleure et la plus surveillée. J'ai pris l'habitude de ne pas travailler qu'avec l'ARPM, tu sais, pour ne pas toujours être réprimandée.

Elle enfila sa veste en se dirigeant vers le bureau de Dimitri et fourra la pierre dans sa poche. Son collègue la suivait des yeux en silence, intrigué.

— Qu'est-ce que tu fais ?

— Je vais faire analyser cette pierre. En fonction, on saura si on est sur la bonne piste ou pas.

— Mais je croyais que…

— Je te l'ai dit. J'ai des contacts. Essaye de retenir Pullman et s'il demande où je suis… tu n'as qu'à lui répondre que je suis partie prendre l'air tellement tu m'insupportais.

Il n'aurait même pas vraiment besoin de mentir…

— Je pensais qu'on formait une équipe, insista-t-il en tapotant le pendentif d'obsidienne, comme un moyen de pression.

À présent, elle en était persuadée, il n'avait aucune idée de ce qu'il représentait. Il savait l'importance que Wyllina lui portait, certainement à cause des bruits de couloir, mais ignorait ce qu'il renfermait.

— L'accord tient toujours. Contente-toi de me couvrir. Il faut bien que l'un de nous deux brouille les pistes si on ne veut pas terminer comme mon coéquipier.

Il sembla peser le pour et le contre en jouant avec l'alliance d'Erwin, mais finit par céder en hochant la tête.

— Sois prudente, dit-il alors qu'elle passait la porte.

La prudence ? Ça n'avait jamais été son truc.

# Chapitre 4

La nocturna observa l'elfe lui servir une tasse de thé bouillante. Il fit glisser la porcelaine trop remplie jusqu'à elle, sans renverser une seule goutte sur l'imposante table en bois autour de laquelle ils étaient installés.

— Que me vaut donc le non-plaisir de ta venue, petite nocturna ?

Wyllina attrapa la tasse entre ses doigts congelés. Rendre visite à Elienor n'était jamais une satisfaction. Déjà parce que c'était un elfe et aussi parce qu'il n'avait jamais perdu cette mauvaise habitude de l'Ancien Royaume : toujours marchander et passer des accords douteux pour lesquels lire entre les lignes était obligatoire. Elle se consolait comme elle pouvait : leur inimitié était réciproque et chacune de leurs rencontres était pénible pour tous les deux.

— J'ai besoin de tes services, dit-elle en soulevant le thé jusqu'à sa bouche.

— Tu vas te brûler, dit-il dans la langue native. *Ar, balan estel !*

Wyllina ne comprit pas cette dernière phrase, prononcée dans la langue des elfes.

Comme pour le provoquer, elle trempa ses lèvres dans le thé, sans même sourciller.

— Ah oui, j'avais oublié cette caractéristique chez toi… Et donc, je suppose que si tu te tournes vers moi avec aussi peu de fierté, c'est que tu n'as d'autre possibilité que de me faire confiance ?

En observant Elienor et ses longs cheveux blancs parfaitement maîtrisés, la fée nocturne avala une grosse gorgée du breuvage, se délectant de la chaleur qui se diffusait dans tout son corps.

Admettre qu'elle n'avait pas d'autres choix revenait à lui octroyer du pouvoir, ce qui n'était absolument pas dans son intérêt. Pour la satisfaire, il lui demanderait l'impossible en échange. Et l'impossible, elle pensait l'avoir déjà donné à Dimitri.

— Je suis venue te voir parce que je sais que tu es le meilleur, susurra-t-elle. Mais si tu y tiens, je me tourne vers quelqu'un d'autre.

La flatterie avait toujours eu une efficacité redoutable sur les elfes. Déjà, Elienor sembla se détendre.

— Ah, je préfère ça, dit-il, satisfait. Eh bien ? Je t'écoute ?

Rassurée de voir que l'elfe restait ad vitam æternam vaniteux, la fée nocturne se débarrassa de sa veste, comme pour le faire languir, en observant les alentours. Ici, on ne pouvait clairement pas douter de l'existence de l'Ancien Royaume. Elienor était un des rares qui possédaient encore tout un tas d'objets, de reliques, de peintures et de manuscrits provenant de là-bas. L'elfe était de ceux qui voyageaient fréquemment entre les deux mondes, à l'époque où Vaqoria existait toujours, rapportant d'un côté comme de l'autre une portion de la culture locale. Les objets de l'Ancien Royaume qu'il avait accumulés sur Terre s'y étaient retrouvés piégés après sa destruction, tout comme les natifs.

Et même si cela faisait plus de cinq siècles que sa disparition avait eu lieu, Wyllina ressentit une légère nostalgie en repérant ce qui, autrefois, faisait partie de son quotidien.

— J'ai besoin de ton savoir concernant une pierre, dit-elle.

Doucement, elle sortit la gemme de sa poche. Dans le clair-obscur de la pièce, celle-ci semblait luire, comme si elle était phosphorescente. Elle projetait des taches de couleur tout autour d'eux et sur leur visage. Aussitôt après qu'elle l'eut posée sur la lourde table en chêne, le regard de l'elfe se fit avide.

Pourtant, en quelques secondes, il récupéra son air neutre, tâchant de se maîtriser.

— Je vois. Ce n'est que de la résine, à l'évidence.

La nocturna sourit, sachant parfaitement ce qu'il tentait de faire.

— C'est ce que je croyais aussi, répondit-elle en s'appuyant sur le dossier de sa chaise. Mais un jeune lycan prétend l'inverse. Il dit qu'elle provient de l'Ancien Royaume.

Elienor lui demanda, d'un coup d'œil, son accord pour la prendre dans ses mains. Wyllina accepta en hochant la tête et l'elfe s'empara de la roche, avant de s'asseoir en face d'elle dans un mouvement maîtrisé. Il porta la pierre à hauteur de ses yeux plissés.

— Eh bien, ce n'est pas impossible, murmura l'elfe en faisant tourner la gemme entre ses doigts. Bon nombre de choses de l'Ancien Royaume existent encore, il suffit de contempler ce qu'il y a autour de toi.

La fée nocturne chercha ses mots. Dévoiler à l'elfe ce qu'elle avait découvert n'était à coup sûr pas une bonne solution, parce qu'il ferait certainement partie des premiers à vouloir s'emparer du royaume s'il était à nouveau accessible.

Ce qui était impossible, mais mieux valait rester prudente.

— Je sais, répondit-elle. En fait, j'aimerais surtout que tu dates cette gemme. Provient-elle de l'Ancien Royaume et, si tel est le cas, quel âge a-t-elle ?

La ruse ne fonctionna pas. L'elfe comprit que quelque chose se préparait. Il tourna vers elle un regard inquisiteur.

— Pourquoi donc voudrais-tu connaître l'ancienneté de cette roche ?

Consciente qu'elle ne pouvait répondre sans se trahir, Wyllina garda le silence. L'elfe reposa la pierre sur la table en y détachant doucement ses doigts et se pencha vers elle d'un air sombre. Sa main plana à quelques centimètres de la gemme, comme s'il craignait qu'elle disparût.

— Petite nocturna, penserais-tu qu'il y ait une chance pour que l'Ancien Royaume soit de retour ?

Eh merde. Elle détestait la logique et le bon sens des elfes, bien plus difficiles à berner que ceux des trolls. La prochaine fois, elle se tournerait vers une sorcière, qui ferait ce qu'on attendait d'elle sans poser de questions.

Wyllina détourna les yeux rien qu'une seconde, afin de trouver une parade, mais elle savait déjà que l'elfe avait vu clair dans ses non-dits. Précipitamment, elle tenta de récupérer la pierre, mais l'elfe l'avait devancée. Ses doigts s'y étaient enroulés si vite que la nocturna n'eut pas le temps de ciller. Avant qu'elle ne pût agir, il avait traversé la moitié de la pièce, l'opale fermement collée contre son torse dévoilé par son kimono en soie ouvert. Wyllina commença à bouillir et se leva du banc en bois en serrant les poings. En face d'elle, sa tasse de thé frémissait.

— Oh… non, non, non, petite nocturna. Tu sais très bien ce qui arrivera si tu perds le contrôle.

Des menaces. C'était typique. Pourtant, elle tenta de se reprendre. Elle ne serait jamais utile si Pullman l'enfermait pour le restant de ses jours.

— Où est ton pendentif ? remarqua l'elfe. Que se passe-t-il pour que tes choix se tournent vers ce que tu détestes le plus ?

Wyllina se calma, ce qui fit descendre la température de son corps. Le thé qui, quelques secondes auparavant, s'était mis à bouillir en face d'elle en éclaboussant la table retrouva son aspect lisse et fumant.

— Contente-toi de me dater cette gemme, siffla-t-elle. Le reste n'est que supposition. Tu n'as pas besoin d'être au courant de choses qui ne sont pas encore vraies.

Elienor sourit largement, dévoilant une dentition parfaite. Malgré la colère, la nocturna ne pouvait qu'admettre qu'il était bel homme. Il ne partageait sa vie avec personne pour le moment, mais avait eu plusieurs conquêtes dans le passé. Il se vantait souvent qu'autrefois, tous les hommes et toutes les femmes du royaume étaient à ses pieds.

L'elfe la toisa pendant quelques secondes, conscient d'être en position de force. Wyllina avait besoin de lui et le fait qu'elle ne se tournât pas vers son agence lui prouvait qu'elle n'avait pas d'autres choix. Ça, en plus de différents détails, auxquels même la nocturna n'avait pas pensé, l'avaient rendue affaiblie face à lui. Elle était à sa merci.

— D'accord, finit-il par dire. Je vais faire ce que tu me réclames… Je t'aime bien, enfin, autant que je peux apprécier une nocturna. De ce fait, je ne te demanderai pas grand-chose…

Wyllina ferma les yeux, craignant le pire. Elle qui n'avait plus rien à offrir, redoutait de devoir accepter une dette impossible à rembourser.

Elienor resta muet pendant encore un instant, comme s'il cherchait une formulation qui l'empêcherait de refuser sa requête.

— Ton pendentif n'était visiblement pas la chose la plus précieuse que tu possédais. Mais il y a quelque chose qui a bien plus de valeur… Je veux une mèche de tes cheveux.

La nocturna cilla, sans pour autant perdre la face. Sa respiration se coupa. En soi, ce n'était pas un gros sacrifice, sur Terre. Mais si l'Ancien Royaume…

Tout ceci n'était que des suppositions. Après tout, il n'y avait aucune preuve que c'était vrai. L'Ancien Royaume avait été dévasté et elle avait été aux premières loges pour le voir partir en poussière. La fée nocturne avait même un secret : elle était certainement en partie responsable de sa destruction.

Mais pourquoi menait-elle l'enquête dans ce cas ? Au fond d'elle, un espoir s'était installé depuis qu'elle avait découvert cette pierre. Et cet espoir ne la quittait plus.

Elle secoua la tête et tenta de réfléchir le plus vite possible.

— D'accord, finit-elle par souffler, comme si les mots ne venaient pas d'elle.

L'elfe lui accorda un sourire satisfait et se rapprocha d'elle en moins d'une seconde. En douceur, il déposa la pierre sur la table suffisamment longue pour accueillir dix personnes et sortit un couteau de l'intérieur de la manche de son kimono. Il leva une main vers son visage et effleura ses cheveux, avant d'en empoigner une mèche. Sans plus de cérémonie, il passa à toute vitesse la lame sur celle-ci et soupira de contentement.

La nocturna ressentit une curieuse impression du plus profond de son ventre. Erwin ne méritait peut-être pas de tels sacrifices. Pourtant, elle se trouvait là, sans son obsidienne, et désormais un elfe impitoyable possédait une mèche de ses cheveux.

Qu'allait-elle encore devoir perdre pour le retrouver ?

Elienor renifla l'odeur de la mèche rousse emmêlée dans ses doigts et se détourna de Wyllina, son air avide et dominant soudainement remplacé par la galanterie habituelle que les elfes affichaient en public.

— C'est un plaisir de faire affaire avec toi, comme toujours.

Elle tenta de faire abstraction du sourire carnassier qu'il lui adressait. N'ayant aucune envie de s'attarder encore dans ce lieu, elle récupéra son manteau en essayant de garder une contenance.

— Tiens-moi au courant le plus vite possible, dit-elle. Et ne t'avise pas de chercher à me berner.

Il piégea sa mèche de cheveux dans un bocal en verre, qu'il plaça sur l'une de ses nombreuses étagères, au milieu de dents de gobelins et d'yeux de sorcières. Elle frémit, se sentant réduite à une simple relique.

— Ma chère petite nocturna… tu sais bien que les elfes n'ont qu'une parole…

Sans répondre, elle ne perdit pas une seconde de plus dans ce tombeau.

Ce soir-là, Wyllina décida de ne pas rentrer à l'agence. Elle avait besoin d'être seule et si Dimitri avait comme prévu menti à Pullman au sujet de leur entente, le plus logique était qu'elle ne remît pas les pieds à l'Agence Royale de Protection Magique avant demain.

À cause du froid, elle choisit de prendre le métro pour retourner chez elle. Dans la rame, elle observa les autres passagers. Des humains, des natifs, des non-natifs.

En inspirant profondément, elle se remémora comment tout cela avait commencé. Lorsque l'Ancien Royaume s'était éteint, les natifs, ceux nés d'une autre nature que l'espèce humaine, étaient arrivés sur Terre, désorientés, perdus. À présent, il ne restait que peu d'anciens. En tout et pour tout, ceux qui avaient connu l'Ancien Royaume devaient se recenser en milliers et encore, chaque groupe n'était pas représenté de façon équitable. Les elfes noirs comme Erwin, par exemple, étaient ceux qui se comptaient en plus petit nombre. Mais cela n'avait rien à voir avec la chute de l'Ancien Royaume. Une sombre guerre les avait anéantis des siècles plus tôt.

C'était pourquoi les natifs nés sur Terre et les non-natifs avaient du mal à croire que Vaquoria eût existé un jour.

Malgré tout, des clans s'étaient formés. Sans compter les rivalités déjà en vigueur entre les espèces natives de l'Ancien Royaume, les non-natifs et les natifs se battaient pour savoir qui parmi eux étaient les plus légitimes. Un non-natif n'était pas né féérique, mais l'était devenu. Bien souvent, il s'agissait d'humains en premier lieu. Les natifs de Vaquoria les prenaient alors parfois de haut, même si la plupart avaient fini par accepter la cohabitation.

C'était pour cela que l'ARPM avait été fondée. En partie pour protéger les humains et surtout pour apprendre aux êtres magiques à vivre en harmonie sur Terre sans créer le chaos.

Pourtant, le chaos, c'était la spécialité de Wyllina.

Elle baissa les yeux vers ses mains lorsqu'un groupe de jeunes entra dans la rame, la bousculant au passage.

Sur Vaquoria, en tant que chevalière du roi, elle leur aurait tranché la tête rien que pour ce petit affront.

Ici, les choses étaient bien différentes.

Sans un mot, elle se décala légèrement et les observa. Parmi eux, elle repéra un leprechaun, reconnaissable grâce à son nez en trompette et à ses dents en or. Les autres étaient humains.

Lorsque son regard croisa le sien, il lui adressa un clin d'œil.

Wyllina n'était pas si distincte d'une humaine, mis à part la pointe subtile de ses oreilles, ses iris argentés et sa peau fine et translucide. Avec des lentilles, elle pourrait aisément passer inaperçue aux yeux de tous, même des natifs. Elle y penserait pour l'une de ses prochaines missions.

L'arrêt auquel elle devait descendre arriva. La jeune fée se glissa en dehors de la rame. Elle attendit que le wagon eût quitté la gare pour poursuivre sa route.

Elle s'engouffra ensuite dans le froid d'une rue de Bruxelles, jusqu'à l'endroit où elle avait élu domicile. Une ancienne usine de gaufres abandonnée qu'elle avait, au fil des années, rendue acceptable pour y dormir.

Bien sûr, personne ne savait qu'elle y habitait et la menace planait chaque jour qu'un entrepreneur voulût détruire le bâtiment. Néanmoins, Pullman lui avait assuré qu'elle ne serait jamais embêtée. Elle le soupçonnait d'avoir ensorcelé la fabrique pour qu'elle ressemblât à une belle et conviviale maison.

Dans un grincement, la grande porte métallique s'ouvrit, laissant une douce chaleur sirupeuse envelopper la nocturna. L'odeur des gaufres au sucre continuait de flotter dans l'air, ce qui n'était pas pour lui déplaire.

Le sucre était une des premières choses qu'elle avait aimées sur Terre. Une fois à l'intérieur, elle observa son antre. Haut de plafond, accueillant. Il se composait d'une vaste pièce principale dans laquelle la fée avait installé une cuisine, un salon, quelques bibelots, ainsi que d'une cabine accessible par un escalier en métal rouillé. Celle-ci servait autrefois de bureau ; elle y avait aménagé une chambre.

Quelques bougies qu'elle avait allumées d'un claquement de doigts éclairaient le tout.

En tant que nocturna, Wyllina maîtrisait le feu. C'était une des caractéristiques majeures de son espèce. Malheureusement, ils n'étaient plus que trois de son espèce à être encore en vie. Sauf si les autres se cachaient. Leur peuple avait été décimé lors de la mort de l'Ancien Royaume, car il avait été tenu pour responsable de sa destruction. Ce qui n'était pas entièrement faux.

Mais tout le monde ignorait qu'elle seule avait joué un rôle bien précis dans cette tragédie.

Ne souhaitant pas se remémorer ces moments difficiles, elle se débarrassa de sa veste, se frotta le visage et se dirigea vers la petite cuisine. Elle l'avait aménagée avec un frigo, un évier récupéré et une gazinière trouvée sur le trottoir.

Elle s'apprêtait à se préparer une tasse de café bien chaud, lorsqu'un bruit résonna derrière elle. À peine eut-elle le temps de se retourner qu'une main se plaqua sur sa bouche. Quelqu'un l'obligea à lui faire face.

Prête à riposter, la fée nocturne s'interrompit en observant la figure familière de son coéquipier, Erwin, qui se tenait devant elle. Une fois sûr qu'elle ne crierait pas, il relâcha sa prise en scrutant les environs, comme pour être certain que personne ne les surveillait.

D'abord abasourdie et perdue, la nocturna dut maîtriser sa joie de le revoir. Puis sa colère.

— Non, mais qu'est-ce que tu fous ! lâcha-t-elle, pas trop fort néanmoins, en réponse à la prudence de son ami.

Erwin lui lança un regard désolé. Immédiatement, elle se calma. Il avait l'air… épuisé. Ses yeux ténébreux et ses cheveux noirs semblaient ternes comparés à d'habitude. Même son teint d'ébène paraissait gris.

— Je n'ai pas beaucoup de temps, *telith*, dit-il en dévoilant des dents pointues d'elfe noir. Ils te surveillent.

Telith était un surnom qu'Erwin avait l'habitude de lui donner. Il signifiait « ma chère » en langue des elfes noirs, qu'elle avait appris à comprendre au cours des deux cent cinquante années précédentes passées aux côtés d'Erwin. Wyllina fronça les sourcils, tentant de rassembler ses esprits.

— Ils me surveilleront toujours, dit-elle. Alors comme ça, tu te lances dans le trafic de pierres ?

— Écoute-moi, dit-il sans lui prêter attention. Je sais que tu es en colère et que tu t'es inquiétée. Je suis désolé, mais je n'avais pas le choix. Pullman cherche à m'éliminer. J'ai découvert quelque chose qui…

— Une minute, donc José disait vrai ? Il dit que tu es mort…

Il chassa ses paroles d'un geste de la main. Wyllina n'en fut pas blessée. Elle avait l'habitude qu'il ne perdît pas une seconde lorsqu'il était pressé. Il sembla pourtant remarquer l'absence de son obsidienne, généralement toujours lovée au creux de son cou.

— Ce jeune que Pullman t'a collé dans les pattes, méfie-t'en.

À ce moment, elle eut besoin de quelques secondes pour remettre les choses à leur place.

— Dimitri ? Tu rigoles, j'espère, c'est un bon à rien.

Il lui lança un regard de reproche, ce qui l'incita à ne pas insister davantage. Ce fut à présent vers sa chevelure que son attention se porta. À l'endroit où Elienor lui avait coupé une mèche. Gênée, la nocturna se recoiffa en escomptant que son coéquipier n'eût pas compris ce qu'elle était en train de comploter. Même si, à l'évidence, c'était déjà trop tard.

— Que se passe-t-il, Erwin ? Tu vas finir par me l'expliquer ?

Son collègue secoua la tête, comme si le temps lui était vraiment compté et que tout cela n'avait aucune importance. Elle tenta de le convaincre de parler en le suppliant du regard.

— Pas ce soir. Reste sur tes gardes et arrête de faire des conneries. Je voulais juste que tu saches que je vais bien. Ils arrivent.

Aussitôt après ces mots, trois coups puissants furent frappés sur la porte métallique de l'usine abandonnée. Wyllina sursauta et, en une seconde, Erwin disparut.

Abasourdie, la jeune fée observa longuement l'endroit où se trouvait son collègue, quelques battements de cils auparavant. Avait-elle imaginé ce qui venait de se passer ?

Erwin était maître dans l'art de s'évanouir dans la nature, mais là, ça dépassait l'entendement. Même pour un être magique.

Les coups furent répétés, ce qui chassa les pensées de la nocturna. Tentant de récupérer son calme, elle afficha un air fatigué qui, elle l'espérait, ferait comprendre qu'elle était mécontente d'être dérangée dans sa tranquillité. Elle s'empressa d'aller ouvrir.

Pour jouer le jeu à la perfection, elle enroula à la hâte un plaid autour de ses épaules, comme si on l'incommodait en pleine sieste. Elle ouvrit la lourde porte et se retrouva nez à nez avec Pullman, Peter… et Dimitri.

Chapitre 5

Assis sur le canapé deux places de Wyllina, Pullman occupait une grande partie de l'espace, ce qui ne laissait à Peter qu'un tout petit emplacement. La jeune fée s'efforça de ne pas rire en voyant son collègue trop à l'étroit. Dimitri, lui, se tenait debout face à la nocturna, les bras croisés. Son regard sombre ne disait rien de bon. Mais, évidemment, Wyllina et lui étaient incapables de communiquer dans l'immédiat.

La fée nocturne servit quatre tasses de café qu'elle disposa sur la table basse de son salon en face de chacun de ses... invités. Elle rapprocha un pouf marocain et s'y installa, attrapant sa propre tasse. Cela n'était pas la meilleure idée, car déjà, le liquide commençait à bouillir, trahissant son stress. Elle tenta de se maîtriser.

— Eh bien ? dit-elle pour encourager Pullman à parler.

Sans manière, ils s'étaient introduits chez elle immédiatement après qu'elle eut ouvert la porte, prétextant une réunion de crise. Mais le regard de Dimitri lui avait signifié qu'il y avait autre chose. Elle craignait le pire.

Comme s'il prenait conscience que c'était à son tour de prendre la parole, Pullman se redressa, faisant plier un peu plus l'assise du pauvre canapé de la nocturna.

— Oui, dit-il. Eh bien, comment dire… je serais curieux de savoir pourquoi tu as envoyé ton collègue à la Fourmilière.

— La Fourmilière ? répéta-t-elle.

— Le bar, dans le quartier rouge. Celui où Dimitri s'est entretenu avec José Blame quelque temps avant sa mort.

Elle faillit s'étouffer avec son café. José Blame était mort ? Comme pour chercher du soutien, elle supplia du regard son partenaire de parler à sa place. Ce qu'il ne fit pas.

— Eh bien…, risqua-t-elle. Je ne suis pas au fait de tout ce que mon « coéquipier » fait.

Elle mima les guillemets et se félicita de ne pas vraiment mentir. Son vrai coéquipier était Erwin et elle ne savait en effet pas tout ce qu'il trafiquait. Bien évidemment, Pullman crut qu'elle parlait de Dimitri. Et il n'eut pas besoin de hausser la voix, un simple regard lui suffit à faire trembler la fée nocturne qui détourna les yeux, gênée.

— J'avais pourtant été clair sur cette enquête, reprit-il. On laisse les vampires tranquilles.

Ouf ! Pullman n'avait aucune idée de la raison qui avait poussé Dimitri et Wyllina à retourner voir José. Il pensait uniquement à la suite de l'investigation déjà ouverte le concernant. Elle inspira profondément, ne pouvant masquer son soulagement.

— Ah oui, répondit-elle du tac au tac. J'ai envoyé Dimitri sur le terrain parce que je n'avais plus le droit de m'y rendre, si tu te rappelles.

Ce n'était pas un mensonge non plus. Malgré tout, Dimitri tiqua.

Détourner la vérité faisait partie des moyens que les elfes et les nocturnas utilisaient pour contourner leur incapacité à mentir. Parfois, cela demandait une certaine gymnastique mentale, tant pour celui qui formulait la vérité modifiée que pour celui qui l'écoutait. Avec ces deux espèces, lire entre les lignes était d'usage. Pourtant, Pullman tomba dans le panneau.

— Eh bien, quoi que vous ayez fait, cela lui a coûté la vie. Notre but est de réguler tout ceci, pas d'aller à l'encontre d'une espèce. Wyllina, je sais que tu n'aimes pas les non-natifs, mais s'il te plaît, fais un effort. Ça fait partie de ton job de les protéger, eux aussi.

— Oh, et sois plus discrète quand tu suis ton coéquipier, intervint Peter. Un lycan nous a signalé que tu te trouvais également dans ce bar.

Merde…

— Oui, nous n'avons rien dit à Dimitri, enfin, jusqu'à présent… reprit Pullman en se tournant vers Peter avec un air de reproche, parce que la confiance est essentielle dans une équipe. Je n'apprécie guère que tu l'envoies sur le terrain pour le tracer dans son dos. Si je te l'ai attribué, c'est que je le sais capable.

Les choses n'auraient pas pu être plus parfaites. Wyllina s'en félicita.

— Je tâcherai de m'en souvenir. Pour les vampires… et pour… mon coéquipier.

Pullman but sa tasse à café qui paraissait minuscule entre ses mains et la reposa maladroitement sur la table en métal. Malheureusement, la délicatesse n'était pas son point fort. Celle-ci se brisa aussitôt qu'elle touchât le fer forgé. Tous restèrent un moment bloqués sur la porcelaine cassée, puis Pullman se redressa en s'ébrouant, libérant Peter de la pression que le peu de place lui imposait.

— Bien, continua Pullman. Je sais que ça pouvait attendre demain, mais puisque vous n'en faites qu'à votre guise, Peter et moi avons pris une décision. Plutôt que de loger à l'agence, Dimitri habitera chez toi le temps qu'il faudra pour que vous trouviez une réelle cohésion.

— Quoi, mais… ? commencèrent ensemble Dimitri et Wyllina.

Contestations qui furent immédiatement chassées par une imposante main levée de leur patron.

— On agit main dans la main, on ne se tire pas dans les pattes.

Cela lui allait bien de dire ça… Malgré tout, Wyllina s'efforça de conserver un air neutre. Ni suspicieux ni trop enjoué. Pullman n'avait aucune idée de ce qu'ils avaient fait ces dernières heures et c'était bien mieux comme ça. Mais un simple regard de travers pourrait suffire à les trahir.

— Concernant cette enquête, je vous la retire, poursuivit-il. Vous avez fait assez de dégâts. Peter vous en fera parvenir une nouvelle, bien plus enrichissante, demain matin. En attendant… reposez-vous, commandez des pizzas… Faites ce que bon vous semble, mais si je dois vous attacher pour que vous ne passiez pas une seconde l'un sans l'autre, je le ferai.

La nocturna grimaça. Elle avait déjà vu quelque chose de semblable, près de trois siècles plus tôt, lorsque deux agents avaient eu du mal à trouver une cohésion. Pullman les avait menottés ensemble avec l'aide d'un fil d'or conçu par les fées. Non seulement cela paraissait douloureux, mais seul l'accomplissement de la volonté de celui qui avait enserré les deux parties avait permis de les libérer.

Elle ne souhaitait vraiment pas vivre la même chose avec Dimitri. Comme le gonthor bourru qu'il était, Pullman adressa un regard compatissant à chacun, ce qui détonnait avec l'attitude extrêmement menaçante qu'il pouvait avoir. Peter leva son chapeau pour les saluer et tous les deux quittèrent l'usine, laissant les deux coéquipiers esseulés, l'un face à l'autre.

Pendant quelques secondes, aucun ne sut quoi dire. Ce fut Wyllina qui, tout en se baissant pour ramasser les débris de la tasse, commença.

— Je croyais t'avoir dit de me couvrir.

— Je l'ai fait, rétorqua Dimitri en prenant place sur le canapé d'un air nonchalant. Il me semble que Pullman n'est…

Elle le pria de se taire d'un geste de la main, les yeux exorbités. Pullman avait une ouïe extrêmement fine. Il pouvait très bien être dehors en train de les écouter secrètement pour vérifier qu'ils ne s'entretuaient pas. Mieux valait attendre quelques minutes pour s'assurer qu'il fût bien parti.

Face à son attitude, Dimitri, l'air réjoui, appuya ses coudes sur ses genoux pour se pencher vers elle.

— Que tu es mignonne quand tu es effrayée.

Un regard noir et un doigt entaillé par la porcelaine plus tard, elle s'éloigna de lui le plus possible. Elle passa son doigt sous l'eau et tendit l'oreille. Plus aucun bruit ne venait de l'extérieur, mis à part les rumeurs de circulation quotidienne. La voix était libre.

— Que ça reste comme ça concernant notre patron, dit-elle. J'ai du nouveau.

Là, Dimitri parut piqué par la curiosité. Devait-elle lui avouer qu'Erwin lui avait rendu visite ? Devait-elle lui révéler ce qu'il s'était passé chez Elienor ?

Pouvait-elle lui faire confiance ?

« Ce jeune que Pullman t'a collé dans les pattes, méfie-t'en », lui avait dit Erwin.

Malheureusement, elle n'avait aucun moyen de savoir s'il était fiable sans le tester. En revanche, elle n'était pas obligée de tout lui dévoiler. Et il fallait qu'elle assurât ses arrières.

— Erwin est en vie, finit-elle par annoncer. J'ai croisé son chemin.

Dimitri la toisa un moment, comme s'il devinait qu'elle le mettait à l'épreuve.

— Pour une nocturna, je trouve que tu mens avec particulièrement d'aisance.

— Je ne mens pas vraiment, j'élude une fraction de la vérité. Mais je suis une des meilleures agentes de l'ARPM. J'ai été entraînée pour ça, ce qui ne veut pas dire que c'est une partie de plaisir.

— Et donc, tu as croisé Erwin ?

Qu'il passât d'un sujet à l'autre la déstabilisait. C'était assurément ce qu'il cherchait à faire.

— Oui. José avait raison. Pullman essaye de l'éliminer.

Le jeune homme ne trouva rien à répondre et sembla se perdre lui aussi dans ses réflexions.

— Et pourquoi souhaiterait-il faire ça ?

La fée nocturne détourna le regard, juste pour qu'il ne remarquât pas qu'elle lui cachait quelque chose.

— C'est compliqué. Je ne sais pas tout.

— Tu veux dire qu'il ne t'a toujours rien expliqué ?

Pourquoi diable tout le monde était-il constamment si perspicace ?

— J'aimerais que tu me parles de l'Ancien Royaume, reprit Dimitri en changeant de sujet.

La nocturna se retourna vers lui, perplexe. Comment faisait-il pour voguer avec autant d'aisance entre chaque question ?

— Pourquoi ? Tu n'y crois pas de toute façon.

Le regard de Wyllina rencontra l'obsidienne qu'il portait à son cou. Si elle lui parlait de ce qui s'était passé, elle serait obligée de lui révéler ce détail. Et sa méfiance le lui interdisait.

— Peut-être. Je n'en suis pas sûr. C'est que je n'ai jamais véritablement écouté les rumeurs à ce sujet, du coup, je n'ai vraiment aucune idée de ce qui a pu se produire, si tout cela est réel bien sûr. Et comme notre enquête a l'air liée à l'Ancien Royaume, j'aimerais rattraper mon retard et combler mon ignorance.

Après tout, elle pouvait lui faire un cours d'histoire sans trop en révéler. La version que la plupart des natifs pensaient authentique pourrait lui suffire. Mais puisqu'elle ne pouvait mentir, elle devrait jouer avec les mots. Néanmoins, elle vit là une occasion d'en apprendre plus sur ce qui la travaillait au sujet de Dimitri.

— C'est d'accord, dit-elle. Seulement si tu me dis qui tu es et ce que je t'ai fait.

Le regard de son coéquipier s'assombrit. Soudain, la pièce se rafraîchit, et du givre se dessina sur la surface métallique de sa table basse. Wyllina savait à la perfection ce que cela voulait dire, car elle aussi générait ce genre d'évènement. Il s'énervait. Dimitri maîtrisait la glace et elle le feu. Ils n'avaient absolument rien en commun, mis à part la gestion compliquée de leurs émotions et ce qu'elles provoquaient sur leur corps et leur environnement. Ils étaient parfaitement opposés.

— Je ne vois pas pourquoi je te le dirais. C'est presque vexant que tu ne t'en souviennes pas…

La jeune fée affronta son regard. Une histoire contre une autre. L'accord était pourtant équilibré. Qu'il considérât que ça n'en valût pas la peine en disait long. Son récit avait pour lui bien plus d'importance qu'un royaume disparu. Et le passé de Wyllina, lié à celui du royaume et à celui de Dimitri, en avait bien plus encore.

— Dans ce cas, répondit Wyllina, je ne vois pas ce qui t'empêche d'aller te renseigner chez quelqu'un d'autre. Tu ne t'es pas dit que peut-être cela me coûtait de me rappeler tout ceci ?

L'air devint plus glacial encore. Vraiment, Wyllina se demandait ce qu'elle avait bien pu lui faire subir. Puisqu'il ne venait pas de l'Ancien Royaume, ce n'était pas lorsqu'elle était chevalière. Et jamais, depuis qu'elle travaillait pour l'ARPM, elle n'avait créé de débordement, et Pullman l'aurait sans doute avertie si ça avait été le cas. Non. Elle était sûre de n'avoir jamais croisé un peuple maîtrisant la glace sur Terre.

En revanche…

Serait-il possible qu'il la confondît avec quelqu'un d'autre ? Quelqu'un qui se trouvait plus proche de lui qu'il ne le pensait en ce moment même ? Sa sœur jumelle ? Il y avait bien une famille, qui pourrait correspondre à Dimitri, mais… c'était tout bonnement invraisemblable.

Le regard de la nocturna se déplaça vers l'obsidienne. Non, jamais elle ne lui révélerait son secret. Son coéquipier se leva presque d'un bond et, sans prêter attention à elle, il se dirigea vers la porte.

— Qu'est-ce que tu fais ? lui demanda la jeune fée.

— Je suis tes conseils. Il y a bien quelqu'un qui sera prompt à discuter.

— Pullman a été très clair, on doit rester ensemble.

Il se tourna vers elle, l'air rieur.

Que Dimitri la quittât n'était pas réellement le problème. Si quelqu'un d'autre lui racontait effectivement l'histoire de l'Ancien Royaume, certains détails qu'elle aimerait garder secrets ne seraient peut-être pas mis en sourdine. Mais s'il connaissait déjà l'histoire ? Et s'il la testait ? S'il lui mentait depuis le départ ? Après tout, il n'y avait qu'un seul moment qui pourrait correspondre à ce qu'il disait. Un moment où sa sœur jumelle était présente.

— Tu ne crois tout de même pas que je comptais lui obéir ?

La fraîcheur de l'air la fit frissonner, pourtant moins que la noirceur de son regard.

— Et si tu étais surveillé, toi aussi ? souffla-t-elle.

Déjà, elle se voyait les poignets entravés par un lien invisible et douloureux. Sans oublier le secret de son obsidienne révélé au grand jour.

— Si tu as si peur de Pullman, je n'ai jamais dit que tu ne pouvais pas me suivre.

Elle évalua son sérieux pendant un instant. Il passa la lourde porte qui se referma derrière lui dans un fracas métallique.

— Faites qu'il meure le plus vite possible… murmura-t-elle entre ses dents avant de se débarrasser de son plaid.

Précipitamment, elle attrapa ses clefs et un galet d'ambre qu'elle fourra dans la poche de son manteau tout juste enfilé. Un pic en fer trouva sa place dans ses cheveux rapidement relevés en chignon. Dans la nuit noire et le froid, elle s'engouffra pour le suivre. Elle devait absolument contrôler ce que les autres lui raconteraient.

Chapitre 6

— Et je peux savoir où tu vas ? l'interpella Wyllina, qui devait presque courir pour se tenir à la hauteur de son collègue.

Comme ils se trouvaient sur la chaussée, elle dut s'appliquer à parler en français. Ce qu'elle avait l'habitude de faire, et pratiquement sans accent, mais cela lui faisait toujours une impression étrange après n'avoir pas fait attention à son langage durant un moment.

Dimitri bifurqua à droite sans lui dire un mot. Bruxelles était grande. Même si la nocturna connaissait beaucoup de monde, et avait arpenté la plupart de ses rues, jamais elle ne s'était aventurée dans ce quartier. Elle n'avait aucune idée de l'endroit où Dimitri comptait se rendre. Finalement, il se tourna vers elle, un sourire malicieux au coin des lèvres.

— Je croyais que tu étais la meilleure agente.

Elle se renfrogna, elle détestait qu'il jouât sur son ego pour la remettre à sa place.

— L'une des meilleures, maugréa-t-elle.

Dimitri s'arrêta soudainement au milieu du trottoir alors que la fée nocturne accélérait encore le pas.

Sans faire attention, elle le percuta et s'empressa aussitôt de rompre le contact presque douloureux de leurs corps qui s'opposaient. Dimitri, lui, resta de marbre et lui lança un regard indéchiffrable. Sous cet angle, elle se rappela qu'il faisait une tête et demie de plus qu'elle. En fonction de qui il était vraiment, elle ne pourrait certainement pas faire le poids face à lui.

— C'est ici, dit-il.

Elle se tourna vers la porte qui leur faisait face. C'était juste une porte typique d'un appartement bruxellois. Perplexe, elle l'interrogea du regard, et Dimitri s'en amusa. Visiblement, il aimait avoir le contrôle.

Alors, qu'étrangement, elle ne parvenait pas à détacher ses yeux du jeune homme, un grincement leur indiqua que quelqu'un leur avait ouvert. Pourtant, Wyllina était certaine que ni lui ni elle n'avaient frappé ou sonné.

En se concentrant sur la personne qui les accueillait, la fée nocturne eut un mouvement de recul. Face à eux, un faune les observait, ses longues pattes poilues fléchies pour empêcher ses cornes de toucher le plafond et le regard caché derrière un masque en bec de corbeau.

Sincèrement, il était immense. Wyllina avala sa salive, même si elle savait qu'en théorie, elle dépassait un satyre au combat, et de loin.

— Mot de passe ? demanda la créature d'une voix rauque et profonde, en français.

Dimitri toisa sa coéquipière, presque fier de la mettre dans l'embarras. Il se tourna ensuite vers le faune, un grand sourire aux lèvres, l'attitude légère.

— Obsidienne, dit-il en ricanant.

Quel curieux hasard. La nocturna roula des yeux en frissonnant. Se montrer arrogante masquerait, elle l'espérait, ses sentiments en ébullition. Sans répondre, le satyre se décala faiblement, comme pour les inviter à entrer.

— Si tu me traînes dans le repaire d'une secte, je jure de te tuer.

Le jeune homme ne haussa qu'un sourcil d'un air moqueur.

— Allons… répliqua-t-il si bas qu'elle dut tendre l'oreille pour le comprendre. Tu ne lâches donc jamais prise ?

Sans attendre, il pénétra dans la maison. Pendant un moment, Wyllina se demanda s'il était réellement utile qu'elle le suivît. Après tout, ce n'était pas si grave, s'il découvrait ce que tout le monde pensait vrai, si ? Il finirait forcément par le savoir un jour, si ce n'était pas déjà le cas. Pourtant, elle ne voulait pas s'y résoudre. Elle seule connaissait la vérité, et qu'il pût avoir un regard biaisé des évènements passés ne l'enchantait guère.

Le satyre l'interrogea.

— Alors, elle rentre, la fée nocturne ?

Wyllina ne se donna même pas la peine de répondre et imita son collègue. La première chose qui la frappa, à l'intérieur, fut la moiteur. Ensuite, l'ambiance tamisée, principalement teintée de rouge grâce à des rubans de LED et des ampoules nuancées. Enfin, la musique discrète qui semblait provenir d'une autre pièce.

Elle jeta un coup d'œil par-dessus son épaule, observant le satyre refermer la lourde porte sur eux en récupérant une posture de videur, les bras croisés sur son court torse nu. Comme elle avançait à tâtons, elle se heurta à nouveau à son coéquipier, immobile. Il ne prêta pas attention à elle et se retourna vers une femme, vêtue d'un drap de soie blanche et d'un diadème doré posé sur le front. _____

Elle était postée derrière un comptoir en pierre volcanique. Ils se trouvaient certainement à l'accueil, ultime filtre avant de pénétrer dans cet endroit étrange et inconnu.

— Pas de téléphones, pas d'objets magiques, dit-elle en français. En gros, rien d'autre que vous.

La nocturna se raidit immédiatement. Alors que Dimitri se débarrassait de son portable et de l'obsidienne qu'il lui avait subtilisée, Wyllina aperçut au final une occasion de récupérer ce qui lui appartenait. La fée nocturne le laissa entrer dans l'arrière-salle d'un air nonchalant après qu'il eut également confié son manteau et son pull en échange d'une clef. Il ne garda donc que son pantalon et sa chemise blanche. Dimitri semblait l'attendre sur le seuil. Il l'observa en prenant appui sur le chambranle d'une arche fermée par un lourd rideau en velours rouge. Quelle charmante attention !

Quand ce fut son tour, la nocturna fit mine de ne rien avoir à céder à la fille, mais celle-ci la fixa sans bouger. Elle remarqua alors ses iris embrumés, comme si ses yeux étaient remplis de fumée.

Génial. Une pythie.

Impossible de leur cacher quoi que ce soit…

Lassée, elle soupira longuement et lui confia le galet d'ambre qu'elle avait emporté, son téléphone portable, un couteau court, un taser, une bombe au poivre — on n'était jamais trop prudent et certaines créatures détestaient le poivre —, une matraque, un bracelet en quartz, des boucles d'oreilles en cuivre et une carte de tarot. La pythie leva vers elle des yeux blasés, puis rassembla ses affaires dans un panier en osier avant de la fixer à nouveau.

— Rien que vous, insista-t-elle.

Wyllina roula des yeux, alors que Dimitri l'admirait d'un air narquois. Brusquement, elle le soupçonna de l'avoir emmenée ici précisément pour que rien de magique ne pût s'immiscer dans leur discussion. D'un geste rapide et vigoureux, elle retira le pic en fer qui maintenait ses longs cheveux en chignon et assassina son collègue du regard.

La pythie lui adressa un sourire et lui tendit enfin une clef en échange de sa veste.

— Passez une agréable soirée, dit-elle d'un ton, Wyllina en était persuadée, très ironique.

— Merci, répondit-elle de la même façon, faussement enjouée.

Elle saisit la clef fermement et la glissa dans son soutien-gorge avant de se diriger vers Dimitri.

— Finissons-en, dit-elle en le dépassant.

Il souriait encore lorsque la nocturna repoussa le rideau d'un geste du bras, dévoilant une pièce pas très grande remplie de créatures magiques lascivement installées, parfois nues, parfois ivres, parfois en pleins ébats. L'humidité et l'odeur de la luxure la heurtèrent de plein fouet. Son collègue lui revaudrait ça, à coup sûr.

Néanmoins, une chose frappa la jeune fée. Tous les êtres présents étaient des natifs, ce qui la rassura sur l'authenticité du lieu.

La musique, discrète, participait à cette ambiance sexy.

Au fond de la pièce, un bar taillé dans la même pierre que celui de la pythie se dressait, derrière lequel se terrait un deuxième satyre, plus petit et plus frêle que le premier.

— Tu n'as rien trouvé de mieux qu'un club de frivolités pour soutirer des informations ?

Ce n'était pas le lieu qui la dérangeait.

Dans l'Ancien Royaume, c'était plus que monnaie courante. Les créatures étaient toutes plus ou moins accros à toutes sortes de choses. D'ailleurs, il fut un temps où elle fréquentait elle-même ce genre d'endroit presque quotidiennement.

C'était surtout de se retrouver ici avec Dimitri, et l'ambiguïté que cela pouvait provoquer, qui l'incommodait.

Son coéquipier se pencha vers elle, jusqu'à frôler son oreille de ses lèvres, pour lui répondre. La nocturna s'immobilisa en réprimant un frisson.

— Tu n'as jamais remarqué qu'il était bien plus facile de faire parler quelqu'un lorsque celui-ci est détendu ?

Il lui lança un regard entendu, qu'elle prit soin d'ignorer.

— Pas vraiment, non.

— Je vois. Tu devrais essayer, je comprends mieux pourquoi j'ai du mal à te rendre bavarde.

Elle pesta, davantage contre elle-même que contre lui. Après tout, elle s'était fourrée dans cette situation seule. Personne ne l'avait réellement obligée à le suivre.

— Je sais me détendre, rétorqua-t-elle. D'ailleurs, je vais me chercher un verre.

Un jour, elle se le jura, elle lui arracherait ce sourire constamment plaqué à ses lèvres dès qu'elle prononçait un mot.

Mais pour l'heure, elle avait vraiment besoin d'alcool.

— Le cuivre, j'ai compris, le laiton et le fer aussi. La lame était en argent, la bombe au poivre n'est agréable pour personne, sans parler de la matraque. Mais le galet d'ambre ?

Wyllina avala une gorgée de son gin et se tourna vers Dimitri, se languissant au comptoir en observant les autres s'amuser.

— Tu es sérieux ? demanda-t-elle, moqueuse.

Il fit pivoter vers elle ses yeux noisette.

— Tu n'as pas remarqué que le bureau de Pullman était en ambre ? finit-elle par répondre. C'est parce que c'est une matière qui aide à la persuasion et à l'autorité.

— Tu comptais convaincre quelqu'un de ne rien me raconter, déduit-il.

Elle haussa les épaules. Peut-être bien que c'était ce qu'elle avait prévu.

Il se tourna vers elle, plus sérieux, et fit signe au barman de remettre la même chose. Au sein du club, tout le monde parlait la langue native, ce qui était bien plus facile pour Wyllina. Et sans doute aussi pour Dimitri, dont les origines étaient si mystérieuses. Quelques secondes plus tard, la nocturna terminait son gin et entamait le quatrième. Son coéquipier, lui, buvait une vodka citronnée.

— Sur Terre, la plupart des pierres de Vaquoria sont introuvables, reprit la jeune fée. Certaines se retrouvaient dans les deux mondes, mais les plus puissantes se sont envolées avec l'Ancien Royaume. Lorsqu'on a atterri ici, il a bien fallu dénicher des parades. Certaines magies fonctionnaient, et d'autres non.

Elle leva son verre, comme pour rendre hommage à un temps révolu.

— Ce n'est pas aussi efficace, mais ça fait l'affaire.

La nocturna retint un hoquet et observa son gin avec suspicion.

— Je suis sûre qu'il n'y a pas que du gin, là-dedans. Je tiens super bien l'alcool normalement.

— Et qu'y avait-il d'autre, dans cet Ancien Royaume, qui te manque sur Terre ?

Tout à coup, elle prit conscience de ce qu'il était en train de faire.

— Oh non, dit-elle en riant. Non, c'est hors de question. Je ne t'apprendrai rien.

Il lui sourit largement et, ce coup-ci, il parut presque sincère.

— Je me demande pourquoi, répondit-il en secouant ses cheveux. Regarde comme je suis persuasif. Et je n'ai même pas d'ambre sur moi !

Il leva les mains en signe d'innocence. La nocturna rit de plus belle.

— C'était donc ça, ton plan. Me saouler pour que je parle. Bien essayé !

Elle souleva à nouveau son verre, mais dans sa direction, avant d'en boire une autre gorgée. Déjà, l'ivresse lui tendait les bras. Les joues brûlantes, elle cessa de s'appuyer sur le bar et se tourna, elle aussi, vers la salle pour analyser les clients.

— Il y a tout un tas de choses qui me manquent... murmura-t-elle, comme si elle s'adressait à elle-même.

Son collègue ne rit pas, ce qui la surprit, et se contenta de l'observer longuement avant de se concentrer sur les habitués, le regard voilé.

— C'est curieux, finit-il par dire d'une voix grave. Je ne t'imaginais pas comme ça.

Elle abaissa lentement son verre et se tourna vers lui. D'après ce qu'il ne cessait de lui répéter, il la connaissait. Ou pensait la connaître.

Et à l'évidence, il s'était trompé.

Elle allait répondre lorsque la musique s'interrompit et que, sur une petite estrade qu'elle n'avait pas encore remarquée, une fée apparut. Ses ailes étaient pliées et attachées avec un fil argenté.

La nocturna frissonna. Elle n'avait jamais eu d'ailes, mais ça ne paraissait pas agréable. Plus que pour l'esthétisme, c'était certainement pour une question pratique que la fée restreignait l'amplitude de ses ailes fragiles, aussi fines et transparentes que des bulles de savon.

— Messieurs, mesdames, dit-elle, un doigt posé sur sa gorge pour intensifier sa voix. Vous l'attendiez tous, voici le spectacle que vous aimez tant !

La plupart des créatures applaudirent, ou du moins celles qui n'étaient pas concentrées sur autre chose. La nocturna observa la fée en détail. Son maquillage de scène exagéré, ses vêtements exubérants… Dans l'Ancien Royaume aussi, les fées avaient un goût prononcé pour les couleurs et l'extravagance.

Dimitri se mit également à acclamer la fée, si bien qu'elle se sentit obligée de l'imiter.

— Tu vas voir, glissa-t-il à son oreille. Il paraît que c'est super.

Elle lui lança un regard méfiant. Le genre de spectacle qu'on trouvait dans les lieux de frivolités n'était jamais réellement de qualité, même si, il fallait le reconnaître, certains trahissaient une créativité sans limite. La lumière changea et se teinta de bleu, de la fumée emplit la salle, alors que tout le monde semblait enfin s'intéresser à ce qui se passait. Une voix off voluptueuse et féminine démarra son récit.

— Au commencement, les êtres se livraient tous une guerre…

— C'est ridicule, murmura Wyllina à son collègue.

Il lui fit signe de se taire en fronçant les sourcils. Elle haussa les siens en réponse. Il tenait vraiment à voir ce genre de choses ?

— Et puis, un roi a pris en charge la gestion de notre Ancien Monde…

Là, tout le corps de la nocturna se contracta.

— Un roi aimant, aimé et bienveillant. On l'appelait le *Rova*. Fou amoureux de sa reine, la *Vasta*, il parvint à recréer un équilibre parmi les espèces, en séparant les territoires…

Non, mais c'était une blague ?

Un elfe apparut, grimé et habillé spécialement pour l'occasion. Une pathétique imitation de la couronne trônait sur sa tête. Wyllina en eut la nausée. Elle connaissait parfaitement cette couronne, pour avoir servi le roi. Et cette copie ne dégageait même pas un dixième de la magnificence de l'originale.

— Cher peuple ! dit-il en écartant les bras et en observant le plafond. Levez-vous pour votre roi !

Immédiatement, la plupart des spectateurs se dressèrent en sifflant, applaudissant, criant. Wyllina fut incapable de bouger alors que Dimitri se prêta au jeu.

Avaient-ils conscience de ce qu'ils faisaient ?

— Mais… reprit la voix off. Quelque chose ne se déroula pas comme prévu. Un peuple, le plus sournois et le plus dangereux, le plus indomptable, plus indomptable même qu'un volcan, se montrait réticent.

La nocturna observa une jeune fille d'à peine vingt ans entrer sur scène, elle marchait lentement autour du roi. Son accoutrement était proche des danseuses orientales, ce qui était peut-être la chose la moins stupide de ce spectacle.

Hallucinait-elle ou était-elle humaine ? Que lui avaient-ils promis pour qu'elle se retrouvât ici ? Que lui avaient-ils fait ? Elle penserait à lancer une enquête à ce sujet dès que…

— Jeune nocturna ! cria l'elfe. Pourquoi ne veux-tu pas te soumettre à ton roi ?

La tête qui tournait, le souffle court, les oreilles qui sifflaient.

Derrière elle, son gin se mit à frémir, ainsi que les verres pleins à proximité, dont la vodka de Dimitri.

D'une nocturna, cette jeune fille n'avait que la chevelure. Longue et rousse. Dimitri remarqua les liquides en ébullition et adressa un regard inquiet à sa collègue. Mais elle semblait horrifiée, les yeux rivés à la scène.

— Le *Rova* n'eut d'autre choix, face à leur rébellion, que d'intervenir...

Un verre explosa à proximité. Cette fois-ci, Dimitri réagit.

Précipitamment, il saisit Wyllina par les épaules et la secoua. Mais cela ne suffisait pas. Il attrapa le poignet brûlant de sa coéquipière, provoquant un nuage de vapeur au contact de leurs deux peaux, et la tira pour la faire descendre de son tabouret en corne.

Mais la nocturna fixait les acteurs.

Ses paupières devinrent si lourdes qu'elle dut fermer les yeux. Soudain, elle se souvint de l'endroit où elle se trouvait. Lâcher prise sur ses pouvoirs au beau milieu de civils natifs n'était pas une bonne idée. Elle eut du mal à y arriver, mais, heureusement, Dimitri l'évacua rapidement.

Une fois dehors, l'air froid la heurta de plein fouet et elle parvint de nouveau à respirer. Elle ouvrit brusquement les yeux, qui, elle le savait, étaient devenus entièrement noirs. En l'observant, Dimitri eut un léger mouvement de recul. Il lui faisait face en lui tenant les épaules. Même les moins quatre degrés de l'hiver belge n'étaient pas suffisants pour calmer la chaleur qui émanait d'elle.

— Wyllina ! cria-t-il, comme pour la ramener à elle.

Elle fixa le jeune homme. Il la lâcha brusquement avant de porter ses mains à son visage dans un râle de souffrance. Plié en deux, il finit par secouer la tête, les yeux rouges. La nocturna revint à elle. Elle cilla et alors qu'une immense fatigue la gagnait, elle tomba à genoux dans la neige.

Dimitri semblait souffrir. Il battait intempestivement des cils, humides à cause de la douleur. Ses paupières paraissaient brûlées.

— Est-ce que… ça va ? demanda-t-il entre deux plaintes.

C'en était trop. Elle se leva pratiquement d'un bond et le poussa violemment, si fort qu'il dut prendre appui sur le mur du club pour se rattraper. Il ne retint pas sa surprise.

— Bien sûr que non, ça ne va pas ! cria-t-elle dans la langue native. Tu étais au courant, n'est-ce pas ? Tu le savais ! D'ailleurs, je suis sûre que tu sais déjà tout ! Qu'est-ce qu'il y a de si drôle à me torturer ?! Qui es-tu, qu'est-ce que tu veux de moi ?!

Il ne répondit rien, le souffle court.

— Tout n'est que blasphème dans ce sketch ! reprit Wyllina. Personne ne sait réellement ce qui est arrivé, tu m'entends ? Personne !

— Wylli…

— Aucune de ces créatures n'a mis un pied dans l'Ancien Royaume, d'où se permettent-elles de nous juger, moi, ma sœur, notre roi ?!

Sa voix s'effaça dans un écho, alors qu'elle prit conscience de ce qu'elle venait de dire, de l'endroit où elle se trouvait, du nombre de témoins qu'il pourrait y avoir et des passants qui l'observaient curieusement à cause de la langue qu'elle avait employée.

Effrayée par ses propres propos et sa non-maîtrise d'elle-même, elle se tut, le regard plongé dans celui de Dimitri.

— … Ta sœur ? l'interrogea-t-il.

Elle devait partir, s'écarter de lui aussi loin qu'elle le pouvait. Il fallait qu'elle redescendît, qu'elle retrouvât le contrôle d'elle-même. Mais sans ses boucles d'oreilles en cuivre, c'était presque irréalisable et douloureux. Sans répliquer, elle se détourna de Dimitri et s'éloigna le plus possible.

Chapitre 7

Blottie au fond de son grand congélateur, la nocturna réfléchissait à ce qu'elle venait de subir. Dimitri l'avait piégée et elle s'était fait avoir comme une bleue.

Lui qui paraissait débutant savait en fait très bien ce qu'il faisait. Elle était persuadée qu'il connaissait parfaitement l'histoire de l'Ancien Royaume. Son petit jeu n'était qu'une façon de tester ce que Wyllina était prête à lui dévoiler.

Un petit jeu non seulement étrange, mais qui mettait également en évidence le côté manipulateur et déraisonnable de Dimitri. Jamais une parole d'Erwin ne lui avait semblé aussi limpide.

« Méfie-t'en. »

Oui, elle aurait dû. Et pourtant, elle s'était laissé berner par son air naïf. Elle soupira longuement, profitant du froid pour se calmer. Un bruit métallique attira son attention. Quelqu'un était entré chez elle. Elle retint une plainte, n'ayant aucune envie d'être dérangée. Et puisqu'il n'y avait que deux autres hommes qui possédaient les clefs de l'usine, elle eut un désagréable pressentiment. Qui se confirma lorsque la porte du congélateur s'ouvrit au-dessus d'elle. En clignant des yeux pour s'adapter à la lumière, elle découvrit le visage de Dimitri.

Bien entendu, il avait fallu que ce fût la mauvaise personne.

— Sympa, ton lit.

Elle l'ignora d'un air sombre. Heureusement pour lui, sa colère était retombée et le froid anesthésiait ses pouvoirs.

— Je ne crois pas que tu sois en position de plaisanter, cracha-t-elle.

Sans répondre, il lui tendit une main pour l'aider à se relever. Main qu'elle refusa, évidemment.

— Je demanderai à Pullman d'être transférée dès demain, continua-t-elle. Je ne peux plus rester ici et surtout pas près de toi.

Elle se redressa et, après l'avoir poussé pour libérer le passage, s'extirpa hors du congélateur-coffre que Pullman lui avait offert pour lui permettre de contrôler ses émotions.

— Je... Je t'ai ramené tes affaires, risqua-t-il.

Sur la table basse de son coin salon, Wyllina repéra les effets personnels qu'elle avait laissés au club de frivolités. S'il croyait qu'elle allait lui dire merci...

— Je suis désolé, Wyllina.

Pourquoi s'excusait-il ? Il l'avait bien cherché, non ?

— Je ne pensais pas que...

— Que quoi ? le coupa-t-elle. Qu'une nocturna était aussi dangereuse ? Tu avais pourtant l'air bien au courant, la première fois que je t'ai vu.

— Oui... dit-il d'une voix faible. Je me suis trompé. Sur toi, sur...

— Allons bon. S'il te plaît, épargne-moi ce cinéma et tire-toi d'ici.

Elle s'apprêtait à lui tourner le dos, mais il lui attrapa le bras et l'obligea à lui faire face. Faisant voyager son regard entre la main et le visage de Dimitri, la jeune nocturna se demanda s'il n'était pas un peu suicidaire.

Pourtant, elle n'essaya pas de se soustraire à son emprise.

— S'il te plaît, reprit-il en soupirant. Je vais tout t'expliquer.

— Que cherches-tu à faire Dimitri ? Nous ne sommes pas amis et je ne pense pas que ça arrive un jour.

— J'aimerais que tu m'écoutes, parce que je crois que ce que j'ai à dire t'intéressera.

Tout en faisant mine de ne pas être piquée par la curiosité, Wyllina dégagea son bras et se dirigea vers la table basse.

— Je ne veux plus rien entendre venant de toi.

Précipitamment, elle saisit son téléphone et vit les cinq appels manqués d'Elienor qu'elle décida d'ignorer.

— Je commençais à te faire confiance, continua-t-elle. Tu m'as trahie. Je ne sais même pas comment j'ai pu être aussi stupide.

Sans réfléchir, elle composa le numéro de Pullman et fit face à son collègue en plaquant le téléphone à son oreille.

— Je t'en prie, ne fais pas ça !

Deuxième sonnerie. Elle l'assassina du regard.

— Wyllina…

Troisième sonnerie. Dimitri souffla en ébouriffant ses cheveux. Il paraissait nerveux. Qu'est-ce que…

— J'ai connu ta sœur.

Pullman décrocha. Sifflement, palpitations.

— Répète ça… murmura-t-elle.

Les épaules du jeune homme s'affaissèrent, comme s'il se résignait.

— Raccroche, s'il te plaît.

— Wyllina ? Que se passe-t-il ?

Sans quitter Dimitri des yeux, la fée nocturne ignora Pullman et éloigna le téléphone de son oreille.

Alors que les deux collègues se faisaient face, seule la voix grave de leur patron qui résonnait à travers le combiné brisait le silence. Puisqu'elle restait immobile, Dimitri sauta sur l'occasion, s'approcha d'elle, lui arracha son téléphone des mains et raccrocha.

— On n'a pas beaucoup de temps avant qu'il ne débarque, dit-il.

— Mais qui es-tu ? lui demanda-t-elle, sincèrement perdue.

Il prit une profonde inspiration, comme s'il s'apprêtait à tout lui dire. Était-ce le cas ?

— Ma sœur est morte, s'empressa-t-elle d'articuler avant qu'il ne commence à dire quoi que ce soit.

Il plongea un regard grave dans celui de la nocturna.

— C'est ce qu'elle prétend, oui.

— Je ne te crois pas, souffla-t-elle.

— Mon vrai nom est Ardamir.

Ardamir... Elle chancela. Non... c'était impossible.

— Je t'ai menti, continua-t-il. Je suis né dans l'Ancien Royaume. Je connais toute l'histoire. Je voulais simplement te tester. Savoir jusqu'où tu déciderais de me tromper. Parce que je te prenais pour ta sœur et ça, parce qu'elle se fait passer pour toi. Et que je suis le fils du *Rova*.

— Je vais vomir.

Ce qui se produisit effectivement en raison de l'alcool, de ses sentiments et, surtout, parce qu'elle avait failli tuer le prince.

« J'aurais cru que tu aurais reconnu mes traits, Wylli. » Parce qu'elle ressemblait comme deux gouttes d'eau à sa sœur… *« Oh, je sais, tu préfères foncer dans le tas et massacrer les innocents qui croisent ton chemin. »*… qui était beaucoup plus impitoyable qu'elle… *« Les ordres de Pullman me passent un peu au-dessus de la tête. »*… L'obsidienne, une pierre sombre. Aussi sombre que le cœur de sa jumelle… *« S'il n'a aucune valeur, ça ne devrait pas te poser de problème. »* Une pierre qui rappelait qu'elle avait existé un jour, parce que c'était la seule chose qui restait d'elle.

Son cœur. Son cœur d'obsidienne.

« Ce jeune que Pullman t'a collé dans les pattes, méfie-t'en. » Erwin… Qu'avait-il à voir dans tout ça ? Se connaissaient-ils ? Comment n'avait-elle pas pu considérer l'évidence ?

« Pour une nocturna, je trouve que tu mens avec particulièrement d'aisance. » Dimitri avait-il tout vu, tout découvert ? Avait-il tout vécu du meurtre de sa famille ? Quel âge avait-il quand tout cela s'était produit ?

« Tu veux dire qu'il ne t'a toujours rien expliqué ? » Erwin… Erwin et lui se connaissaient.

« C'est curieux… je ne t'imaginais pas comme ça. »

Wyllina releva les yeux de ses mains jointes. Il y avait eu tellement de preuves. Tellement d'indices. Après autant de temps à être agente, comment avait-elle pu ne rien voir ? Ne rien trouver ? Continuer de croire que Dimitri était un idiot ?

Son odeur, ses cheveux, la façon dont il parlait, son aura si particulière, et sa maîtrise de la glace. Elle avait tous les éléments sous les yeux pour comprendre que Dimitri était l'héritier du trône. Mais ses certitudes l'avaient rendue aveugle à l'évidence.

Elle se concentra sur Pullman, que son collègue tentait de rassurer. Évidemment, il était venu jusque chez elle après son coup de fil silencieux. Et bien sûr, elle était incapable de lui parler pour le moment, non seulement parce qu'il remarquerait que quelque chose d'étrange s'était produit, mais aussi parce qu'elle était sous le choc.

« C'est ce qu'elle fait croire, oui. »

Se pourrait-il que sa sœur fût encore en vie ? Que représentait alors l'obsidienne qui trônait sur sa table basse, qu'elle gardait près de son cœur depuis cinq cents ans ? L'avait-elle bernée, elle aussi ? À qui pouvait-elle donc faire confiance ?

Pullman quitta enfin l'usine, laissant Wyllina et Dimitri seuls. Assise sur son canapé, elle observait le prince, sans savoir comment réagir. Devait-elle s'excuser ? Combien d'affronts lui avait-elle fait subir en ignorant qu'elle s'adressait à l'héritier de l'Ancien Royaume ?

Son collègue, immobile face à la porte, baissa sensiblement la tête avant de se tourner vers elle, comme pour prendre son courage à deux mains. Puis, doucement, il s'approcha.

— Est-ce que ça va ? lui demanda-t-il.

Elle mesura ce qu'elle ressentait. Répondre que oui serait mentir, mais elle se sentait mieux qu'un peu plus tôt. Wyllina se contenta donc de hausser les épaules. Le jeune homme prit place sur le pouf marocain en cuir teinté en face d'elle.

— Pullman pense qu'on s'est disputé. Pour lui, nous n'avons pas quitté cet endroit.

Était-ce vraiment la priorité ? Un héritier du trône se trouvait chez elle. Elle n'en avait rien à faire de Pullman.

— Il faut que tu me racontes, dit-elle, la bouche sèche.

— Je ne sais pas vraiment par où commencer.

— Eh bien, commence par me dire ce que tu sais. Et... je suppose que ce n'est pas un hasard si tu te trouves chez moi aujourd'hui, n'est-ce pas ? Tu me prenais pour ma sœur, c'est bien ça, non ?

Il acquiesça. Wyllina se laissa tomber sur le dossier moelleux de son canapé en inspirant profondément.

— Quand j'étais petit, mon père était rarement au palais. Il avait pas mal de soucis avec...

— Avec nous, la coupa Wyllina. Oui, il venait régulièrement pour négocier. Pour tenter de calmer les choses.

— Souvent, poursuivit Dimitri, il invitait quelques nocturnas à un banquet. Je me remémore une fois où une fillette de mon âge l'observait avec de grands yeux admiratifs. Mon père lui a promis qu'un jour, elle serait chevalière pour la cour royale.

Wyllina sourit. Elle savait tout ça, tout simplement parce que cette fillette, c'était elle.

— Elle avait une sœur. Une sœur jumelle. C'est marrant parce que, dans mon souvenir, je ne me rappelais pas à quel point elles étaient similaires. Sa sœur l'a poussée plutôt violemment pour se présenter à son tour devant le roi et a affirmé que, plus tard, ce serait elle qui le protégerait personnellement.

— Elle devait toujours viser plus haut que moi. Être chevalière ne lui aurait jamais suffi.

— Je me souviens que, déjà à l'époque, mon père nous avait fait la remarque. « Cette petite ne manque pas de tempérament. Il faudra veiller sur elle... ». Je n'avais pas compris, à cause de mon jeune âge, que veiller sur elle signifiait la contrôler et l'entraver.

Wyllina baissa la tête.

Lorsque le roi promettait quelque chose, cela se produisait. C'était lui, le pouvoir. Il pouvait décider de n'importe quoi et on disait que ses murmures modifiaient les lignes temporelles et le destin de ses sujets.

De fait, Wyllina était devenue chevalière. La dévotion qu'elle éprouvait pour son *Rova* était une des plus pures. Elle était différente des autres nocturnas. Elle était spéciale. Spécialement faite pour s'opposer à sa sœur jumelle.

Sa sœur, Éva, avait fini par accéder au titre de garde personnel du roi. Contrairement à Wyllina, elle passait le plus clair de son temps avec le roi. Peu envoyée en mission, elle était régulièrement au palais ou en voyage. Elle le suivait partout. C'était pour cela qu'elle n'avait jamais vu à quel point les choses allaient mal.

— Un jour, elle a commencé à dire au roi que tu étais jalouse d'elle et qu'il fallait se méfier de toi. Que tu étais imprévisible, parce que plus maline et plus sensible que tes pairs…

— Alors, il m'a mise à pied, se souvint douloureusement Wyllina. C'était complètement faux. J'étais heureuse pour elle. Je ne… je ne savais pas qu'elle était derrière tout ça. J'en ai voulu au *Rova*… je me suis sentie trahie, rejetée. Je ne comprenais pas ce que j'avais fait de mal.

Le jeune homme prit une profonde inspiration et toussota. Son visage reflétait son trouble. Parler de tout ça n'était à l'évidence pas facile pour lui non plus.

— Et puis elle a littéralement explosé, ce fameux jour. Je me souviens que tout le palais tremblait. À tous ceux qui voulaient l'entendre, elle se faisait passer pour toi, ivre de colère pour avoir été écartée de la cour royale.

Wyllina retint sa respiration. Tout ce que lui révélait Dimitri lui était inconnu. Depuis plus de cinq cents ans, elle se triturait l'esprit à tenter de comprendre pourquoi tout le monde la pensait si dangereuse et mauvaise. Pourquoi Pullman était si intransigeant avec elle. Elle avait même fini par l'accepter. Marteler le cœur de quelqu'un pendant plus de cinq cents ans créait des séquelles, surtout qu'elle avait été exclue de la chevalerie. Elle avait absolument toutes les raisons de croire qu'elle méritait d'être détestée, puisque tous la haïssaient.

— Et elle a tué tout le monde, souffla-t-il. C'était…

Il laissa sa phrase en suspens, la voix brisée. Mais Wyllina comprit qu'il ne trouvait en réalité aucun mot suffisamment affreux pour qualifier cet évènement. Elle-même resta sans voix. Éva, une meurtrière ? Ça pourrait lui ressembler… mais jamais elle ne l'aurait cru capable d'un tel massacre. Tuer la famille royale… cela dépassait tout ce qu'elle avait pu faire de mal au cours de leur enfance.

— Une des domestiques m'a aidé à me cacher, expliqua-t-il. Nous avons fui pendant de longues heures. Et notre monde a disparu. Le sol tremblait et tout a commencé à se désagréger autour de nous. Nous avons traversé, je ne sais même pas comment, un portail qui séparait Vaquoria de la Terre. Et je me suis retrouvé là, isolé et démuni. Je me suis vite rendu compte que tous les natifs se trouvaient aussi sur Terre, alors j'ai masqué mon identité pour ne pas risquer d'être tué à mon tour. Avec une seule idée en tête : venger ma famille et le royaume. Me venger de Wyllina, la nocturna impitoyable et meurtrière.

La fée nocturne baissa les yeux vers l'obsidienne qu'elle chérissait tant, posée entre elle et Dimitri.

Les mots se bousculaient dans sa gorge, alors elle garda le silence.

— Donc je t'ai cherché, continua Dimitri. Longtemps. Pendant cinq-cents ans. J'ai fini par entendre des rumeurs et j'ai compris qu'il s'agissait de toi. Il faut dire que vous n'êtes plus très nombreux. Mais…

Il plongea des yeux brillants dans son regard.

— Ton coéquipier n'est pas aussi discret que tu le penses et il se montre vite bavard. La première fois que je l'ai rencontré, c'était à la Fourmilière. Il se vantait d'avoir « une tigresse dominée » en guise de collègue. C'est là qu'il a parlé de l'obsidienne que tu ne quittais jamais. Mais il n'a pas su me dire ce qu'elle signifiait. Ça n'a pas été compliqué de faire en sorte que Pullman l'évince.

Wyllina releva la tête sous la surprise. Avait-elle bien entendu ?

— C'est à cause de toi que…

— Je n'avais que la vengeance à l'esprit, répondit-il, les mâchoires crispées. Je n'avais que faire d'un agent elfe noir douteux et pourri jusqu'à la moelle. Et s'il devait s'enfuir de l'agence, un poste aurait été vacant. Un poste auprès de toi. Je me suis donc présenté à Pullman et mon pouvoir de persuasion a fait le reste…

« *Méfie-t'en.* » Wyllina comprit alors ce qu'Erwin entendait par là. Dimitri l'avait berné, lui aussi. Tout cela n'était qu'un coup monté.

— Mais je me suis aperçu, au fur et à mesure, que tu n'étais pas comme on le racontait. Et surtout, tu n'as jamais fait ce dont je te croyais coupable.

— J'ignorais de quoi j'étais accusée, dit-elle, les yeux embués de larmes. Je… Je n'aurais jamais trahi notre roi.

Il cilla doucement, comme pour lui signifier qu'il le savait.

Mais comment pouvait-il le penser, puisque cela faisait cinq cents ans qu'il était persuadé de l'inverse ?

— Mon père m'a légué une partie de sa sagesse. Je suis capable de revenir sur mes choix, sur mes idées… sur mes certitudes. Seulement, tout ceci ne sert à rien maintenant. L'Ancien Royaume n'est plus, la couronne a été détruite et plus personne ne se remémore ma famille.

Wyllina planta son regard dans celui, grave, de Dimitri.

— Moi, je me rappelle.

Un léger sourire se dessina sur les lèvres de son coéquipier. Partager ses souvenirs devait être douloureux, mais libérateur. Pour Wyllina aussi. Cela lui permettait de comprendre que même sa sœur jumelle l'avait toujours détestée, et qu'elle était capable de bien pire qu'elle ne l'imaginait. Cependant, une question la démangeait depuis que Pullman était parti :

— Tu as dit qu'elle était vivante.

— J'ai dit qu'elle faisait croire qu'elle était morte. À un moment, dans mes recherches, il y avait deux pistes possibles pour te retrouver. Ce qui était curieux, c'est que l'une se trouvait en Russie et l'autre, ici. Je suis ravi de n'avoir pas choisi la mauvaise Wyllina aux longs cheveux roux et aux yeux d'argent.

— Une nocturna en Russie ? Qui se fait appeler Wyllina ?

Son cœur s'emballa. Dimitri esquissa un sourire, récupérant son air moqueur, comme pour lui signifier que sa faiblesse n'était que de courte durée.

— C'était le cas il y a deux cents ans.

Là, ça dépassait tout entendement. Elle avait vu sa sœur mourir.

Elle avait vu son cœur, seul vestige des flammes qui l'avaient consumée, se former sous ses yeux. Un cœur qui se trouvait sur sa table basse enroulée d'un fil d'or. Un cœur d'obsidienne.

— C'est impossible, souffla-t-elle.

Pourtant, même après ce qu'elle venait d'apprendre, l'espoir de retrouver Éva l'embrasa. Elle se leva brusquement de son canapé, prise de bouffées de chaleur.

— Personne ne comprend pourquoi l'Ancien Royaume a disparu, dit-elle en se tordant les doigts. Du moins, tout le monde pense que c'est à cause de la mort du *Rova*, de la *Vasta*, et des héritiers, mais puisque tu es en vie, on sait très bien tous les deux que ce n'est pas pour cette raison.

Dimitri l'observa faire les cent pas en silence, comme pour l'encourager à continuer. La jeune fée prit une profonde inspiration. Ce qu'elle s'apprêtait à lui révéler, elle ne l'avait jamais dit à personne. Pas même à Erwin.

— Le truc, c'est que… je suis peut-être un peu responsable.

Ce fut au tour de Dimitri de paraître surpris.

— Quand le *Rova* a succombé, poursuivit-elle, j'étais en route pour le palais. Je voulais m'entretenir avec lui pour qu'il me laisse une ultime chance. Mais comme nous tous, j'ai senti sa mort dans mon cœur. J'ai tout de suite su que quelque chose n'allait pas. Ma sœur était la meilleure. Jamais elle n'aurait permis à qui que ce soit de s'approcher de lui. J'étais loin d'imaginer ce qu'elle avait fait… J'ai donc couru pour arriver au palais le plus vite possible, mais c'était déjà trop tard. Le sol tremblait, le bâtiment tombait en ruine. Il y avait des morts partout… Je savais que c'était elle qui provoquait ça. Et je savais aussi que j'étais la seule à pouvoir la maîtriser.

Quand je l'ai trouvée, elle était blottie contre le trône. Le roi défunt y était encore assis. Je n'ai jamais pensé que c'était elle qui lui avait tranché la gorge. Sa colère et sa douleur étaient si fortes qu'elle n'était plus vraiment elle-même. Elle nous aurait tous tués. Alors… J'ai fait ce que j'avais à faire. Ma puissance l'a toujours rendue jalouse… J'étais la seule à la battre, quoi qu'il arrivât. Je n'avais simplement pas prévu qu'en l'affrontant, elle, je…

Wyllina fit une pause. Un flash lui revint en mémoire. De la lave, du feu, la terre qui se déchirait.

— Elle a disparu dans les flammes, reprit-elle, la gorge serrée. C'est l'unique chose qui reste d'elle. Je l'ai tuée.

Elle pointa l'obsidienne du menton et Dimitri écarquilla les yeux, comprenant enfin l'importance qu'avait ce pendentif.

— Le temps que je la saisisse, continua la nocturna, le monde a commencé à s'effacer autour de moi. Je l'ai pressée contre moi, aussi fort que possible, ivre de douleur. Et je me suis réveillée quelque part en France, au beau milieu d'un champ. Mes doigts n'avaient pas lâché la pierre. J'ai eu mal à la main pendant plusieurs semaines, d'ailleurs. C'est tout ce qui subsiste d'elle et… et de l'Ancien Royaume.

Elle cessa de parler, arrêta de faire les cent pas et observa la réaction de Dimitri. Pour le moment, il restait stoïque, comme s'il ne comprenait pas.

— C'est moi qui ai détruit l'Ancien Royaume, conclut-elle. Je ne l'ai pas fait exprès. Mais si cela ne s'était pas produit, on serait tous morts à cause de ma sœur.

— Tu ne l'as pas fait exprès ?

Elle ne répondit rien, incapable de se disculper. D'ailleurs, elle n'avait aucune raison de se défendre. Elle était responsable et était prête à assumer les conséquences de ses actes. Qu'il fût l'héritier faisait de lui le seul apte à lui trouver une sentence. Voilà pourquoi c'était celui, après toutes ces années, qu'elle avait choisi pour révéler son secret.

Le jeune homme se passa une main dans les cheveux et se leva à son tour, comme s'il se questionnait sur ce qui allait se dérouler à présent.

— Quelqu'un d'autre est au courant ? demanda-t-il.

— Non. Pullman sait que mon clan a quelque chose à voir avec tout ça, mais il ignore que je suis l'unique responsable. Je suppose qu'il croit comme tout le monde que je suis la meurtrière de ta famille. Pas celle de notre monde.

— Très bien, alors gardons ça confidentiel. Tu cherchais à nous préserver. Ton pouvoir est bien trop grand pour une seule personne, ce n'est pas de ta faute.

Un immense soulagement allégea ses épaules. Secrètement, il s'agissait des mots qu'elle espérait entendre depuis cinq cents ans.

— Mais…

— Wyllina, la coupa le prince. Tu as fait ton devoir pour protéger les sujets du royaume. Il y a eu de grosses pertes, mais tu as pu sauver ce qu'il restait à sauver. Je ne sais pas comment tu t'y es prise, mais… Le principal est que ce soit le cas.

Elle soupira longuement, se sentant libérée d'un poids énorme qu'elle supportait depuis plusieurs siècles.

— Ça ne peut pas être ma sœur, insista-t-elle. Peut-être qu'il s'agit d'une nocturna née sur Terre, qui a été nommée comme moi. Mais tout ce en quoi je crois est en train de s'effondrer.

Ne me dis pas que ma sœur, en plus de m'avoir trahie, m'a abandonnée au moment où j'avais le plus besoin d'elle.

Dimitri claqua sa langue contre ses dents et joua avec une des bougies allumées qui éclairaient le salon.

— Tu ne devrais pas être loyale envers elle. Elle n'a pas hésité à te tromper et maintenant, regarde où tu en es à cause d'elle.

— J'ignorais la situation, je n'avais aucun moyen de savoir si elle était bien traitée, si elle allait bien. Peut-être que…

— Moi, je le sais, l'interrompit-il. Mon père lui vouait une grande admiration. Il composait avec ses humeurs et ses réactions parfois intempestives. Elle ne supportait pas la frustration. Une nocturna n'est pas faite pour obéir à des ordres et être brimée…

Ses mots résonnèrent aux oreilles de la jeune fée avec plus de puissance qu'elle ne s'y attendait. Parlait-il d'elle, également ?

De jumelle torturée, tuée par sa sœur, Éva devenait la plus grande meurtrière de l'histoire de l'Ancien Royaume. Deux images totalement opposées, pour deux parties d'une même âme.

Wyllina était incomplète.

Wyllina observa son prince, réfléchissant encore à ce qu'ils s'étaient appris mutuellement.

— Penses-tu qu'il soit possible que quelqu'un sache que tu es en vie ?

Il l'étudia en égouttant les spaghettis qu'il venait de faire cuire sur la petite gazinière de la nocturna, qu'elle avait allumée en un claquement de doigts.

— Je ne crois pas. Mes parents me gardaient en retrait du peuple. Très peu m'ont aperçu. Ceux pour qui c'est le cas sont morts ou m'ont vu enfant il y a plus de cinq cents ans.

La fée nocturne hocha la tête. Dimitri et elle faisaient partie de deux espèces qui ne vieillissaient jamais vraiment. Tout comme les elfes et d'autres encore. Leur croissance s'arrêtait à l'âge de vingt-cinq ans pour ne plus jamais continuer.

Elle s'apprêtait à dire quelque chose, lorsque les vibrations de son téléphone la coupèrent dans son élan. Sur l'écran, le nom d'Elienor était affiché. Merde ! Elle l'avait complètement oublié ! Elle décrocha sans attendre.

— Elienor, dit-elle en jetant un coup d'œil à Dimitri. Excuse-moi, j'ai eu une soirée mouvementée.

Elle l'entendit rire à l'autre bout du fil et espéra qu'il ne lui réclamât pas une nouvelle faveur en échange d'informations sur la pierre qu'elle lui avait demandé d'analyser.

— Ce n'est rien, petite nocturna, répondit-il. J'étais tout de même à deux doigts de sortir ta mèche de cheveux de son bocal…

Wyllina pinça les lèvres. Elle avait également oublié ce « détail ». Même si Elienor ne pouvait pas vraiment s'en servir sur Terre, elle ne voulait pas prendre le risque de l'agacer. Dimitri attendait qu'elle lui fît signe pour venir écouter, mais comme elle n'avait aucune envie qu'il découvrît ce qu'elle avait dû payer à Elienor, elle fit volte-face et s'agita en faisant mine de ranger quelques effets personnels.

— Ne tourne pas autour du pot, dit-elle.

— Bon, d'accord. Eh bien, je ne sais pas comment c'est possible, mais cette pierre a cent cinquante ans. Et elle provient de l'Ancien Royaume. Elle est authentique.

Qu'il le lui dévoilât de but en blanc sans autre cérémonie la déstabilisa, elle qui était habituée à devoir négocier pour obtenir un bonjour de sa part. Ce qui lui fit penser qu'il était autant troublé qu'elle par cette découverte. Elle lâcha la carte de tarot qu'elle comptait glisser dans son dos et se tourna vers Dimitri.

— Tu en es sûr ?

— Évidemment que j'en suis sûr, rétorqua Elienor. Tu me crois vraiment capable de me tromper sur quelque chose d'aussi simple ?

Wyllina réfléchissait à toute vitesse. Cette pierre était bien issue de l'Ancien Royaume et elle datait de cent cinquante ans. Pourtant, cela faisait cinq cents ans que Vaquoria avait été dévastée. Serait-il possible qu'elle eût… rejailli de ses cendres ?

Dans ce cas-là, il y avait un énorme problème. Dimitri, ou devrait-elle dire Ardamir, en était le souverain, et personne n'avait eu vent de son existence depuis la mort du royaume. Sans oublier qu'elle venait d'apprendre qu'elle était tenue pour responsable du meurtre de la famille royale alors que ce n'était pas de sa faute. Sur Terre, ses crimes ne pouvaient être punis. C'était un traité qu'elle avait même participé à rédiger avec les anciens natifs survivants lors de la création de l'ARPM. Un traité initié par Pullman.

Mais si l'Ancien Royaume finissait par renaître… Bon, un peu de calme. Une chose à la fois.

— Qu'est-ce que ça veut dire, à ton avis ? demanda-t-elle à l'elfe, le souffle court. Est-ce que…

— À mon avis, répondit-il, cela signifie qu'on va tous pouvoir rentrer chez nous très bientôt.

— Attends, serait-il possible qu'un sorcier, une fée ou n'importe qui d'autre ait pu en créer une ici ? Ça ne prouve pas grand-chose, finalement.

L'elfe soupira, puis fit claquer sa langue contre ses dents, comme pour la réprimander.

— Petite nocturna, pourquoi essayes-tu de me convaincre que cette pierre ne provient pas de l'endroit d'où je te dis qu'elle provient ? Que cherches-tu à cacher ?

— As-tu seulement des échantillons véritables pour les comparer ?

— La prochaine fois que tu remets en doute mon travail, je viens te raser la tête en entier.

Dimitri se rapprocha alors que Wyllina sentait la colère monter. Elle n'avait aucune envie d'énerver l'elfe, mais…

— D'accord, finit-elle par admettre. Je te recontacte.

— Jamais avec plaisir, petite nocturna. Et ne prends pas soin de toi, surtout.

Charmant. Elle raccrocha sans répondre et resta un moment silencieuse.

— Je crois qu'on a un gros problème.

 Chapitre 8

— Mais peut-être qu'il dit la vérité ? insista Dimitri, un nuage de vapeur quittant sa bouche.

Wyllina se tourna vers lui, ses pas crissant dans la neige.

— Oui, c'est sûrement le cas. SA vérité. Elienor est un elfe trop fier pour admettre qu'il peut se tromper.

— OK, donc débarquer chez lui pour reprendre la pierre devrait éloigner les doutes qu'il porte à ton sujet ainsi que ceux de Pullman ?

La jeune fée se concentra à nouveau sur la route en haussant les épaules.

— Elienor me soupçonne depuis notre rencontre. Nos espèces ne sont pas faites pour se comprendre. En revanche, je ne crois pas que Pullman ait encore des inquiétudes sur quoi que ce soit. Récupérer cette pierre et éviter que l'elfe ne devienne trop bavard permettra que personne n'ait de suspicions sur quoi que ce soit.

Elle sentit que Dimitri s'apprêtait à répliquer, mais il se heurta contre elle lorsqu'elle s'arrêta subitement devant la porte d'Elienor. Ils échangèrent un regard, mais la fée nocturne ne parvint pas à le rendre aussi noir qu'elle l'aurait voulu.

Maintenant qu'elle savait qui était réellement son coéquipier, l'agacement et la méfiance qu'elle éprouvait au départ s'étaient transformés en loyauté et en respect. Cependant, elle ne tenait pas particulièrement à ce qu'il le remarquât et elle plissa donc les yeux en soufflant d'exaspération.

Si jamais il décelait la dévotion qu'elle lui portait, il pourrait en profiter. Et il y avait encore de trop nombreuses zones d'ombre à éclaircir avant que la jeune nocturna ne baissât totalement sa garde au sujet de Dimitri. Elle préférait rester prudente.

— Bien, et que comptes-tu faire de la nouvelle enquête que Pullman nous a assignée ?

Elle détourna le regard en se concentrant sur la porte de l'appartement d'Elienor et activa la sonnette en tirant sur la chevillette. Leur patron leur avait confié cette enquête lorsqu'il était passé chez Wyllina, après son appel muet.

— On s'en occupera après.

Dimitri s'apprêtait encore une fois à répondre, mais la jeune fille le coupa d'un grand geste de la main, comme si elle s'efforçait de dissiper quelque chose devant lui. Instantanément, Dimitri disparut sous ses yeux. Elle l'avait rendu invisible.

— Ne dis plus un mot, suis-moi à la trace et surtout… je t'en prie… ne fais rien de stupide.

Elle chercha dans le vide la réaction de Dimitri, qui, fort heureusement, n'arriva pas. Ravie de constater que ses pouvoirs n'étaient pas totalement rouillés, elle adressa à son coéquipier dissimulé un signe lui intimant de rester silencieux.

Quelques secondes plus tard, l'elfe ouvrit la porte. Il tâchait de savoir qui troublait ainsi sa tranquillité lorsque ses yeux trouvèrent Wyllina.

Là, il soupira et croisa les bras sur son kimono en soie, le seul vêtement qu'il portait.

— Petite nocturna… je ne t'attendais pas si tôt.

Comme prévu, il ne remarqua pas la présence de Dimitri. Mais son odeur, c'était autre chose. Les elfes avaient un flair particulièrement développé. Il fronça les narines, et la jeune fée s'empressa de parler pour détourner son attention.

— Je suis venue récupérer la gemme, dit-elle.

Elienor lui adressa un sourire carnassier, ce qui la fit frémir de dégoût.

— Je vais finir par croire que tu apprécies de me rendre visite.

— Tu peux toujours rêver…

Il se décala un peu pour lui permettre de passer. Discrètement, elle lança un coup d'œil à Dimitri, sans être sûre qu'il eût compris le message. Par contre, elle était certaine d'une chose : elle ne parviendrait pas longuement à le garder invisible. Ses pouvoirs n'étaient pas rouillés, mais affaiblis.

— Eh bien ? insista Elienor devant l'hésitation de la nocturna.

Pas le temps de savoir si Dimitri avait saisi l'opportunité de s'engager avant elle. Sans plus tarder, elle monta les deux marches qui la séparaient de l'antre de l'elfe. Elienor referma la porte derrière elle et lui adressa un signe de la main pour qu'elle avançât jusque dans son salon, là où ils avaient échangé la dernière fois. La nocturna s'exécuta, tout en espérant que Dimitri restât à proximité, et silencieux.

Au milieu de la pièce, elle repéra facilement le bocal qui contenait sa mèche de cheveux, ainsi que trois autres effets personnels négociés en passant divers marchés. L'elfe ne s'arrêtait donc jamais…

— Bon, maintenant qu'on peut parler librement, dit Elienor, je ne peux pas te rendre la gemme.

— Tu rigoles, j'espère ?

Pourquoi la faire entrer chez lui pour lui dire qu'il ne pouvait accéder à sa requête ?

— C'est ma pierre, insista-t-elle.

Elle entendit, non loin d'elle, quelqu'un étouffer un éternuement. Elienor parut troublé et chercha la provenance de cet étrange bruit, lorsque la jeune fée feinta une quinte de toux. Plus suspicieux encore, l'elfe se concentra à nouveau sur elle. Wyllina fit mine de reprendre son souffle et tapota sa poitrine exagérément.

— Désolée, dit-elle. Je suis sensible au froid.

L'elfe haussa les sourcils d'un air dédaigneux, comme si le simple fait de savoir qu'elle pouvait être malade l'écœurait au plus haut point. La nocturna profita de ce moment d'inattention pour lancer un regard de reproche au vide allergique.

— Je suis au courant que c'est ta gemme, reprit Elienor, et je te l'aurais bien rendue, malheureusement, elle n'est plus en ma possession.

Il sourit largement, fier de ne dévoiler, une nouvelle fois, qu'une partie de la vérité. La jeune fée soupira. Elle aurait dû s'en douter, après tout.

— Je croyais avoir passé un marché.

— Oh, mais, j'ai respecté ma partie du contrat, dit-il. J'ai analysé ta pierre. Il n'a jamais été question que tu la récupères.

Elle pesta contre elle-même. Comment arrivait-il encore à l'entourlouper malgré sa vigilance et après tant d'années ?

— Je ne l'ai pas précisé parce que cela me semblait logique, en fait, espèce de…

La nocturna laissa sa phrase en suspens, consciente que l'elfe n'attendait qu'un faux pas de sa part. Elle mordilla l'intérieur de ses joues pour se contrôler, tandis qu'il s'assit à sa grande table en bois.

Il attrapa ensuite la théière en fonte fumante en resserrant le fin tissu japonais qui la recouvrait.

— Bon, écoute, reprit-il d'un ton bien trop posé. J'accepte d'être un elfe conciliant et de te dire à quoi je l'ai donné.

— Tu veux dire « à qui » ?

Il fit apparaître une deuxième tasse et l'invita à prendre place. Pendant une seconde, elle hésita. Mais elle n'était pas vraiment en mesure de refuser si elle souhaitait obtenir des réponses. Malgré tout, cela représentait un sérieux contretemps. Et du temps, ils n'en avaient pas.

Elle s'installa en soupirant et s'efforça de ne pas attarder son regard là où elle pensait que Dimitri se trouvait. Dans tous les cas, ils ne devaient pas traîner. Son mal de tête devenait quasi insupportable et elle commençait à voir trouble, signe que l'invisibilité de son collègue ne durerait plus que quelques minutes.

— À qui, à quoi... amorça l'elfe en servant à Wyllina un thé bouillant. Qu'est-ce que ça change, après tout ? Certains ne nous considèrent que comme des créatures, des animaux. Natifs, non-natifs, humains... j'ai affaire à beaucoup de monde ici, tu sais...

La nocturna se frotta les tempes, épuisée. Elle devait le faire parler rapidement.

— Crache le morceau, elfe.

Il parut surpris et stoppa ses gestes.

— Eh bien, petite nocturna... où sont passés ton sang-froid et ton sens de la diplomatie ?

Vite, de la chaleur. Sans réfléchir, elle agrippa la tasse bouillante qu'Elienor venait de lui servir et en avala le contenu d'une traite. La température du thé se répandit immédiatement dans tout son corps, lui redonnant un peu d'énergie.

Juste assez pour se permettre de garder la face pendant quelques secondes.

— Pardonne-moi... dit-elle en cillant, tentant de récupérer une vision normale.

— Je trouve ça suspect, que tu sois si...

La chaleur du thé avait fait monter les larmes aux yeux de la nocturna. Elle s'empara de la tasse à présent vide, avant de la lever vers ses joues. L'elfe cessa de discuter en l'observant, perplexe.

— Qu'est-ce que tu fais ?

Elle transféra trois larmes dans la porcelaine, se frotta les paupières et la lui tendit. Elle n'avait pas le temps d'attendre qu'il la fît tourner en rond ni de savoir ce qu'il allait lui demander en échange. Cependant, son côté excessif et sa précipitation parurent laisser l'elfe pantois.

— Trois larmes d'une nocturna. C'est mon prix contre un nom.

Quelque chose heurta le meuble derrière elle. Elle ne se retourna pas, consciente que Dimitri en était responsable. Elienor sembla chercher d'où provenait le bruit, mais elle lui attrapa la main et la serra aussi fort que possible, une fois encore, pour détourner son attention.

Elle n'avait pas la force de prononcer un mot de plus et se contenta donc de le fixer à l'aide de ses yeux noircis par la douleur. Pour la première fois depuis qu'elle le connaissait, il avait l'air effrayé. Dans un geste de dégoût, il retira vivement sa main de la sienne et la massa doucement, le regard perdu.

— Pullman, cracha-t-il, visiblement écœuré.

Sans plus attendre, la fée nocturne se leva. Consciente qu'elle ne respectait absolument pas les règles de vie d'un elfe, elle s'empressa de quitter la pièce en chancelant, prenant appui sur les murs.

— Je trouverai ce que tu caches, Wyllina ! cria Elienor depuis le salon.

Elle ne chercha pas à lui répondre. Elle ouvrit la porte de son appartement et chuta à genoux dans la neige fraîche. Mais elle ne pouvait s'arrêter là. Faible à tel point qu'elle ne distinguait plus rien, elle s'efforça de se relever et s'éloigna le plus possible de l'antre de l'elfe. Le crissement de la neige derrière elle la rassura. Dimitri la suivait.

Une fois sûre qu'ils étaient hors de vue, elle se laissa à nouveau tomber sur le sol et abandonna la magie qu'elle exerçait sur son collègue.

Immédiatement, Dimitri apparut accroupi en face d'elle, et elle reprit violemment sa respiration, comme si cela faisait plusieurs minutes qu'elle était privée d'oxygène. Lorsque sa vue redevint plus ou moins nette, elle contempla le prince, dont les yeux inquiets étaient rivés sur elle.

— Pourquoi tu as fait ça ? lui demanda-t-il.

— Tu es l'héritier du trône, répondit-elle.

La justification était bien plus que suffisante pour elle, mais Dimitri ne semblait pas du même avis et il l'interrogea du regard.

— Tu as entendu, reprit-elle, essoufflée. Il a donné la pierre à Pullman. Ce qui veut dire que la nouvelle que l'on vient d'apprendre va se répandre comme une traînée de poudre. Je ne peux pas risquer que quelqu'un découvre qui tu es. Et surtout pas Elienor.

Il secoua la tête, tout en l'aidant à se relever. Au fur et à mesure, Wyllina recouvrait sa force vitale. Pas assez pour courir un marathon, mais suffisamment pour retrouver ses esprits.

— Tu n'as pas à me protéger, répliqua Dimitri sèchement.

— Bien sûr que si, répondit-elle d'un air qui ne laissait aucune place aux négociations.

Soudain, il parut agacé.

— Et c'est aussi pour cette raison que tu lui as permis de s'emparer de l'une de tes mèches de cheveux et de trois de tes larmes ? Te rends-tu compte de ce que tu as fait ?

Il recula, comme s'il souhaitait prendre de la distance. Cependant, la nocturna tiqua lorsqu'il parla de sa mèche de cheveux.

— Comment sais-tu que…

— J'ai eu le temps d'explorer les lieux pendant que tu faisais ton petit numéro, et figure-toi que je suis très observateur. C'est bien pour ça que j'ai récupéré ceci.

Sous les yeux de la fée nocturne, il sortit la gemme, aussi brillante que dans ses souvenirs, de la poche de son manteau. Wyllina en eut le souffle coupé. Elle ne comprenait plus rien.

— Attends…

— Il t'a mené en bateau, Wyllina ! s'emporta Dimitri. Tu t'es sacrifiée pour une information complètement fausse. Maintenant, comment compte-t-il utiliser ce que tu lui as offert sur un plateau d'argent ?

— Mais… tu… tu aurais pu me prévenir !

— J'ai essayé, mais tu es tellement persuadée que je suis un imbécile incapable de me débrouiller seul, que tu n'as pas prêté attention à mes signaux. Où est passée la meilleure agente de l'ARPM ? Hein ? Où est celle qui n'agit jamais avec le cœur et toujours avec discernement et mesure ?

Il s'éloigna encore et détourna la tête, visiblement plus en colère qu'il ne l'avait jamais été envers elle.

— Un elfe a beaucoup de défauts, reprit Wyllina calmement. Mais le mensonge n'en fait pas partie. Les non-dits, oui, mais pas le mensonge.

— Il faut croire qu'Elienor est une exception.

La nocturna réfléchit quelques secondes, tentant de ne pas se laisser envahir par la panique.

— À moins qu'il y ait été forcé… comprit-elle.

Dimitri et elle échangèrent un regard inquiet. Qu'Elienor eût menti à Wyllina était une chose. Qu'il eût été obligé de le faire en la poussant à présumer que Pullman était en possession de la pierre en était une autre. Que pouvait-il bien y gagner ? Lui ou la personne qui le faisait chanter ?

Malheureusement, elle eut immédiatement une théorie précise de qui pouvait se cacher derrière tout ça et rien que d'y songer lui donnait la nausée. Cependant, cela lui ressemblait d'agir ainsi. Et cela renforçait l'idée qu'il ne voulait ni être retrouvé ni laisser des indices menant à lui.

— À quoi penses-tu ? lui demanda Dimitri en rangeant la pierre dans sa poche.

Elle leva les yeux vers lui. Pouvait-elle seulement le dire à voix haute ? Cela semblait être l'explication la plus probable. Elle se souvenait comme si c'était hier de ce jour où Erwin avait contraint un elfe à mentir pour brouiller les pistes au cours d'une de leurs enquêtes.

Mais si Erwin était derrière tout ça, cela signifiait bien plus. Il aspirait à ce qu'elle se dirigeât vers Pullman. Il espérait qu'elle pensât qu'ils étaient en danger, elle et Dimitri, parce que Pullman aurait découvert ce qu'ils s'efforçaient de cacher. Il désirait qu'elle se trahît auprès de son patron. Peut-être même qu'il souhaitait uniquement se venger de Dimitri.

Erwin, si c'était bien lui, cherchait à lui mettre des bâtons dans les roues. Ce qui ne pouvait vouloir dire qu'une seule chose : il gagnait du temps.

— Je…, commença-t-elle.

Certainement en raison de sa faiblesse, ses pensées lui paraissaient embrumées. Comment démêler le vrai du faux ? Comment pouvait-elle être sûre que ce qu'elle considérait comme vrai n'était pas qu'une fumée dont le feu était bien plus conséquent que ce qu'elle aurait cru ?

Dimitri l'encouragea du regard et se rapprocha sensiblement, ses cheveux bleu ciel balayés par le vent glacial. Pourtant, cette fois, ce fut elle qui recula. Si Erwin cherchait à lui faire perdre du temps et que Dimitri était dans les parages, elle compromettait sa sécurité. Elle avait déjà échoué à protéger le roi et l'Ancien Royaume. Elle refusait de mettre la vie du dernier héritier en péril. Doucement, elle s'éloigna un peu plus.

— Wylli, parle-moi.

— Je suis désolée, mais il faut que je sois sûre.

Bien sûr, il ne comprit pas ce qu'elle voulait dire et tenta de s'approcher encore.

Et si c'était lui qui la manipulait ? Après tout, ça ne serait pas la première fois. Quelle preuve avait-elle de son identité ? Comment savoir si ce qu'il disait était vrai ?

Du recul. Elle devait prendre du recul.

— Retourne à l'ARPM, lui dit-elle. Fais comme si de rien n'était et surtout ne parle à personne. Si Pullman te le demande, je suis sur l'enquête que Peter nous a confiée ce matin.

Et ça, ce n'était pas un mensonge.

— Mais…

— Ne discute pas, Dimitri. Si ce que je crois est vrai, tu es en danger en me suivant partout. On nous brouille les pistes. Je préfère démêler la vérité avant de te faire courir le moindre risque. Si tant est que… que tu es sincère avec moi.

Il parut blessé, mais ne répondit rien, comme s'il comprenait que la nocturna doutât de tout et de tout le monde. Pourtant, avant de la laisser partir, il jeta un œil par-dessus son épaule, comme pour vérifier que personne ne les observait, et lui lança la pierre.

Wyllina l'interrogea du regard.

— Si je dois me fondre dans la masse, autant que je ne me promène pas avec un objet compromettant. Je te fais confiance. C'est toi la meilleure agente de l'ARPM.

— L'une des meilleures, insista-t-elle.

En glissant la pierre dans son manteau, elle tourna les talons et s'éloigna sans se retourner. Pas même quand son intuition lui criait de courir vers lui.

Chapitre 9

La nocturna avançait dans l'hiver belge en tenant fermement son manteau contre elle. La température était encore descendue, à tel point que la neige gelait presque instantanément. Elle dut redoubler d'efforts pour ne pas perdre l'équilibre, surtout lorsqu'elle arriva sur le quai mouillé où la nouvelle mission que Pullman lui avait assignée l'avait menée.

En sortant son téléphone de sa poche, elle vérifia la localisation de l'entrepôt dans lequel elle devait se rendre.

Oui, c'était bien là.

Outre les ordures entassées sur ce site de recyclage, elle découvrit un bâtiment modeste et marqué par l'humidité. Sur la façade, une enseigne dont la peinture s'écaillait était vissée de travers. On pouvait y lire « Forgeron & fils ».

En inspirant profondément pour se donner du courage, elle rangea son portable et mit ses mains dans les poches, la gauche empoignant fermement la gemme. Puis, elle avança.

Un nain se trouvait non loin de là, semblant fouiller parmi les décombres quelque chose qui pourrait lui être utile. Ici, il y avait matière à travailler, entre le métal, le bois et les autres déchets.

Comme elle avait lu le rapport de la mission avant de partir, elle savait que ce nain était l'un des plaignants. Elle s'approcha de lui en glissant sur les plaques de verglas et manifesta sa présence en tapant ses mains l'une contre l'autre pour se réchauffer, car il ne l'avait pas entendue arriver.

Surpris, il se retourna en sursautant, les mains serrées sur une barre de fer rouillée, fermement tendue vers elle.

— Bonjour, dit-elle, en français. ARPM.

Pour être plus convaincante, elle brandit son badge devant le nain roux étrangement rasé de près. Il loucha en remontant ses petites lunettes rondes sur son nez boursouflé et grogna en abaissant son arme de fortune.

— Eh bien, c'est pas trop tôt ! lui répondit-il, en langue native. *sâl dornoth...*

Si elle ne comprit pas les derniers mots qu'il avait prononcés dans la langue des nains, Wyllina ne tenta pas de lui demander de traduire. Au vu de son air, ce n'était sûrement pas une flatterie. Elle se retint de lever les yeux au ciel.

Pour les plaignants, l'ARPM était toujours trop longue à agir. Pourtant, cette plainte avait été déposée deux jours seulement auparavant. Ou alors était-ce la nature impatiente du nain qui transparaissait plus que de raison ?

— Wyllina Burn, enchantée, répondit-elle en lui tendant la main.

Le nain observa sa paume d'un air dédaigneux et ne lui rendit pas la pareille. Gênée, la nocturna se ravisa et enfouit ses doigts gelés dans ses poches.

— Votre plainte a été entendue et je suis l'agente qui s'occupera de votre dossier. Pourrions-nous discuter dans un endroit un peu plus... chaud ?

Il regarda autour de lui comme si, pour lui, il ne faisait pas moins dix degrés, mais une température tout à fait convenable pour se balader en tee-shirt et en short, agrémentés de sandalettes en cuir usé. Cependant, il déposa la barre en métal rouillée, se frotta les mains sur un torchon pendu à sa ceinture et haussa les épaules.

— C'est bien un truc de femmelette d'avoir froid, se moqua-t-il. D'ailleurs, j'suis pas sûr qu'vous soyez vraiment l'meilleur agent qu'l'ARPM aurait pu m'envoyer. C't'une affaire de vol d'armes. Ça peut être dangereux.

Wyllina tenta de ne pas se braquer face aux propos misogynes du nain et arbora plutôt un large sourire.

— Je sais parfaitement de quoi il s'agit, se réjouit-elle. Et faites-moi confiance, je suis la meilleure.

Le nain pesta une fois encore et secoua la tête en regardant ses pieds. La jeune fée remarqua bien qu'il bougonnait quelque chose, mais elle n'y prêta pas attention.

— J'm'appelle Serge, au fait, grogna-t-il en se détournant d'elle pour se diriger vers le bâtiment délabré.

Elle soupira de soulagement à l'idée d'être à l'abri du vent humide et glacial qui régnait ici, et le suivit de près. Compte tenu de son centre de gravité, Serge n'avait aucun mal à se déplacer rapidement sur le verglas. Ce qui était loin d'être le cas de la nocturna. Ce fut pour cette raison qu'il l'attendit pendant une bonne minute avant qu'elle ne le rejoignît à l'intérieur, et ferma la porte en métal dans un grincement sordide. Malheureusement, Wyllina fut déçue de constater qu'il n'y faisait pas beaucoup plus chaud. Elle ouvrit néanmoins son manteau et décida de retirer ses mains ankylosées de ses poches. Ici, on se serait cru dans une salle de repos.

Une table en bois de récupération occupait le centre, entourée de deux chaises en osier délabrées. Dans un coin, près d'une des nombreuses fenêtres en simple vitrage, de la vaisselle quelconque et ébréchée était rangée en dessous d'une machine à café à l'hygiène douteuse.

Serge s'approcha d'une armoire constituée à base d'un bric-à-brac pris sur différents meubles et en sortit deux petits verres à alcool opacifiés par le calcaire, ainsi qu'une bouteille de whisky artisanal sans étiquette et salie par des traces de doigts.

Sans demander l'avis de la nocturna, il en versa dans les verres et lui en tendit un en se hissant difficilement sur l'une des chaises. La jeune fée l'attrapa du bout des doigts en tentant de ne pas paraître écœurée et s'assit à son tour, attendant que le nain bût en premier avant d'ingurgiter son verre d'une traite.

— Bien, dit-elle alors que l'alcool lui brûlait l'œsophage. Racontez-moi en détail ce qui ne va pas.

Il rota sans gêne et avala un nouveau verre de whisky avant de se racler la gorge de façon peu élégante.

— J'croyais qu'vous aviez lu l'compte rendu ?

— Oui, répondit-elle. Mais c'est toujours mieux d'avoir votre version, plutôt que d'avoir celle d'un rapport rédigé sur la base de votre plainte.

Il se servit un autre verre, mais attendit un peu avant de le boire. Avant ça, il sortit d'une des poches de son short un paquet de tabac et des feuilles à rouler.

— J'travaille depuis longtemps pour l'ravitaillement des natifs. C'est complètement règlementé, ajouta-t-il en observant la réaction de Wyllina. Pas d'entourloupes. D'ailleurs, le directeur d'l'ARPM est un bon client. J'suis persuadé qu'si vous aviez eu une arme, ç'aurait été l'une d'mes créations.

Elle sourit et sortit le couteau qu'elle gardait dans sa botte. Il hocha fièrement la tête.

— D'habitude, renforça-t-il, quand quelqu'un vient prendre une livraison, j'ai une enveloppe. Et il s'agit pas du stock entier. Là, tout a disparu et j'ai rien reçu. C'est du vol.

— Vous œuvrez seul ? demanda-t-elle.

Il acheva de rouler sa cigarette et la cala au coin de ses lèvres avant de l'allumer.

— J'travaillais avec mon fils, dit-il, le regard dans le vague. Mais il a préféré arrêter et changer d'orientation.

Wyllina hocha le menton. Moins Serge avait d'employés, plus courte serait la liste des suspects.

— Vous n'prenez pas d'notes ? lui demanda-t-il d'un air suspicieux avant de boire un autre verre de whisky.

Elle fit signe que non en secouant la tête.

— Serge, qui d'autre que vous a accès à votre entrepôt ? Celui où vous rangez vos… créations ?

Il lui servit un nouveau verre, que la jeune nocturna regarda d'un œil prudent. Mais après tout, le premier qu'elle avait avalé l'avait aidée à se réchauffer. Cependant, elle le but plus lentement que le précédent.

— C'est compliqué, répondit le nain en crachant un nuage de fumée sentant la nicotine. Mon fils a toujours les clefs, mais ça fait des lustres que je l'ai pas vu dans les parages. Y'a une de mes maîtresses, pour qu'elle puisse v'nir en toute discrétion. Oh, et y'a un gars d'chez vous qui a un accès quasi illimité pour v'nir chercher d'quoi blinder les agents toute l'année. Et comme, désolé d'vous l'dire, vous êtes pas très soigneux avec vos armes, l'ARPM a commandé pas mal, ces temps-ci.

Cette dernière information lui mit la puce à l'oreille.

— Un gars de chez nous ? répéta-t-elle.

— Ouais, dit-il en retenant un hoquet.

Elle s'attendait à plus de précisions, qui ne vinrent pas.

— Est-ce que vous savez qui c'est ?

Wyllina était l'une des employées les plus haut placées dans l'agence. Elle connaissait pratiquement tout le monde, et tous les postes, du moins pour l'ARPM de Belgique. Il ne lui semblait pas avoir déjà rencontré un représentant spécialement attitré à ce genre de tâche. Et quelque chose ne collait pas. Pullman demandait toujours à ses agents de faire attention à leurs armes, parce que cela coûtait cher et que les stocks étaient limités. Que Serge pensât l'inverse la laissait perplexe. Il pouvait s'agir d'un malentendu, mais cela pouvait aussi bien être autre chose.

— Au début, c'était un faune. Je m'souviens qu'les natifs du coin s'en méfiaient à cause d'leur réputation, vous savez. Il v'naît pas si souvent, j'dirais deux fois par an. Mais depuis quelques semaines, ça n'arrête pas. Et c'est plus l'même gars, j'crois que c'est un elfe.

Il retint une grimace de dégoût. Serge et elle avaient au moins en commun de détester les elfes.

— Un elfe ?

C'était une piste intéressante. Sans compter qu'elle connaissait en particulier un elfe noir de l'ARPM qui était distant depuis quelques semaines… Décidément, tout menait à lui. Mais elle resta prudente. La description pouvait également très bien coller à Elienor, qui adorait fourrer son nez dans des affaires douteuses.

— Oui, il est toujours très hautain et vicieux. J'm'en approche jamais beaucoup. J'suis assez solitaire et les interactions sociales, c'pas mon truc. Surtout pas avec un elfe.

— Un elfe noir, peut-être ? insista-t-elle.

Mais elle tenta de se calmer. Il ne fallait pas qu'elle faussât l'entretien. Le nain haussa les épaules. Visiblement, il ne réalisait pas vraiment les différences entre un elfe et un elfe noir. Pourtant, il y en avait beaucoup.

Elle décida de cesser de le questionner. Cela ne ferait que l'orienter un peu plus vers des réponses que Wyllina souhaitait entendre, et même si tout portait à croire qu'Erwin était encore derrière tout ça, elle n'avait pour l'instant aucune preuve.

— Bien, dit-elle en terminant son verre. Accepteriez-vous que je jette un œil à votre entrepôt ?

Il la toisa un moment avant d'écraser le mégot de sa cigarette contre la semelle de ses sandales. Il vida ensuite la bouteille de whisky d'une traite et se leva en grommelant. La nocturna se retint de montrer son admiration face à son impressionnante descente et au fait qu'il semblât rester sobre. Après deux verres, elle avait déjà la tête qui tournait. Même si elle prétendait toujours le contraire.

D'une de ses mains charnues, il lui fit signe de le suivre. Wyllina s'exécuta en prenant soin de récupérer son couteau, qu'elle garda dans la poche de son manteau, ses doigts enserrant le manche. On n'était jamais trop prudent…

Il se dirigea vers le fond de la pièce et ouvrit une lourde porte en métal, bien mieux entretenue que celle qui menait à l'extérieur. Là, elle découvrit un entrepôt plus grand que l'usine dans laquelle elle avait élu domicile.

Le sol, en terre battue, conservait les traces de charges importantes qu'on aurait traînées sur une longue distance. Mais, curieusement, aucune de ses empreintes ne conduisait aux deux immenses portails du hangar à quelques dizaines de mètres d'eux. Toutes semblaient se heurter au mur.

La jeune fée fut abasourdie. Le lieu était entièrement vide. Seules quelques cartouches jonchaient la terre, maigres preuves témoignant d'un temps où l'endroit débordait de marchandises.

— Voilà, dit Serge en ouvrant les bras comme pour lui souhaiter la bienvenue. En une nuit, l'dépôt a été dépouillé.

— En une nuit… répéta Wyllina.

— Restez autant qu'vous l'voudrez, j'dois m'remettre au travail. Venez m'voir quand vous aurez terminé.

La nocturna acquiesça et laissa le nain fermer la porte derrière elle. Seule dans ce grand espace désert, elle ne sut par quoi commencer.

Pourtant, quelque chose lui paraissait évident. Si l'entrepôt avait été vidé en une nuit, le voleur n'avait pas agi en solitaire. Ce qui compliquait l'enquête.

Elle fit quelques foulées pour tenter de trouver un indice. Sur le sol, les traces de charges lourdes curieusement orientées se mélangeaient aux marques de pas du nain et d'autres encore. Il déclarait travailler seul. Peut-être pouvait-elle reconnaître l'une de ses empreintes ?

La nocturna s'accroupissait pour examiner l'une d'entre elles, lorsque quelque chose attira son regard, à sa droite. Elle tourna la tête, mais eut besoin de quelques secondes pour comprendre de quoi il s'agissait. Contre l'un des murs, on aurait dit qu'un voile circulaire d'une trentaine de centimètres de diamètre lévitait.

Un voile qui ressemblait à une bulle de savon.

Perplexe, elle se redressa et hésita avant d'avancer. La plupart des traces semblaient y mener. Il était impossible que ce fût ce à quoi elle pensait. Pourtant, alors qu'elle prenait le risque de s'approcher, elle pouvait le sentir.

La magie. La puissance.

La maison. Son chez-soi.

L'Ancien Royaume.

Vaquoria.

Éberluée, elle s'arrêta à quelques centimètres, alors que le voile se résorbait au fil des secondes. C'était un portail. Un portail vers leur monde, Vaquoria. Elle s'empressa de sortir son téléphone pour en faire des photos. Même si ce n'était pas probant sur son écran, on pouvait clairement voir une anomalie sur l'image.

Et comme s'il n'avait jamais existé, le portail se referma, la privant à nouveau de son oxygène, si bien qu'elle se rappela à quel point l'atmosphère de la Terre était fade comparée à celle de l'Ancien Royaume.

Elle approcha son visage du mur en bois pour tenter de l'examiner, mais un bruit l'interpella derrière elle. En sursautant, elle se retourna et ne fut presque pas étonnée de se retrouver nez à nez avec Erwin, posté à quelques millimètres d'elle seulement. Comme s'il savait ce à quoi elle pensait, il lui attrapa immédiatement les épaules et la plaqua contre la paroi, lui arrachant une grimace de douleur.

— Erwin… dit-elle. Quelle surprise.

Il intensifia sa prise et elle ne put retenir un gémissement de détresse. La force d'Erwin était nettement plus grande que la sienne, même si, dans la puissance de leur pouvoir, c'était elle qui le surpassait.

Pourtant, elle n'avait aucune envie de s'en servir contre lui.

Pas tant que tout ne serait pas tiré au clair.

— Qu'est-ce que tu fais là, *telith* ? dit-il d'une voix sombre qu'elle ne lui connaissait que lorsqu'il était extrêmement en colère.

Elle tenta de se dégager, mais dut renoncer. À la place, elle observa les traits éreintés de son coéquipier. La dernière fois, chez elle, il lui avait semblé fatigué et son teint était déjà blême. Eh bien, ce n'était rien comparé à ce jour-là. Elle cilla, essayant de comprendre ce qui se passait.

— Ils pensent que tu es mort, répondit-elle, sans vraiment savoir par où commencer.

Il la regarda pendant un moment. Il avait l'air troublé, un peu hagard, comme s'il luttait intérieurement. Et aussi sauvagement qu'il l'avait attrapée, il desserra ses doigts et s'éloigna d'elle de quelques pas. La nocturna reprit son souffle, coupé jusqu'alors par sa rage.

— Ce n'est pas toi qui aurais dû te trouver ici.

Elle secoua la tête, perplexe.

— Qu'est-ce qu'il se passe, Erwin ? lui demanda-t-elle, sincèrement perdue.

Tous ses doutes s'envolèrent. Ses soupçons semblaient si distants. Elle n'avait désormais qu'une chose à l'esprit : savoir comment se portait son coéquipier.

Et visiblement, il n'allait pas très fort.

Erwin regarda ses bottes de sécurité, comme s'il cherchait ses mots. Tandis qu'il levait vers elle des yeux assassins, elle se souvint de la raison de sa présence ici, des incertitudes à son sujet, de sa découverte, un peu plus tôt, alors qu'elle quittait Elienor.

La vraie question était : qu'est-ce que lui faisait là ?

Prudente, elle se plaça en position de défense et attrapa son couteau dans sa poche, avant de le brandir devant elle. L'elfe noir l'observa en premier lieu d'un air interrogateur, puis se mit à rire, renforçant la méfiance de la nocturna.

— Enfin, Wylli… mais qu'est-ce que tu fais ?

— C'est plutôt à toi que je devrais poser la question.

Elle pesa rapidement le pour et le contre avant de poursuivre.

— D'abord, tu disparais de la circulation, ensuite, José me révèle que tu es allé le voir parce que tu étais dans l'embarras. Tout le monde te croit mort et, je ne sais pour quelle raison, tu cherches à me faire tourner en rond. Et maintenant, je te retrouve ici, sur les lieux d'un vol.

Du bluff. Tout ceci n'était basé que sur des suppositions, et encore. Mais elle devait essayer ce coup de poker pour cerner les intentions de l'elfe noir qu'elle pensait connaître.

Il la toisa, presque surpris.

— Mais qu'est-ce que tu racontes, *telith* ?

Elle renforça sa position de défense pour lui faire comprendre que cela ne servait à rien de la manipuler.

— C'est à cause de ce petit morveux, c'est ça ? tenta-t-il. Il n'est pas celui que tu crois, c'est par sa faute que j'ai été évincé de l'ARPM. Il m'a vendu auprès de Pullman. C'est lui qui aurait dû se trouver ici aujourd'hui, pas toi.

Heureusement pour elle, un elfe noir restait un elfe. Le mensonge n'était pas dans leur nature, c'était pourquoi ils cherchaient toujours à éviter de devoir donner des informations. La façade qu'Erwin tentait de garder s'effritait petit à petit, et plus Wyllina serait précise, plus il lui révélerait la vérité.

Néanmoins, elle déglutit. Ce qu'il avait dit lui fit froid dans le dos. Son intuition avait été bonne concernant Dimitri. S'il était venu seul pour cette mission et qu'elle avait écouté Elienor en se rendant à l'agence pour voir Pullman, Erwin aurait pu mettre son plan à exécution.

Malgré tout, elle tenta de garder la face et de ne pas paraître effrayée à l'idée que l'héritier du trône fût en danger. Il ne fallait pas que son comportement trahît l'importance de Dimitri.

En espérant qu'Erwin ignorât qui il était vraiment.

— Je suis au courant, répondit-elle. Dimitri me l'a dit. Mais ce n'est pas de sa faute, tu n'as pas été prudent et tu as baigné dans des magouilles. Ce n'est pas digne d'un agent de l'ARPM. Ce n'est pas digne de toi.

Erwin sembla vexé, mais récupéra vite son air provocant et insondable.

— Donc, tu acceptes le fait que Pullman m'ait abattu ?

Ce fut à elle de flancher. Ainsi donc, son patron avait vraiment tué Erwin ? Par quelle magie, dans ce cas-là, se tenait-il devant elle ?

Pendant une seconde, elle baissa sa garde. Une seconde de trop, qu'Erwin mit à profit pour la désarmer et la maîtriser à nouveau, calant un bras dans son dos et l'autre autour de sa gorge, avant de la coller au mur. Wyllina grimaça en sentant les échardes de la paroi en bois s'enfoncer dans sa joue, mais ne tenta pas de se débattre. Elle n'avait clairement pas l'avantage.

— Je n'ai pas envie de te blesser, Wylli. Laisse-moi partir et oublie que tu m'as vu ici.

— José, pourquoi l'as-tu tué ?

Il resserra un peu plus son bras autour de sa gorge.

— Je ne pouvais pas prendre le risque qu'il parle.

Elle grimaça, davantage de déception que de douleur, ignorant le souffle de l'elfe noir sur sa nuque. Ainsi donc, prêcher le faux pour connaître le vrai fonctionnait réellement.

— Pourquoi ? souffla-t-elle.

— Tu ne t'es pas dit que le fait que tout le monde me croit mort m'arrangeait ?

— Sauf que je suis au courant que tu ne l'es pas, maintenant.

Il sembla hésiter, mais ne répondit rien. Au lieu de ça, il la lâcha soudainement, et avant qu'elle ne pût agir, la frappa sans ménagement sur le sommet de la tête. Ce coup n'avait pas été porté au hasard. Erwin savait parfaitement ce qu'il faisait.

Sonnée, la nocturna perdit l'équilibre et tomba sur le sol. Dans sa chute, la pierre cachée dans la poche de son manteau roula jusqu'au pied d'Erwin. La jeune fée tenta de se redresser le plus vite possible, mais l'elfe noir s'empara de la gemme en lui lançant un regard sombre. Pendant quelques secondes, ils s'observèrent en silence. Comprenait-il qu'elle commençait à avoir des soupçons sur lui ? Comprenait-il que, dans l'esprit de sa collègue, un semblant de vérité se dessinait ?

— Erwin… murmura-t-elle d'une voix faible, complètement assommée par le coup qu'il venait de lui porter.

Mais il ne répondit rien.

Sans bruit, il se détourna en emportant la pierre, laissant Wyllina à bout de souffle sur le sol de l'entrepôt. Quelques secondes plus tard, alors que l'atmosphère changeait sensiblement, elle perdit connaissance.

# Chapitre 10

Lorsqu'elle se réveilla, Serge se trouvait au-dessus d'elle, l'air préoccupé. Elle voulut se redresser, mais il l'en empêcha. Dans son dos, elle sentait encore le froid du sol en terre battue de l'entrepôt, mais elle soupira de soulagement en constatant être toujours à l'endroit où elle s'était évanouie.

— Douc'ment, ma p'tite dame, dit-il, l'haleine chargée d'alcool et de cigarette. Vous avez r'çu un sacré coup sur l'crâne.

Elle lui adressa un faible sourire en portant une main à son front. Elle saignait beaucoup, mais ça n'avait pas l'air catastrophique. Sybil, l'infirmière de l'ARPM, la soignerait en un rien de temps. Pourtant, elle prit quand même quelques secondes pour se redresser, à cause de son mal de tête et de ses nausées.

— Serge, dit-elle une fois assise, voudriez-vous m'apporter un verre d'eau ?

Il fronça les sourcils, comme si boire de l'eau n'était pas naturel en cas de blessure, mais s'exécuta. À nouveau seule dans l'entrepôt, Wyllina se remit debout et observa les alentours. Erwin avait forcément laissé une trace, un indice, quelque chose.

Elle prit une photo de ses empreintes, qu'elle reconnut parce qu'elle avait repéré qu'il portait ses bottes de sécurité.

Sur le mur, à l'endroit où Erwin l'avait maîtrisée, elle trouva une peluche venant de sa veste en laine piquée. Elle s'empressa de la décrocher de la paroi et d'effacer les marques avant que le nain ne revînt, un verre rempli de whisky à la main.

— Tenez, dit-il. Ça va vous r'mettre d'aplomb, et bien mieux que d'l'eau !

La nocturna grimaça, mais après tout, elle n'était plus à ça près. D'un geste brusque, elle s'empara du verre, le vida d'une traite et le rendit à Serge.

— Merci, dit-elle ensuite, ignorant la brûlure de l'alcool. Je vous tiendrai au courant de l'avancement de l'enquête.

Elle fourra ses mains dans ses poches, tentant de dissimuler les indices.

— C'est tout ? dit-il. Vous allez pas m'dire c'qui s'est passé ?

— Ma tête a été cognée, éluda-t-elle. Je suis très maladroite.

— Et pour mon stock ?

Le nain lui barrait la sortie, pressé d'obtenir des réponses. Désemparée, la nocturna lui fit face et tenta de réfléchir. Vite.

— Je n'ai malheureusement rien trouvé de probant. J'enverrai une équipe dans quelques jours. Restez à l'affût du moindre mouvement.

— Et concernant mon argent ?

Elle ne cacha pas son agacement.

— Serge, la situation est sous contrôle. Vous récupérerez votre stock et si ce n'est pas le cas, l'ARPM fera en sorte que vous soyez grassement dédommagé. Je dois vraiment partir. Merci encore pour le… les verres.

Il tenta de répliquer, mais elle se faufila hors de l'entrepôt avant qu'il ne pût à nouveau lui barrer la route. Précipitamment, elle se jeta à l'extérieur. L'air froid la saisit et, alors que Serge lui courait après pour obtenir des réponses, la nocturna se mit en marche aussi rapidement que possible à cause du verglas. Tout tournait autour d'elle. Sa vision était floue, mais elle devina que le coup qu'elle avait reçu n'avait rien à voir là-dedans.

Soudain, elle eut chaud, beaucoup trop chaud. Ses pas faisaient même fondre la glace.

Lorsqu'elle fut certaine d'être à l'abri des regards, elle retira son manteau et plongea ses mains dans la neige. Aussitôt, de la vapeur s'en dégagea. Wyllina bouillonnait.

Lorsque la nocturna arriva à l'ARPM, tout le monde lui lança des œillades curieuses à cause de sa blessure, mais elle les ignora. Elle se dirigea immédiatement vers l'infirmerie où elle se fit soigner sans donner de détail sur le déroulement de l'enquête. En évitant de croiser qui que ce soit, elle se rendit dans son bureau où Dimitri l'attendait, le nez dans un dossier. Alors qu'elle fermait la porte en la claquant presque, il sursauta et l'interrogea du regard. Et plus encore au moment où il remarqua sa blessure.

— Est-ce que ça va ?

Elle soupira. Elle ne voulait pas s'expliquer. Malgré elle, elle fut cependant soulagée qu'il fût sain et sauf.

— Qu'est-ce que tu lis ? lui demanda-t-elle pour ne pas avoir à répondre.

Son attention se porta pendant quelques secondes sur l'apparence de sa collègue et il parut perplexe. Du sang recouvrait ses vêtements et ses joues, même si l'infirmière avait nettoyé et pansé sa blessure. Mais Dimitri ne fit aucune remarque.

— Je consultais d'anciens dossiers, rien de plus. Celui-ci parle d'un trafic d'humains au profit des vampires. C'est Erwin qui s'en est occupé.

Elle leva les yeux au ciel. Pour quelques jours, elle aurait aimé oublier ce prénom. Elle se dirigea vers son bureau sans un mot, où elle se débarrassa de son manteau, de sa culpabilité et de sa rage. En se laissant tomber sur son siège, elle soupira longuement et enfonça le visage dans ses mains.

Dimitri dut comprendre que quelque chose s'était produit, car lorsqu'elle releva enfin la tête, elle remarqua qu'il la fixait d'un air étrange.

— Raconte, l'encouragea-t-il.

— Je ne peux pas.

Il s'agita, comme s'il était vexé ou qu'il ne saisissait pas. Peut-être même les deux.

— D'accord, reprit-il. Alors, laisse-moi te dire ce que j'ai découvert.

— Je t'écoute, articula-t-elle pour qu'il se décide à parler.

Il lui lança un sourire en se calant dans son siège, croisant ses pieds sur le bureau.

— En fait, je crois qu'Erwin te cachait plus de choses que je ne le pensais.

Elle tenta de ne rien laisser paraître de son trouble. Comme elle ne répondait rien, Dimitri continua.

— Tu te souviens que José nous avait appris qu'il était dans l'embarras et qu'il était venu le voir pour lui demander de l'aide ? Et que José disait qu'Erwin était mort ?

— Oui…

— Eh bien, devine qui est justement incriminé dans ce dossier sur un trafic d'humains géré par Erwin ? José.

La nocturna haussa les épaules. La surprise qu'elle aurait dû éprouver ne l'atteignit même pas. Après tout, elle en avait assez de réfléchir.

— Tu ne comprends pas ? continua Dimitri d'un air déçu.

Elle n'avait pas la force de répondre. Elle se contenta de dire « non » de la tête. Le prince se redressa et retira ses pieds du bureau. Il se souleva et s'approcha de Wyllina, comme s'il voulait lui faire une confidence.

— Imagine un peu qu'Erwin se soit servi de José parce que le vampire lui devait quelque chose. Erwin est mort et José l'a réanimé. Imagine que pour éviter qu'il ne devienne encombrant, Erwin a exécuté José. Ça colle.

La nocturna leva vers lui des yeux larmoyants.

— Pullman a tué Erwin, dit-elle à demi-mot.

Son collègue sembla surpris, mais ne posa aucune question. La jeune fée supposa qu'il savait que cela ne servait à rien d'insister. Il se contenta de se redresser, frottant son menton, signe qu'il réfléchissait intensément.

— Erwin aide José dans le trafic d'humains. Il brouille les pistes pour qu'on ne remonte pas jusqu'à lui. Malheureusement, je débarque et dévoile une partie de ses deals à Pullman. Erwin est évincé et Pullman s'intéresse à lui de plus près.

»Il découvre alors beaucoup de choses que même toi, tu ignores. Il va à la confrontation et le tue. On a eu les photos, il n'y avait pas de doutes possibles. Mais José avait une dette envers lui, Erwin est donc allé le voir deux semaines auparavant pour le contraindre de le réanimer au moment où cela se produirait. Parce qu'il le savait, que ça arriverait. C'était peut-être même ce qu'il voulait. Erwin devient un demi-vampire, mais tout le monde le pense mort. Il peut continuer ses trafics en toute impunité, manipuler les gens, y compris toi, en disant que Pullman lui souhaite du mal et que tu seras la prochaine, jusqu'à, va savoir pourquoi, demander à Elienor de nous mentir. Mais puisque José en sait trop, il le tue pour ne pas risquer que quelqu'un sache qu'il est encore en vie et qu'il est à présent un vampire.

Il mima triomphalement une explosion avec ses mains, mais la fée nocturne était loin de rire. Elle observa le prince en tentant de ne pas laisser couler ses larmes. Comment décrire ce qui se passait en elle actuellement ?

La déception, la colère, la peur. La désillusion.

— Je crois que tu approches de la vérité. Plus que tu le penses, trouva-t-elle le courage d'articuler.

Dimitri cessa de faire les cent pas et fit face à la nocturna.

— Je l'ai vu aujourd'hui, dit-elle d'une voix faible. Son teint est… Il est de plus en plus pâle et il n'a pas hésité à me faire du mal. Je…

Quelqu'un les interrompit brusquement en entrant dans la pièce sans frapper. Furieux, Pullman se tenait sur le pas de la porte, le regard plein de hargne. Wyllina cessa de parler et Dimitri se redressa.

— Wyllina. Dans mon bureau. Tout de suite.

Il quitta la salle. La fée resta immobile, incrédule. Que pouvait-elle bien trouver à dire à son patron ? Et d'ailleurs, que lui voulait-il ?

Devant sa léthargie, Dimitri lui attrapa les épaules et l'obligea à lui faire face.

— Ne le défends pas, Wyllina. C'est lui ton ennemi. Il cherche à t'embrouiller.

— Il me protège depuis plus de deux cents ans. Et je devrais renoncer à ma loyauté pour deux semaines d'égarement ?

Elle lui lança un regard noir, à tel point qu'il recula. Tout cela était trop. La nocturna ne parvenait plus à réfléchir et pourtant, le raisonnement de Dimitri avait tout de logique. Sans compter qu'Erwin voulait s'en prendre à lui, qu'il avait quelque chose à voir avec la disparition d'un stock plus qu'impressionnant d'armes et qu'elle avait observé, de ses propres yeux, un portail éphémère menant à l'Ancien Royaume. Portail certainement emprunté par son coéquipier quelques minutes avant qu'il n'apparût devant elle.

Mais pour l'heure, elle était incapable de décider quoi que ce soit.

Mécaniquement, elle se leva et quitta le bureau, une boule de rage à la place du cœur.

Cela faisait facilement dix bonnes minutes que Pullman et Wyllina se fixaient en silence. Comme si ni l'un ni l'autre n'osait prendre la parole. C'était en effet le cas de la nocturna, qui risquait de se trahir et de tromper Erwin au moindre mot.

Elle soupira longuement, puis fit mine de se lever de sa chaise pour faire réagir son patron. Celui-ci claqua la langue, ce qui fut suffisant pour que la fée nocturne se rassît.

— Bon... dit-il enfin, brisant le silence.

Il semblait chercher ses termes. Une profonde inspiration plus tard, son regard se perdit dans le vide.

— Que s'est-il passé aujourd'hui, sur le terrain ?

Wyllina ne sut que répondre. Elle ne pouvait pas mentir, mais peut-être pouvait-elle éluder une partie de la vérité, non ?

— J'ai exploré l'entrepôt et je me suis cognée.

« Contre le poing d'Erwin, que tu as tué. » Pensa-t-elle.

Pullman hocha la tête, mais ne parut pas convaincu pour autant.

— Et... qu'est-ce que tu as trouvé, là-bas ?

— Rien qui pourrait faire avancer cette enquête.

Il laissa sa main heurter la table, certainement conscient que Wyllina jouait avec les mots.

— Tu as dit au nain qu'on le dédommagerait ?

La nocturna détourna le regard rien qu'une seconde. Était-ce pour cette raison que son patron était si en colère ?

— Je n'avais rien de concret à lui apprendre.

Pullman grommela. La colère qu'il avait montrée quelques minutes auparavant semblait s'étioler comme un château de sable. Mais Wyllina resta prudente. Ne pas insister pour connaître la vérité ne lui ressemblait pas. Elle en était certaine, Pullman jaugeait ce qu'il prononçait, camouflant ce dont il désirait réellement lui parler. Peut-être ignorait-il par où commencer ou peut-être ne voulait-il pas prendre le risque de lui révéler des détails qu'elle ne possédait pas encore.

Elle inspira profondément en fermant les yeux. Après tout, les évènements la dépassaient. Elle devait avouer.

— En fait…

La porte s'ouvrit à la volée et la nocturna se ravisa. En se retournant, elle aperçut Peter, une pile de dossiers dans les bras, qui marqua un temps d'arrêt en l'apercevant.

— Oh… lança sa petite voix. J'espère que je ne dérange pas ?

Wyllina et Pullman échangèrent un regard. Peut-être se faisait-elle des idées, mais elle était persuadée qu'ils s'étaient compris. Ils ne pouvaient pas parler ici. Pas maintenant.

— Non, répondit Pullman en s'installant confortablement dans son fauteuil. Wyllina, comme je te l'ai dit, va à cette adresse pour 20 h 30. Ce nain me rend fou !

Il écrivit rapidement quelque chose sur un morceau de papier qu'il fit glisser sur son bureau avec mesure. La nocturna s'empara du message et y parcourut des yeux un charabia illisible. Le regard insistant de Pullman lui permit de comprendre qu'elle devait entrer dans son jeu.

— Bien sûr, répondit-elle d'une voix trop enjouée.

— Et que je ne t'y reprenne pas, surtout. J'espère que tu as retenu la leçon.

Ce coup-ci, elle se contint de paraître intriguée. Serait-ce possible que la colère de Pullman n'eût été qu'une façade, un prétexte pour s'entretenir seul avec elle dans son cabinet ?

— Compris, joua-t-elle, se penchant rapidement sur le bureau de son boss.

Elle fourra le papier dans sa poche et se leva doucement en lançant un rictus timide à Peter, qui rougit jusqu'aux oreilles.

— Wylli…, la salua-t-il.

— Salut, Peter. Le patron est tout à toi.

Elle mima un sourire sincère, qui lui coûta plus que ce qu'elle n'aurait cru. Et alors que Pullman et son collègue la suivaient des yeux, elle ouvrit la porte en chêne massif.

— Wyllina, une dernière chose, l'interpella Pullman.

Stoppée dans son élan, la nocturna se retourna vers son responsable.

— *N'oublie pas de nourrir les chauves-souris.*

Son cœur s'enfonça dans sa poitrine, alors qu'elle jetait un regard à Peter. Pullman s'était adressé à elle dans la langue des nocturnas. C'était un message, une phrase d'urgence. Elle était la seule à pouvoir comprendre, et son collègue sembla s'interroger. Mais pour ne rien laisser transparaître, Wyllina acquiesça et quitta la pièce.

Précipitamment, elle remonta le long couloir au pas de course, ignorant l'attention qui pesait sur elle. Plusieurs fois, elle fut tentée de lancer un coup d'œil par-dessus son épaule. Elle devait à tout prix éviter de paraître suspecte. Elle tâcha donc de ralentir la cadence en arrivant jusqu'à son bureau dans lequel elle rejoignit Dimitri, qui passait le temps en confectionnant une cocotte en papier. Il lui adressa un regard blasé, puis soupira.

— Alors, qu'est-ce qu'il voulait ?

Mais elle ne lui répondit pas. Elle s'empressa de rassembler le plus d'affaires possible. Dans le tiroir de son bureau, elle trouva un revolver placé là en cas d'urgence. Elle le mit dans son dos, coincé par l'élastique de son legging noir. Dimitri haussa les sourcils, surpris.

— Euh… qu'est-ce que tu fais ?

Elle lui jeta un regard plus sombre qu'elle ne l'aurait voulu et décrocha, du double fond d'un placard, une liasse de billets et deux faux passeports. En vérifiant rapidement les photos d'identité, elle lança le sien à son coéquipier. Il le rattrapa in extremis et observa sa collègue en silence, complètement perdu. La fée nocturne s'équipa d'un couteau supplémentaire et d'une veste renforcée.

— Armoire de droite, dit-elle à Dimitri. Il y a une veste comme celle-ci pour toi.

Le prince secoua la tête. Il semblait ne rien comprendre. Il s'exécuta malgré tout et découvrit en effet une veste en cuir renforcée. Comme il était trop lent, elle le rejoignit et le poussa légèrement avant de plonger son bras entre le placard et le mur. Là, elle trouva un deuxième revolver, qu'elle attrapa. Précipitamment, elle vérifia qu'il était chargé, l'arma, enclencha la sécurité et le tendit à l'héritier.

Celui-ci l'observa avec perplexité.

— Prends-le, lui ordonna-t-elle en le secouant.

Il s'exécuta sans comprendre et le plaça dans la poche intérieure de sa veste.

— Mets ton manteau, lui dit-elle ensuite.

Elle en fit de même et serra légèrement l'obsidienne pendue à son cou récupérée un peu plus tôt. Un réflexe qu'elle aurait du mal à perdre.

— Mais qu'est-ce qui se passe ?

Wyllina observa l'heure sur son téléphone, ignorant les appels en absence qui s'affichaient sur l'écran. 18 h 24. Elle s'intéressa enfin à son collègue et prit une profonde inspiration tout en cherchant ses mots.

— Agis normalement, décida-t-elle de dire. Ne parais pas angoissé. Marche à la même allure que moi. Il faut que tout semble absolument ordinaire. Compris ?

— Mais…

— Compris ? insista-t-elle.

Il n'avait d'autre choix que de lui faire confiance, sur ce coup-là. Dans un soupir, il hocha le menton. Wyllina lui adressa un signe de tête pour lui signifier de se tenir prêt et ouvrit la porte de leur bureau.

Sur le qui-vive, elle guida Dimitri dans les couloirs de l'organisme de façon à éviter les endroits fréquentés et les collègues trop curieux. Pas assez rapidement à son goût, ils quittèrent enfin l'agence, et alors que Dimitri s'apprêtait à emprunter la sortie « officielle », elle le tira par la manche et l'emmena vers une voie de chemin de fer désaffectée. Avec prudence, ils marchèrent longtemps, prenant soin de ne pas trébucher sur les rails de métro rouillés.

Par ici, au moins, elle était sûre de ne croiser personne.

# Chapitre 11

Après être passés chez Wyllina pour récupérer un sac de sport rempli de vêtements de rechange, les deux agents marchèrent au pas de course dans les rues gelées de Bruxelles. La nuit était tombée depuis bien longtemps. La nocturna vérifia l'heure sur son téléphone. 20 h 15. Depuis qu'ils avaient quitté l'ARPM, ils ne s'étaient pas adressé la parole. Dimitri devait ressentir le stress et la concentration de sa collègue alors que Wyllina ne savait plus que dire tant son esprit était embrouillé. L'héritier fut le premier à briser le silence, uniquement rompu jusqu'à présent par les crissements de leurs pas dans la neige et les cris des fêtards rassemblés dans la rue du Délirium café.

— Vas-tu finir par m'expliquer ce qui se passe ? lui demanda-t-il en français.

La fée se tourna vers lui, les yeux au bord des larmes.

— Nous sommes en danger, dit-elle d'une voix froide. On doit être sur un lieu d'extraction dans quinze minutes.

— J'avais compris, s'agaça son collègue. Mais pourquoi ?

Le moment était venu. Elle décida de tout lui dire sans cacher le moindre détail. Erwin était vivant, il était sûrement lié au vol d'armes, avait avoué à demi-mot avoir tué José et vouloir s'en prendre à Dimitri.

Il était à présent un vampire, elle en était certaine. La situation l'arrangeait, parce qu'il préférait que tout le monde le pensât mort.

Et le plus important, elle avait aperçu un portail menant à l'Ancien Royaume.

— Mais… réagit Dimitri une fois qu'elle eut fini sa tirade. Donc j'avais vu juste ?

— Oui. Le pire est qu'il n'a même pas tenté de nier. Ce qui veut dire qu'il est sans doute derrière le fait qu'Elienor nous ait menti.

— Tu crois que Pullman est au courant ?

La nocturna soupira en réfléchissant quelques secondes. Ils passèrent devant la galerie Horta, et s'engagèrent vers la Place d'Espagne en franchissant ses grilles en fer forgé.

— Il sait certainement quelque chose, sinon, il ne m'aurait pas donné le code. Mais quoi ? C'était étrange quand j'étais dans son bureau. On aurait dit qu'il souhaitait me parler sans savoir ce qu'il pouvait me révéler. Je pense que le conflit va plus loin qu'Erwin, mais j'ignore de quel côté me ranger. Dimitri lui pressa le bras en lui faisant face, l'obligeant à stopper sa course.

— Du côté de Pullman, évidemment. Il met tout en œuvre pour te protéger, c'est certain. Sinon, ce fameux code n'aurait pas été prononcé et toutes les choses que tu as prises dans le bureau de l'ARPM n'auraient pas été à leur place.

Wyllina baissa les yeux un instant. Elle savait tout ça, mais…

— Erwin a toujours été à mes côtés. Pourquoi me trahirait-il maintenant ? Il a encore dit tout à l'heure qu'il n'avait pas l'intention de me faire du mal. Peut-être que les apparences sont trompeuses. Et tu oublies que Pullman a tué Erwin.

— Oui, d'ailleurs… lui as-tu annoncé que tu l'avais vu ? Qu'il était en vie ?

Le silence replongea entre eux deux, sans que Wyllina pût lui avouer qu'elle n'avait rien dit. Son coéquipier s'apprêtait à parler, mais elle le poussa légèrement pour reprendre sa route.

— Je ne sais pas de quoi Pullman est au courant. Je ne sais pas ce qu'il se passe dans la tête d'Erwin. Je ne sais plus rien. Mais je sais que je suis loyale et, pour le moment, je n'ai aucune raison d'en vouloir à mon coéquipier.

— Tu rigoles, j'espère ? lâcha-t-il tout en courant pour arriver à sa hauteur. Je dois te rappeler qu'il t'a assommée, qu'il brouille les pistes et qu'il met à mal notre enquête ? Penses-tu que quelqu'un qui tient vraiment à toi se comporterait ainsi ? Perso, je ne le ferai pas.

— De toute façon, ça n'a plus d'importance pour le moment, réfuta Wyllina. Dans un peu plus d'une heure, nous serons loin d'ici et devrons faire profil bas. J'ignore pourquoi Pullman décide de nous extraire. Je ne pense pas qu'il sache qu'Erwin est encore en vie.

— Y a-t-il un risque que… qu'il soit au courant de qui je suis ?

Wyllina enfonça ses mains dans ses poches et l'observa quelques instants en silence. À vrai dire, elle n'en avait aucune idée. Il fallait reconnaître que l'attitude de Pullman était étrange avec Dimitri depuis le début. Il lui avait offert une place de choix à l'ARPM, alors qu'il venait de nulle part, et voilà que maintenant, il les aidait à s'enfuir. Était-ce pour la soutenir, elle, ou lui ?

Pour ne pas avoir à admettre qu'elle l'ignorait, elle changea de sujet en observant la statue de Don Quichotte qui les surplombait.

— Prépare-toi, répondit-elle simplement. Nous arrivons.

À leur gauche, une maison modeste se détachait dans un coin de la place d'Espagne. Cette demeure n'existait pas pour les humains. Mais pour les natifs, c'était autre chose. Elle n'avait pas fière allure, et pour cause. Il s'agissait de l'un des plus vieux logements de Belgique. Le bois de la façade était si noirci par le temps que Wyllina se demanda comment les murs avaient pu traverser les siècles. Elle s'arrêta un moment, simplement pour reprendre sa respiration.

— Donc, on abandonne tout ? Et l'Ancien Royaume ? Tu as la preuve maintenant qu'il est…

— *Dethra,* je ne sais pas, le coupa-t-elle, lassée qu'il lui posât des questions auxquelles elle n'avait pas la réponse. S'il te plaît… je ne sais pas.

Ils échangèrent un regard et, pendant un instant, il parut avoir de la peine pour elle. S'il comprit le juron qu'elle avait prononcé dans la langue des nocturnas, il ne fit aucune remarque. Pour briser le malaise qu'elle ressentait, elle frissonna et resserra la prise qu'elle avait sur son poignard dans la poche de son manteau.

— Allons-y.

Wyllina jeta discrètement un coup d'œil à l'héritier, qui semblait tendu également. Ou plutôt… agacé. Ce fut à ce moment précis qu'elle réalisa que c'était pour lui qu'elle avait peur.

Elle chassa ses pensées, et se mit à avancer, Dimitri sur les talons. Une maison ancienne protégée par la communauté magique offrait de nombreux avantages, mais encore pas mal d'inconvénients. Déjà, elle crut briser la porte en bois en l'ouvrant pourtant aussi doucement que possible. Et l'isolation laissait clairement à désirer. À l'intérieur, des congères de neige s'étaient amoncelées dans les coins de la première pièce à laquelle ils furent confrontés.

Sans trop se méfier, Wyllina invita Dimitri à entrer et referma la porte derrière eux. Pullman ne devait pas être loin et si ce n'était pas lui qui se chargerait d'eux, elle était persuadée que ce serait quelqu'un de confiance. Elle se détendit donc presque immédiatement et se rendit compte à quel point elle était crispée lorsque tous les muscles de son dos se relâchèrent.

Son téléphone affichait 20 h 32. Ils étaient à l'heure.

— Bon, commença-t-elle d'une voix plus légère en se tournant vers le prince. Il ne devrait pas…

Un grincement, à l'étage, la coupa net dans son élan. Dimitri l'entendit aussi, puisque leurs deux regards se dirigèrent vers le plafond. Quelqu'un marchait. De la neige tombait en poussière sur eux, signe que le maigre parquet qui séparait cette pièce de l'étage menaçait de s'effondrer à tout moment. Ce n'était pas normal. Elle connaissait le déroulement de cette opération, ce n'était pas à l'étage que le lieu de rendez-vous était fixé.

Néanmoins, il pouvait s'agir d'un squatteur. Ou de n'importe qui d'autre. Prudente malgré tout, elle fit signe à Dimitri de rester silencieux, avant d'observer les escaliers tordus et usés, véritable témoignage des nombreux natifs qui avaient monté ses marches au fil du temps. Mais comme personne ne vint, elle décida de prendre les devants.

Doucement, elle déposa sur le sol gelé le sac de sport rempli de leurs affaires de rechange et, d'un geste, elle ordonna à Dimitri de ne pas bouger. Avant d'avancer, elle tira son revolver de derrière son dos et le pointa devant elle.

— Tu es sûre que c'est nécessaire ? chuchota Dimitri.

— Chut ! lui reprocha-t-elle.

Elle se retourna, rien qu'une seconde, pour lui lancer un regard noir. Erreur de débutante, de toute évidence, parce que le parquet au-dessus d'elle céda dans un craquement assourdissant. Quelqu'un lui tomba dessus et attrapa directement ses deux mains avant de la désarmer. Son revolver roula dans un coin de la pièce, hors de portée.

À cause de la poussière, elle ne put apercevoir qu'une ombre se mouvant d'un pas si rapide qu'il était difficile de la suivre à l'œil nu. Dimitri et elle ne purent s'empêcher de tousser à cause des dégâts et Wyllina tenta tant bien que mal de se rapprocher de son collègue.

Lorsqu'enfin le voile d'impuretés et de neige retomba, elle fut sous le choc.

— Les chauves-souris ont toujours aussi faim et elles ne changent visiblement jamais de cantine.

L'elfe noir lui adressa un sourire, laissant apparaître toutes ses dents. Celles-ci étaient déjà longues à l'origine, mais la nocturna fut horrifiée par leur tranchant. Aussitôt, elle regretta de ne pas avoir su trier et analyser correctement les nombreuses informations reçues ces derniers jours. Erwin était en vie et il connaissait la procédure d'extraction. Pullman le pensait mort et n'avait donc pas jugé utile de la modifier. Débutante. Elle était une débutante.

Mais le temps leur était compté et Dimitri se trouvait avec elle. Alors, avant de s'attarder sur des détails, elle décocha son poignard et se plaça devant l'héritier dans une posture de défense.

— Erwin…, cracha-t-elle.

Il ricana, comme si la situation l'amusait beaucoup. Ce qui était sûrement le cas.

— Tu me déçois, *telith*. D'abord à l'entrepôt, et maintenant. Je ne t'ai pas enseigné les fondements de l'espionnage de cette façon. À croire que depuis que je ne suis plus à tes côtés, tu t'empâtes.

La nocturna garda le silence, consciente qu'il la provoquait. Que cherchait-il, finalement ? La confrontation ?

— Erwin, abandonne, s'immisça Dimitri. Laisse-nous partir.

Wyllina s'affaissa légèrement suite à son intervention. Qu'il se tût ! Il ne connaissait pas Erwin ni ce dont il était capable. Ce qui était loin d'être son cas, à elle.

L'elfe rit de plus belle et s'approcha sensiblement de la jeune fée. Tandis qu'elle s'apprêtait à rétorquer, le prince lui attrapa les épaules et la fit pivoter sur le côté pour échanger leur position. Elle se retrouva ainsi derrière l'héritier, alors qu'il l'empêchait de se déplacer à l'aide de ses bras. Erwin cessa dès lors tout mouvement, lui aussi. Il émit un sifflement admiratif en haussant un sourcil.

— Eh bien… Je comprends mieux pourquoi tu cherches à protéger ce morveux.

— Erwin, je t'en prie ! tenta Wyllina en essayant de passer devant Dimitri.

Mais celui-ci était bien plus fort que ce qu'elle aurait cru. Il était imperturbable, campé sur ses appuis comme un pilier au cœur d'une maison.

— Puisque c'est avec moi que tu dois régler quelque chose, laisse Wyllina en dehors de tout ça, lâcha Dimitri, la voix grave.

Pour la première fois, la jeune fée reconnut en lui quelque chose qu'elle n'avait pas observé depuis longtemps.

Très longtemps. Plus de cinq cents ans.

Quelque chose de royal.

Et elle n'espéra qu'une seule chose : qu'Erwin ne l'eût pas décelé également. L'elfe eut d'abord un air hébété, mais retrouva vite son regard assassin. Et avant qu'elle ne pût agir, il se lança sur Dimitri.

— Non ! Erwin !

Jamais elle ne l'avait vu aussi rapide, mais à leur grand étonnement, l'héritier du trône parait toutes ses attaques et parvenait même à lui infliger quelques coups. Mais cela ne durerait pas éternellement.

Erwin semblait infatigable et, déjà, Dimitri montrait des signes de faiblesse.

Wyllina repéra le revolver tombé à terre et se jeta dessus, prête à tout pour protéger l'héritier.

Puisqu'Erwin ne faisait plus attention à elle, elle put se mettre debout, en position de tir, en quelques secondes.

Dans son viseur, l'elfe n'arrêtait pas de bouger.

Pour calmer les choses et attirer son intérêt, elle ferma les yeux en levant le pistolet vers le plafond et appuya sur la détente.

Les deux adversaires se séparèrent d'un bond en s'accroupissant sur le sol. Erwin était à peine essoufflé, mais les joues de Dimitri étaient rouges et ses cheveux bleus étaient en bataille. À l'instant où ils remarquèrent que la nocturna pointait le revolver dans leur direction, ils se redressèrent doucement.

Le prince afficha un air concerné, tandis que l'elfe noir lui adressait un sourire carnassier. Un rictus qu'elle ne connaissait que trop bien et qu'il réservait habituellement à ses ennemis.

Alors qu'elle était consciente que rester plantée là ne servirait à rien, elle visa Erwin, qui persifla.

— Wylli, enfin… Tu n'as pas encore compris ? Ce morveux se joue de toi. Je suis sûr qu'il n'a jamais rien préparé pour t'aider à me retrouver. Il te fait tourner en rond. Qui d'autre que lui t'a informé de mes erreurs ? Qui a toujours découvert quelque chose qui te mettait sur une piste contre moi ?

La nocturna se mordit la lèvre et observa Dimitri. Celui-ci secoua la tête en épiant Erwin.

— Cesse de la manipuler, Erwin ! Tout cela ne sert plus à rien !

— *Telith*, c'est lui, le responsable. Tu ne considères tout de même pas que je t'aurais trahi après autant d'années passées à tes côtés ?

Elle essuya ses larmes sur son épaule, ne sachant plus qui croire. Dans un geste de confusion, elle tourna lentement le revolver vers Dimitri. Celui-ci eut un mouvement de recul et sembla blessé au plus profond de son être.

— Il n'a pas tort, dit-elle.

— C'est lui, le traître ! Regarde ce qu'il t'a fait ! Regarde ce qu'il nous fait subir ! Ce qu'il fait subir à l'ARPM !

Sur ce coup-là, elle n'eut d'autre choix que d'admettre qu'il avait raison. Son arme se dirigea à nouveau vers Erwin, qui se frotta un sourcil, visiblement amusé.

— Allons… *telith*… Je pensais que tu faisais preuve de davantage de discernement.

— Taisez-vous, tous les deux ! cria-t-elle en fermant les paupières.

— Tu ne devrais même pas te poser la question, continua Erwin d'un ton plus sec. C'est moi, ton coéquipier. Jamais je ne te laisserai tomber. Pourquoi cherches-tu tant à le protéger ?

Merde. Il commençait à avoir des soupçons.

Dans la panique, la nocturna rouvrit brusquement les yeux et pointa son arme sur Dimitri.

— Il n'est rien pour moi, dit-elle.

Et ce fut bien la première fois qu'elle fut capable de mentir. Le regard de Dimitri changea. Elle espéra de tout cœur qu'il comprendrait ce qu'elle s'apprêtait à faire. L'elfe était impitoyable. Il ne le laisserait jamais en paix. Si elle n'agissait pas très vite, il le tuerait dans d'affreuses souffrances. Mais elle, elle savait comment tirer pour l'épargner.

— Wylli… tenta Dimitri.

— Allez, vas-y. Prouve-moi que c'est à moi que ta loyauté revient.

— Ne fais pas…

Elle appuya sur la détente.

Dimitri s'effondra sur le sol.

Le bruit de son corps sur la neige lui fit prendre réellement conscience de ce qu'elle venait de faire. L'écho du coup de feu s'étira quelques secondes dans l'atmosphère, avant que quiconque n'osât bouger. Même Erwin resta sans voix, le regard fixé sur Dimitri. Du sang commençait déjà à imbiber la neige.

Wyllina lâcha brusquement le revolver, ne pouvant retenir ni sa panique ni ses larmes. L'arme tomba sur une congère, amortissant sa chute.

L'héritier.

Elle venait de tirer sur l'héritier. Faites qu'elle eût bien visé.

Erwin se mit à rire si intensément qu'elle eut l'impression de n'entendre plus que lui.

Et alors qu'elle reculait, il se jeta sur elle.

Affolée, mais incapable d'agir, elle se laissa faire. Ils basculèrent en arrière, et avant même de heurter le sol, quelque chose changea dans l'atmosphère. Erwin avait usé de tant de force qu'ils roulèrent sur plusieurs mètres sur une terre sans vie, jusqu'à ce que leur course fût arrêtée par un rocher volcanique.

Wyllina aurait reconnu cet endroit entre mille. Son souffle se coupa au contact de l'oxygène qui lui avait tant manqué. Ses yeux lui firent mal tant ce qu'elle apercevait était éblouissant, et pourtant si triste. La chaleur qui l'enveloppa lui fit immédiatement oublier le froid de la Belgique. Une odeur de soufre et de cendre rendait l'air presque suffocant.

Chez elle. Elle était chez elle.

Erwin toussota en se relevant, mais Wyllina resta sur le sol pendant encore quelques secondes, incapable de bouger.

Elle était revenue dans l'Ancien Royaume.

L'Ancien Royaume existait.

La respiration altérée, elle tenta de se redresser, paniquée. Autour d'elle, une terre désolée s'étendait. Ici, les volcans étaient le principal paysage. Aucune verdure, aucun être vivant. Un ciel chargé de cendre. Ils se trouvaient sur un volcan, sur le territoire des nocturnas.

— Comment… parvint-elle à hoqueter.

Elle se releva plus franchement, complètement perdue.

— Eh oui, répondit Erwin, curieusement essoufflé. Wyllina, bienvenue chez toi, ma chère.

Il ouvrit les bras d'un air conquérant, comme s'il lui offrait le plus beau des cadeaux.

Et quelque part, c'était le cas.

Abasourdie, elle l'étudia en se tournant vers lui. Ici, tout revenait à sa nature d'origine. Ses habits avaient changé. Il revêtait une cuirasse de bataille et une longue épée rangée dans son fourreau était accrochée à sa taille. Il préparait une guerre.

En baissant les yeux sur son propre corps, elle reconnut la dernière tenue qu'elle avait endossée avant d'anéantir l'Ancien Royaume. Une robe en lin blanche salie par le sang et les cendres. Plus de téléphone portable, plus d'armes. Plus d'amulettes ni de grigris.

— Mais… qu'est-ce que…

En observant plus en détail la panoplie de son collègue, elle remarqua quelque chose. Un blason. Un blason qu'elle connaissait bien.

Celui de la cour royale.

Son visage se tordit sous la douleur alors que la magie la pénétra brusquement. Son corps entier semblait réclamer encore et encore de cet oxygène. De ce monde qui lui avait tant manqué. Tout en elle se réactivait. Elle renaissait.

Erwin se tenait à quelques pas d'elle. Elle s'attendait à ce qu'il parlât ou tentât de l'attaquer, mais il n'en fit rien. Au lieu de ça, il s'approcha d'elle et lui caressa la joue.

— Je t'avais dit qu'un jour, on retournerait chez nous.

C'était vrai, il lui avait dit. Plusieurs fois, même. Savait-il déjà, à l'époque, que l'Ancien Royaume n'était pas mort ? Pourtant, elle repoussa sa main, écœurée et éprouvée.

— Mais à quel prix, hein ? Regarde autour de toi ! Ce n'est plus chez nous ! Ce n'est plus l'Ancien Royaume.

L'horrible sourire de l'elfe noir s'élargit.

— Mais ça, ma chère, c'est parce qu'il s'agit du Nouveau Royaume.

Les pensées de la nocturna s'agitèrent. Comment avait-il fait ? Comment pouvait-il y accéder ? Que se passait-il ?

— Erwin… dit-elle en toussotant. Qu'est-ce qu'on fait là ?

Contre toute attente, il la saisit à la gorge. Ce geste contrastait avec l'air attendri qu'il lui adressait toujours, comme il le faisait chaque fois qu'il lui expliquait quelque chose qu'elle ne comprenait pas. Le souffle coupé, elle tenta de récupérer de l'oxygène sans en trouver. Elle aurait pu largement lutter, mais son corps souffrait. Elle n'avait plus l'habitude de sentir la magie transpercer ses cellules.

— On fait ce qui était prévu depuis plus de cinq cents ans… murmura-t-il, le regard transformé.

L'air venait sérieusement à manquer à Wyllina et, ici, elle n'avait rien ni personne pour la défendre. Elle essaya de griffer les bras et le visage d'Erwin, mais rien n'y faisait. Son armure était trop solide et sa peau trop épaisse. Épaissie par le sang de vampire qui coulait à présent dans ses veines. Sa vision se troubla et alors qu'elle observait son « ami » dans les yeux, une voix lointaine s'éleva dans la pénombre rougeâtre du Nouveau Royaume.

— Erwin, non !

Cette voix…

Le regard de l'elfe noir changea subtilement, mais il ne lâcha pas sa prise pour autant. Au fur et à mesure, la vue de la nocturna s'obscurcit. La dernière chose qu'elle aperçut fut une silhouette, à la peau si claire qu'elle semblait luminescente, et aux cheveux flamboyants. La pression cessa. Mais il était trop tard.

Elle sombra.

Chapitre 12

Wyllina ouvrit doucement les yeux, encore groggy. Il lui fallut quelques secondes pour se rappeler ce qui s'était passé et l'endroit où elle se trouvait. Pourtant, elle était allongée dans un lit confortable. Une odeur de miel et de menthe parfumait la pièce, chaleureuse et accueillante. Elle se redressa vivement, surprise.

Un mal de gorge l'empêcha de parler sur-le-champ et, de toute façon, elle était seule. Tout était calme. Et si elle n'avait jamais visité les appartements royaux auparavant, elle comprit que ce lieu leur était au moins rattaché. En touchant son front, elle remarqua que son pansement avait été retiré. Sa blessure ne saignait plus. Elle retira les épaisses couvertures de ses jambes et parcourut la pièce, en faisant attention au moindre détail.

Sous un drap qu'elle souleva, elle trouva un portrait du roi, accompagné de son épouse et de ses six enfants, accroché au-dessus d'une large cheminée en marbre. En observant la couleur légèrement différente des cheveux de chaque héritier, elle reconnut Dimitri, l'un des plus jeunes. Une silhouette se détachait dans l'ombre, en marge de la famille. La silhouette de sa jumelle, Éva.

Son cœur se serra, autant parce qu'elle revoyait le visage de sa sœur après toutes ces années que parce qu'elle comprit que Dimitri lui avait dit la vérité.

Le château avait été démoli et pourtant tout était comme si rien ne s'était passé. Cela dit, elle ne savait pas depuis combien de temps l'Ancien Royaume était de nouveau accessible. Avec un peu de chance, il n'avait même jamais été entièrement détruit. En regardant par l'unique fenêtre haute de deux mètres, elle eut un choc.

Le royaume était en mauvais état. Le château était effectivement en ruine, mais des travaux de rénovation avaient, semblait-il, été entrepris. De nombreuses créatures allaient et venaient, comme si elles n'étaient jamais parties. Mais peut-être étaient-elles seulement revenues depuis quelques semaines ?

Le paysage était délabré, mais la végétation avait repris ses droits sur la plupart des zones forestières et agricoles. Au loin, on pouvait entrevoir un baraquement rudimentaire. Une fumée, signe d'un feu de camp, s'en échappait. Plus loin encore, par-delà les nuages, on devinait le territoire des nocturnas et ses massifs volcaniques.

Elle ne comprenait pas ce qui se passait. Elle avait vécu la destruction de cet endroit et de tout ce qu'il comportait. À moins que les choses ne se fussent pas déroulées comme elle le croyait depuis si longtemps ?

Ses réflexions furent écourtées lorsqu'une clef tourna dans la serrure de la grande porte de la chambre. Ainsi donc, elle était prisonnière. Elle se concentra sur la personne qui se présenta, mais fut vite déçue. Elle qui s'attendait à voir Erwin, ne découvrit qu'une naine en habit de servante. Elle lui adressa un léger sourire et s'avança dans la pièce.

— Je suis contente de constater que Madame est réveillée, dit-elle d'une voix rauque dans leur langue native.

Wyllina l'étudia sans masquer son trouble. Les femmes du clan des nains étaient rarement domestiques. Elle se demanda pourquoi celle-ci se retrouvait dans cette position subalterne et déshonorante de leur point de vue.

Comme elle gardait le silence, la servante s'approcha d'une coiffeuse en bois recouverte de feuilles d'or et saisit une cruche en terre cuite ainsi qu'un verre en cristal, avant d'y verser du vin rouge. Elle tendit le verre à Wyllina, qui l'attrapa sans vraiment savoir ce qu'elle était censée en faire.

— Maître Idrys a exigé que je veille sur vous, reprit-elle lorsque la nocturna but une gorgée de vin.

— Je vois, répondit-elle d'une voix étranglée par la douleur. Erwin s'en voudrait-il d'avoir tenté de me tuer à plusieurs reprises ?

La naine rougit et Wyllina se demanda si elle n'avait pas été un peu trop franche pour les conventions du royaume. Elle était très certainement rouillée après toutes ces années passées sur Terre. Et d'ailleurs, ces années-là représentaient à présent la plupart de sa vie. Elle n'avait vécu qu'une trentaine d'années à Vaquoria, et réapprendre à survivre ici, même s'il s'agissait de son territoire d'origine, n'allait pas être une mince affaire. Les codes de conduite étaient complètement différents de ceux de la Terre. Restait à trouver si Erwin avait conservé les mêmes que dans l'Ancien Royaume.

— Il savait que vous diriez ça, répliqua la naine, gênée, en jouant avec ses mains. Il m'a également dit de vous répondre que, par le passé, vous n'étiez pas aussi susceptible.

Wyllina posa brutalement le verre de vin sur le rebord de la fenêtre.

— Et pourquoi ne vient-il pas le dire lui-même ?

La naine sembla surprise par le ton sec que la fée avait utilisé et se renfrogna. Wyllina tenta de se détendre. Cette pauvre femme n'avait rien fait pour mériter qu'on la méprisât.

— Je suis désolée, dit-elle en soupirant. C'est que… je me sens un peu perdue.

— Ça a été notre cas à tous, au début. Mais quel bonheur de rentrer enfin chez soi ! N'est-ce pas ?

Wyllina resta silencieuse, sans être certaine de partager son enthousiasme.

Et en fait, elle ne l'était pas. Pas dans ces conditions.

— Je me nomme Aria, reprit la naine. Vous pouvez faire appel à moi dès que vous le désirez.

En fin de compte, Aria semblait vraiment heureuse d'occuper ce poste. Ça aurait pu paraître étrange du temps de l'Ancien Royaume, mais les choses avaient changé. La plupart de ces sujets auraient probablement donné et accepté n'importe quoi pour revenir ici, dans leur monde. Erwin l'avait su, et le savait encore, et jouissait de la situation, à n'en point douter.

— J'ai une question pour vous, en profita Wyllina en se concentrant sur la vue. Depuis combien de temps êtes-vous de retour ?

— Depuis un mois environ. Mais certains sont là depuis belle lurette.

— Je croyais que l'Ancien Royaume avait été détruit…

Aria retint un hoquet de terreur.

— Oh, mais, ce n'est plus l'Ancien Royaume, dit-elle. Faites attention, ma chère, Lord Idrys est très strict à ce sujet.

— Pourtant cet endroit renaît bien des cendres de l'Ancien Royaume, non ?

— Bien, je… Je vais prévenir Maître Idrys que vous êtes réveillée.

La naine s'éclipsa rapidement, comme si rester dans cette pièce une seconde de plus revenait à risquer sa vie. La porte fut fermée à double tour et Wyllina se retrouva seule une fois de plus dans cette chambre trop grande pour elle.

Tout cela était étrange. Se pourrait-il qu'elle se trompât depuis cinq cents ans ? Que s'était-il vraiment passé, dans ce cas ? Comment avaient-ils découvert que l'Ancien Royaume était de nouveau là, accessible et bel et bien réel ?

Serait-ce possible que le fait qu'un héritier eût survécu eût un rapport avec tout ceci ?

Elle avalait une autre gorgée de vin lorsque quelqu'un frappa à la porte. La serrure cliqueta en s'ouvrant, avant qu'Erwin, noblement vêtu, ne rentrât dans la pièce accompagné d'Aria. Wyllina préféra l'apercevoir ainsi, son armure troquée pour des habits de courtoisie. Il lui adressa un sourire d'apparence sincère, mais la nocturna ne se laissa pas berner. Quelques heures plus tôt, c'étaient ses mains qui l'étranglaient.

Avant de faire quoi que ce soit, Erwin patienta le temps qu'Aria quittât la chambre et qu'elle refermât la porte. La serrure fut verrouillée.

— Je vois que la confiance règne, tiqua Wyllina.

Erwin frappa ses deux mains l'une contre l'autre, comme si tout cela n'était qu'un jeu.

— Je suis conscient de n'avoir pas été très… hospitalier. Pardonne-moi, *telith*. Mais je sais que tu peux agir avec fougue et, pour l'instant, ce ne serait pas prudent pour ta propre sécurité.

— Tu m'emprisonnes pour ma propre sécurité ? répéta la nocturna.

En se léchant imperceptiblement les lèvres, il s'approcha de la coiffeuse afin de s'emparer d'un verre vide. Il sortit une flasque de la poche intérieure de son veston et versa le liquide rouge et visqueux qu'elle contenait dans le verre en cristal. Du sang ? Il leva ensuite son verre vers la fée nocturne avant de s'en abreuver. Celle-ci ne l'imita pas, mais but une lampée en même temps que lui.

— Qu'est-ce qu'on fait là, Erwin ?

Consciente que c'était cette question qui l'avait poussé à bout un peu plus tôt, elle resta sur ses gardes. Même si la distance qui les séparait était suffisante pour qu'elle pût agir s'il décidait de l'attaquer à nouveau. Pourtant, Erwin sembla peser ses mots et termina son verre d'une traite avant de se resservir.

— Tu n'es pas heureuse d'être de retour chez toi, Wylli ?

— Ce n'est plus vraiment chez moi, dit-elle. Et je crois comprendre que tu t'es approprié les lieux.

— Eh bien, c'est moi qui ai découvert que le Nouveau Royaume existait. Il est plutôt logique que j'en devienne le souverain.

Le souverain ? Wyllina manqua de s'étouffer. Très brièvement, son regard se déporta sur le portrait du roi et de ses enfants. Combien d'autres représentations subsistaient encore dans ce palais ? Dans le royaume ? Autant de preuves qui pourraient trahir l'identité de Dimitri. À la condition qu'elle eût bien visée en tirant sur lui, évitant de toucher un organe vital. Et qu'il ne fût pas mort.

Et si Erwin cherchait à être souverain, le danger qu'il incarnait pour Dimitri était bien plus grand que ce que Wyllina imaginait. Son ancien coéquipier serait prêt à tout pour obtenir ce qu'il voulait et si sa couronne était menacée par un héritier oublié, il n'hésiterait pas à faire le nécessaire.

Une nausée la surprit et elle chassa ses pensées en terminant son verre.

— Tu as l'air méfiante… siffla Erwin.

Bien sûr qu'elle l'était ! Pensait-il vraiment que les choses redeviendraient comme avant après tout ce qui s'était passé ? Elle plongea ses yeux argentés dans ceux, noir et rouge, de l'elfe noir.

— Tu m'as peut-être donné des raisons de l'être.

— Oh, *telith*, je t'en prie, depuis quand es-tu si formelle ? Je perds facilement mon sang-froid, ces temps-ci. Ça n'a rien de personnel.

— Tu perds ton sang-froid parce que tu es un vampire ?

Il baissa la tête en suivant le contour de son verre du bout d'un doigt.

— J'ai toujours adoré ton sens de l'observation.

Concentré sur le breuvage, il en avala la dernière gorgée et posa le verre vide sur la coiffeuse.

— Du sang de valtari, expliqua-t-il en désignant le liquide qui s'accrochait aux parois de cristal. C'est un des plus parfumés. Mais, bref, trêve de bavardage. Je te laisserai libre de tes mouvements si j'ai l'assurance que tu ne feras rien de stupide.

Wyllina s'appuya sur le rebord de la fenêtre en réprimant un frisson de dégoût. Avait-il dit que le sang qu'il venait de boire était celui d'une valtari, une espèce humanoïde proche de la nature, sur Vaquoria ? Elle décida d'ignorer ce détail.

Cela dit, l'opportunité de pouvoir agir sans détour dans le Nouveau Royaume était intéressante. Elle pourrait continuer à enquêter en douce. Tenter de démêler le vrai du faux, comprendre ce qui s'était réellement produit.

Et déterminer si Erwin était toujours de son côté.

— J'aimerais avoir des réponses, répliqua-t-elle.

— Très bien, qu'est-ce que tu veux savoir ?

Il croisa les bras en lui lançant un regard amusé. À l'observer, on aurait dit que rien ne s'était passé depuis qu'il avait été mis à l'écart de l'ARPM.

— Comment as-tu redécouvert l'Ancien Royaume ?

Il tiqua lorsqu'elle employa ce nom, sans le relever pour autant.

— Un jour, Pullman m'a envoyé en mission pour une activité étrange. Le voisinage se plaignait que des objets disparaissaient. Je me suis retrouvé ici en me rendant sur place. Un portail instable s'y était créé. Le problème a été réglé depuis.

— Tout le monde le croyait détruit.

— Je le croyais aussi, Wylli. Mais si tu cherches à savoir comment c'est possible, je n'ai pas d'explication à te donner.

— Pourquoi ne m'en as-tu jamais parlé ?

— Parce qu'au début, je n'étais pas certain. J'ignorais ce que ça pouvait représenter.

— Et ensuite ?

Il soupira, comme s'il était déjà las de répondre. Ou agacé de devoir se justifier.

— Ensuite, j'ai été viré. Je ne pouvais plus t'approcher. Alors, dis-moi, comment aurais-je pu t'en parler ?

Wyllina haussa les épaules et déposa son verre à côté d'elle.

— Tu aurais trouvé un moyen. Comme lorsque tu es venu chez moi ou que tu m'as surprise dans l'entrepôt.

— Oui, eh bien, je suppose que je n'en avais pas envie à ce moment-là.

Malgré elle, la jeune fée se sentit blessée.

Pendant tout ce temps, elle avait fait des pieds et des mains pour retrouver Erwin, avoir de ses nouvelles. Elle s'était inquiétée plus que de raison. Pire encore, elle s'était trompée en présumant qu'il était en danger et en essayant de lui venir en aide. Et, visiblement, il n'en avait rien à faire, en plus de lui planter un poignard dans le dos.

— D'accord, dit-elle. Parce que tu m'en voulais de travailler avec Dimitri ?

— Ce petit morveux m'a trahi. Il m'a balancé auprès de Pullman. À croire qu'il cherchait à s'emparer de ma place. Et si c'était le cas, son plan a parfaitement fonctionné à ce que je vois.

Wyllina ne souhaitait pas prendre le risque de tromper le prince, alors elle resta silencieuse. Entre deux eaux, elle naviguait à l'aveugle.

— C'est bon ? Tu es rassasiée, *telith* ?

— Pas totalement, réagit la nocturna.

Mais elle réfléchit quelques secondes à ce qu'elle allait lui demander. Était-ce vraiment judicieux de l'accuser de l'avoir fait tourner en rond, d'avoir poussé Elienor à mentir et de ne pas être tout à fait honnête avec elle ? Dans ces conditions, certainement pas. Elle préféra donc faire profil bas.

Erwin attendait sa question patiemment. En réalité, elle en avait encore des centaines. Mais l'une d'entre elles lui brûlait particulièrement la langue.

— Avant de tomber dans les pommes, l'autre fois… j'ai entendu une voix…

Il frotta la surface de la coiffeuse du bout du doigt d'un air désintéressé et étudia la poussière qui s'y était accumulée. Puisque la nocturna hésitait à parler, Erwin leva finalement les yeux vers elle pour l'encourager.

— Est-ce que… qui était-ce ?

— Je ne voulais pas que tu le découvres aussi vite. Ça va être un choc pour toi, Wylli.

Il laissa planer le suspense quelques secondes. La nocturna était pendue à ses lèvres, consciente qu'il jouait de sa curiosité et de sa faiblesse.

— J'ai retrouvé ta sœur, *telith*. C'était Éva.

Le choc, en effet, lui coupa le souffle. Dimitri avait évoqué la possibilité qu'Éva fût encore en vie, mais Wyllina n'avait pas osé l'envisager. Et à présent, Erwin tentait de le lui faire croire à son tour. Pourtant, elle n'avait jamais parlé d'Éva avec l'elfe noir.

Tout cela la fit douter. Visiblement, il en savait finalement beaucoup plus qu'elle ne le pensait. Elle ignorait quoi, mais Erwin lui cachait quelque chose depuis qu'ils se fréquentaient. Maintenant, elle en était certaine.

Néanmoins, l'elfe noir ne savait pas ce que Wyllina avait révélé à Dimitri. Il n'était pas au fait que le destin de Wyllina et de sa sœur était intimement lié à la destruction de l'Ancien Royaume. À la mort de la famille royale, à la disparition de la couronne. Peut-être même que quelqu'un se proclamait être sa sœur auprès de lui, pour une raison qu'elle ignorait.

Mais cette voix…

Il n'y avait qu'une seule façon d'en avoir le cœur net. Une seule façon de savoir ce dont Erwin était au courant. Si la personne qui se tenait à ses côtés était Éva, qu'avait-elle raconté ? Que lui avait-elle révélé ? Lui avait-elle dit que cinq cents ans plus tôt, c'était elle qui avait tué la famille royale ? Ou lui avait-elle fait croire, comme à tout le monde, que Wyllina en était responsable ?

La fée nocturne secoua la tête, plus perdue encore qu'avant leur conversation. Elle avait un très mauvais pressentiment. Quelque chose ne collait pas et, malheureusement, elle peinait à trouver quoi. Mais la seule pensée qui l'obsédait, à présent, était celle de savoir si sa sœur était toujours en vie. Si elle l'avait effectivement tuée, le soir de la chute de l'Ancien Royaume, ou bien si tout ce qu'elle considérait comme vrai n'était qu'un écran de fumée devant la vérité.

— Je veux la voir, dit-elle enfin, les larmes aux yeux.

— Tu la verras. Mais d'abord, je tiens à ce que tu te reposes. Mes domestiques vont bien s'occuper de toi. Je sais à quel point on est faible lorsque la magie pénètre à nouveau dans notre organisme. Ce n'est pas très agréable, on ne va pas se le cacher.

— Depuis quand joues-tu un double jeu ? lui demanda-t-elle finalement, juste avant qu'Erwin ne s'apprêtât à s'éclipser.

Il marqua une pause et la regarda d'un air si étrange qu'elle douta un instant de la question qu'elle lui avait posée.

— Par rapport à l'Ancien Royaume et à ton rôle dans l'ARPM, précisa-t-elle. Depuis combien de temps est-ce que tu me mens ?

Tout son corps sembla se détendre, mais il serra les mâchoires.

— Je ne t'ai pas trahi, si c'est ce dont tu m'accuses. Tâche de ne pas te tromper de camp, lorsque tu sauras finalement à qui donner ta loyauté. Que je pense sans limites.

Quelques semaines encore auparavant, ça aurait été à lui qu'elle aurait accordé cette loyauté si précieuse. Mais les choses étaient bien différentes à présent et, visiblement, Erwin craignait de la voir se retourner contre lui. Avant qu'elle ne pût dire quoi que ce soit d'autre, il lui adressa un signe de tête et toqua à la porte de la chambre, qui fut déverrouillée par Aria.

Celle-ci devait certainement attendre son signal pour agir. Erwin quitta la pièce et Aria resta immobile sur le seuil, une main sur la poignée. Sans un mot, elle lui indiqua de la suivre. Wyllina s'exécuta sans patienter. Être enfermé n'avait jamais été une partie de plaisir pour personne. Même dans une prison dorée.

En ayant l'autorisation de déserter sa chambre, elle put observer en détail la portion rebâtie du palais. Évidemment, tout n'était pas parfait, mais si cela ne faisait que quelques semaines que les ouvriers œuvraient, c'était un bon travail rapide. Sur le chemin, elle rencontra plusieurs espèces.

Ici, tout le monde semblait vivre ensemble, en communauté. C'était loin d'être le cas auparavant, du temps de l'Ancien Royaume, mais elle devina que le séjour sur Terre avait modifié bien plus d'un aspect de la vie des natifs. Ça, en plus du fait que les natifs étaient sans doute prêts à tout pour revenir sur Vaquoria, et y rester. S'asseoir sur leurs préjugés et leurs habitudes faisait certainement partie des conditions qu'Erwin leur avait imposées. Et pour une fois, Wyllina ne put que trouver la démarche intéressante. Il était temps pour les vaquoriens de laisser leurs différences de côté, et pour les divers peuples de s'unir afin de vivre en harmonie.

Elle reconnut plusieurs objets terrestres non présents par le passé dans l'Ancien Royaume. Un aspirateur, des escabeaux, des rouleaux de peinture industriels et même du papier peint.

Aria s'arrêta devant une large porte en bois poncé qui attendait d'être peinte. Une odeur de sciure et de vernis régnait dans l'atmosphère. La naine poussa la porte et Wyllina entra après y avoir été invitée.

Là, trois autres domestiques l'attendaient, dont une fée de vallée au teint verdâtre et aux cheveux violets, au centre d'une salle d'accoutumance, où il était de tradition de faire sa toilette. Une grande baignoire en cuivre avait été installée au milieu et un drap y avait été placé avant de la remplir d'eau bouillante.

C'était étonnant, parce qu'au préalable, aucune des espèces qui semblaient à son service aujourd'hui ne lui aurait accordé une seule fraction de leur intérêt auparavant.

Les quatre dames de compagnie l'aidèrent à se déshabiller, à peigner ses cheveux et à se laver. Aucune ne parlait et même si Wyllina souhaitait leur poser mille questions, elle profita du calme pour se détendre. On ne s'était pas occupé d'elle de cette façon depuis bien longtemps. Avant qu'elle ne fût chevalière, lorsqu'elle habitait encore chez ses parents, des domestiques étaient à son service. Mais depuis qu'elle avait eu dix-huit ans, elle s'était toujours débrouillée seule.

Et ce n'était pas désagréable de se faire choyer. Comme un rappel doucereux de son enfance, qui atténua un peu son inquiétude et sa méfiance. Ce qui était le but d'Erwin, elle en était persuadée.

On l'habilla et on la coiffa, comme si, elle aussi, elle faisait partie du bon côté de la barrière. Comme si elle n'était pas simplement de passage, mais qu'elle était une noble, une actrice de ce Nouveau Royaume, où elle allait occuper une place de choix.

La robe qu'on lui enfila était si lourde qu'elle se demanda comment elle parviendrait à bouger. Mais à vrai dire, elle la trouvait jolie. C'était surtout de devoir se vêtir convenablement qui la perturbait. Elle n'en avait plus l'habitude et regrettait déjà le confort de ses leggings noirs et de ses docks.

On lui laissa ensuite le loisir d'arpenter les environs, sans pour autant l'autoriser à quitter le palais. Il n'y avait pas grand-chose à voir, pour le moment, mais ne pas rencontrer d'humains était pour le moins étrange. Ici, personne n'avait à cacher sa véritable nature. Elle avait dû éviter plus d'un sort et s'amusa en remarquant une fée mâle en train de peindre passivement en contrôlant son pinceau à l'aide de la pensée.

En observant au travers de l'une des fenêtres, son regard croisa le lac qui entourait le palais, construit sur une presqu'île près de Morum, la capitale de Vaquoria. Plusieurs barques voguaient paisiblement. Sur la plupart d'entre elles, les occupants portaient une ombrelle, malgré le ciel chargé de nuages. Ils faisaient semblant. Ce qu'on lui montrait était séduisant, mais tout cela n'était qu'une comédie, pour sûr.

Elle poursuivait sans conviction sa visite, lorsqu'une porte entrouverte attira son attention. Elle camouflait une chambre qui faisait trois fois la taille de la sienne. Wyllina s'arrêta un moment pour l'observer au travers de l'entrebâillement. Un lit immense était disposé au centre et, de toute évidence, les meubles ne venaient pas d'ici. Un parfum ambré s'en échappait, ce qui lui rappela la maison de ses parents.

Elle se permit, après avoir vérifié que personne ne l'épiait, d'y entrer. D'abord timide, elle parcourut ensuite chaque détail de la pièce, des draps qui recouvraient le matelas, à l'armoire IKEA à peine montée dans un coin. Sur un peigne en plastique déposé sur un bureau d'écolier en bois abîmé, trois cheveux roux l'interpellèrent.

Elle leva l'objet à hauteur de ses yeux, s'empara des cheveux et compara leur couleur à la sienne. C'était la même.

Un bruit la fit sursauter et elle s'empressa de replacer la brosse, avant de glisser les cheveux sous son corset.

— Lord Idrys et Lady Burn vous attendent à la bibliothèque, ma chère, lui confia Aria. Oh, ne faites pas attention à l'état de cette chambre. Lady Burn a quelques difficultés à retrouver son rang au sein du Nouveau Royaume. Elle était très attachée à la Terre.

Wyllina eut du mal à déglutir et remercia Aria. Lady Burn. Le même nom de famille qu'elle. Même prénom que sa sœur. Mêmes cheveux que leur mère. La même admiration désespérante que sa sœur jumelle vouait aux terriens.

Le cœur de la nocturna s'emballa.

En marchant plus vite que la convenance l'aurait voulu, Wyllina arriva enfin à la bibliothèque en suivant Aria. La naine en ouvrit immédiatement la double porte, mais la nocturna fut en premier lieu incapable de bouger. Elle s'apprêtait sans doute à voir sa sœur jumelle qu'elle croyait morte depuis cinq cents ans, et cela l'angoissait.

Pour se donner du courage, elle prit une profonde inspiration et ferma les paupières, rien qu'une seconde. Que se passerait-il si ce n'était pas elle ?

Pire : s'il s'agissait vraiment d'Éva ?

Plus question de tergiverser. Wyllina voulait connaître la vérité.

Alors, en ouvrant les yeux, elle franchit le seuil du salon d'un pas décidé. Là, de grandes bibliothèques s'érigeaient sur toute la hauteur des murs. Mais la plupart étaient vides ou en lambeaux. Sur un large tapis au centre de la pièce se trouvaient une petite table ronde et quatre fauteuils.

Elle aperçut Erwin jouer aux échecs avec une jeune fille dont la longue chevelure rousse était attachée en une tresse épaisse.

Son coéquipier se tourna vers elle et l'accueillit en ouvrant les bras, comme s'il voulait lui montrer à quel point les lieux étaient plaisants et extraordinaires. La jeune fille lui fit face et lui accorda un sourire chaleureux.

Le cœur de la nocturna se serra. Elle prononça dans la langue des nocturnas :

— Salut, Wylli.

 Chapitre 13

Assise aux côtés d'Erwin et d'Éva, la jeune fée avait été incapable de faire une phrase de plus de deux mots. Tout en elle se déchaînait et elle ne pouvait quitter des yeux le visage de sa sœur. Bien sûr, elles avaient pleuré toutes les deux, ce qui était surprenant, au vu de ce que Dimitri lui avait révélé.

Pour rendre le moment moins gênant, ses deux hôtes avaient recommencé leur partie d'échecs. Il était rare de pouvoir y jouer, ici, parce qu'il s'agissait d'un jeu réservé aux nobles. Mais Wyllina savait que le roi en était adepte. Elle pouvait aisément deviner que sa sœur avait appris à manier cet art à ses côtés.

— Échec ! s'enthousiasma Erwin.

Éva se renfonça dans son siège et se concentra un peu plus.

Tout semblait irréaliste, à tel point que Wyllina se pinça pour s'assurer qu'elle ne rêvait pas. Mais non. Le parfum d'Éva était bien dans ses narines, sa voix résonnait bien dans ses oreilles, ses yeux pouvaient bien capter sa beauté infatigable.

— Wylli, sois gentille et dis-moi que tu l'as traumatisé ces trois cents dernières années.

Il lui fallut un moment pour comprendre qu'Éva s'adressait à elle.

Tirée de ses rêveries, la nocturna secoua la tête.

— En fait, on ne se connaît que depuis deux cent cinquante ans.

Éva lui envoya un regard surpris, comme si elle était persuadée du contraire. Elle sembla chercher quelque chose à répondre en observant le plafond avant de repousser ses pions sur le jeu d'échecs.

— Bref, dit-elle en se redressant. J'en ai assez de perdre. Remettons ça à une autre fois.

Si sa sœur n'avait jamais été reine, elle en avait l'attitude. Les années passées en tant que garde personnelle du roi avaient forgé en elle un caractère déterminé et incisif.

— *Telith*, c'est le jeu ! rit Erwin.

— Je n'arrive pas à exploiter mon plein talent.

— Pourtant, tu y jouais souvent avec le roi, intervint Wyllina.

Erwin et Éva se tournèrent vers elle, surpris par ce qu'elle venait de dire autant qu'elle-même. Wyllina était consciente que le stress la rendait maladroite.

— Bon, reprit Éva pour changer de sujet. Que penses-tu du palais, Wyllina ?

— C'est… étrange, répondit-elle.

— On a beaucoup de travail. En réalité, tout avait été détruit, mise à part l'aile dans laquelle tu te trouves.

La curiosité piqua la fée nocturne plus que de raison.

— Vraiment ? demanda-t-elle en croisant les bras.

— Oui, répliqua Erwin. C'était la chambre de qui, déjà ?

Éva fit mine de réfléchir et sembla soudainement avoir un éclair de lucidité.

— Oh ! C'était l'avant-dernier rejeton du roi. Un certain… Aramis ? Artémis ?

— Ardamir ! trouva Erwin. Bien sûr, ce rejeton était surprotégé, jamais visible par personne…

Wyllina se sentit pâlir. S'efforçaient-ils de lui tendre un piège ou discutaient-ils de façon innocente ?

— Pourquoi est-ce que ses appartements auraient été épargnés ? tenta-t-elle pour feindre l'ignorance.

Mais elle avait déjà compris. Ardamir était encore en vie, ce qui avait préservé le peu de choses qui lui appartenaient, qui le représentaient. Et d'ailleurs, Wyllina crut avoir un aperçu de la raison pour laquelle l'Ancien Royaume avait pu renaître de ses cendres.

— Aucune idée, répondit Éva en haussant les épaules, comme si cela n'avait pas d'importance.

Et soudain, les faux semblants l'étouffèrent. Wyllina replaça ses cheveux dans un geste empli de nervosité avant de se redresser.

— Allez-vous finir par me dire ce qui se passe ? lâcha-t-elle trop sèchement.

Éva se tendit immédiatement, alors qu'Erwin but une goutte de… sang. Ils échangèrent un regard, laissant Wyllina perplexe et impatiente. Le liquide écarlate contenu dans le verre que tenait Erwin se mit à bouillir. Mais à cet instant, elle n'avait aucune idée de qui en était responsable. Elle ou sa sœur ?

— Et toi, Wyllina ? répondit Erwin en reposant le verre brûlant sur la petite table.

Une moue se dessina sur le visage de l'elfe noir, écœuré que son sang fût désormais imbuvable. Ou peut-être par le fait de lui adresser la parole. La surprise lui fit perdre ses moyens pendant quelques secondes. Elle ? Qu'avait-elle à leur expliquer ?

— Éva m'a tout raconté, continua l'elfe noir. Je sais que tu as tué la famille royale. Je sais que c'est à cause de toi que le royaume est parti en fumée et qu'on s'est retrouvés sur Terre.

Wyllina ouvrit la bouche pour répliquer, mais en fut incapable. Elle jeta un coup d'œil à sa sœur, muette, et dont le regard fixé sur ses mains ne laissait passer aucune émotion particulière. Elle fut tentée de lui parler dans leur langue natale, celle des nocturnas, mais cela aurait été inutile. Erwin maîtrisait pratiquement tous les dialectes de l'Ancien Royaume.

— Alors c'est vrai ? rétorqua Wyllina. C'est ce que tu as fait croire à tout le monde ?

Éva leva enfin la tête vers elle. Pendant un moment, elle parut sincèrement désolée, mais récupéra rapidement un air dur. Cet air qu'elle lui connaissait si bien et qu'elle détestait.

— Bien sûr que c'est ce que j'ai dit.

Cette fois, Wyllina ne put retenir ses larmes. Un coup de poignard en plein cœur. Voilà ce qu'elle venait de recevoir. Retrouver sa sœur disparue pour découvrir que Dimitri avait vu juste à son sujet et qu'elle la trahissait depuis toujours.

Elle aurait pu crier la vérité, se défendre et expliquer que c'était Éva qui était responsable de ce dont elle l'accusait. Mais elle n'en fit rien, et cela, pour une raison très simple : elle se trouvait dans le Nouveau Royaume à présent. Si les crimes qu'elle était censée avoir commis n'étaient pas punissables sur Terre, c'était tout autre chose ici. Et malgré tout, quelque part, elle ne voulait pas mettre sa sœur dans l'embarras. Rétablir la vérité lui sauverait peut-être la vie, mais détruirait celle d'Éva.

Pourquoi, même après tant de trahisons, ne parvenait-elle pas à cesser de se sacrifier pour elle ?

— Je t'ai cru morte, fut-elle uniquement capable d'articuler, le corps tremblant et les yeux brûlants. Pendant toutes ces années, j'ai cru que je t'avais tuée. Toi et l'Ancien Royaume.

Elle devait se taire. Si elle continuait, elle risquait de révéler trop de choses devant Erwin qui avait perdu toute la confiance qu'elle lui accordait jusqu'alors.

Éva et Wyllina étaient les seules à avoir vécu la vérité. Même si Dimitri avait été mis au courant, il n'était pas là pour la défendre et pour appuyer sa version.

— Mais c'est toi qui as détruit l'Ancien Royaume, rétorqua Éva. Après avoir tué la famille royale.

Wyllina se leva d'un bond, ne tenant plus face aux mensonges de sa sœur. Il fallait qu'elle sortît d'ici, au risque d'à nouveau tout démolir. L'injustice était certainement le pire sentiment qu'elle pouvait ressentir. Comment sa sœur parvenait-elle à mentir avec autant d'aisance ? Même si Éva était l'opposé de Wyllina, elle restait une nocturna. Pouvoir tromper ainsi devait beaucoup lui coûter et témoignait de nombreuses années d'entraînement.

— Et toi, tu la crois, Erwin ? tenta Wyllina. Tu sais parfaitement que je suis incapable de mentir. Ce qui est loin d'être le cas d'Éva, visiblement. S'il te plaît, ouvre les yeux !

L'elfe noir fixa ses mains, comme s'il ne voulait pas prendre part à ce débat. L'éventualité qu'il pût accorder sa confiance à Éva davantage qu'à elle-même, après toutes ces années, lui gonflait le cœur. Pourtant, il afficha un air concerné lorsqu'il releva la tête.

— Je le sais, *telith*. Je le sais, mais j'ai de plus en plus de mal à te croire depuis quelques semaines. Je ne sais pas ce que tu as, mais je ne te reconnais plus.

Alors là, ce fut la goutte d'eau qui fit déborder le vase. Elle n'avait aucune idée de ce qui se passait, mais Wyllina devait quitter cette pièce au plus vite.

Sans répondre, elle tourna les talons et sortit en trombe, la vision floue et le souffle court.

Pourquoi sa sœur mentait-elle ouvertement de cette façon ? Que cherchait-elle à faire ? Se protéger ?

Bien évidemment.

Incapable de réfléchir, elle courut dans le palais en direction de ses appartements avant de fermer violemment la porte.

Il fallait qu'elle se calmât. Qu'elle y vît plus clair. Qu'elle comprît.

Et le pire était certainement qu'elle était persuadée que tous les éléments se trouvaient sous son nez. Le puzzle n'attendait qu'une chose : être assemblé.

Le lendemain matin, Aria vint réveiller Wyllina avec un bol de thé d'une herbe aromatique du coin. La jeune fée se leva tant bien que mal, épuisée. Elle n'avait pratiquement pas fermé l'œil, tant son esprit était torturé. Aria s'éclipsa après avoir ouvert les épais rideaux et rappelé à la nocturna qu'elle lui ferait visiter les environs. Un programme qui n'enchantait en rien la fée nocturne. Le tourisme était de loin sa dernière priorité. Et une inquiétude supplémentaire s'était ajoutée aux autres, cette nuit.

Elle n'avait aucun moyen de savoir comment allait Dimitri, s'il était blessé, en vie, s'il était déçu, ce qu'il avait pu dire à Pullman. Ce qu'il pensait du geste de Wyllina, et s'il avait compris qu'elle n'avait pas eu d'autre choix pour le tirer d'affaire.

Peut-être la prenait-il pour une traîtresse, à présent. Peut-être même douterait-il de la vérité. Il reviendrait alors sur son jugement en songeant que c'était en fin de compte bien elle qui avait tué de sang-froid toute sa famille.

Wyllina se redressa dans son lit avant d'avaler une gorgée du thé bouillant. Ce n'était pas mauvais et elle se souvint en avoir déjà bu. Le regard dans le vague, elle remarqua à peine Éva qui s'assit à ses côtés en silence après être entrée dans la chambre.

Pendant un moment, les jumelles n'échangèrent aucun mot. Jusqu'à ce qu'Éva décidât de prendre la parole dans leur langue natale. De l'entendre après tant d'années la renvoya à son passé. Pendant une seconde, elles étaient à nouveau les deux petites filles qui faisaient le mur pour aller voir leurs amis dans le village voisin.

— Je suis désolée, Wyllina. Les choses sont plus compliquées que ce qu'elles semblent être.

La nocturna soupira en baissant la tasse brûlante sur ses genoux. Que cherchait-elle à faire, en définitive ? Pourquoi se trouvait-elle ici ?

— Éva… commença-t-elle. Nous sommes les seules à savoir comment s'est déroulée cette soirée. Et encore, je n'étais là qu'à la fin, après que tu…

Sa sœur mit un certain temps avant de pouvoir la regarder dans les yeux.

— Qu'est-ce que c'est ? lui demanda Éva en pointant l'obsidienne à son cou.

Wyllina soupira et la retira pour la lui tendre. Les mains blafardes de sa jumelle s'en emparèrent aussitôt.

— Quand je t'ai trouvée, après le meurtre de... j'ai dû faire un choix. Tu étais en train de tous nous tuer... j'ai dû faire ce que j'avais à faire. C'était la seule chose qui restait de toi. Du moins, c'était ce que je pensais.

Les yeux d'Éva parurent se voiler des souvenirs sinistres de cette nuit-là. Elle serra si fort la pierre dans sa paume que les jointures de ses doigts devinrent blanches.

— Je..., bafouilla-t-elle. Je ne sais pas comment faire pour m'en sortir...

Wyllina tendit une main vers elle, mais la laissa retomber avant de l'avoir effleurée. Elle qui semblait toujours si sûre d'elle avait l'air, à cet instant, si fragile...

— Il faut que... méfie-toi des apparences. Je...

— Pourquoi mens-tu à tout le monde ? en profita Wyllina. Que s'est-il passé depuis cette nuit-là ? Et avant ? Où étais-tu, sur Terre ? Comment...

— Arrête, la coupa Éva violemment en se relevant. Je ne peux pas te parler.

Elle épia les alentours, comme si elle craignait que quelqu'un ne les surprît.

— Pas ici, ajouta-t-elle en serrant plus fort l'obsidienne.

Wyllina se glissa vers le bord du lit en secouant la tête, comme pour suivre Éva. Pourtant, elle cessa lorsque celle-ci recula à son approche. Se pourrait-il que sa sœur eût autre chose à lui révéler ?

— Je t'en prie, reprit Éva. Sois discrète. Erwin... Il n'est pas celui que tu crois. Ne lui fais pas confiance. C'est pour ton bien que je le dis. Et je ne le dirai qu'une seule fois.

Quoi ? Erwin ?

La nocturna s'apprêtait à lui demander des explications, mais sa jumelle s'éclipsa non moins rapidement qu'elle était arrivée, emportant l'obsidienne que Wyllina chérissait depuis cinq cents ans, et la laissant plus remplie de doutes encore. Ses pas résonnèrent pendant plusieurs secondes avant de s'évanouir dans le silence.

Tout cela était étrange.

Sa sœur lui disait-elle la vérité ? Comment la croire alors qu'elle mentait sur un sujet aussi grave que le meurtre de la famille royale ?

Cependant, elle commençait à comprendre une chose qui ne lui avait jusqu'à présent jamais traversé l'esprit. Erwin semblait tirer les ficelles. Depuis quand le faisait-il et à quel point faisait-il pression sur Eva ? Elle n'en savait rien.

Mais il fallait qu'elle le découvrît.

L'après-midi se passa sans encombre. Wyllina, toujours méfiante, avait suivi Aria à travers la propriété qui appartenait à présent à Erwin et Éva. Rien de ce qu'elle voyait ne parvenait à la convaincre que tout cela était une bonne chose. Malgré elle, son talent d'agente commençait à reprendre le dessus et elle tentait de repérer le moindre indice qui pourrait l'aiguiller sur l'attitude qu'elle devait adopter.

Elle remarqua surtout que tout le monde l'observait à la fois avec crainte et avec dégoût. Certainement à cause de sa réputation entachée, Wyllina ne semblait pas être la bienvenue sur ces terres.

Ce qui compliquait son enquête. La plupart des sujets gardaient le silence à son approche. Impossible de glaner des informations en discutant et en posant des questions.

Il lui faudrait plutôt essayer d'écouter aux portes dans la plus grande vigilance. Mais c'était irréalisable tant qu'elle devrait suivre Aria à la trace.

Plus tard, Wyllina aperçut une porte qui autrefois était cachée, mais qui était à présent condamnée, tandis qu'elles traversaient un large couloir. Elle marqua une pause, alors qu'Aria poursuivait sa route sans se soucier d'elle, trop occupée à parler.

Très bavarde, elle répétait inlassablement comment Erwin les avait sauvés de leur misérable condition sur Terre. Elle ne tarissait pas d'éloges à propos du nouveau souverain en devenir.

La raison pour laquelle Wyllina prêta autant attention à cette porte était simple. Il s'agissait de celle du bureau du roi, ce qu'ignoraient la plupart des gens de la cour royale d'autrefois. Et si elle le savait, c'était parce que ce fut dans cette pièce qu'il l'avait congédiée.

De petits pas rapides qui se précipitaient vers elle indiquèrent à la nocturna que la naine avait enfin réalisé son absence auprès d'elle. Elle la rejoignit au plus vite. Sous l'effort, elle avait les joues rouges et le souffle haletant.

— Lady Burn, dit-elle, il ne faut pas traîner par ici, Lord Idrys en serait très contrarié !

— Et pourquoi donc ? demanda-t-elle. Sais-tu ce qu'il y avait, là ?

La servante joua avec ses mains. Décidément, la faire parler était compliqué. À croire qu'Erwin lui avait donné un script bien précis sur ce qu'elle pouvait dire, ou pas.

— Moi, je le sais…, répondit Aria, après avoir observé les horizons, d'une voix faible qui trahissait sa crainte d'être entendue. Mais ce n'est pas le cas des autres. Lord Idrys refuse qu'on y mette un pied. C'est pour cette raison que le bureau du roi a été condamné.

Aria plaqua violemment ses mains contre sa bouche, comme si elle venait de prononcer une énorme bêtise. Étrange. Qu'est-ce que cela cachait ?

— Rassure-toi, tenta Wyllina pour la détendre. Je le savais déjà. Tu ne seras pas réprimandée, je ne dirai rien.

La naine s'avança un peu plus vers elle et laissa le temps à un gobelin de les dépasser, avant de faire signe à Wyllina de se rapprocher. La nocturna s'exécuta et tendit l'oreille.

— Si je dois être tout à fait honnête, souffla-t-elle, vous devriez vous échapper au plus vite. Lord Idrys est…

— Aria ! la coupa une voix.

Les deux complices sursautèrent et mirent de la distance entre elles avant de se concentrer sur la personne qui les avait interrompues. Wyllina remarqua un orc, dont les crocs inférieurs dépassaient largement de sa bouche et qui revêtait une salopette couverte de peinture. Il les regardait d'un air menaçant, mais ne dit rien et continua son travail après quelques secondes. Aria se tourna à nouveau vers la nocturna, presque tremblante.

— Oui… bien, reprenons notre route.

La servante se remit en marche, redémarrant son discours élogieux à propos de leur lord. Avant de la suivre, la nocturna adressa un dernier coup d'œil à l'orc qui l'épiait du coin de l'œil.

De plus en plus étrange…

Le soir venu, Wyllina prétexta de ne pas se sentir bien lorsqu'elle fut conviée à dîner avec Erwin et sa sœur. Elle n'avait aucune envie de se confronter à eux et, de toute manière, elle avait à faire.

Dans l'intimité de sa chambre, elle retira l'épaisse robe qui lui tenait trop chaud et entravait ses mouvements, et se retrouva en sous-tunique en coton blanc, bien plus légère et fluide. Pour ne pas attirer les regards, elle remonta ses longs cheveux en un chignon tressé qu'elle enveloppa dans un foulard en soie noire. Et elle décida de rester pieds nus. Ses pas seraient ainsi plus discrets. Il lui faudrait simplement faire attention aux endroits où elle marcherait.

Elle attendit que la nuit fût bien avancée. Les bruits ambiants du palais se calmèrent petit à petit. Lorsque tout fut silencieux, elle sortit de sa chambre. Dans les environs, personne.

Sur la pointe des pieds, la nocturna se faufila en s'efforçant de s'orienter grâce à la visite qu'Aria lui avait offerte. Lui faire découvrir les lieux n'était pas très malin, de la part d'Erwin, lui qui savait normalement à quel point elle se repérait rapidement dans un endroit inconnu.

Mais puisqu'on lui avait donné cette opportunité, elle ne chercha pas à comprendre pourquoi il semblait penser qu'elle ne se rebellerait pas. À moins qu'il songeât sincèrement que Wyllina avait encore une entière confiance en lui et qu'elle lui restât loyale.

Quelques minutes plus tard, elle se retrouvait devant le bureau du roi. Un épais mur de fortune, construit à l'aide de planches volumineuses directement fixées dans la paroi, lui barrait la route.

Si elle voulait s'en débarrasser, elle ne serait bien entendu pas discrète et risquerait d'éveiller les soupçons.

Mais il y avait forcément une deuxième entrée. Pendant un instant, elle regretta de n'avoir pas posé plus de questions à Éva, au moment où elle protégeait le roi, pour maîtriser ce genre d'informations. De toute façon, il était trop tard. Elle se débrouillerait seule.

La nocturna se recula un peu, inspectant le mur qui lui faisait face. S'il y avait un deuxième passage, il ne se trouvait certainement pas ici. Elle tenta alors de se créer une carte mentale du palais, tel qu'elle le connaissait à l'époque. Mais une lueur venant de l'autre bout du couloir la surprit. En vitesse, elle chercha un recoin pour se camoufler, mais puisqu'il n'y avait rien, elle décida d'user de sa magie. Cela lui coûterait beaucoup, mais après tout, elle avait réussi à rendre Dimitri invisible sur Terre. Utiliser ses pouvoirs sur Vaquoria devait en théorie être plus simple.

En hâte, elle se concentra et passa une main devant son visage. Le seul moyen de savoir si cela avait fonctionné était d'attendre de voir si quelqu'un la remarquait. C'était quitte ou double.

La lueur se rapprocha et, bientôt, des pas résonnèrent sur le marbre abîmé du palais. Plus ils avançaient, plus la silhouette de celui qui se dirigeait vers elle se précisait. Son corps se tendit et sa respiration se coupa quand elle reconnut Erwin, une torche à la main, marchant à une allure rapide. Lorsqu'il fut à quelques mètres d'elle, elle se détendit quelque peu. Il ne semblait pas la voir.

Sa magie fonctionnait.

Il s'arrêta à cinquante centimètres d'elle, face au mur qui les séparait du bureau du roi, et parut observer les alentours.

Il scruta une montre à gousset glissée dans la poche de sa veste et se montra impatient. Si impatient qu'il pesta entre ses dents.

Alors qu'elle n'osait bouger d'un millimètre, d'autres pas se firent entendre, plus pressés, plus légers. Wyllina eut tout juste le temps de se décaler le plus discrètement possible vers la gauche, avant qu'Éva ne déboulât. Hors d'haleine, elle eut besoin de quelques secondes pour reprendre son souffle sous le regard d'Erwin plein de reproches.

— Tu es en retard, lui fit-il remarquer.

Éva se redressa une fois sa respiration stable. Ses joues étaient rouges et son front perlait de sueur. D'où est-ce qu'elle venait ?

— Ça me dégoûtera toujours autant, lâcha Erwin en roulant des épaules. Un troll, tu es sérieuse ?

— Oui, eh bien, ils ne sont pas difficiles et bien montés. Ce sont les deux qualités principales que je recherche chez un partenaire d'une nuit.

La nocturna retint une moue, écœurée à son tour, tandis qu'Erwin chassa ses paroles d'un geste de la main.

— Bon, peu importe.

Il soupira et se concentra sur le mur, à précisément vingt centimètres de la barricade en bois qu'il avait fait installer. Là, il posa la paume de sa main contre la pierre et ce qui se passa rendit Wyllina perplexe. Sous les doigts de l'elfe noir, la cloison sembla se désagréger comme du sable, laissant apparaître, au fur et à mesure, une fente juste assez large pour s'y glisser de côté et tout juste assez haute pour Erwin. Elle se retint de soupirer en comprenant qu'Erwin avait utilisé l'une de ses techniques favorites : compter sur le proverbe « plus c'est gros, plus ça passe ».

Qui aurait eu l'idée de chercher un autre passage à seulement vingt centimètres d'une entrée elle-même dissimulée et barricadée ?

Il se décala pour permettre à Éva de se faufiler, jeta un coup d'œil derrière lui et s'apprêtait à avancer à son tour au travers de l'étroite ouverture en pivotant sur le côté. Sans réfléchir, Wyllina se lança vers eux, profitant de son invisibilité, et suivit Erwin d'aussi près que possible. Dans un son de terre remuée, le mur se reforma tout de suite après qu'ils furent rentrés comme si rien ne s'était passé.

Wyllina resta immobile de peur de se faire remarquer. Elle n'avait aucune envie d'expliquer à sa sœur et à son ancien coéquipier pourquoi elle se trouvait ici, avec eux, dans une position d'espion. Néanmoins, puisqu'Erwin et Éva échangeaient encore quelques banalités, elle prit le temps d'observer la pièce. Elle n'était pas très grande et surchargée, fidèle à ses souvenirs. La seule différence était qu'auparavant, le désordre du roi semblait organisé. Là, tout était clairement sens dessus dessous. De nombreux documents officiels jonchaient le sol et elle se détesta, à cet instant, d'avoir choisi d'être pieds nus.

La plante moite de ses pieds risquait de coller aux feuilles de papier vieilli, aux parchemins et aux encres renversées. Après avoir réalisé tant d'efforts, il ne faudrait pas qu'elle se fît griller par une empreinte de pas à l'encre de Chine. Elle ne bougerait donc pas d'un millimètre.

Ignorant son mal de tête naissant, elle se concentra à nouveau sur les deux partenaires. Éva s'assit sur le bureau du roi, comme s'il n'avait jamais appartenu à quelqu'un qui lui était cher, tandis qu'Erwin se servait un verre de Whisky, qui venait, Wyllina le devina, du nain qui forgeait des armes, Serge.

Même bouteille, même couleur et même odeur, si forte qu'elle l'atteignait alors qu'elle se trouvait à plusieurs mètres de lui.

— Je m'inquiète à propos de Wyllina, commença Erwin en buvant une gorgée de son verre, reposant la bouteille au milieu des carnets, cartes et parchemins étalés sur le bureau.

Il opta pour utiliser la langue des elfes noirs. Wyllina l'avait apprise à ses côtés. Elle serait donc capable de comprendre chaque mot.

— Pourquoi ? tenta Éva.

— Je crois qu'elle a des doutes.

Wyllina se frotta légèrement les tempes, s'efforçant de retarder le moment où elle souffrirait tant qu'elle ne pourrait plus tenir.

— Comment veux-tu qu'elle en ait ? Tu empêches tout le monde de l'aborder.

— Je l'ignore, insista-t-il. La dernière fois, elle m'a demandé depuis combien de temps je jouais un double jeu. J'ai peur qu'elle en sache plus que ce qu'elle ne laisse paraître.

Éva se leva en soupirant, les yeux tournés vers le plafond. Elle s'approcha d'une petite étagère où de nombreux ouvrages en lambeaux dormaient. Elle attrapa l'un d'entre eux et le feuilleta avant de se concentrer à nouveau sur Erwin.

— Tu es parano. Oh la vache ! La tête que tu avais !

La main de l'elfe noir serra son verre un peu plus fort, faisant crisser ses bagues. Éva tendit le livre ouvert vers Erwin et la fée nocturne eut tout le loisir d'observer ce qu'elle lui montrait, se trouvant dans la même direction. Là, ce fut un choc.

Erwin dessiné en armure de la garde royale sur une illustration ancienne datant de bien avant l'assassinat du roi. Soudainement, elle se sentit stupide.

Elle l'avait déjà vu dans cette armure, lorsqu'il l'avait amenée sur Vaquoria le premier jour. Elle n'y avait pas prêté attention et pensait qu'il avait récupéré l'une des nombreuses cuirasses qui traînaient encore au palais. Mais ce n'était pas le cas.

Ici, tout était lié à son origine.

Erwin avait été dans la garde royale.

— Ferme ça ! râla-t-il en s'approchant du mur du fond de la pièce. Ce ne sont pas de bons souvenirs.

— Je suis au courant, se moqua Éva. Cela fait cinq cent trente ans que tu me rabâches les oreilles avec ta vengeance. Tu sais que la rancune est mauvaise pour ton cœur ?

— Je suis un elfe noir.

— Et moi, une nocturna. Mais sérieusement, tu devrais faire quelque chose pour te contrôler…

Mais Wyllina n'écoutait déjà plus. Le puzzle se mettait en place. Cinq cent trente ans…

« On fait ce qui était prévu depuis plus de cinq cents ans… », lui avait-il dit en l'étranglant.

Sa vengeance. La garde royale.

Quand l'Ancien Royaume avait été détruit, Wyllina et sa sœur étaient âgées de trente-cinq ans. Durant les quinze dernières années qu'elle avait passées sur Vaquoria, Wyllina faisait partie de la garde royale. Elle était pourtant persuadée de n'avoir jamais été chevalière en même temps que lui. La milice du roi était grande, mais elle avait connu pratiquement tous ceux de son grade. Et Erwin avait été dans sa section si l'on considérait l'armure qui était dessinée sur cette illustration, et celle qu'il portait lorsqu'ils étaient arrivés sur le territoire des nocturnas.

Or, elle l'avait rencontré seulement deux cent cinquante ans auparavant, sur Terre.

Erwin haussa les épaules d'un air désintéressé et ouvrit une autre porte dissimulée dans le mur, derrière le tableau d'un paysage marin aussi haut que lui et large comme une armoire. Là, une seconde pièce cachée, immense, s'étendait devant l'elfe noir. L'éclairage était trop faible pour que Wyllina pût l'étudier en détail de là où elle était, mais elle aperçut malgré tout une centaine d'armes. Des armes à feu, qui ne pouvaient venir que de la Terre, puisqu'il n'y en avait jamais eu sur Vaquoria auparavant. Les armes de Serge.

Elle se concentra à nouveau sur sa sœur, le souffle court. Pendant un instant, elle crut même que celle-ci l'observait. Mais Éva détourna rapidement le regard en fermant le livre d'un coup sec.

— Bref, dit-elle. Je t'ai vengé et t'ai aidé à tuer la famille royale. Ma sœur a eu ce qu'elle méritait. Et maintenant, tu es sur le point de prendre la place du roi grâce à moi. Je présume qu'on peut dire que tu touches au but. Qu'attends-tu encore de moi ? Tu n'en as pas assez de me manipuler ?

Wyllina étouffait.

Sa vision se troubla alors que son mal de tête redoubla d'intensité. Mais les mots d'Éva tournaient dans son esprit, encore et encore. Tout cela n'avait aucun sens. Erwin était derrière tout ça depuis le début ?

Elle eut besoin de sortir, incapable de se concentrer davantage sur la conversation houleuse de ces deux traîtres. De ces deux horribles personnes, qui avaient autrefois fait partie de celles qu'elle aimait le plus.

La discussion s'anima un peu plus, à tel point qu'Erwin lança son verre sur sa sœur jumelle. Éva lui adressa un geste obscène avant de se diriger brusquement vers l'entrée dissimulée du bureau. Sans attendre, elle y posa la main et le mur s'effrita à nouveau pour la laisser passer. Wyllina en profita pour s'échapper, elle aussi, alors qu'Erwin vociférait des insultes.

Mais elle ne s'attarda pas. Elle se mit en marche en direction de ses appartements, persuadée que sa sœur la scrutait.

Elle ne pouvait pourtant pas rester, même si Éva l'avait repérée. Et qu'aurait-elle dit, de toute façon ? Qu'elle les espionnait, mais que tout cela n'était qu'une terrible coïncidence ? Que ferait Erwin s'il découvrait que Wyllina savait tout ?

Certainement le pire.

À présent, elle ne pouvait plus compter que sur elle-même.

Chapitre 14

Wyllina fixait sa sœur avec colère, alors qu'elle échangeait un rire avec Erwin. Deux traîtres, voilà ce qu'ils étaient. Depuis quand jouaient-ils la comédie ? Erwin avait poussé Éva à tuer le *Rova* et la *Vasta* ainsi que leurs héritiers et elle n'avait pas hésité une seule seconde. Peu importait qu'il lui manquât les détails sordides et d'autres preuves de leur manipulation, les faits étaient là : Erwin et sa sœur complotaient depuis le début.

L'elfe noir connaissait Éva depuis longtemps et peut-être même que c'était en réalité à cause de lui que Wyllina avait été évincée de la garde royale. Elle enfourna un morceau de pain dans sa bouche, incapable de faire ou de dire quoi que ce soit. Depuis qu'elle les avait espionnés, elle avait préféré ne pas leur adresser un seul mot.

Puisqu'ils se cachaient pour en discuter, et qu'ils n'avaient pas jugé nécessaire de lui révéler leur plan, elle supposait qu'elle n'en faisait pas partie, et que se trahir revenait à risquer sa vie.

Elle but une grosse lampée de vin, alors qu'Erwin, Éva et de nombreux autres nobles du royaume, qu'elle n'avait pas revus depuis bien longtemps, partageaient un repas trop copieux sur une table trop grande en forme de U au milieu de la salle des banquets.

Pour l'occasion, tous les domestiques avaient été réquisitionnés. L'effervescence qui agitait le palais depuis ce matin-là rendait Wyllina plus malade encore.

Et même si elle ignorait la raison de cette réception déplacée, elle n'avait pas cherché à le savoir, trop concentrée sur la trahison d'Erwin, en plus de celle de sa sœur.

Lorsqu'un elfe nommé Edgar, autrefois duc du territoire des elfes, lui posa une question, elle l'observa d'un air vide.

— Pardon ? dit-elle, un peu trop sèchement.

— Je disais que nous avons de la chance de nous trouver parmi les premiers. C'est une superbe occasion de retrouver un rang de choix dans le Nouveau Royaume.

Wyllina inspira profondément et joua avec sa fourchette en or massif. Elle n'avait aucune envie d'avoir ce genre de conversation. Erwin et Éva, à l'autre bout de la table, ne lui prêtaient pas attention. On aurait presque dit que la peau du dragon était déjà vendue.

— Je peux vous poser une question ? demanda-t-elle en s'intéressant à Edgar.

Celui-ci lui offrit un sourire pour l'inviter à parler. Elle tourna sa langue plusieurs fois dans sa bouche, à la recherche de mots convenables.

— Je n'ai évidemment jamais participé à un couronnement. Comment cela se passe-t-il ?

Autrement dit, comment pourrait-elle l'éviter ?

Edgar ne put réprimer un petit rire. Cette question l'embarrassait de toute évidence, mais au lieu de paraître gêné, il prit une gorgée de vin et la fit languir, comme pour se moquer de son ignorance.

— Je trouve ça très courageux de votre part, ce que vous avez fait pour les aider. C'est un acte d'une grande noblesse et une preuve d'humilité. C'est si dommage que…

Un domestique l'interrompit en déposant une immense carafe de vin entre eux deux. Wyllina et l'elfe se redressèrent en même temps, surpris. Edgar toussota et pivota vers son voisin de droite, un représentant du peuple des orcs, abandonnant leur discussion.

Wyllina s'intéressa à l'employé de maison, qui ne garnit même pas son verre et s'écarta aussitôt. Elle se tourna ensuite vers Erwin qui la fixait.

Évidemment.

Erwin était trop loin pour agir et envoyait donc ses sbires accomplir le sale boulot à sa place. Il tendit son verre rempli d'un liquide si sombre et si visqueux que ses lèvres en étaient tachées.

Du sang.

C'en était trop. Elle s'essuya la bouche et jeta sa serviette sur la table, les yeux rivés sur l'elfe noir. Elle s'apprêtait à se lever lorsqu'Edgar la retint par le poignet.

— Je ne ferais pas ça, si j'étais vous.

Malgré l'envie de partir, de tout détruire et d'anéantir chacune des personnes présentes, elle se ravisa. Après tout, les nobles qui l'entouraient n'étaient pas n'importe qui. Tous avaient eu un lien avec l'aristocratie du temps de l'Ancien Royaume. Seule, elle n'était clairement pas de taille à les battre tous, à moins de tout réduire en cendre.

Ce qui, honnêtement, lui traversa tout de même l'esprit.

— Je suis fatiguée, insista-t-elle alors qu'Edgar refusait de lâcher prise.

Il resserra ses doigts un peu plus autour de son poignet, lui arrachant une grimace de douleur.

— Cela ne fait que commencer, lui répondit l'elfe, d'un air carnassier auquel elle était souvent confrontée en côtoyant Elienor.

Elle l'observait avec interrogation, lorsqu'Erwin frappa dans ses mains. Le silence s'installa parmi les convives — même le gnome, unique représentant de son espèce connue pour être très bavarde. Wyllina se sentit obligée, elle aussi, de lui accorder son attention. Erwin se leva, comme pour affirmer qu'ici, à présent, c'était lui qui représentait l'autorité.

— C'est avec beaucoup d'honneur que je vous ai conviés ce soir, dit-il. Dans quelques instants, la salle de réception sera prête et nous pourrons tous nous y rendre afin d'enfin assister au couronnement. Celui que vous attendez tous et pour lequel vous êtes tous présents.

Alors c'était donc bien cela. Ils comptaient prendre le pouvoir au déclin du jour.

Erwin offrit sa main à Éva, assise à ses côtés, qui l'accepta et se leva. Elle échangea un regard furtif avec sa sœur, qui tentait de ne rien laisser paraître de sa colère. Tout le monde applaudit.

Tout le monde, à part bien évidemment Wyllina. Au lieu de ça, elle but à nouveau une gorgée de vin. Après tout, si elle s'apprêtait à assister au couronnement de ces deux traîtres, autant qu'elle fût saoule pour avoir le courage de le supporter.

Une fois l'ovation terminée, Wyllina s'attendait à ce que les hôtes se rassoient, mais il n'en fut rien. Au contraire, tout le monde se leva, un verre à la main. Éméchée, elle mit un certain temps à comprendre qu'elle devait les mimer.

Elle les imita finalement en vacillant sur ses jambes ramollies par l'alcool et tendit son verre de vin à moitié vide en face d'elle.

— À *Vasta* Éva ! lancèrent-ils tous en chœur.

Une minute, ce n'était pas censé être Erwin, le roi ?

Tous burent une gorgée avant de quitter la table. Wyllina y vit une occasion de s'éclipser, mais, à première vue, Erwin en avait décidé autrement. Deux trolls déguisés en domestiques l'attrapèrent. Sans comprendre, elle se débattit nonchalamment alors qu'Erwin s'approchait d'elle.

Il s'arrêta à quelques centimètres d'eux et ne sembla pas surpris que la nocturna ne se défendît pas avec plus de vigueur. Peut-être qu'elle était trop embrumée par le vin, mais tout cela ne l'atteignait en fin de compte pas autant que ce à quoi elle s'attendait. Qu'il n'en fût pas étonné, lui prouva que c'était exactement ce qu'il cherchait.

— Elle, emmenez-la là-bas, dit-il après l'avoir longuement détaillée. Réservez-lui du vin.

Il s'éloigna sans attendre, la laissant sans réponse. Et soudainement, sa tête se mit à lui tourner. Mais quelque chose n'allait pas. Elle n'avait bu que la moitié d'un verre.

— Tu m'as droguée, hein ? dit-elle d'une voix vaseuse à l'intention d'Erwin.

Les trolls la bousculèrent et l'obligèrent à avancer vers une autre porte écartée de celle empruntée par les invités. Erwin ne prit même pas la peine de se retourner.

— Attendez !

Ils s'arrêtèrent et pivotèrent. Wyllina eut la nausée. Elle avait du mal à tenir sur ses jambes et sa bouche pâteuse réclamait de l'eau.

Ce fut au tour d'Éva de s'approcher d'elle. Elle parut bouleversée pendant un moment, mais récupéra vite son air impénétrable.

— S'il vous plaît, ne la brusquez pas.

Wyllina lui adressa un sourire qui n'avait rien d'aimable.

— C'est ce que tu cherchais depuis le début, n'est-ce pas ? parvint-elle à articuler. Tuer le *Rova* pour t'emparer de la couronne. M'évincer pour éviter que je t'en empêche. Vous avez bien ficelé votre petit plan parfait, toi et Erwin. Qu'est-ce que j'ai pu être stupide.

En l'écoutant, Éva surveilla les alentours. Elle se concentra à nouveau sur elle et s'approcha un peu plus.

— Tu as trop bu, dit-elle. Tu ne sais plus ce que tu dis.

— Bien sûr que si, cracha Wyllina alors que les trolls reprirent leur route, l'obligeant à les suivre. Je vous ai vus, l'autre jour. Je suis au courant de ce que vous avez trafiqué ! Je suis au courant de tout !

Un violent mal de tête la surprit, et alors que les domestiques poursuivaient leur chemin, ses yeux se mirent à brûler intensément. Elle serra les paupières en criant. Elle savait parfaitement ce qui se passait. Éva perdait son sang-froid.

Elle se posta à nouveau devant eux, interrompant la course des trolls. Wyllina se calma aussitôt en observant les yeux de sa sœur. Si les siens devenaient totalement noirs lorsqu'elle abandonnait le contrôle, ceux de sa jumelle étaient entièrement blancs pour les mêmes raisons.

— Je te conseille de te taire, jeune fille, dit-elle d'un ton sévère qui lui rappela leur mère. Souviens-toi de ce que je t'ai dit. Elle ajouta ensuite, dans la langue des nocturnas : fais-toi discrète. Ne fais pas de vagues.

Éva semblait furieuse, mais Wyllina détecta une autre lueur dans ses iris qu'elle avait rarement vue chez sa sœur. Elle douta. Était-ce... de la peur ?

Néanmoins, sa jumelle se ressaisit rapidement. Ses yeux blancs redevinrent deux billes d'obsidienne et elle replaça sa longue et épaisse natte derrière son dos.

— Bien, vous pouvez l'emmener, reprit-elle d'un air hautain, accompagnant ses mots d'un geste dédaigneux de la main. Et Erwin a raison : resservez-lui du vin.

Wyllina franchit la porte, les jambes en coton. Heureusement, les trolls la tenaient, autrement, elle serait tombée et n'aurait pas été capable de se relever.

La pièce dans laquelle on la conduisit n'était pas beaucoup plus grande que sa chambre. D'ailleurs, on aurait dit un dortoir, que plusieurs domestiques partageaient certainement. Mais cette pièce semblait avoir été adaptée pour l'occasion. Les lits avaient été poussés contre les murs et, au centre, on avait installé une imposante baignoire, comme celle dans laquelle on l'avait lavée quelques jours plus tôt. Une méridienne rouge sang en velours était calée à côté. Les gardes la posèrent dessus.

Wyllina se sentit tomber. Tout ce qui l'entourait était flou. Elle était incapable d'agir. Pourquoi l'endormir de cette façon ?

Bientôt, on la força à avaler plus de vin. Elle avait déjà compris que celui-ci était empoisonné, mais n'avait aucune possibilité de le refuser. Après l'avoir contrainte à boire deux verres de plus, on la déshabilla, la lava et lui enfila une tunique en coton beige. Bien loin de la qualité et de la beauté des robes qu'on lui avait données jusqu'à présent.

Autour d'elle, un ballet de domestiques s'activait. La soirée devait être très importante pour eux aussi. Finalement, mieux valait peut-être que Wyllina fût incapable de faire quoi que ce soit. Sinon, qui savait ce qu'elle aurait fait ! Elle aurait certainement tout détruit, une fois encore.

Pendant un moment, elle fut tranquille. Allongée sur la méridienne, elle tentait de se souvenir de ce qu'elle avait découvert, mais son esprit refusait de coopérer. La moindre pensée lui demandait un effort comparable à soulever cent cinquante kilos d'une seule main.

Aussi, elle décida de se laisser aller jusqu'à ce que la suite arrivât. Puisqu'elle était impuissante, autant que le pire se produisît le plus vite possible, qu'elle en fût débarrassée.

Dans la grande salle du trône, tout le monde était réuni. Les sujets du Nouveau Royaume qu'Erwin avait ramenés, les représentants de chaque peuple, des gardes armés jusqu'aux dents. Wyllina, soutenue par les deux trolls, repéra des bannières et des drapeaux aux couleurs de la future reine. Orange et noir. Une fleur de feu dorée, symbole de la tribu des nocturnas, avait été cousue au milieu. Maintenant qu'elle avait vécu sur Terre, Wyllina pouvait dire que les fleurs de feu étaient proches des fleurs de lys.

D'innombrables chaises avaient été installées, même si la moitié d'entre elles restaient vides. De ce qu'elle pouvait voir, tous les sujets du Nouveau Royaume étaient sur leur trente-et-un.

Pas un cheveu ne dépassait, et pas une fleur n'était de travers dans la boutonnière des mâles.

Des bouquets, il y en avait d'ailleurs partout. Accrochées au mur, dans les allées du public, sur l'estrade, entre les deux trônes. Cela allait de la simple marguerite à la plus belle des roses, dans des compositions florales dans les tons orangés. Leur forte odeur amplifia le mal de tête de la nocturna. Tout était fait pour s'accorder aux couleurs de la prochaine *Vasta*.

Pour l'occasion, les torches avaient toutes été allumées, ne laissant aucune part d'ombre dans la salle du trône. Wyllina était sous les feux de la rampe, au centre de l'attention.

Dans son brouillard, elle chercha sa sœur, mais ne la trouva pas. Elle détecta cependant Erwin, face à la foule, échangeant quelques mots avec l'elfe qui se tenait à côté d'elle lors du repas, Edgar.

Son costume avait changé. À la place d'un habit travaillé un peu plus tôt, l'elfe revêtait à présent un uniforme de son armée cousu de bon nombre d'écussons, recouvert de médailles et les tissus employés étaient visiblement très coûteux.

Un dignitaire…

Lorsqu'ils notèrent la présence de la nocturna, les deux hommes se séparèrent, puis l'elfe s'adressa à son auditoire. Mais sa voix ne parvenait pas à la jeune fée, qui devait lutter pour ne pas se rendormir.

Un peu de nerf, Wylli !

Elle peinait à garder les yeux ouverts, mais fut néanmoins ravivée par les applaudissements de la foule, et remarqua que l'elfe lui parlait.

— Acceptez-vous votre destinée ?

Qu'avait-il dit ?

Wyllina tenta de se dégager de l'emprise des trolls, mais rien n'y faisait, elle était trop affaiblie, trop engourdie, l'esprit embrumé.

La suite se passa très vite. Sans réponse de sa part, le public considéra que la nocturna était dévouée à sa mission et à sa nouvelle reine. Sa nouvelle *Vasta*. Mais de quoi s'agissait-il ?

Du coin de l'œil, elle vit Éva apparaître, vêtue pour l'occasion. Elle portait une robe rouge finement surmontée de pierres noires. De là où elle se trouvait, difficile de savoir quels cristaux y avaient été brodés, mais Wyllina devina que c'étaient des obsidiennes. Le bustier remontait sur sa gorge dans une dentelle pourpre et élégante, sans doute cousue par les fées, et la jupe en soie et en tulle s'évasait loin derrière ses jambes. La traîne voguait avec légèreté et délicatesse au rythme de ses pas mesurés. Dans ses cheveux habilement tressés, des fleurs de feu et des éclats d'or avaient été piqués.

Elle était incroyablement belle. Une vraie reine.

Dans ses mains, une couronne forgée très finement dans l'or le plus brillant attendait d'être placée sur sa tête. Au centre de celle-ci, une pierre noire. Une obsidienne.

Une obsidienne qui, pendant cinq cents ans, avait pendu à son cou.

Wyllina voulut clamer que cette pierre était à elle, mais elle en fut incapable. Au lieu de cela, elle garda le silence en fermant les yeux, s'abandonnant aux trolls qui la portaient.

Au bout de quelques secondes, elle sentit de la roche froide dans son dos. Elle rouvrit les paupières. Tout tournait autour d'elle et, soudainement, elle fut frigorifiée.

Erwin se pencha au-dessus d'elle et s'empara de son bras. En scrutant son visage, il le laissa retomber, pour vérifier qu'elle n'était plus vraiment là.

Mais Wyllina avait besoin de réponses. La bouche sèche, elle articula quelque chose. Erwin la fixa. Il ne s'attendait sûrement pas à ce qu'elle fût encore consciente.

— Qu'est-ce qu'il se passe… ? répéta-t-elle un peu plus fort.

Il échangea un regard avec le dignitaire, qui sembla confus. Il se demandait certainement pourquoi la nocturna paraissait si faible. Il était pourtant évident qu'elle avait été droguée. Erwin se baissa davantage vers elle et colla presque ses lèvres à son oreille.

— Pour être couronnée, *telith*, chuchota-t-il dans la langue des nocturnas, ta sœur doit tuer celui à qui incombe le pouvoir du royaume.

Il patienta un peu, et Wyllina en profita pour planter ses yeux dans les siens. Qu'est-ce qu'il racontait ? Ce n'était pas à elle que la succession du royaume revenait.

Erwin retint un rire, comme s'il savait exactement ce à quoi elle pensait.

— Tu ignorais, Wylli, que celui qui exécute le *Rova* ou la *Vasta* lui vole l'autorité et hérite du royaume ? C'est toi qui l'as fait, ou du moins c'est ce que tout le monde croit. C'est toi, la souveraine. Ta sœur doit te tuer pour le devenir à son tour.

La nocturna écarquilla les yeux. Mais c'était faux ! Il le savait !

Pourtant, il se releva en souriant, visiblement très fier que son plan eût fonctionné comme il l'entendait. Dans la confusion la plus totale, Wyllina observa le dignitaire placer la couronne d'Éva à ses pieds. Il lui pressa les orteils, sans doute en guise de reconnaissance.

Elle commença à s'agiter. Pour la maintenir immobile, quelqu'un lui attacha les poignets. Et, alors que sa vision était plus trouble que jamais, elle aperçut Éva, le visage impassible, un poignard en or à la main.

— Par ce geste, dit-elle.

Mais elle s'arrêta. Pendant une seconde, il lui parut difficile d'agir comme Erwin l'attendait, et elle sembla flancher. Mais elle inspira profondément en fermant les yeux et se concentra.

— Par ce geste, reprit-elle, je venge le roi et la reine et t'arrache le pouvoir que tu lui as dérobé. Par ce geste, je récupère ce qui aurait dû n'être jamais volé. Que je sois respectable de Vaquoria et qu'elle accepte de m'adopter comme nouvelle *Vasta* !

Éva se tut, puis la foule applaudit. Le dignitaire s'écarta. Éva pointa le poignard vers le cœur de Wyllina.

Une minute d'hésitation. Un regard échangé. Des larmes sur son visage parfait de reine.

Wyllina ferma les yeux. Elle ne pouvait rien faire d'autre.

Le coup de couteau fut brutal, mais elle était anesthésiée par tout ce vin empoisonné bu auparavant. La souffrance fut supportable. Néanmoins, sa respiration se coupa pendant au moins cinq secondes. Elle se rendit alors compte d'à quel point cinq secondes pouvaient être longues.

Alors que sa tête lui tournait plus encore, des lèvres vinrent frôler son front.

— Passe le bonjour à Ardamir…

Cette voix… cette langue… douce et pourtant si dure. Cette voix qu'elle aimait autant qu'elle la détestait.

La voix de sa meurtrière. La voix de sa plus grande rivale. La voix de sa meilleure amie.

La voix de sa sœur jumelle.

La voix d'Éva.

Le poignard fut arraché de sa poitrine.

Chapitre 15

Éva

Éva se redressa tout en tentant de camoufler ses larmes. Le souffle court, il lui fallut quelques secondes pour récupérer son air impénétrable. Elle avait réussi.

— Mais enfin que se passe-t-il ? s'indigna Edgar.

On la poussa brusquement, alors qu'elle était incapable de bouger. À l'endroit où se trouvait Wyllina un peu plus tôt, ne s'étalait plus qu'une mare de sang. Son corps avait disparu.

Elle observa Erwin, fou de rage. En l'étudiant, il sembla immédiatement comprendre et, sans attendre, il se précipita vers elle et lui arracha le poignard des mains. Mais aussitôt, les gardes l'encerclèrent en le menaçant de leurs armes.

Éva se redressa. On la considérait comme *Vasta* à présent.

Le pouvoir lui appartenait — enfin, tout le monde le pensait. Et le pouvoir de le détruire également.

— Toi… dit-il entre ses dents en la fixant.

— Je ne saisis pas, dit-elle. On a dû saboter le sacrifice !

Heureusement pour elle, elle avait toujours su extrêmement bien jouer la comédie. Voilà pourquoi, même après cinq cent trente ans, Erwin peinait encore à décrypter ses réelles motivations.

Edgar s'approcha d'elle et posa une main sur l'épaule d'Erwin en demandant aux gardiens de baisser leurs armes. Mais aucun ne réagit.

— C'est bon, finit par dire la reine. Laissez-le tranquille. Ce n'est pas…

Le cœur lourd, la vision trouble, le sang bouillonnant.

— Ce n'est pas une façon de traiter votre futur roi, acheva-t-elle.

Un cri de surprise traversa la foule. Les gardes relâchèrent leur surveillance et Erwin s'épousseta l'épaule en assassinant Éva du regard. Elle était consciente que la suite ne serait pas une partie de plaisir, mais elle tenait pourtant ses promesses et ses engagements. Elle qui avait accepté ce marché morbide.

— Bien, dit Edgar d'un ton léger pour détendre l'atmosphère, il semblerait qu'un contretemps soit survenu, mais soit sans crainte, cher peuple, la situation est sous contrôle. Le sacrifice a disparu, mais ne survivra pas à ses blessures. Notre *Vasta* a été très bien entraînée. La plaie était mortelle, sans aucun doute.

Éva lança un regard à ses sujets. Elle n'avait pas eu l'occasion d'admirer la salle avant ce moment et fut abasourdie par la crédulité de tous ceux qui l'entouraient.

Tout cela était réellement en train de se passer…

Edgar récupéra la couronne de la nocturna imbibée du sang de sa sœur. Au centre, l'obsidienne qu'elle avait cherchée pendant près de cinq cents ans. Que Wyllina l'eût gardée précieusement en pensant à elle, lui avait prouvé qu'elle avait eu tort, la concernant.

Wyllina ne la détestait pas, malgré ses erreurs.

Sereinement, l'elfe s'approcha de la reine et déposa la couronne sur ses cheveux tressés. Le sang de sa sœur lui coula sur le front, mais elle tenta de rester de marbre.

— Peuple du Nouveau Royaume, continua Edgar en tendant les bras. Veuillez accueillir votre nouvelle reine. Votre nouvelle *Vasta*.

La foule l'acclama.

Mais Éva ne souriait pas. Avait-elle bien visé ? Wyllina était-elle encore en vie ? Pourrait-elle survivre malgré la dose de drogue dans son corps ? Avait-elle bien été renvoyée sur Terre ? Erwin le découvrirait-il ? La naine qui lui avait forgé ce poignard serait-elle punie ? Erwin s'en servirait-il pour ouvrir de nouveaux portails ?

Elle l'ignorait.

— *Vasta*, intervint Erwin, dites-nous ce que cela fait de sentir le pouvoir de Vaquoria s'infiltrer dans vos veines ?

Elle l'interrogea du regard, mais fit mine d'avoir mal. Elle ne ressentait rien. Elle savait pertinemment qu'elle n'avait pas été reconnue comme souveraine. Un héritier était encore en vie. Un héritier qu'elle avait épargné, sans qu'Erwin le remarquât. Le pouvoir lui revenait, à lui, malgré le fait qu'elle eût tué le reste de sa famille. Mais par chance, le roi lui avait confié, à l'époque où elle était sa garde personnelle, comment s'était déroulé son couronnement. Ce qu'il avait éprouvé et la façon dont les terres avaient réagi par la suite.

Pour donner le change, elle tomba à genoux et ne dut feindre que ses cris. Les larmes et la douleur étaient bien réelles, mais sans lien avec une quelconque prise de pouvoir.

Le *Rova* et la *Vasta* étaient morts de sa main.

Elle devrait recevoir le pouvoir de Vaquoria. Elle était censée être véritablement reine. Mais seulement dans la tête d'Erwin et de tous les autres. Vaquoria, leur monde, savait qu'elle n'était pas légitime. Elle n'était pas l'héritière.

Elle n'était qu'une fausse reine, un gain de temps.

Vaquoria était vivante. Elle savait qu'un successeur avait été épargné et, qu'un jour, il viendrait prendre sa place. Les terres, animées par la magie, le sentaient. Pourtant, après quelques minutes à jouer l'illusion, elle ressentit quelque chose d'étrange. Quelque chose qui déchirait la moindre de ses cellules.

Ce n'était pas ce qui était prévu.

Sous les regards ébahis de ses sujets, Éva se mit à crier plus fort encore, sans faire semblant, cette fois. Ses veines devinrent noires et ses yeux entièrement blancs.

Que se passait-il ? Non, elle n'était pas reine !

Tout se stoppa aussi vite que cela avait commencé. Éva leva doucement la tête en observant ses fidèles. Du plus profond d'elle, une promesse lui vint, comme la sève qui coulait dans les arbres du royaume, comme l'eau qui touchait chaque rocher de chaque ruisseau, comme chaque brin d'herbe qui poussait grâce à la lumière.

Vaquoria avait fait un pacte avec elle, elle le percevait.

Vasta de remplacement, elle avait feinté d'être, *Vasta* de remplacement, elle serait.

Les terres avaient besoin d'un souverain et elle s'était allègrement proposée. Déjà, elle sentait sa force se développer. Déjà, elle était apte à ressentir la moindre cellule vivante de son territoire. Sa puissance était limitée, bien sûr, mais c'était bien plus qu'elle n'aurait jamais imaginé.

Et de toute manière, elle n'aurait certainement jamais été capable de recevoir l'entièreté du pouvoir de Vaquoria.

Une moitié de pouvoir, pour une lignée pas totalement détruite.

Les terres avaient parlé. Éva serait demi-reine. Et ce, jusqu'à ce que le véritable héritier fût retrouvé.

Chapitre 16

Ses poumons s'emplirent d'un air impur qui la fit tousser. En quelques secondes, même si son esprit restait embrumé, elle reconnut l'atmosphère de la Terre. Le froid lui paralysait les membres et, alors qu'elle ouvrait les yeux, elle eut du mal à y voir clair. Autour d'elle, tout était flou.

Et une douleur affreuse lui barra le ventre.

Tant bien que mal, elle tenta en premier lieu de reprendre son souffle. La fraîcheur n'était pas son allié, même si elle lui avait peut-être permis de demeurer en vie jusqu'à présent. Mais si elle voulait guérir, elle devait bouger.

Elle se redressa péniblement, retenant un cri de détresse. Elle fut d'abord incapable de se localiser. La neige tombait avec abondance et elle semblait être dans un champ. Mais en y regardant de plus près, elle reconnut cette prairie. En contrebas de la colline, un terrain agricole familier confirma ses doutes. Elle se trouvait chez Erwin. Près de sa maison terrienne.

Elle baissa les yeux vers son ventre et constata une horrible blessure en dessous de son pull sombre.

En traversant un portail, elle avait retrouvé son legging noir et son épais manteau, mais tout était imbibé de sang. Elle devait faire vite.

Sans attendre, elle tenta de se mettre debout, ce qui fut certainement la tâche la plus difficile qu'elle eût à accomplir durant ces dernières années. Là, elle dut faire face à ses souvenirs.

Sa sœur la poignardant, sa sœur reine.

Pour l'heure, elle décida de chasser ces pensées. Elle devait se concentrer. Les doigts gelés, elle fouilla dans la poche de son manteau. Son téléphone était là, mais la batterie était à plat.

Wyllina retint une plainte et se laissa retomber dans la neige. À l'endroit où elle se trouvait juste auparavant, la glace s'était imbibée de sang, une véritable preuve de son passage. Si Erwin la cherchait, il fallait qu'elle fût prudente.

Dans un râle de douleur, elle se força à se redresser, une fois de plus, et dissipa la tache de sang en la recouvrant de neige fraîche. En retenant sa respiration, elle parvint à se mettre debout.

Pendant un moment, elle fut tentée de placer de la neige sur sa blessure, mais elle savait que c'était une très mauvaise idée. Non seulement cela ne ferait qu'empirer l'hémorragie, mais elle risquait de créer une hypothermie locale qui abîmerait les tissus définitivement.

Au bout d'une lutte avec elle-même infinie, elle grimpa enfin sur le perron de la maison d'Erwin et dépassa le rocking-chair sur lequel elle était assise quelques semaines plus tôt, juste avant qu'elle ne rencontrât Dimitri. Elle se jeta en hâte sur la porte arrière et tenta de l'ouvrir. C'était ridiculement inutile, puisqu'elle savait très bien qu'elle était fermée à clef, étant donné que c'était elle qui avait clos les lieux. Cela dit, cela indiquait que l'endroit était toujours inhabité.

Tenant à peine debout, elle se débarrassa de l'écharpe qui était réapparue à son cou et l'enroula autour de son poing.

Heureusement pour elle, les petites fenêtres qui se trouvaient sur la porte étaient en simple vitrage, ce qui lui permit d'en briser une sans encombre, avant d'ouvrir le verrou depuis l'intérieur en passant sa main dans la brèche. Aussitôt cela fait, elle se délivra de son étole, la secoua pour en retirer le plus gros des morceaux de verre et s'empressa d'entrer.

Évidemment, la chaleur n'était pas plus intense entre ces murs, mais c'était déjà plus agréable que de se trouver en pleine tempête de neige. En s'appuyant sur la porte, elle la referma et retint un juron. Sa sœur avait-elle mal visé, ou l'avait-elle fait exprès ? Quoi qu'il en fût, elle souffrait.

Après quelques grandes inspirations pour maîtriser sa douleur et puiser le courage de bouger, elle se dirigea rapidement vers la cave, où Erwin cachait la majorité de ses équipements de terrain et de soins.

Éva le savait-elle aussi ? Était-ce pour ça qu'elle l'avait envoyée ici ? Était-elle seulement celle qui l'avait renvoyée sur Terre ?

Elle pensait souffrir en marchant, mais descendre les escaliers fut pire encore. Lorsqu'enfin elle parvint au bout, l'obscurité l'enveloppa. À tâtons, le souffle court, elle chercha l'interrupteur et le trouva quelques mètres plus loin. Heureusement qu'elle connaissait cette maison par cœur.

La pièce fut inondée de lumière, révélant aux yeux de la nocturna un bon nombre d'armes, couteaux, fusils, revolvers, un poste de surveillance muni de six écrans placés sur un bureau et l'armoire à pharmacie.

En hâte, elle se dirigea vers cette dernière en évitant la large table en inox sur laquelle elle avait déjà raccommodé son coéquipier, et inversement, maintes et maintes fois.

Sans attendre, elle ouvrit la porte du placard métallique et y trouva une dose de morphine qu'elle avala à même la bouteille. Ce n'était pas forcément conseillé vu qu'elle avait été droguée plus tôt, mais, au moins, elle n'aurait plus mal.

Avant que le médicament ne fît effet et qu'elle fût trop dans les vapes pour se soigner, Wyllina s'empara du kit de couture qui les avait sauvés plus d'une fois, ainsi que d'une bouteille d'antiseptique.

Un dernier petit effort, et tout cela ne serait qu'un mauvais souvenir.

En hâte, elle retira son manteau et son pull, puis s'assit sur la table en inox qu'elle aspergea de désinfectant. Elle ouvrit ensuite la boîte de couture et répéta son geste pour que tout devînt stérile. Enfin, elle s'intéressa à sa blessure. Elle était propre et aucun organe vital ne semblait avoir été touché. Les saignements avaient ralenti grâce à la compression qu'elle avait effectuée, mais ce n'était pas suffisant. En serrant les mâchoires et en fermant les yeux, elle nettoya la plaie avec un cataplasme imbibé de désinfectant. Puis, elle choisit une aiguille et du fil.

Ce n'était pas, bizarrement, la partie la plus difficile. En comparaison avec sa blessure, les piqûres de l'aiguille lui semblaient insignifiantes, si bien qu'après seulement quelques minutes, elle coupa le dernier fil avant de s'affaler sur la table, essoufflée et épuisée.

Elle allait quand même devoir se rendre dans un hôpital pour soigner correctement sa plaie, mais cela lui permettrait de tenir quelques jours de plus. Du moins, elle l'espérait.

Sur la table froide, le plafond en béton armé au-dessus d'elle, ses pensées naviguèrent. Ce qui s'était passé dans l'Ancien Royaume restait flou. Toutefois, elle avait au moins compris qu'Erwin avait poussé sa sœur sur le trône et qu'il avait menti à la population en voulant l'éliminer.

Un couronnement sacrificiel. Le peuple avait le droit de croire que Wyllina était réellement responsable de l'homicide de la famille royale, mais Erwin et Éva savaient bien que ça n'était pas le cas. Pourtant, ils étaient quand même allés au bout de leur machination. Jusqu'à son meurtre.

La jeune fée était consciente que tout cela n'était que manipulation, mais elle ne put retenir un haut-le-cœur en s'en souvenant. Néanmoins, si elle devait vraiment se mettre à leur place, elle comprenait. Les sujets pensaient que c'était Wyllina qui avait tué le *Rova* et la *Vasta*. Cela n'aurait pas été crédible de ne pas la sacrifier pour que le pouvoir dont elle aurait hérité se transmît à la personne qui, aux yeux de la population, le méritait le plus. La plus proche du roi, sa confidente. Éva.

Quel rôle Erwin avait-il réellement joué dans tout ça, quelles étaient ses véritables motivations, comment avait-il fait pour manipuler sa sœur ? Elle n'en avait aucune idée.

Mais une phrase lui revint alors qu'elle fermait les paupières.

« Passe le bonjour à Ardamir… »

Éva. Éva savait-elle qu'Ardamir était encore en vie ? Comment ? Cela impliquait-il qu'elle devrait faire semblant d'être reine ? Elle le devrait forcément. Elle ne pourrait être reine tant que Dimitri existerait. Allait-elle y parvenir ?

Feinter pour obtenir le pouvoir de Vaquoria n'était pas une mince affaire. Le peuple remarquerait bien, à force, qu'elle n'était pas la souveraine légitime.

De quel côté était-elle en fin de compte ? Et pourquoi Erwin avait-il fait tant d'efforts pour mettre Wyllina hors service ?

Ses pensées s'obscurcirent alors que la morphine agissait enfin, l'enveloppant dans un cocon de douceur.

Cela faisait bien deux jours que Wyllina voguait entre le sommeil et la souffrance, se nourrissant de morphine et nettoyant sa plaie. La douleur était bien moindre physiquement. Mais dans son cœur, c'était une autre histoire. Elle avait trouvé, quelques heures plus tôt, un chargeur correspondant à son téléphone et attendait fébrilement qu'il s'allumât.

Lorsqu'enfin, ce fut le cas, elle se laissa tomber sur la chaise de bureau qui se situait au poste de surveillance et patienta en soufflant rapidement, pour faire passer ses nausées et son tournis. Quelques secondes plus tard, ce furent des milliers d'appels en absence et de messages qui s'affichèrent à l'écran. Elle en profita pour s'informer sur la date du jour. Deux semaines s'étaient écoulées depuis qu'Erwin l'avait emmenée dans l'Ancien Royaume.

Deux semaines ?

Elle n'avait pas l'impression d'y avoir séjourné si longuement, mais après tout, sa vision du temps était quelque peu chamboulée à cause de tout ce qu'elle découvrait et de tout ce qu'on l'obligeait à boire.

Il était probable qu'Erwin eût commencé à la droguer dès son arrivée au palais, afin d'être sûr qu'elle restât tranquille.

Mais peu importait. La plupart des messages et des appels venaient de Pullman. Certains étaient de Peter. Aucun de Dimitri.

Son cœur se serra, sans vraiment qu'elle saisît pourquoi. Son ventre, lui, se tordit et, cette fois, elle comprit. Si Dimitri était mort, le dernier héritier de Vaquoria aurait été tué…

… Par elle.

Sans attendre, elle téléphona à Pullman. Sa méfiance n'avait plus lieu d'être maintenant qu'elle avait découvert qu'Erwin s'était joué d'elle depuis toujours. Au bout de quatre sonneries, il décrocha.

— Putain, Wylli ! Où es-tu, ça fait des jours que j'essaye de te joindre !

Elle jeta la tête en arrière dans une grimace, davantage à cause de la douleur et de son état douteux que de la colère de Pullman.

— Est-ce que Dimitri va bien ? demanda-t-elle sur-le-champ.

Il parut surpris par sa question et mit quelques secondes à répondre.

— Il va s'en sortir. Tu peux m'expliquer ce que tu as foutu ? Tout le monde te recherche ! Dimitri nous a dit que… que tu t'étais rangée du côté d'Erwin et que tu lui avais tiré dessus. Tu nous as caché qu'Erwin était vivant ? L'ARPM est sur ton dos. Tu es une traîtresse et une déserteuse, tout comme ton ancien coéquipier.

Elle ferma les yeux. Oui, c'était logique qu'il pensât ainsi. Dimitri n'avait pas compris qu'elle n'avait fait que le protéger.

— Pullman, si j'avais voulu le tuer, il serait mort.

Un silence s'installa. Un silence que Pullman brisa en premier.

— Où étais-tu, Wyllina ? Tu as une drôle de voix. Que se passe-t-il ?

Elle prit une profonde inspiration.

Parler au téléphone n'était pas prudent. Si elle se trouvait ici, c'était qu'elle avait disparu du Nouveau Royaume et qu'Erwin était peut-être sur ses traces. Elle devait être rapide et concise.

— Les chauves-souris se reposent, dit-elle simplement dans la langue des nocturnas.

Un code. Voilà tout ce qu'elle était capable d'articuler. Son boss savait ce qu'il signifiait. La maison d'Erwin était leur repère depuis plus de deux cents ans. Cette phrase était le signal que les choses avaient mal tourné et que Wyllina et Erwin s'étaient mis à couvert. Pullman sembla d'ailleurs immédiatement le comprendre, mais hésita. Après tout, de leur point de vue, Wyllina était une traîtresse. Il ne savait pas ce qu'elle avait vécu, ce qu'elle avait découvert. Ce qui se cachait derrière ses actions.

— Ne bouge pas, finit-il par dire malgré tout.

Il raccrocha. Wyllina se laissa aller sur la chaise et sa main retomba sur sa cuisse, son téléphone encore en main. Cela faisait bien longtemps qu'elle ne s'était pas sentie aussi peu elle-même. Mais, au moins, elle savait enfin à qui accorder sa confiance.

Le bruit d'une porte forcée la sortit de son état de somnolence, mais elle fut incapable de bouger. Perlé de sueur, son front était brûlant et des tremblements la traversaient de toutes parts. Très vite, des pas retentirent au-dessus de sa tête, puis sur les marches en bois qui menaient à la cave.

— Wylli !

La voix de Pullman la transperça, à tel point qu'elle se demanda si elle allait encore être en vie dans quelques minutes. On saisit le fauteuil sur lequel elle était assise et le fit pivoter. Face à elle, son patron affichait une mine mi-inquiète, mi-furieuse. Elle repéra, derrière lui, six agents de l'ARPM.

Ils étaient là pour l'arrêter.

— Tu as une sale gueule, ma petite.

Les officiers s'avancèrent, mais Pullman se retourna vers eux en les priant de ne pas approcher, avant de se pencher vers la nocturna.

— Je ne crois pas qu'elle soit en état de fuir, dit-il en la soulevant sur son épaule. Elle a besoin de soins.

— La procédure veut que…

— Au diable la procédure ! coupa le patron de l'ARPM belge. Ramenons-la à l'agence, en soins intensifs, et elle sera entendue lorsqu'elle ira mieux. Même la pire des crapules mérite un traitement digne de ce nom.

En réalité, Wyllina n'en était pas certaine. Cela faisait partie des habitudes qui avaient été prises sur Terre. Si elle s'était trouvée dans l'Ancien Royaume actuellement, elle aurait été jetée aux oubliettes et on aurait attendu sa mort sans lui accorder le moindre soin.

Mais puisqu'elle était à peine capable de prononcer un mot, les officiers venus pour la maîtriser s'écartèrent et laissèrent Pullman passer.

— L'Ancien Royaume…, tenta-t-elle d'articuler.

— Garde tes forces pour le jour où tu seras remise sur pied, lui conseilla Pullman. Tu en auras bien besoin.

Encore se battre… quand tout cela finira-t-il enfin ?

Perchée sur l'épaule de son patron, Wyllina perdit connaissance, ivre de fièvre et de douleur.

Des bips réguliers, une odeur aseptisée, une gêne au niveau d'un bras, une gêne dans la gorge.

Wyllina toussa et, aussitôt, on vint vers elle. Elle ne voyait rien, parce que ses paupières étaient encore fermées, mais elle entendit des pas. On lui retira quelque chose, dans la bouche, et elle put avaler difficilement sa salive. Tout lui faisait mal.

Une voix lointaine l'appela. Elle essaya aussi fort que possible d'ouvrir les yeux, mais ils étaient toujours trop lourds.

— Wyllina !

Surprise par la proximité subite de cette voix, elle parvint à lever les paupières soudainement. D'abord, elle ne vit rien tant la luminosité lui brûlait les iris. Mais après quelques secondes à cligner sans cesse, elle reconnut une chambre d'hôpital et l'infirmière de l'ARPM penchée au-dessus d'elle. Sybil l'observait d'un air inquiet.

Par réflexe, la nocturna tenta de se redresser, mais la soignante l'en empêcha.

— Doucement, lui conseilla-t-elle. Tu reviens de loin.

Wyllina s'accorda quelques secondes pour mieux respirer et voir. Lorsqu'elle fut stabilisée, une crainte la submergea.

Que s'était-il passé, depuis… Depuis quand ?

Pullman. Elle se souvint de l'avoir eu au téléphone, mais ensuite ? Elle voulut se frotter le visage, mais en fut incapable. En regardant vers ses mains, elle remarqua des menottes accrochées au barreau du lit. Elle soupira en baissant les bras.

— Où est-ce que…

Non, ce n'était pas ça qu'elle souhaitait demander.

— Tu es hospitalisée en soins intensifs au sein de l'ARPM, répondit Sybil malgré tout.

— Ce n'est pas ça, je…

Elle ferma les yeux une seconde et prit le temps de réfléchir à ce qu'elle désirait vraiment dire. Sybil l'observa un moment, comme pour jauger son état, mais finit par s'éclipser et revenir avec un verre en plastique rempli d'eau.

— Je vais devoir leur dire que tu es réveillée, dit-elle. Mais je voulais discuter de quelque chose avec toi. D'où vient ta blessure ?

La jeune fée inspira profondément et but le gobelet d'une traite.

— C'était un poignard, expliqua-t-elle.

Mais cela ne suffit pas à Sybil. Elle pouvait le constater à la façon dont elle se balançait d'un pied à l'autre.

— Un poignard en or, il me semble, précisa Wyllina. Mais…

L'infirmière paraissait suspendue à ses lèvres, les deux mains posées sur l'une des jambes de Wyllina. De toute façon, elle devait parler. Les secrets ne pouvaient plus être gardés.

— C'était ma sœur, Éva. Elle m'a crucifiée dans l'Ancien Royaume, enfin, le Nouveau Royaume, à présent. Mais lorsqu'elle a retiré la lame, j'ai été renvoyée sur Terre.

L'incrédulité se lut d'abord dans les yeux de Sybil, puis elle sembla comprendre quelque chose. Elle vérifia la température de Wyllina, comme pour s'assurer que celle-ci ne délirait pas.

— Tu as dit…

— Dans l'Ancien Royaume, oui, répéta Wyllina en soupirant.

— Non, reprit Sybil en souriant. Je ne suis pas là pour t'interroger sur ça. Tu as dit que lorsque le poignard avait été retiré de ta blessure, tu es revenue sur Terre ?

Wyllina hocha la tête pour seule réponse, trop fatiguée pour prononcer un mot de plus et la bouche encore trop sèche pour ne pas avoir mal à la gorge en respirant.

— Je te demande ça parce que ta lésion était étrange. On aurait dit que quelque chose l'empêchait de guérir. J'ai dû user de magie pour te soigner, ce qui n'est pas habituel. On aurait dit que... que ta blessure était piégée entre deux mondes...

La nocturna échangea un regard avec son infirmière. Qu'essayait-elle de lui dire ?

— Cela voudrait dire que le poignard est un accès aux deux mondes. Il crée des portails. C'est grâce à lui que tu es revenue sur Terre.

Alors Sybil la croyait ? Avec si peu de preuves ? Que s'était-il passé depuis son départ ?

— Je suis une pythie, précisa Sybil en souriant légèrement. Je sais qui ment et qui dit la vérité. Je ne suis pas une native, mais je te crois, Wyllina. Et la science ne se trompe pas.

C'était vrai. Sybil était une pythie et elle faisait d'ailleurs partie des rares non-natifs à avoir été recrutés par l'ARPM. Pourtant, elle s'exprimait dans un natif irréprochable, si bien que la nocturna oubliait souvent qu'elle n'en était pas une. Un silence s'installa, durant lequel les deux agentes s'observèrent. Sybil baissa finalement les yeux vers les menottes qui entravaient les poignets de Wyllina et afficha un air désolé.

— C'est la procédure... dit-elle.

— Je sais, répondit la nocturna d'une voix éraillée.

— Mais ne t'en fais pas. Je crois que l'ARPM a du fil à retordre ces dernières heures. Depuis qu'ils t'ont ramenée, il se passe quelque chose de... d'étrange.

Wyllina haussa les sourcils et lâcha un rire sarcastique.

— Tu veux dire, plus étrange que notre vie de tous les jours ?

Sybil s'apprêtait à répondre, mais la porte de sa chambre s'ouvrit brusquement. Face à elle, Pullman, Peter et Dimitri entrèrent dans la pièce. Malgré elle, son cœur fit un bond. Dimitri était en vie ! Et il ne semblait pas blessé. Ou alors, il avait déjà été guéri.

— Merci, Sybil, le congédia Pullman de sa grosse voix. Tu peux nous laisser à présent.

L'infirmière baissa la tête en signe de respect et s'éclipsa. Immédiatement après qu'elle eut fermé la porte, Peter et Dimitri se lancèrent presque sur elle et s'empressèrent de la dépêtrer de ses menottes. Wyllina ne s'y attendait pas, même si elle les remercia intérieurement. La procédure ne voulait-elle pas qu'elle restât menottée jusqu'à ce que son témoignage fût entendu ? Comme aucun ne semblait prêter attention à elle, elle s'intéressa à Pullman qui la fixait de ses deux petits yeux noirs.

— Il faut qu'on t'évacue, annonça-t-il. Une fois encore.

— Je ne comprends pas.

Il soupira longuement, et alors que ses collègues libéraient enfin ses poignets, elle se redressa et frotta sa peau abîmée.

— L'ARPM est en train de s'effondrer, répondit Dimitri à sa place. Je crois que tu devrais sortir pour voir.

— Et qu'est-ce qu'il se passe, au juste ? Je pensais que je devais être entendue, j'ai plein de choses à…

— Plus tard, la coupa Peter en lui offrant sa main pour l'aider à se lever. Le temps presse, Wyllina.

Une seconde d'hésitation après, les quatre amis quittèrent la chambre.

Wyllina était encore trop faible pour marcher seule, alors ses deux collègues la soutenaient. Dans les couloirs de l'agence, il y avait une telle agitation que personne ne sembla faire attention à eux.

Ce qui était pour le moins étrange, puisqu'elle était censée être l'ennemie numéro un, d'après ce que Pullman lui avait dit. Elle voulut demander pourquoi tout le monde s'excitait de la sorte, mais personne ne lui en laissa le temps.

Les quatre agents empruntèrent l'ascenseur qui les mena à la station Sainte-Catherine, là où la porte majeure de l'agence était camouflée. Pullman insista pour monter en même temps qu'eux, bien que la cabine fût clairement trop petite pour eux quatre. Compressée contre ses collègues, la nocturna tâcha de résister à ses vertiges.

Ils quittèrent l'ARPM par l'entrée principale. La station de métro était bondée, mais personne ne fit attention à eux. OK, c'était vraiment une urgence pour que Pullman se fichât de risquer de se faire repérer. Et lorsqu'ils furent dans les rues froides de Bruxelles, la réalité la frappa.

Des humains hurlaient à chaque coin de rue, des carambolages bloquaient les routes, certains bâtiments étaient incendiés. Mais que se passait-il ?

— Tu ne le remarques pas, lui souffla Peter, mais nous ne sommes plus camouflés.

Elle s'intéressa à lui en tentant de calmer ses tremblements. Elle ne portait qu'une fine chemise de nuit et il faisait glacial. Ses pieds nus étaient déjà douloureux à cause du gel.

— On ne sait pas pourquoi, continua Dimitri, mais les humains nous voient.

Ce fut à présent vers l'héritier que sa tête se tourna.

Mais elle ne saisissait pourtant pas grand-chose. Les humains les avaient toujours vus. Ce n'était pas nouveau.

— Ils veulent dire que les humains nous voient tels qu'on est réellement, insista Pullman en se retournant. La magie ne nous couvre plus.

Elle comprit enfin.

Les humains les avaient toujours vus, certes, mais pour eux, ils n'étaient que d'autres humains. Imaginez leur terreur de croiser un orc chez leur épicier favori, une fée comme monitrice d'auto-école ou un elfe en guise de banquier.

— Quoi ? Seulement les natifs ? demanda-t-elle, inquiète.

— Oui, expliqua Pullman en se tournant vers elle. Mais ça a été la porte ouverte à une guerre civile. Les natifs et les non-natifs qui en ont assez de vivre cachés en profitent et tyrannisent les humains. Comme tu peux le voir…

Wyllina observa les alentours. Bon nombre de monstres, toutes espèces confondues, s'amusaient à traquer les humains. À les mordre en pleine rue.

Mais que se passait-il ?

Elle voulut faire une pause à cause de sa fatigue, de la douleur et du froid, mais ses collègues l'en empêchèrent. Et en étudiant les rues, elle reconnut l'endroit où ils se rendaient. La statue du Manneken Pis qu'ils dépassèrent le lui confirma. Elle tira plus franchement sur ses coudes pour les stopper. Tous se tournèrent vers elle d'un air interrogateur, alors qu'elle serrait ses bras contre elle, frigorifiée.

— Ne me dites pas qu'on va chez Elienor ! cria-t-elle presque, offusquée.

Ils gardèrent le silence et Dimitri s'approcha d'elle en retirant son manteau avant de le lui prêter. Il lui donna ensuite ses chaussures, deux fois trop grandes pour elle. Il allait devoir marcher pieds nus, mais précisa qu'il n'en avait que faire. Après tout, Dimitri ne craignait pas le froid.

— Aussi surprenant que cela puisse paraître, c'est lui qui nous a informés de la situation, expliqua-t-il. Il est boudé par ses compères et fait donc un parfait allié.

Wyllina serra le manteau de Dimitri contre elle, sans comprendre. Tout cela allait trop vite. Mais cela ne l'étonnait pas de la part de l'elfe.

C'était un loup solitaire.

Il ne s'était jamais soucié de personne et continuerait certainement à le faire après ça. Pour cette raison, elle trouvait ridicule de se mettre à l'abri chez lui.

— Elienor a toujours été solo, il n'hésitera pas à nous trahir au profit du plus offrant.

Et ça avait déjà été le cas, d'ailleurs.

— Laisse-lui une chance, avançons, le coin est dangereux.

Comme pour appuyer ces propos, un coup de feu résonna derrière eux. Par réflexe, les quatre agents de l'ARPM se baissèrent et observèrent le tireur. Ou plutôt, la tireuse, une adolescente d'à peine vingt ans qui les visait à l'aide d'un fusil de chasse.

— Ici ! J'en tiens quatre ! lança-t-elle à ses amis cachés un peu plus loin.

Alors que Wyllina ne pouvait quitter son visage des yeux, Dimitri lui attrapa la main et l'obligea à courir. Elle suivit difficilement en raison de sa blessure et des chaussures trop grandes qui la faisaient trébucher.

Mais après quelques minutes de cavalcade, elle aperçut la porte de l'appartement d'Elienor, ouverte, et l'elfe sur le seuil.

Il les attendait. Ils se précipitèrent à l'intérieur sans réfléchir, alors qu'un nouveau coup de fusil était tiré.

La balle frôla l'épaule de Peter. L'elfe ferma la porte.

 Chapitre 17

Assise sur l'un des confortables canapés d'Elienor, la nocturna put observer une partie de son appartement qu'elle ne connaissait pas. Comme à son image, c'était luxueux, surchargé et, cela lui faisait mal de l'admettre, accueillant.

Elienor servit une tasse de thé brûlant à tout le monde. Wyllina serra la sienne entre ses mains pour se réchauffer. Soudain, elle en eut marre d'attendre que quelqu'un se décidât à parler. Alors, elle but une gorgée pour se donner du courage et se redressa sensiblement.

— Il faut que je vous dise ce que j'ai découvert quand…

— On connaît déjà le principal, la coupa Pullman.

C'était impossible.

— Non, vous ne comprenez pas, Erwin est en vie et essaye de prendre le pouvoir de l'Ancien Royaume. Oui, parce que l'Ancien Royaume est de retour. Il l'appelle le Nouveau Royaume, maintenant, et…

— On est au courant, Wylli, répéta Dimitri.

Le trouble dans son regard devait être flagrant, puisque Peter posa une main sur elle en guise de soutien.

— Erwin m'avait approché, intervint Elienor. Il m'avait fait part de son plan, lorsqu'il a su que c'était moi qui avais analysé ta pierre. Il m'avait promis une place de choix si je gardais le silence et que je te faisais tourner en rond, mais, là, je t'ai jugé en danger. J'ai donc tout dévoilé à Pullman, qui ignorait qu'il était encore en vie. Il pensait l'avoir abattu.

Elle devait vraiment devenir folle.

— Tu…

— Après tout, tu es la personne que j'aime le plus détester. Je ne pouvais pas consciemment les laisser te tuer alors que je compte le faire de ma propre main depuis des années.

Pullman, Dimitri et Peter retinrent un rire moqueur tandis que Wyllina prenait un air boudeur. Évidemment…

— Mais ce n'est pas tout, continua la nocturna. Ma sœur jumelle, elle… elle est vivante.

Dimitri fut le seul à relever la tête, visiblement curieux.

— Je ne sais pas ce dont vous êtes au courant, mais ils reconstruisent le palais. J'ignorais qu'Éva était encore en vie, mais…

— Une minute, la coupa Pullman. Quelle sœur jumelle ?

Wyllina leur raconta tout.

La destruction de l'Ancien Royaume, le meurtre de la famille royale et ce qu'elle avait traversé en y retournant. Elle n'omit qu'un seul détail : que Dimitri fût le dernier héritier du trône. Et les manipulations de sa sœur et d'Erwin qu'elle ne parvenait toujours pas à admettre.

Après son récit, ses collègues s'observèrent un long moment, comme s'ils ne savaient pas par quoi commencer.

— Ça pourrait expliquer ce qui se passe, si Éva a été acceptée par Vaquoria, dit Pullman.

— Elle ne peut pas être choisie par les terres, les interrompit Wyllina.

Tout le monde l'étudia à nouveau, le regard suspendu à ses lèvres. Elle analysa Dimitri, comme pour lui demander son accord.

La raison pour laquelle Éva ne pouvait pas être reine, même si le *Rova* et la *Vasta* étaient bien morts de sa main, devrait bien être révélée un jour. Mais le prince lui fit un signe de la tête pour la convier au secret. Le message était clair : il ne voulait pas être découvert.

Malgré tout, elle pouvait faire allusion à un ultime héritier sans le nommer.

— Un des enfants est encore en vie, annonça-t-elle. Je l'ai compris en arpentant le royaume.

Silence. Est-ce qu'ils avaient bien entendu ?

— Il pourrait empêcher que les choses aillent plus loin en…

— Wyllina, la coupa Peter, les successeurs sont tous morts.

— Non, insista-t-elle. Il y en a un qui est parvenu à s'échapper. Et d'ailleurs, son aile n'était pas détruite dans le palais. Comme si… comme si le fait qu'il fût vivant l'avait protégé de la démolition. Je pense que c'est pour cette raison que Vaquoria n'a pas été entièrement dévastée. Elle a eu le temps de se recréer, alors que son héritier reprenait ses esprits et grandissait, ici, quelque part sur Terre.

Seul Elienor toussota après avoir bu une lampée de thé.

— Eh bien… Cela complique les choses, dit-il. Parce que, j'en suis persuadé, ta sœur a été acceptée comme *Vasta*.

Ce fut à présent sur lui que les regards se tournèrent quasiment tous en même temps.

— Auparavant, je me rendais quelques fois sur Terre pour faire des affaires, expliqua-t-il. Je veux dire, du temps de l'Ancien Royaume. Je me souviens qu'on devait être extrêmement prudent pour ne pas être repérés par les humains. Parce qu'il n'y avait pas de magie sur Terre et que nous n'étions pas dissimulés. Le roi était alors en pleine santé et le royaume se portait à merveille. Il faut imaginer ceci comme un transfert. Si la magie est sur Terre, elle ne peut être sur Vaquoria…

— Et si elle se trouve sur Vaquoria, comprit Dimitri, elle ne peut être sur Terre…

— Tout à fait, acquiesça Elienor. Je ne vois qu'une seule raison pour laquelle Vaquoria aurait récupéré sa magie et son pouvoir : un souverain a été accepté.

— Mais c'est impossible ! insista Wyllina. Parce que…

— Les terres ont leurs mystères, petite nocturna, reprit l'elfe en la fusillant du regard. Qui es-tu pour savoir quel genre de marché elles approuveraient en attendant de retrouver leur dauphin légitime, si tant est qu'il existe réellement ?

Un marché ? Wyllina n'y avait même pas songé. Se pourrait-il que sa sœur eût été admise par Vaquoria comme un lot de consolation, une source de puissance à vider avant d'appeler le véritable héritier ?

— Il faut qu'on fasse quelque chose, comprit-elle. Si c'est le cas, ma sœur en mourra. Elle n'est pas faite pour être reine et le Nouveau Royaume va puiser toute sa force pour se reconstruire avant d'accueillir son réel héritier. Sans compter qu'elle subira le déchirement des terres créé par l'absence d'un successeur et le couronnement d'une reine non légitime.

Elle chercha du soutien, mais personne ne réagit.

— Il s'agit de ma sœur, insista-t-elle. Je l'ai crue morte durant cinq cents ans !

— Et elle t'a trahie, répondit Dimitri. Plus d'une fois. Elle a abattu la famille royale en disant être toi, elle s'est fait passer pour morte et elle a essayé de te tuer. Dois-je te rappeler de qui vient la blessure qui t'entrave le ventre ?

— Ce n'est pas… les apparences ne sont pas ce qu'elles semblent être.

— Comment trouves-tu encore la force de la défendre ? s'indigna Dimitri. Concentre-toi plutôt sur ce qu'il va advenir de toi, tu y as pensé ? Tout le monde considère que c'est toi la meurtrière de la couronne. Sur Terre, tu étais protégée, mais qu'en sera-t-il dans le Nouveau Royaume ? Sans compter qu'Erwin te cherche certainement et qu'il veut te neutraliser.

— Erwin me croit sûrement morte, reprit-elle. Et…

— Justement, non, l'interrompit Dimitri. Il pense que tu es encore en vie, parce que certains anciens de l'ARPM se sont rangés de son côté, il y a bien longtemps déjà. C'est ce que Pullman essayait de te dire avant de nous faire évacuer. Il a compris que tu étais en danger, parce qu'au lieu de vouloir neutraliser Erwin, les anciens cherchaient à le protéger et ils ont reproché à Pullman de l'avoir tué. Ils savaient que tu te trouvais dans les murs de l'agence, c'est pour ça qu'on a dû s'échapper. Et c'était également pour cette raison que tu étais considérée comme l'ennemi public de l'ARPM, il y a quelques heures. Tout le monde est à la botte d'Erwin et il te croit susceptible de mettre son plan à mal. Tu… tu es inconsciente ou quoi ?

La nocturna serra un peu plus la tasse dans ses mains, incapable de répondre. Alors l'influence d'Erwin allait aussi loin ? Qu'avait-il promis à tous ceux qui marchaient dans ses combines ? Est-ce qu'ils étaient tous si aveuglés par le fait de retrouver leur royaume qu'ils en oubliaient leur éthique, leur morale, les règles qui avaient été établies ?

Évidemment. C'était la loi du plus fort, désormais. Le Nouveau Royaume était l'occasion de tout recommencer. Un nouveau départ où la morale et l'éthique n'avaient pas encore leur place.

— Nous avons un autre problème, je le crains, intervint Elienor. Il y a plus urgent que votre petite engueulade. La magie a disparu, ici. Ce qui signifie…

— Qu'on ne survivra pas longuement, comprit Wyllina.

Tous saisissaient ce que cela impliquait. Revenir à Vaquoria était à présent une question de vie ou de mort.

— Combien de temps a-t-on ? demanda Pullman.

— Deux semaines, c'est le maximum que je pouvais supporter sur Terre, au temps de l'Ancien Royaume.

Deux semaines… Deux semaines pour sauver les natifs, pour tous les conduire vers un royaume dans lequel ils seraient malheureux. Deux semaines pour choisir entre périr ici ou agoniser là-bas.

Mais Wyllina sonda Dimitri. Il était, malgré tout ce qu'il pouvait en dire, leur dernier espoir. Il était le véritable héritier. Le seul à pouvoir sortir tout le monde de cette situation, à pouvoir partager la magie entre les deux mondes et rétablir l'équilibre à Vaquoria.

Parce que, tant que sa sœur règnerait, elle le savait, le Nouveau Royaume et ses terres seraient chaotiques.

— Mais il y a un problème, reprit Elienor. Si Erwin est parvenu à plier tout le monde à sa volonté, à faire chanter les plus grands et à rester en vie malgré ses nombreuses magouilles, c'est parce que, pour le moment, il est le seul à pouvoir accéder au Nouveau Royaume.

— Comment ? demanda Pullman.

Elienor haussa les épaules. Mais la conversation que Wyllina avait eue avec Sybil lui revint en mémoire. Sur le moment, elle n'avait pas vraiment fait attention à l'importance de ce détail, mais sa sœur était en possession d'un poignard. Un poignard capable d'ouvrir des portails.

— Il y a un autre moyen, dit-elle, le regard dans le vague. Mais ça ne va pas vous plaire.

Alors que les autres cherchaient une solution, Wyllina s'était isolée dans la chambre d'Elienor, prétextant une trop forte douleur et une fatigue insurmontable.

Évidemment, ce n'était pas un mensonge, mais elle avait surtout besoin de s'éloigner. Tout ce qu'ils traversaient la submergeait, et submergeait sûrement les autres. Néanmoins, ils seraient plus efficaces qu'elle pour tenter de trouver un moyen d'arranger les choses plutôt que de se laisser envahir.

À l'extérieur, des rumeurs de batailles et de coups de fusil résonnaient. Cela serait déjà compliqué de revenir dans l'Ancien Royaume, mais voici qu'ils n'étaient plus en sécurité sur Terre. Et sans magie, il leur était impossible de se battre à l'aide de leur pouvoir.

Dans le lit en bois massif de l'elfe, la jeune fée se retourna en grimaçant et remarqua Dimitri, sur le pas de la porte, son épaule appuyée contre le chambranle. Il l'observait en silence, les bras croisés et l'air sombre. Elle se redressa légèrement et l'interrogea du regard.

— Est-ce que ça va ? lui demanda-t-elle.

— Je ne sais pas, admit-il.

Wyllina se releva encore, jusqu'à se caler contre les coussins généreux de l'elfe. Comprenant qu'elle lui laissait une place pour la rejoindre, l'héritier s'avança vers elle. En s'asseyant sur le matelas épais et moelleux, il retint un râle de souffrance. Manifestement, la blessure qu'elle lui avait infligée était toujours douloureuse, bien que guérie.

— Je suis désolée, dit Wyllina. Je sais que c'est contre-productif, mais si je t'ai tiré dessus, c'était pour te protéger.

Dimitri hocha la tête sans la regarder.

— Je l'ai compris, maintenant, dit-il. Mais j'ai cru que tu avais décidé de suivre Erwin. À vrai dire, j'ai remis en question pas mal de choses quand j'étais à l'hôpital. C'est grâce à Elienor qu'on a tous conçu que tu étais victime d'un complot.

Un complot ? Tout de suite, les grands mots…

— Il faut que je te parle de ma sœur, dit-elle. Est-ce que tu te rappelles l'avoir croisée la nuit où… ?

Le prince leva la tête vers le plafond pour fouiller dans ses souvenirs.

— Oui, dit-il. La domestique qui m'accompagnait et moi, nous nous sommes retrouvés face à elle.

— Alors comment se fait-il que tu te trouves devant moi, en ce moment ?

Il ne sembla pas comprendre.

— Ma sœur ne rate jamais ses cibles, s'expliqua-t-elle. Je crois qu'elle t'a épargné de façon consciente.

Dimitri tiqua et s'apprêtait à rétorquer, mais la nocturna ne lui en laissa pas l'occasion.

— Après m'avoir poignardée, elle m'a demandé de te transmettre le bonjour. Elle sait que tu es en vie, mais elle n'a pas cherché à te retrouver. Et je pense qu'elle a choisi de ne pas me tuer le soir du sacrifice. Je la connais et je sais à quel point elle peut être précise et impitoyable. Si nous sommes en vie, c'est qu'elle l'a voulu.

Elle fixa son ami, pleine d'espoir. Cela n'effaçait en rien les crimes qu'elle avait commis, mais ça démontrait qu'elle était manipulée et qu'elle disséminait des indices pour que quelqu'un pût le comprendre. Peut-être même qu'elle s'efforçait de contrer le projet d'Erwin.

— Pour quelle raison aurait-elle fait ça ? demanda justement Dimitri. Puisque, visiblement, elle voulait prendre la place de mon père, pourquoi m'aurait-elle épargné en sachant que ça mettrait à mal son plan ?

Wyllina se mordit les lèvres. Ce qu'elle s'apprêtait à dire lui coûtait, mais elle devait mettre le prince au courant.

— Erwin est derrière tout ça. Il la manipule, comme il a essayé de le faire avec moi. Depuis bien avant la mort de ton père. Je crois qu'elle cherche à déjouer son projet.

— Comment ça ?

Elle lui expliqua ce qu'elle avait découvert dans le bureau du roi. Le fait qu'Erwin faisait partie de la garde royale et que sa sœur avait avoué qu'il la maniait depuis des siècles.

Le fait qu'elle avait admis avoir tué sa famille sur son ordre. Et le fait qu'Erwin possédât des armes à feu, dérobées à Serge, le nain forgeron.

— D'accord, mais une minute, comprit Dimitri. Qu'est-ce que tu as à voir là-dedans ? Pourquoi… Pourquoi se faire passer pour toi plutôt qu'une autre ? Qu'est-ce qu'Erwin y gagnait ?

— Je n'en sais rien, mais je suppose que c'était le plus simple. Éva et moi nous ressemblons comme deux gouttes d'eau. C'était facile, pour elle, de se faire passer pour moi. D'ailleurs, on le faisait souvent lorsque nous étions enfants. Et concernant le sacrifice, il avait besoin de moi pour rendre le couronnement d'Éva crédible aux yeux de tous. Étant donné qu'ils pensent tous que je suis celle qui a tué le *Rova* et la *Vasta*.

— Mais… il doit y avoir autre chose. Erwin t'a fait croire qu'il était ton ami pendant longtemps, il travaillait à tes côtés, c'est comme si…

— Comme s'il cherchait à me surveiller, finit Wyllina. Oui, je sais. Mais je ne comprends pas pourquoi. Comment est-il parvenu à soumettre ma sœur à sa volonté ? Qu'est-ce qui a bien pu…

— Erwin faisait partie de la garde royale, tu as dit ? la coupa Dimitri.

Wyllina hocha la tête pour seule réponse. Tout ceci n'avait aucun sens et pourtant elle sentait que tout avait un lien. L'héritier s'installa plus confortablement et se frotta le front.

— Je me souviens de quelque chose, dit-il. Les nocturnas n'étaient pas l'unique peuple avec lequel nous avions des difficultés. Il y avait également les elfes noirs. Et mon père a réglé le problème d'une façon controversée, mais nécessaire. Contrairement aux nocturnas, les elfes noirs ne souhaitaient ni arranger la situation ni négocier un pacte de paix. Il a envoyé son armée sur le territoire des elfes noirs pour les soumettre à son autorité.

Elle était au courant que les elfes noirs avaient été décimés pour la plupart à cause d'une guerre de cinquante ans, mais elle n'avait jamais vraiment su ni comment ni pourquoi. Qui était responsable de cette guerre et qui leur avait tenu tête. C'était un sujet tabou, parmi les anciens. Très peu consentaient à parler de ces mauvais souvenirs.

— Tu penses qu'il est possible que… qu'Erwin ait participé au massacre des elfes noirs ?

— Eh bien, il faisait visiblement partie de la garde royale, alors…

Wyllina baissa les yeux vers sa blessure qui tirait sa peau. Elle commençait à entrevoir la raison pour laquelle Erwin souhaitait exercer des représailles, et pourquoi il y mettait autant de fougue. Si elle-même avait dû massacrer les siens au nom du roi, qui savait comment elle aurait réagi par la suite ?

Cependant, même si tout cela était exact, elle ne parvenait pas à saisir les motivations d'Éva.

— Erwin a cherché à se venger… d'accord, dit Wyllina. Et encore, on n'est pas sûrs que ce soit son réel mobile et, après tout, peu importe. J'aimerais surtout comprendre ce qui lui permet de contrôler ma sœur pour pouvoir la libérer de son emprise.

— Peut-être simplement qu'elle est une meurtrière assoiffée de pouvoir et que le plan d'Erwin lui a paru génial. Pourquoi cherches-tu à lui trouver des excuses ?

— Parce que je sais qu'il la manipule, elle nous a laissés en vie. Tu m'as écoutée ?

— Quand bien même, répondit Dimitri, visiblement énervé. En supposant que ce que tu dis est vrai, il me semble qu'elle aurait pu se sacrifier, plutôt que de sacrifier son roi bien aimé et sa sœur adorée.

Oui… Mais avait-elle eu le choix ?

Néanmoins, elle ne trouva rien à répliquer. Dimitri n'avait pas tort. Même si Erwin la faisait chanter, cela justifiait-il tous ses actes ? Elle aurait pu avoir le choix…

— Bref, reprit le prince, de toute façon, ce n'est pas le plus urgent. Je te rappelle que les natifs vont mourir d'ici à deux semaines si on ne découvre pas une solution. Les natifs nés sur Terre, comme ceux issus de l'Ancien Royaume. On a besoin de la magie pour survivre.

Wyllina frappa mollement un coussin d'un air distrait.

— J'ai la solution.

— Je sais, je dois recouvrer mon rang, dit-il. Mais crois-tu réellement qu'Erwin et Éva me laisseront faire ? Sans compter que tout le monde me pense mort. Ça prendra peut-être des mois, des années avant qu'on ne les batte, s'ils ne me tuent pas d'ici là.

— Hum. Pas faux.

— Trouvons d'abord un moyen de récupérer le poignard de ta sœur, et si ce n'est pas possible, cherchons qui le lui a procuré. Peut-être qu'il acceptera de nous en fabriquer un autre.

Wyllina acquiesça. En effet, pour l'heure, c'était la priorité.

Un silence s'installa, alors la nocturna tenta de rendre la discussion plus légère.

— Au fait, Pullman t'a-t-il dit pourquoi il avait tué Erwin ?

— Ouais, répondit-il. C'était un accident. Erwin les a attaqués et les choses ont dégénéré. En gros, rien d'exceptionnel, mais Pullman savait qu'Erwin trafiquait quelque chose depuis longtemps.

Le silence s'installa à nouveau, lorsque Dimitri sembla songer à quelque chose.

— Lors de la destruction de l'Ancien Royaume, dit-il, tu as bien dit que c'était toi qui avais envoyé tout le monde sur Terre, non ?

— Je n'en suis pas certaine. C'est ce que j'ai toujours supposé. À quoi penses-tu ?

— Ne pourrais-tu pas essayer de renvoyer tout le monde dans l'Ancien Royaume ?

La jeune fée inspira profondément, ignorant la douleur de sa blessure.

— Je n'en suis pas sûre. Je n'ai aucune idée de la façon dont je m'y suis prise. J'étais hors de contrôle, dans un état émotionnel terrible. Et à l'époque, les portails existaient de manière naturelle.

Dimitri s'apprêtait à rétorquer, mais Peter toqua doucement à la porte entrouverte de la chambre d'Elienor. Les deux amis s'intéressèrent à lui.

— Je crois que nous avons un plan, dit-il en rougissant.

Ils échangèrent un regard et indiquèrent à Peter qu'ils arrivaient.

La tête de Wyllina était surchargée d'informations, mais Dimitri avait raison. Pour le moment, il n'y avait qu'une seule urgence : trouver un moyen de se rendre dans l'Ancien Royaume et sauver les natifs.

 Chapitre 18

— En réalité, d'après mon contact, la magie n'a pas totalement disparu, expliqua Pullman. Elle est très limitée et ça complique les choses, mais il y a toujours eu un peu de magie sur Terre. C'est pourquoi il existe des humains médiums, sorciers, etc.

Wyllina secoua la tête. Ce n'était pas vraiment une bonne nouvelle, mais ça n'en était pas non plus une mauvaise.

— Est-ce qu'il t'a expliqué pourquoi les natifs n'étaient plus cachés ? demanda-t-elle.

— D'après elle, le pouvoir de Vaquoria, plus que sa magie, est retourné sur les terres qui lui sont propres suite au couronnement de ta sœur. Si auparavant il était partagé entre l'Ancien Royaume et la Terre, c'est parce que…

Pullman marqua une pause, durant laquelle tout le monde retint son souffle. Mais Wyllina savait déjà ce qu'il allait dire.

— Parce qu'un héritier est encore en vie quelque part sur Terre, dit-elle. Son patron hocha la tête d'un air grave.

— Donc, vous me croyez maintenant ?

Personne ne répondit.

— Et quel est donc votre plan ?

— La personne que j'ai contactée est une valtari, expliqua Pullman. Elle a beaucoup de connaissances sur la connexion avec la nature et les éléments.

Pullman prit une goulée de thé, alors que tout le monde l'écoutait attentivement. Wyllina l'observait avec incertitude. Elle se souvenait du peuple des valtaris. Ce peuple nomade avait en effet de fortes capacités chamaniques et communiquait avec la nature dans l'Ancien Royaume. Mais combien de temps cela faisait-il que cette valtari n'y avait pas mis les pieds ? Elle décida néanmoins d'entendre ce que Pullman avait recueilli comme information. Une piste brouillonne valait mieux qu'aucune, après tout.

— Elle m'a conseillé de me tourner vers la solution la plus sûre : envoyer quelqu'un là-bas et récupérer le poignard de ta sœur. Pour elle, les portails n'existent plus à l'heure actuelle. Nous perdrions un temps précieux à en chercher un, ou à tenter d'en créer un par nos propres moyens.

— Envoyer quelqu'un revient à faire confiance à Erwin. Et risquer la vie d'une taupe n'est pas des plus sage. Nous pourrions plutôt tenter de créer un lien avec quelqu'un qui se trouve déjà sur Vaquoria, intervint Elienor. Et voler le poignard une fois ce lien établi.

— Établir un lien avec quelqu'un qui s'y trouve ? répliqua Wyllina. Mais qui ? Et comment ?

Elienor prit le temps de boire une gorgée de son thé avant de lui répondre.

— Si nous sommes en possession d'un objet appartenant à quelqu'un qui s'y trouve, nous avons de considérables chances de réussir à créer un portail qui pourrait faire passer un individu.

— Quel genre d'objet ? s'intéressa Dimitri.

— Un objet intime qui aurait une forte signification pour la personne.

Wyllina se mit à réfléchir et elle devina, avec le silence qui s'installait, que ses collègues l'imitaient.

— J'ai une idée, commença Dimitri. C'est risqué, mais… c'est peut-être la seule solution.

Tous les regards pivotèrent vers lui, y compris celui de Wyllina.

— Souviens-toi, Wylli. Lorsque j'ai interrogé José, il m'a confié un bijou qui appartenait à Erwin, pour me prouver sa mort.

— Son alliance, souffla-t-elle.

Elienor accueillit les regards qui se tournèrent vers lui avec peu de modestie. Il adorait être au centre de l'attention.

— Eh bien, étant donné tout l'amour qu'il portait à sa femme humaine, on peut considérer que cette bague serait un bon début.

— D'accord, dit Pullman. Mais où se trouve-t-elle, cette alliance ?

C'était une excellente question, mais il n'y avait qu'une seule solution possible. La dernière fois que Wyllina l'avait vue, Dimitri l'avait posée nonchalamment sur son bureau avant de lui demander si c'était elle qui avait assassiné Erwin. Elle devait encore y être, quelque part dans son bazar.

— À l'ARPM, dirent Dimitri et Wyllina en même temps.

Pullman soupira longuement, comme si le plan tombait à l'eau.

— Je peux aller la chercher, proposa Wyllina.

— Hors de question, contesta Peter. Tu te ferais arrêter et tuer.

— Je n'irai pas, susurra Elienor. N'espérez même pas que je me propose.

— Dans ce cas, je ne vois que moi, affirma Dimitri.

Wyllina allait répondre que ce n'était pas la peine d'y penser, mais se retint. Envoyer l'héritier du trône dans la gueule du loup ? Très mauvaise idée. Pourtant, celle-ci sembla séduire les autres, puisqu'aucun ne le contredit.

— Pourquoi pas toi, boss ? Ou Peter ? Erwin en veut à Dimitri d'avoir pris sa place. Il cherche à lui nuire également. Je ne crois pas qu'il puisse se rendre à l'ARPM sans conséquences. Si les anciens sont du côté de…

— C'est vrai, la coupa Dimitri, mais Pullman est un traître maintenant qu'il t'a aidée et Peter… c'est Peter.

Wyllina se retint de sourire, alors que son collègue parut vexé.

— Je vais y aller. Je ne suis pas très connu dans l'agence. Et mis à part mes cheveux bleus, je suis celui qui s'apparente le plus à un humain en dehors de Wyllina. Je passerai inaperçu dans la rue aux yeux des humains.

Il était vrai qu'Elienor ressemblait beaucoup trop à un elfe. Pour Peter, sa peau verdâtre, sa petite taille et ses oreilles pointues trahissaient son appartenance au clan des syltains, sans parler de Pullman, dont l'allure baraquée et autoritaire typique d'un gonthor, une espèce de guerriers tribaux, n'avait rien d'humaine. Wyllina soupira en baissant les yeux. Puisqu'ils n'avaient pas le choix…

— C'est dangereux, insista-t-elle. On ne sait pas ce qu'il se passe à l'agence depuis qu'on est parti. Peut-être même qu'Erwin s'y trouve.

Elienor réfuta la supposition en secouant la tête.

— Je pense qu'il a d'autres chats à fouetter, comme gérer le couronnement de ta sœur, te retrouver…

Elle ne sut plus que dire pour les convaincre qu'envoyer Dimitri à l'ARPM était une mauvaise idée.

Mais comme elle remarqua que Pullman, Peter et Elienor semblaient suspicieux en l'écoutant chercher des prétextes pour protéger Dimitri, elle finit par se taire en croisant les bras.

— Très bien… marmonna-t-elle.

Dimitri était parti depuis plus d'une heure, alors que les rumeurs de guerre civile qui émanaient de la rue se tarissaient avec le lever de la lune. Wyllina entendit malgré tout des hurlements et devina que les lycans profitaient de la situation pour arpenter la ville sous leur forme bestiale. D'après elle, les humains avaient dû se rendre à l'évidence face au danger qu'ils encouraient et s'étaient pour la plupart réfugiés chez eux.

En parcourant le bureau d'Elienor, elle observa sa collection d'objets et d'artefacts. Il s'agissait surtout de trophées, d'offrandes ou de monnaies d'échange. Malheureusement, rien de ce qu'elle voyait n'avait de réelle utilité, et moins encore dans leur situation actuelle. Pourtant, elle n'était pas dans cette pièce par hasard.

Récupérer ce qu'Elienor lui avait subtilisé, ou plutôt ce qu'elle avait été contrainte de lui donner, était essentiel à présent que l'Ancien Royaume était de retour. Et même si l'elfe les aidait à ce moment-là, cela ne voulait pas dire qu'il ne sauterait pas sur la première occasion pour les trahir. Elle n'avait aucune confiance en lui.

Mais alors qu'elle détaillait les nombreuses étagères, la voix de l'elfe, derrière elle, la fit sursauter.

— Si c'est ce que tu m'as donné que tu cherches, petite nocturna, tu perds ton temps.

Wyllina se tourna vers lui en l'interrogeant du regard. Il sourit légèrement, sans la quitter des yeux. Puis, il s'intéressa à l'étagère qui se trouvait à sa droite et attrapa un bocal rempli d'un liquide transparent dans lequel nageait un index. La nocturna camoufla une moue de dégoût en détournant la tête.

— C'est étonnant, n'est-ce pas, ce que les gens sont prêts à donner pour obtenir ce qu'ils veulent ?

— Elienor, rends-moi ma mèche de cheveux et mes larmes.

L'elfe reposa le bocal et lui lança un regard amusé.

— Je ne peux pas, dit-il.

— Je sais que c'était une monnaie d'échange, insista Wyllina. Mais vu les circonstances, tu peux faire preuve de… gentillesse ?

— Mais pourquoi est-ce que je ferais ça ? Tu penses que c'est de cette façon que ça fonctionne ?

La jeune fée hésita. Après tout, elle ne valait pas plus que quelqu'un d'autre aux yeux de l'elfe. Pourquoi envisagerait-il de lui rendre service et de lui fournir des éléments qui pourraient lui nuire ?

— Non, reprit Elienor. Et de toute façon, même si je l'avais accepté, la mèche de cheveux et les larmes que tu m'as données ont déjà été troquées.

Elle faillit s'étouffer.

— Tu plaisantes ? Est-ce qu'il t'arrive de garder quelque chose que je te confie plus de quelques heures ?

— Tu ne me les as pas confiées, contredit-il. Tu m'as payé avec. Ces éléments m'appartenaient et, à partir de ce moment-là, petite nocturna, j'avais tout à fait le droit d'en faire ce que je voulais.

— Bien, et je suppose que tu refuseras de me dire à qui tu les as données ?

— Je ne le sais pas vraiment. En fait, il s'agissait d'une commande qui m'avait été faite de façon anonyme. Je n'avais qu'une adresse à laquelle expédier ce qui était réclamé.

— Et c'était quand ?

— Un peu avant que tu ne viennes me voir avec cette pierre. C'est pour ça que je t'ai demandé la mèche de cheveux. C'était avantageux.

Il lui offrit un large sourire qui l'écœura. C'était toujours la même chose avec Elienor.

— Et mes larmes ?

L'elfe sembla réfléchir en tapotant son menton avec son index.

— Tes larmes sont parties avec le colis. C'était l'un des ingrédients requis. Que j'ai d'ailleurs été surpris que tu me donnes de toi-même, sans que j'aie à te forcer la main.

La nocturna souffla, alors qu'elle comprenait qu'elle s'était une fois encore fait avoir par cet elfe aux manigances douteuses. Si ses larmes tombaient entre de mauvaises mains…

Celui ou celle qui les boirait pourrait prendre le contrôle de son esprit, manipuler ses pensées et l'inciter à réfléchir d'une autre manière que la sienne. Quant à ses cheveux, il suffirait que quelqu'un les enroulât autour de ses doigts pour prendre possession de son corps et lui demander d'agir comme un pantin.

— Qu'y avait-il encore, dans ce cas, dans la liste des ingrédients exigés ? Et contre quoi les as-tu échangées ?

Il la fixa pendant un moment, comme s'il saisissait ce qu'elle était en train de faire.

— Ton rôle d'agente te colle résolument à la peau, dit-il. Je te signale que je pourrais te dénoncer. Qu'est-ce que tu cherches à faire ? Me reprendre ce qui m'appartient ?

Ce fut au tour de la nocturna de sourire.

— Je suppose que tu ne le feras pas. Et je le pense parce que, pour que tu décides de te ranger à nos côtés pour le moment, Erwin a dû te faire un sale plan. Il t'a dupé et tu te retrouves seul. Alors, pourquoi ne pas aider ses ennemis ? Que vas-tu nous demander en échange ? Qu'est-ce que tu y gagnes ?

L'elfe ne répondit rien. Mais Wyllina avait dû voir juste, puisqu'il détourna les yeux, rien qu'une seconde.

— C'est pour ça que je déteste faire affaire avec toi, siffla-t-il. Tu finis toujours par tout comprendre. D'accord, alors, je vais te dire, petite nocturna. Après avoir envoyé le premier colis à l'adresse indiquée, j'ai reçu une seconde lettre. Même papier, même écriture. Il y était écrit que si je vous venais en aide, je n'aurais plus jamais à me soucier de quoi que ce soit.

— As-tu seulement eu une preuve que le marché sera honoré ? l'interrogea Wyllina, à présent sincèrement intéressée.

Elienor acquiesça et fouilla dans sa poche. Il en sortit une pièce en or massif qu'il lui lança. La nocturna la rattrapa in extremis avant de l'étudier. La pièce était frappée d'un emblème qui ressemblait à celui des nocturnas, mais… plus travaillé, et un diamant surmontait la fleur de feu. Un symbole qui lui rappelait étrangement quelque chose. Elle interrogea l'elfe du regard.

— J'en ai reçu trente lors de l'envoi du premier colis, expliqua-t-il, et cinquante en même temps que la deuxième lettre. Il est dit que ce n'est qu'un acompte.

— D'accord, mais… Ce n'est pas une monnaie, tu es au courant ?

Il ricana et s'approcha d'elle pour lui arracher la pièce des mains.

— Peut-être pas encore, petite nocturna. Mais c'est de l'or. Et tout le monde adore l'or.

— Mais pourquoi quelqu'un qui voudrait m'aider réclamerait-il une mèche de mes cheveux et trois de mes larmes ?

L'elfe fit une moue indiquant qu'il l'ignorait et récupéra un air léger et hautain.

— On requérait une de tes mèches de cheveux, mais les larmes n'avaient pas une origine précise exigée.

Ce qu'il disait n'avait aucun sens et, pendant une minute, elle le soupçonna de lui mentir à nouveau. Néanmoins, il semblait bien moins tendu que lorsqu'il lui avait caché la vérité, la fois dernière.

— Tu es au courant de ce qu'on peut faire avec ses ingrédients, pas vrai ? lui demanda-t-elle malgré tout. J'aimerais voir les lettres.

Et le sourire qu'il lui offrit en guise de réponse lui confirma qu'il s'en fichait complètement. Agacée, elle secoua la tête et le bouscula en voulant quitter la pièce. Mais Elienor lui attrapa le poignet et l'obligea à lui faire face. Le visage à quelques centimètres du sien, elle retint sa respiration.

— Ce jeune, Dimitri, dit-il en chuchotant presque. À quelle espèce appartient-il ?

Pendant une seconde, le cœur de la nocturna cessa de battre. Elle plongea ses yeux dans ceux de l'elfe, mesurant son sérieux.

Est-ce qu'il savait quelque chose ? Est-ce que son mystérieux commanditaire savait quelque chose ? Dimitri était-il aussi anonyme qu'il le croyait ?

— Un genre de fée des glaces, dit-elle, sans vraiment mentir. Leur espèce vivait recluse à l'époque. Les natifs qui ont eu la chance d'en observer un jour se comptent sur les doigts d'une main.

Et ce n'était pas faux non plus. Apercevoir la famille royale et bénéficier de sa présence était un privilège auquel peu de gens accédaient. Elienor approcha encore son visage en sondant le regard de Wyllina. Il finit par la lâcher et afficha à nouveau son air moqueur.

— *Curieux*, dit-il dans la langue des elfes. *J'aurais juré l'avoir déjà vu quelque part.*

Des coups frappèrent à la porte alors que Peter soignait la blessure de Wyllina. Il retint un sursaut, mais appuya involontairement trop fort sur la plaie et arracha un frisson de douleur à sa collègue.

— Peter, bon sang !

— Je vais ouvrir, entreprit Elienor en se dirigeant nonchalamment vers la porte.

Wyllina observa l'heure sur son téléphone. Cela faisait quatre heures que Dimitri était parti. Si ce n'était pas lui qui rentrait, blessée ou non, elle se lancerait à sa recherche. Peter acheva son pansement et adressa un sourire timide à la nocturna, qui le remercia avant de replacer son tee-shirt correctement.

Et alors que des pas retentissaient dans le couloir, elle se redressa en s'apprêtant à accueillir Dimitri. Sa silhouette dépassa le seuil de la porte du salon, et si elle avait pu se réjouir, quelque chose l'en empêcha. Sa démarche était trop mesurée, trop... crispée.

Elle leva les yeux et étudia Dimitri, les bras croisés derrière la tête. Il lui lança un regard sévère, comme pour la prier de ne rien faire de stupide.

Et lorsqu'il avança encore, l'angoisse l'envahit.

Dans l'ombre de Dimitri, elle vit Pullman qui menaçait le prince avec un revolver dans une main tout en tenant son téléphone portable dans l'autre. Wyllina n'avait même pas remarqué que Pullman était parti.

— C'est bon, dit-il d'une voix pincée. Je les ai tous les deux.

Wyllina blêmit. Que se passait-il ?

Il raccrocha. La nocturna allait se lever lorsque son patron sortit une deuxième arme à feu de son manteau, laissant son téléphone tomber sur le sol et se briser. Il le pointa droit sur elle, l'obligeant à rester immobile.

— Ne bouge pas, lui ordonna-t-il.

Elle souleva les mains en guise de capitulation et échangea un regard avec Peter qui l'imita, pâle comme un linge. Pourtant, tous ceux présents dans cette pièce savaient qu'il était sans doute le seul qui ne risquait rien.

— Pullman, le questionna-t-elle d'une voix calme, qu'est-ce que tu fais ?

Il renifla, au bord des larmes. S'il les avait trahis, ce n'était clairement pas de gaieté de cœur.

— Je dois trouver une solution pour protéger le peuple, dit-il. C'est mon seul but, que tout le monde reste en sécurité, et ça l'était déjà lorsque j'ai créé l'ARPM. Je ne peux pas laisser la situation se détériorer de cette façon. Il fallait que je le fasse, Wylli…

Il retint ses sanglots, mais demeura malgré tout menaçant. La nocturna l'observait sans comprendre. De toutes les personnes qui l'entouraient, Pullman était le dernier de la part duquel elle s'attendait à une trahison.

— Qui était-ce au téléphone ? souffla Wyllina.

Il appuya un peu plus son arme sur le crâne de Dimitri, qui dut pencher la tête sous la pression.

— Je suis désolé, je n'ai pas le choix. Il a promis de trouver une solution et de me laisser ma place à l'ARPM. Les anciens ont quitté le navire, je suis le dernier à pouvoir aider tout le monde.

Wyllina étudia les possibilités. Cette pièce n'avait qu'une seule issue et Pullman la bloquait de toute sa largeur. Le salon se situait au deuxième étage et elle était blessée. Sauter par la fenêtre n'était donc pas une option, d'autant plus qu'ils n'auraient pas le temps de faire dix centimètres avant que Pullman ne tirât. Ils étaient coincés.

— Alors quoi ? s'emporta-t-elle. Tu as téléphoné à Erwin pour qu'il vienne nous chercher et qu'il nous tue ? C'est ça que tu appelles « protéger tout le monde » ?

Pullman garda le silence. Il était évident qu'il luttait contre lui-même. Il dut fermer les yeux pour chasser ses larmes. Mais alors qu'il ouvrait la bouche pour parler, Elienor, derrière lui, le frappa violemment à la tête à l'aide d'un tisonnier. Sonné, Pullman recula de deux pas et tira dans le vide, par réflexe.

Aussitôt, Peter, Wyllina et Dimitri se baissèrent. L'elfe réitéra son geste et, enfin, Pullman s'effondra sur le sol, assommé.

— Faible chose qu'est l'amitié, dit-il d'un ton arrogant en poussant légèrement le corps de Pullman du pied. Et après, c'est moi le traître ?

Mais le moment n'était pas à la plaisanterie. Ignorant la douleur, Wyllina s'empressa de se relever et se dirigea vers Dimitri qui se redressa en même temps.

— On n'a pas une minute à perdre, dit-elle. On ne peut plus rester ici.

Dimitri observa Pullman, étendu à ses pieds. Du sang coulait de sa tempe, absorbé par le tapis épais de l'elfe.

— Est-ce qu'il est mort ? demanda-t-il à Elienor.

L'elfe baissa son arme de fortune et secoua la tête en replaçant ses longs cheveux argentés.

— Certainement pas, il en faut plus pour tuer un gonthor.

— Peu importe, on doit quitter cet endroit, leur rappela la nocturna.

Elienor sembla reprendre ses esprits, lui aussi, et se décala pour les laisser sortir.

— Et où comptes-tu aller ? protesta Dimitri.

— Rendez-vous à cette adresse, intervint Elienor en tendant un papier jauni à Wyllina. Vous passerez inaperçus aux yeux des humains, ce qui n'est pas notre cas.

La jeune fée attrapa le feuillet plié en quatre et le fourra dans sa poche. Pullman commençait déjà à remuer, preuve qu'il allait reprendre connaissance. Et pire que cela, Erwin pouvait débarquer à tout moment.

Elle jeta un dernier regard à Peter, encore accroupi sur le sol, comme s'il n'osait pas bouger. Solennellement, elle remercia Elienor d'un signe de tête. Ils attendraient d'être en sécurité pour les effusions. Sans perdre plus de temps, elle enjamba Pullman, Dimitri sur les talons.

Chapitre 19

Wyllina se camoufla derrière Dimitri qui achetait des billets de train au guichet de la gare Centrale de Bruxelles. Au vu de la situation, le gouvernement avait pris la décision de maintenir la circulation ferroviaire afin de permettre aux citoyens humains d'éviter les villes « infectées » de la manière la plus sûre possible.

Évidemment, la station était bondée. Des familles, des jeunes, des personnes âgées, tous types de profils cherchaient à fuir la capitale. Les yeux cachés par des lunettes de soleil, Wyllina observait la cohue autour d'elle. Tous semblaient effrayés. Pourtant, ils oubliaient que les individus qu'ils craignaient à présent avaient certainement fait partie de leur vie durant de nombreuses années. Certains humains avaient épousé un elfe, d'autres travaillaient pour un nain, des fées donnaient des cours à des enfants humains et non humains dans de multiples écoles…

Un haut-le-cœur la surprit en constatant que l'amour et l'amitié reposaient finalement sur des broutilles.

La guichetière tendit les billets à l'héritier et lui souhaita un bon voyage d'un air à la fois triste et effrayé.

Il se tourna vers la jeune fée et lui attrapa le bras avant de laisser sa place à la personne suivante. Son regard balaya la gare nerveusement.

— Il y a des flics partout, dit-il en français. Je crois qu'ils font des contrôles de sécurité. Ça ne va pas être facile de passer au travers. Il va falloir que tu enlèves tes lunettes de soleil.

— Avec mes iris, on sera cramés directement, protesta Wyllina.

— Tu as déjà vu un humain qui n'a rien à se reprocher porter des lunettes en plein hiver alors qu'il neige ?

— On n'a qu'à prétexter que je suis alcoolique.

Il soupira d'exaspération, mais la nocturna remarqua un léger sourire amusé.

— Dans tous les cas, tes cheveux bleus ne sont pas des plus discrets. Ils se poseront quand même des questions.

Un couple agité passa à côté d'eux en les bousculant et leur lança un regard suspicieux, qui ne fit que confirmer les dires de Wyllina.

— On est en deux mille trente-trois, Wylli. Les gens sont habitués aux looks excentriques.

Elle haussa les épaules. De toute manière, il n'y avait qu'une seule façon de savoir s'ils parviendraient à tromper la défense.

Sans laisser à Dimitri le temps d'argumenter, elle chercha le quai d'où partirait leur train et le rejoignit au pas de course en évitant de se heurter aux humains paniqués. Là, un premier barrage filtrait l'accès à l'embarcadère. En premier lieu, les agents de sécurité et les contrôleurs de rame vérifiaient les titres de transport et les papiers d'identité.

L'estomac de Wyllina se serra. Leurs passeports étaient restés… quelque part. Impossible de savoir où, mais c'était sûrement dans l'agence que leur porte de sortie se trouvait.

— On n'a pas de…, commença-t-elle.

Elle s'interrompit lorsque Dimitri retira deux passeports de la poche intérieure de son manteau.

— En allant chercher l'alliance d'Erwin, je me suis dit que ça pourrait nous être utile. Pullman les avait récupérés quand il m'a retrouvé sur le lieu d'extraction, après que tu m'as tiré dessus.

Un regard de remerciement plus tard, ils se présentaient au contrôle. Wyllina scrutait nerveusement le sol, tandis que Dimitri adoptait une attitude détendue. L'agent de sécurité, un homme aussi large que grand, les dévisagea de la tête aux pieds. Il tiqua sur les oreilles de Dimitri et sur les verres de Wyllina avant de vérifier leurs passeports.

— Vous pouvez enlever vos lunettes, madame… Castaldi ?

La nocturna échangea un regard subtil avec son coéquipier, mais s'exécuta. Pourtant, elle maintint les paupières baissées.

— Elle vient de se faire opérer, trouva Dimitri. Elle était myope comme une taupe. Les médecins lui ont conseillé de garder les lunettes jusqu'à ce que ses yeux ne soient plus sensibles à la lumière.

Il parut hésiter, mais referma les passeports et les restitua à Dimitri avec leurs billets de train. Wyllina en profita pour remettre ses verres de soleil.

— Désolé, mais la procédure nous interdit de faire monter le moindre suspect infecté.

Wyllina retint un râle d'agacement.

— Ils ne sont pas infectés, ne parvint-elle pas à s'empêcher de dire en le fixant. Ils sont nés ainsi.

Dimitri lui lança un coup de coude dans les côtes, ce qui la contraria plus encore.

— Excusez-la, dit-il en rigolant. Elle vient de découvrir que son fiancé était l'un d'entre eux. C'est difficile à accepter.

Il se pencha ensuite un peu plus vers lui et murmura quelque chose à son oreille. Wyllina fut surprise en voyant que le garde se laissait faire et entrait dans le jeu de l'héritier. Alors que Dimitri se reculait, l'agent de sécurité releva vivement la tête et sembla chercher quelqu'un du regard. Il interpella son collègue à côté de lui.

Avant que Wyllina ne comprît, ils s'élancèrent tous deux vers la foule à la recherche de quelqu'un ou quelque chose dont elle ignorait l'existence. Ils hurlèrent tant en sommant les individus de s'arrêter, qu'un mouvement de panique se créa, poussant les deux jeunes amis vers le quai.

Profitant de l'affolement, Dimitri attrapa la main de la nocturna et courut vers la première voiture du train. Un contrôleur se servit de son sifflet pour tenter de désamorcer la situation et restreindre ceux qui essayaient de grimper à bord clandestinement.

Jouant des coudes au milieu de la foule agglutinée à la porte du premier wagon, Dimitri parvint à s'y engager et tira sur le bras de Wyllina pour l'aider à gravir les marches à son tour. Plusieurs personnes s'agrippaient à elle. À ses cheveux, à ses vêtements. Tous semblaient désespérés de ne pouvoir monter, comme s'ils s'apprêtaient à mourir.

Wyllina dut se battre avec une dame d'une quarantaine d'années fermement pendue à son pied. Sous le poids, elle tomba sur la moquette rêche du train et se tourna vers elle. Jamais elle ne pourrait oublier l'expression de cette dame lorsque ses lunettes glissèrent sur son nez et qu'elle remarqua ses yeux.

— C'en est une ! s'époumona-t-elle en se cramponnant plus encore à sa cheville.

— Dimitri ! appela Wyllina à l'aide.

Un contrôleur siffla une nouvelle fois et trois agents de sécurité foncèrent dans le tas pour disperser les gens en les tapant avec de larges matraques. Le train hurla, une sonnerie assourdissante retentit à l'intérieur du wagon et les portes commencèrent à se clore. Dimitri cala ses mains sous les aisselles de son amie pour la tirer vers l'arrière, afin de faire lâcher prise à l'humaine hystérique. Mais rien ne fonctionnait.

La porte se referma totalement et, tandis que le convoi démarrait, Wyllina observa le visage de la femme se tordre de douleur. Du sang jaillit, éclaboussant la nocturna, Dimitri et les autres passagers qui s'étaient faufilés à l'intérieur avec eux.

Un cri horrible à peine masqué par l'épaisseur du double vitrage glaça les os des voyageurs. Le bras avait été arraché.

Aussitôt, la fée nocturne hurla à son tour et repoussa la main morte enroulée autour de sa jambe, puis Dimitri et les tierces personnes l'aidèrent à se relever. Le souffle court, paniquée, la nocturna observa l'héritier, qui attrapa son visage entre ses paumes.

— Est-ce que ça va ? lui demanda-t-il, en apparence très calme.

Il lui fallut quelques secondes pour répondre. Elle étudia d'abord les différents passagers qui les regardaient avec un mélange de compassion et de crainte.

Est-ce qu'ils savaient qu'ils étaient des natifs ?

— Tenez, intervint un vieil homme qui les analysait, en lui proposant une bouteille d'eau. Buvez, ma petite. Ça vous fera du bien.

Hésitante, elle ne répondit rien et n'attrapa pas l'eau qu'on lui tendait. Dimitri le fit pour elle.

— Merci beaucoup, dit-il.

Il la donna à Wyllina, qui prit une gorgée davantage par politesse que par réelle nécessité.

Malgré tout, les passagers semblèrent se détendre.

— Les gens deviennent fous ! dit une maman, serrant son nourrisson contre elle.

— Il faut dire que la situation est un peu particulière, lança un homme en costume, la cravate de travers, et le front luisant de sueur.

— Ces gens… ces créatures… d'où viennent-ils ? se questionna une jeune fille, repliée sur elle-même, contre la porte des toilettes du wagon.

Wyllina rendit la bouteille d'eau à son propriétaire en clignant des yeux pour le remercier, puis Dimitri profita des réflexions générales pour quitter le sas et rejoindre les places assises. Il en trouva deux et Wyllina se faufila sur le siège côté fenêtre.

— « Chers voyageurs, notre train a subi un démarrage d'urgence, suite à un mouvement de foule. Pour votre sécurité, des agents passeront bientôt parmi vous pour vérifier votre identité et votre titre de transport. Restez unis et ne vous éloignez pas de vos affaires personnelles… ».

La voix qui s'échappait des haut-parleurs poursuivit son discours pendant un long moment, en français, en flamand et en anglais. Mais Wyllina ne l'écoutait plus. Son regard se perdait dans la campagne enneigée de la région de Bruxelles.

Cela faisait environ une heure que le convoi roulait lorsque Wyllina rouvrit les yeux. Sa blessure la faisait souffrir, si bien qu'elle gémit entre ses dents. À côté d'elle, la place était vide. La nocturna se redressa brusquement et scruta autour d'elle. Mais à part des humains paniqués ou endormis, elle ne vit rien d'anormal.

Après tout, ils étaient dans un train, n'est-ce pas ? Il ne pouvait rien arriver.

Mais pour en être sûre, la jeune fille décida de partir à la recherche de l'héritier. Sans doute n'avait-elle pas été assez claire en lui sommant de ne pas la quitter.

En grimaçant, elle se faufila hors de sa rangée de places, veillant à remettre ses lunettes de soleil sur son nez. Elle avança lentement en se cramponnant aux dossiers des sièges, de chaque côté de l'allée centrale qu'elle remontait. La plupart des regards qu'elle croisait l'étudiaient de haut en bas. C'était comme si plus personne ne faisait confiance à personne. Enfin, ce n'était pas comme si.

Tout le monde était suspect, à présent.

Elle quitta sa rame et pénétra dans une autre où les gens étaient plus entassés encore. On voyait que le train était parti en urgence. La plupart des voyageurs semblaient ébouriffés, effrayés. Certains s'asseyaient à même le sol, tant les places manquaient.

Elle enjamba un homme d'une quarantaine d'années endormi par terre et poursuivit sa route. Lorsqu'elle atteignit la porte opposée du second wagon, elle remarqua son reflet dans la vitre sale et grasse. Du sang parsemait sa figure et la vision d'horreur du bras arraché de la femme lui revint en tête. Voici donc pourquoi tout le monde la dévisageait.

Elle soupira et quitta la rame avant de se glisser dans les toilettes trop petites et mal nettoyées. Là, elle s'enferma et prit une profonde inspiration en s'appuyant sur le lavabo en zinc.

Tout cela n'avait aucun sens. Cette situation était pire encore que celle dans laquelle tous les natifs s'étaient retrouvés cinq cents ans auparavant, à la destruction de l'Ancien Royaume.

Tentant de se ressaisir, elle retira ses lunettes de soleil et passa de l'eau gelée sur son visage, récurant les traces de sang par la même occasion. Elle se sécha les mains, lorsque quelqu'un essaya de s'introduire. Comme elle s'était enfermée, trois coups assez violents furent portés.

— Contrôle, ouvrez la porte !

Dans un sursaut, la fée se lança un dernier regard, comme pour vérifier que tout était normal et rabattit ses cheveux sur ses oreilles légèrement plus pointues que celles d'un humain. En gardant son calme, elle déverrouilla la porte et la fit coulisser.

Là, elle eut un mouvement de recul. Elle se retrouva nez à nez avec Erwin, enfin, ce fut ce qu'elle crut au premier abord. Elle reconsidéra l'individu qui lui faisait face, le souffle court. Celui-ci n'avait pourtant pas grand-chose à voir avec son coéquipier, mis à part peut-être le teint brun de sa peau.

En réponse, le contrôleur l'observa avec curiosité.

— Bonjour, euh…

— Tout va bien, mademoiselle ?

Elle réfléchit sérieusement à la question. Est-ce que tout allait bien ? Pas vraiment.

— Oui, parvint-elle à articuler, avant de tenter de s'extirper.

Mais le garde lui barra la route en la retenant par l'épaule. Surprise par ce geste, Wyllina étudia sa main aussi grosse que sa tête plaquée sur son corps. Elle devait garder son calme, et ce, pour que le contrôleur ne remarquât pas la chaleur anormale de sa peau.

— Ne me touchez pas, dit-elle en repoussant son bras, et elle dut se concentrer pour ne pas utiliser la langue native.

Elle fixa ses yeux dans ceux du contrôleur, dont le regard changea. Il semblait… apeuré ?

Perplexe, elle réfléchit à ce qu'elle avait bien pu faire de mal, lorsqu'un détail la frappa. Ses lunettes, encore posées sur le lavabo des toilettes, ne camouflaient pas ses iris.

Aussitôt, elle baissa la tête, s'apprêtant déjà à être jetée hors du train alors qu'il roulait à vive allure.

Est-ce qu'elle survivrait ? Pas sûr.

— Ah ! Vous l'avez retrouvée ! intervint une voix.

Une main atterrit sur l'épaule du garde qui se détendit presque instantanément. Il s'écarta légèrement, juste assez pour que la jeune fée aperçût la personne qui venait à son secours.

— C'est elle, ma sœur que je cherchais, vous vous souvenez ? dit-il.

D'aussi loin qu'elle se rappelât, Wyllina n'avait pas de frères, et certainement pas dans ce train.

Intriguée, elle prit le temps d'étudier l'homme qui les avait interrompus. Il était grand, robuste, mais se tenait sur des béquilles. On devinait deux prothèses qui remplaçaient ses tibias sous son jean.

Elle ne le connaissait pas, mais un détail qui échappait sûrement aux humains lui donna davantage d'indices.

Parmi les nombreux tatouages qui recouvraient son corps, deux spirales encadraient son front, comme pour camoufler des cicatrices. Serait-ce possible que...

— Oui, bafouilla le contrôleur. Pardon. Rejoignez vite votre place, des voyageurs clandestins nous ont été signalés. Je crois qu'ils sont parmi nous...

Il avait murmuré la dernière phrase, comme si les natifs étaient omniprésents et qu'ils pouvaient l'entendre à tout moment. L'homme lui tapota l'épaule et lui adressa un large sourire avant de le laisser s'éloigner. Wyllina, elle, n'osait pas bouger.

Mais puisqu'elle en avait l'occasion, elle récupéra en vitesse ses lunettes de soleil et les replaça sur son nez. L'individu la regarda d'un air amusé et observa autour de lui avant de s'approcher d'elle.

— Tu as eu chaud, petite nocturna.

Ce surnom... Est-ce qu'ils se connaissaient ? Il parlait français, mais elle pouvait déceler un accent dans sa voix sans pouvoir en déterminer l'origine.

— Détends-toi, finit-il par dire en riant. J'ai remarqué tes cheveux et tes yeux, c'est tout. Je suis de ton côté.

Serait-ce un... un faune ?

— Qu'est-ce qui t'est arrivé ? osa-t-elle lui demander.

À l'aide de ses béquilles, il recula pour la laisser sortir. Ils attendirent qu'un voyageur passât, trop lentement au goût de Wyllina, pour poursuivre la conversation.

— C'est une sale histoire, dit-il. Nous, les faunes, on n'est pas dissimulés aussi bien que les autres espèces. J'ai dû me séparer de ce qui ne faisait pas de moi un humain il y a longtemps.

Wyllina frissonna en observant ses prothèses et ses tatouages en spirales.

Avait-il vraiment été capable de s'amputer de ses cornes ?

De ses pattes ?

— Je sais ce que tu imagines, reprit-il. Mes semblables vivent cachés, mais moi, je ne le supportais pas. Alors, j'ai dû m'adapter.

— Un sacrifice qui n'en valait sûrement pas la peine, se permit de juger Wyllina.

— Mon pouvoir de persuasion, lui, ne semble pas te poser de problème. Je pense que ce que tu cherchais à dire, c'était « merci ».

Confuse, la fée joua avec ses doigts.

— Oui, merci, finit-elle par dire.

Et soudain, elle se rappela ce pour quoi elle avait quitté sa place.

— C'est gentil de m'avoir aidée, reprit-elle, mais je…

— Tu devrais venir t'installer avec moi et ma famille, la coupa-t-il. Tu passeras inaperçu.

— Je ne…

— Dimitri est déjà avec nous, surenchérit-il.

Cette fois, elle ne masqua pas son agacement. Non, mais qu'avait-il dans la tête ?

— Je rêve, pesta-t-elle en croisant les bras.

Mais puisqu'elle ne semblait pas avoir le choix, elle lui indiqua qu'elle le suivait d'un geste de la main.

— Et je peux savoir pourquoi Dimitri est avec vous ? s'enquit-elle, alors qu'il pénétrait dans le prochain wagon.

Sans répondre, il se retourna furtivement pour l'encourager du regard. Ce n'était pas qu'elle était méfiante, mais, en réalité, elle avait toutes les raisons du monde de se demander pourquoi un faune amputé avait réussi à se rapprocher de l'héritier de la couronne pendant qu'elle dormait.

Elle se jura de punir elle-même Dimitri pour son imprudence s'ils parvenaient à quitter ce train indemnes.

Mais alors qu'elle remontait l'allée en suivant le faune, sa vue se troubla. Elle ralentit la cadence, perplexe, surprise que son sauveur pût se déplacer si vite, et se frotta les yeux. Seulement, au moment où elle les rouvrit, elle eut un coup au cœur. Tout avait changé autour d'elle. Une imposante salle lui faisait face, aussi vide que majestueuse. Une ambiance froide y régnait, assombrissant les pierres pourtant blanches des murs immenses. Aux colonnes qui soutenaient la structure, des étendards aux couleurs de sa sœur étaient fièrement pendus. Sur le sol, des traînées de cendres et de sang se mêlaient à la poussière. Et sous ses mains, une fraîcheur dure lui rappela la roche d'un trône.

Elle connaissait cette salle pour y avoir déjà été plus d'une fois. Il s'agissait de la salle du trône. Celle du palais royal de l'Ancien Royaume.

En baissant les yeux vers son corps, elle remarqua l'imposante et majestueuse robe rouge qui l'enserrait tel un étau de soie. Le bout de ses doigts s'était assombri, comme si son sang était aussi noir que les cendres d'un volcan, et sa peau était plus blanche encore qu'elle ne l'était d'ordinaire.

Sur sa tête, une couronne lui compressait le crâne, bien trop fort pour que ce fût normal. Elle était persuadée que si elle tentait de la retirer, elle n'y parviendrait pas. Sans parler de son poids, lourd.

Trop lourd.

Bien trop lourd pour elle.

Bien trop lourd pour n'importe qui.

Quelqu'un toucha son épaule et, de la même manière que dans du brouillard, elle se tourna vers celui qui l'approchait.

Chacun de ses mouvements semblait considérablement difficile, comme retenu par la terre. Son sang, en s'assombrissant, était aussi devenu plus dense. Ses doigts pesaient une tonne. Elle observa le visage d'Erwin, visiblement contrarié.

— Éva !

Elle ferma ses paupières, si lourdes qu'elle se rendit compte que les garder ouvertes lui coûtait plus d'énergie que la normale, et les rouvrit aussitôt.

Dimitri l'examinait d'un air concerné. Haletante, elle eut besoin de quelques secondes pour retrouver ses esprits. Le brouillard avait disparu et son corps lui sembla soudainement si léger qu'elle crut s'envoler. Pendant un moment, elle avait envisagé de devoir se déplacer comme dans du sable mouvant pour le restant de ses jours.

Son regard glissa sur le prince, sur les voyageurs, dans le train, sur le faune, qui les attendait en silence.

Que venait-il de se passer ?

— Wyllina ? répéta Dimitri. Ça va ?

Elle se frotta le front, pas certaine de pouvoir répondre à cette question. Elle prit alors conscience de son corps et de la douleur qui l'assaillait. Mais ce n'était pas ça qui la préoccupait le plus. Serait-il possible qu'elle se fût retrouvée à la place de sa sœur, rien qu'une seconde ?

— J'ai mal, souffla-t-elle, alors que la blessure de son ventre semblait plus brûlante que jamais.

Inquiet, Dimitri posa le dos de sa main sur son front.

— Tu es bouillante, lui glissa-t-il discrètement. Il faut qu'on te soigne.

La fièvre. Ce devait être ça. Elle souffrait et la fièvre la faisait délirer. Sans réfléchir, elle acquiesça, puis se tourna vers le faune.

Il tendit sa béquille vers une banquette sur laquelle une femme brune et une petite fille les observaient en souriant. Elles leur adressèrent de grands signes de la main.

Si elles étaient dangereuses, cela ne se remarquait pas. Mais peut-être que la vigilance de la nocturna était mise à rude épreuve.

— Ils sont de notre côté, l'encouragea Dimitri, Elienor les envoie.

D'accord, cela expliquait pourquoi le prince avait accordé sa confiance au faune.

— Tu ne t'en sortiras pas aussi facilement, répondit-elle d'une voix faible. Je me suis inquiétée. Dois-je te rappeler que tu…

— Oui, je sais. Avance et fais comme si de rien n'était.

La nocturna l'assassina du regard. Mais de toute évidence, cette famille ne pouvait rien contre eux. Du moins, pas dans un train bondé d'humains et surtout pas alors que la situation des natifs était si tendue.

Elle supposa que passer le reste du voyage en leur compagnie ne poserait pas de problème et se décida à rejoindre le faune amputé.

Mais Dimitri avait raison. Si la fièvre commençait à la faire délirer, il était grand temps qu'elle agît et qu'elle se soignât. En espérant que ce qu'elle avait vu était aussi loin de la réalité que l'amour de sa sœur.

Chapitre 20

Le regard de Dimitri oscillait entre les billets qu'il tenait à la main et le panorama qui se déployait à l'extérieur. Wyllina, dans les vapes, pouvait malgré tout dire que leur destination initiale n'avait rien à voir avec un massif montagneux. Or c'était précisément dans un paysage montagnard qu'empruntait le TGV. Elle observa autour d'elle, comme pour estimer si d'autres personnes remarquaient que le train ne se rendait pas au bon endroit. Mais personne ne semblait réagir. Peut-être aussi que la plupart des humains présents ici avec eux avaient sauté dans la première rame, au hasard.

— Soit on s'est trompé, soit…

— Où deviez-vous aller ? demanda Alain, le faune qui avait même troqué son prénom de naissance pour se fondre parmi les humains.

Ne devrait-il pas le savoir si Elienor l'avait envoyé ? Elle sortit le papier que l'elfe lui avait donné lorsqu'ils avaient quitté son appartement et le déplia soigneusement. Mais lorsqu'elle relut le nom du village qu'Elienor y avait inscrit, elle eut un doute. Ce n'était pas le même qu'un peu plus tôt. D'une bourgade près d'Amsterdam, leur destination passait à Valloire, une petite ville nichée au creux de la Savoie.

— Je ne comprends plus rien, soupira-t-elle en transmettant le document à Dimitri.

Celui-ci l'observa à son tour et parut tout aussi perplexe. Le faune se mit à rire. Visiblement, tout cela le distrayait beaucoup.

— Je vois que cette saloperie d'elfe n'a pas changé, dit-il, trop fort au goût de Wyllina.

— Tu as dit un gros mot ! lui fit remarquer sa fille.

Cela l'amusa davantage. La nocturna prit tout de même soin de vérifier que personne ne les écoutait. Et étrangement, c'était le cas.

— C'est vrai, mais pour lui, ce n'en est pas un, crois-moi.

— Comment est-ce possible ? s'inquiéta Dimitri. Et le train ? On avait pourtant pris celui qui se dirigeait vers la Hollande.

Alain appuya son coude sur le rebord de la fenêtre et mordilla le bout de son doigt. Est-ce qu'il avait quelque chose à voir là-dedans ?

— Les voies de la magie sont impénétrables. Et celles d'un faune : indiscutables.

— Qu'est-ce que tu veux dire ? s'enquit Wyllina.

— Ce qu'il veut dire, réagit sa femme, Chloé, c'est qu'il nous a fait rencontrer le conducteur du train et que celui-ci s'est soudainement dit qu'un voyage dans les alpes était une excellente idée.

— Mais… s'outra Wyllina. Ça s'appelle du détournement !

— Observe autour de toi, répondit le faune d'une voix basse, pour le plus grand plaisir de Wyllina. Personne ne s'inquiète de l'endroit où se rend ce convoi, tout simplement parce que personne, à part vous deux, n'a vérifié ses billets et la voie de départ. Mettez-vous à leur place. C'est un comportement très suspect de prendre son temps, de ne pas fuir, de ne pas être dans l'urgence.

La nocturna allait répliquer, mais se ravisa. En fait, il n'avait pas tort. S'ils avaient pris le temps de vérifier l'heure du départ, le quai et le numéro du train, c'était qu'ils n'étaient ni paniqués, ni effrayés, ni persuadés qu'un natif allait sauvagement leur arracher la vie. Et tout ça parce qu'ils en étaient, des natifs.

— Elienor savait que vous ne penseriez pas à ce genre de détails. Il faut être proche des humains pour comprendre comment ils se comportent. Et c'est exactement pour cette raison que je me trouve ici, à vos côtés. Ça, et aussi parce que le fait que je sois un faune apporte certains avantages.

— Oui, mais… dans les Alpes ? soupira Wyllina, déjà frigorifiée.

— C'est également en partie pour ce motif qu'il ne vous a pas révélé la bonne adresse. Tu y serais allée, autrement ?

Non. Aucune chance.

— D'accord, reprit-elle. Et je suppose que tu es censé nous escorter jusqu'à cet endroit mystérieux ?

Il joua avec ses béquilles d'un air contrit. Il parut embêté, mais son épouse, elle, se montra en colère.

— Tu avais dit que ce n'était que pour le voyage.

— Je sais, chérie, mais…

— Ta fille se faisait une joie de passer un moment avec son père.

Dimitri et Wyllina s'observèrent en silence. Comment cette famille pouvait-elle sembler si… normale, malgré la situation, malgré leur nature différente, malgré la condition d'Alain ?

— Je serai revenu avant qu'elle n'ait eu le temps de dire « lutin des plaines ».

Sa femme croisa les bras, visiblement contrariée, mais ne trouva rien à répondre. De toute évidence, il ne servait à rien de discuter.

— Enfin bref, changea Wyllina. Pour quelles raisons Elienor nous envoie-t-il dans les Alpes ?

Le faune plongea son regard dans celui de la fée, ce coup-ci avec beaucoup de sérieux.

— Alors, il ne vous a rien dit ?

Quelques heures plus tard, après être arrivés en gare, Wyllina, Alain et Dimitri parcouraient une forêt couverte de neige. Depuis qu'ils avaient quitté le train, ils n'avaient pas cessé de marcher, traversant un village, puis rejoignant un chemin de randonnée, pour finalement dériver sur du hors-piste. Heureusement, ils n'avaient croisé personne.

— Les Alpes présentent de multiples avantages, déclara Alain en se retournant vers Wyllina et Dimitri, à la traîne.

Comment faisait-il pour être si agile malgré ses béquilles et ses deux jambes en moins ? Peu importait. Wyllina s'arrêta un instant pour reprendre son souffle et porta une main à sa blessure lancinante. Avec horreur, elle remarqua qu'elle saignait. Mais puisque personne ne faisait attention à elle, elle décida de ne rien dire. Elle était loin d'être une priorité, à l'heure actuelle. Et elle aurait tout le loisir de se soigner lorsqu'ils seraient dans une planque. Pour l'instant, elle s'appliquait à concentrer son énergie sur une chose : assurer les arrières de Dimitri.

Ce qui n'était pas une mince affaire au beau milieu d'une forêt de conifères en pleine tempête de neige sur un terrain glissant de haute montagne. Ses pieds ankylosés n'arrivaient qu'avec peine à la faire tenir debout.

— Non seulement les humains sont moins méfiants, parce que moins nombreux, mais il y a aussi des centaines de milliers de souterrains.

Comme pour illustrer ses propos, le faune s'arrêta près d'un mur de roche, d'apparence tout à fait naturelle dans ce cadre-là. Il s'ébroua un peu et secoua ses béquilles pour en chasser la neige. Il les planta rudement dans le sol, comme s'il s'agissait de bâtons de ski. Finalement, peut-être que ses appuis lui offraient un avantage. Elle penserait, s'ils reprenaient la route, à s'équiper de deux grandes branches en guise de bâtons de marche.

Dimitri s'arrêta à la hauteur du faune et tous deux se tournèrent vers elle, comme pour jauger son état.

— Regardez, l'ignora finalement Alain en s'intéressant à la roche.

À l'aide de l'une de ses béquilles, il enleva la neige et la flore rampante. Derrière un bosquet de lierre, une porte en métal apparut, rouillée par le froid. Wyllina soupira de soulagement. Peut-être ferait-il un peu plus chaud au cœur de la terre.

— Impressionnant, s'émerveilla Dimitri. Est-ce que je peux l'ouvrir ?

— Il n'en est pas question, le coupa Wyllina.

Rassemblant ses forces, elle se rapprocha de lui et le repoussa vivement. Il l'interrogea du regard, surpris.

— Je dois te rappeler qui nous envoie ici ? expliqua-t-elle, les lèvres tremblantes à cause du froid. On ne sait pas vraiment de quel côté est cet elfe démoniaque. Et on ignore ce qu'il y a derrière cette entrée.

Le faune ricana en replaçant le bonnet de laine multicolore que sa femme lui avait mis sur les oreilles.

— Croyez-moi, dit-il. Elienor n'a aucun avantage à ce que vous mourriez maintenant.

— Et, insista Dimitri, je suis tout à fait capable d'ouvrir cette porte.

Il lui lança un regard lourd de sens. Wyllina se ravisa. Si elle en faisait trop pour le protéger, Alain pourrait avoir des soupçons. Après tout, c'était elle qui était blessée.

De ce fait, elle le laissa s'approcher du métal gelé à contrecœur. Pourvu que le faune eût dit vrai…

Dans le doute, elle serra les doigts sur le poignard dissimulé dans la poche de son manteau. Elle n'avait plus beaucoup de force, mais les nocturnas en avaient toujours pour se battre. Et pour défendre un être cher. Un grincement retentit, alors que Wyllina se concentrait. Elle baissa la tête et entendit Dimitri s'extasier.

À son tour, elle eut hâte de se retrouver au chaud. Mais lorsqu'elle releva le nez, elle s'arrêta net. Face à elle, son reflet. Ou plutôt, le reflet d'une reine. D'abord, elle eut du mal à se reconnaître, surtout à travers l'épais brouillard qui l'entourait. Mais ensuite, elle comprit.

Ce n'était pas elle. C'était Éva.

Ou du moins, ce qu'il en restait. Sous le choc, elle se pencha un peu plus vers le miroir, étudiant ses veines obscurcies serpentant sur sa peau livide. Ses paupières rouges, ses yeux entièrement noirs…

Sur son front, on remarquait les blessures que causait la couronne qu'elle avait fait forger et que Wyllina discerna aussitôt, parce que s'y trouvait l'obsidienne qu'elle avait choyée pendant cinq cents ans.

En observant les alentours, elle distingua la chambre d'Éva, celle qu'elle avait aperçue au palais royal, lorsqu'elle était dans le Nouveau Royaume. Quelque chose attira son attention, posé sur son lit. Mais garder les yeux ouverts lui demandait trop d'efforts. Porter sa couronne la vidait de toute son énergie. Elle se frotta le front, se coupant les doigts sur l'or tranchant. En grimaçant, elle explora sa peau et le sang qui s'écoulait.

Du sang noir. Du sang de souverain.

Son regard recroisa celui de sa sœur dans leur reflet. Est-ce que tout cela était réel ?

Doucement, elle leva la main vers le visage d'Éva.

Trois coups retentirent, brisant sa vision.

Soudainement, Wyllina se retrouva au beau milieu de la forêt, le bras tendu dans le vide. Des flocons de neige l'effleurèrent dans le crépuscule, alors que Dimitri l'appelait, derrière elle.

Surprise, elle rassembla ses idées et observa les environs. L'héritier et le faune la considéraient d'un air grave à quelques dizaines de mètres. Avait-elle bougé ? Que s'était-il passé ?

Elle jeta un dernier regard au vide qui avait remplacé le reflet de sa sœur et les rejoignit aussi vite qu'elle le put.

Dimitri leva les mains, comme pour lui demander ce qu'elle trafiquait. Mais elle l'ignora.

Sans leur adresser un mot, elle s'enfonça dans la pénombre d'un tunnel sous les Alpes.

Pour Wyllina, il était de plus en plus difficile d'avancer. Elle s'arrêta un instant, prenant appui sur la paroi rocheuse du tunnel visiblement creusé à la pioche. Alain se retourna furtivement pour vérifier l'état de ses compagnons et remarqua le malaise de la nocturna. Il cessa de marcher à son tour, obligeant Dimitri à les imiter.

— Tout va bien ? s'enquit-il, alors que la fée tentait de garder la face.

Mais, recroquevillée, une main sur sa plaie et le front perlant de sueur, elle ne parvenait plus à cacher grand-chose.

— Je crois que…, commença-t-elle.

Dimitri s'approcha d'elle en vitesse et lui offrit son bras en guise de soutien. Il tira sur son poignet pour dégager son ventre et son visage se tordit de compassion. On devinait, au reflet luisant sur son pull noir, qu'il était imprégné de sang. Et les doigts de la nocturna dégoulinaient.

— Elle est blessée, expliqua-t-il. Je pensais qu'on l'avait guérie, mais ce n'est pas beau à voir.

Comme s'il craignait de s'approcher, le faune ne pointa que son téléphone portable qui lui servait de lampe torche vers eux.

— Il y a encore une bonne heure de marche, est-ce qu'elle tiendra ?

Wyllina et Dimitri échangèrent un regard. L'idée de rester seule dans un tunnel obscur sans savoir ce qu'il adviendrait de l'héritier ne l'enchantait pas du tout.

— Oui, dit-elle dans un souffle.

— Je ne crois pas, non, la contredit Dimitri.

Alain sembla gêné et abaissa légèrement sa lumière, avant de pointer l'autre bout du souterrain. Pendant que Dimitri obligeait Wyllina à prendre appui sur lui, il finit par s'approcher d'eux.

— Qu'est-ce qui lui est arrivé ? demanda-t-il.

Dimitri observa la jeune fée comme pour lui réclamer son approbation. Celle-ci ne réagit pas, mais son regard en disait long. Elle ne tenait pas à ce que tout le monde fût au courant de ce qu'il s'était passé dans le Nouveau Royaume. Surtout que trop de personnes à son goût l'étaient déjà, y compris Pullman, qui n'avait pas hésité à les trahir.

— C'est compliqué, répondit simplement Dimitri.

— Ici, impossible d'avoir du réseau, et là où nous allons, personne n'a ce genre de gadgets.

— Et d'ailleurs, maugréa-t-elle, ce serait plutôt sympa de nous apprendre où l'on se rend. Je n'irais pas jusqu'à dire que cet endroit s'enfonce un peu trop sous la terre pour être vraiment sécuritaire, mais après tout, on ne te connaît pas et ce serait un parfait piège qui n'offre aucune échappatoire.

— Il y a peut-être une solution, finit-il par annoncer, mais je ne suis pas certain que ça fonctionnera, à cause de tout ce qui se passe…

Le ton qu'il employa laissa supposer qu'il ne voulait pas tout révéler, lui non plus. Alors ce serait comme ça, à présent ? Tout le monde se parlerait avec des non-dits pour ne pas compromettre une information capitale ?

— Je peux la porter, suggéra Dimitri.

— Peut-être, mais ce sera trop long, rétorqua le faune. Permettez-moi d'essayer.

Il sembla attendre leur réponse, comme s'il cherchait leur accord. Wyllina s'épongea le front, consciente qu'elle avait soudainement trop chaud, et que ce n'était sûrement pas bon signe. Dimitri invita Alain à s'exécuter, alors qu'il aidait la fée à retirer son manteau avant de l'asseoir sur le sol.

Là, le faune fouilla la poche de son jean et en sortit une flûte de Pan modèle réduit. Et sans répondre aux questions que lui lançaient leurs regards, le faune se mit à jouer. Le son était étonnement fort, strident, si bien que Wyllina et Dimitri durent se boucher les oreilles. C'était comme si la musique pénétrait directement leur tête.

Cela dura plusieurs minutes, avant qu'Alain ne fût à court de souffle et ne cessât de piper. Haletant, il reprit une profonde inspiration, accordant aux ouïes des deux amis un peu de répit. Alors qu'il s'apprêtait à recommencer, Dimitri l'interrompit en levant les mains.

— Arrête ! dit-il. Tu vas trahir notre présence !

Le faune se tourna vers lui et lui sourit largement.

— Mais justement, c'est le but.

Ne laissant pas une seconde de plus au silence, Alain se remit à pipoter, obligeant l'héritier et la nocturna à plaquer à nouveau leurs paumes sur leur tête. Comment se faisait-il que le faune eût autant de souffle ? Wyllina ferma même les yeux, tant les vibrations semblant venues d'un autre monde étaient assourdissantes et dissonantes.

Le faune continua à jouer pendant facilement une heure avant que Wyllina ne le suppliât d'arrêter. Le mal de crâne qu'elle ressentait à cause de la musique n'arrangeait rien à son état général. Et puisqu'elle était incapable de s'éloigner seule, elle n'avait pas le choix de subir.

— Encore une fois et je laisse tomber, répondit le faune, plein d'espoir.

Il porta la flûte à sa bouche, mais s'interrompit, les poumons chargés d'air, lorsqu'un bruit survint à l'autre bout du tunnel. Il recula l'instrument et vida sa poitrine d'un coup sec, avant de se tourner vers les deux collègues, visiblement très fier.

— Qu'est-ce que… commença Dimitri.

— Ils nous ont entendus, répondit Alain, manifestement surexcité.

Wyllina allait rétorquer qu'il n'y avait certainement pas de quoi être enjoué, étant donné qu'ils ne savaient pas qui arrivaient et quelles étaient leurs intentions. Mais, trop faible, elle décida de soupirer en fermant les yeux.

Dimitri se rapprocha sensiblement d'elle, alors que des lueurs de torches apparurent doucement dans l'obscurité du tunnel.

— On est là ! cria Alain, pour être repéré plus facilement encore.

Dimitri se pencha vers elle pour la redresser.

— Il va nous faire tuer, dit-elle.

— Attends, ne sois pas si méfiante. Après tout, on n'a pas vraiment d'autre issue.

C'était vrai. Elle n'avait dans tous les cas aucun moyen de fuir. Et si ces tunnels menaient tous au même endroit, c'est-à-dire celui qu'ils devaient rejoindre, il y avait fort à parier que les gens qui s'approchaient ne leur voulaient aucun mal.

— J'avais peur que ma flûte ne fonctionne pas, à cause de la magie qui s'est fait la malle, précisa Alain, mais je suis ravi de constater que cette vieille chose est toujours aussi efficace. Ce machin peut être entendu à des milliers de kilomètres.

Wyllina haussa les épaules en tentant de garder l'équilibre. Sûrement un truc de faune. Après tout, il faisait partie d'une espèce qu'elle ne maîtrisait pas très bien, car les faunes partageaient leurs vies entre la Terre et Vaquoria depuis la nuit des temps. Ensuite, elle n'avait jamais vraiment cherché à en connaître un.

Mais, dans un second temps, ce qu'il venait de dire la fit réagir.

— Des milliers de kilomètres ? Mais…

— Détends-toi, la coupa Alain. Elle n'est entendue que par les personnes qui ont de bonnes intentions envers celui qui l'utilise. C'est très efficace pour demander de l'aide.

La nocturna allait poursuivre son questionnement, mais, déjà, leur soutien s'approchait. Parmi eux se trouvait un nain, vêtu d'une armure en fer et dont la coiffure et l'allure laissaient penser qu'il arrivait tout droit de l'Ancien Royaume. La torche qu'il tenait à bout de bras était pratiquement aussi haute que lui et on devinait à son souffle rauque que l'exercice n'était pas son fort. Une silhouette plus grande l'accompagnait. D'ici, Wyllina reconnut un homme, mais il était encore trop loin pour qu'elle sût dire à quelle espèce il appartenait. En revanche, il portait également des vêtements peu communs sur Terre. Est-ce que ces gens provenaient de Vaquoria ? Y avait-il un portail sous la montagne ?

Dimitri l'épaula pour faire quelques pas, difficilement, en la soutenant par la taille. Aller à la rencontre de ceux qui leur venaient en aide n'avait rien d'une mince affaire, dans l'état où elle se trouvait. Heureusement, ils finirent par arriver à leur hauteur plus vite qu'elle ne l'aurait cru. La lumière de leurs torches les enveloppa.

— Bonjour, chers amis, commença Alain en leur adressant un sourire.

— Salut, Alain, répondit l'homme à la carrure imposante, en regardant Wyllina et Dimitri avec méfiance.

Alors le faune les connaissait ? Ça paraissait plutôt logique, finalement. Mais la nocturna ne parvenait pas à se détendre pour autant. En observant le visage de leurs hôtes, elle tenta de jauger leur loyauté et leur bravoure. Des réflexes déployés pour ses missions sur Terre, mais qu'elle avait toujours eus depuis qu'elle avait été nommée chevalière.

— On peut savoir qui c'est ? poursuivit l'homme en désignant la nocturna et l'héritier du menton.

Leurs deux sauveurs détaillaient les amis avec autant de curiosité qu'eux. Visiblement, la méfiance était de mise pour tout le monde.

— Des alliés, répondit simplement Alain en souriant.

Wyllina ne tenait plus sur ses jambes. D'ailleurs, elle était sans doute sur le point de perdre connaissance, tant son front et son corps tout entier étaient brûlants.

Pour leur faire arpenter le souterrain, la présence du nain avait été primordiale. En labyrinthe, ce réseau de tunnels offrait de nombreux raccourcis que lui seul maîtrisait, ce qui avait permis au groupe d'accéder plus facilement et plus rapidement au point de rendez-vous. Dimitri, qui portait Wyllina depuis qu'ils s'étaient remis en route, avec l'aide de l'un ou de l'autre, marqua une pause lorsqu'ils pénétrèrent dans ce qui ressemblait à une ville dissimulée sous une montagne.

Comme elle était vaseuse, la nocturna ne s'y intéressa que peu.

— Mais où est-ce qu'on est ? demanda-t-il.

Alain se retourna brièvement vers lui sans lui répondre. Wyllina grogna d'inconfort.

— Amenez-la par ici, indiqua le nain.

La fée eut tout juste le temps d'entrevoir le visage de l'homme qui était venu à leur rencontre. Cela ne l'avait pas frappé dans l'obscurité du tunnel, mais à cet endroit la lumière lui en montrait davantage.

Et ce qu'elle aperçut lui tordit le ventre. À moins que la fièvre ne la fît à nouveau délirer ?

Elle était persuadée de le connaître.

— Grim ? murmura-t-elle.

Le garçon haussa les sourcils, visiblement surpris, et plongea son regard dans le sien. Mais c'était trop tard, elle n'y parvenait plus. Ses yeux se fermèrent seuls alors qu'elle sombrait dans l'inconscience.

Chapitre 21

Les paupières de Wyllina s'ouvrirent d'un coup sec alors que l'atmosphère, autour d'elle, était aussi sombre que pesante. Sur un genre d'estrade, elle faisait face à une foule déjà conséquente de natifs, tous si bien habillés qu'elle comprit immédiatement ce qui se passait. En baissant les yeux vers ses mains, elle repéra ses doigts noircis et la coupure qu'Éva s'était faite, quelques jours plus tôt.

Non, pas encore…

Elle tenta de bouger, mais en était incapable. Est-ce que sa sœur se sentait réellement aussi lourde au quotidien ou était-ce parce que Wyllina n'était pas censée se trouver là ? Dans ce corps, dans ce royaume, dans ce monde ?

La scène se passait à l'extérieur et elle devina que la brume qui entourait le peuple n'était que dans sa tête et qu'en fait les rayons du soleil inondaient les sujets. Une musique festive résonnait, sans qu'elle pût en déterminer la provenance.

Puis, quelqu'un s'approcha d'elle. Sans surprise, elle se tourna difficilement vers Erwin, dont le costume laissait présager de la suite des évènements.

Dans sa main, une corde tressée se balançait au rythme de ses pas, une corde qui allait sceller pour toujours le destin des jeunes mariés. Elle devait empêcher ce qui allait se produire.

L'esprit embrumé, elle tenta de réfléchir à toute vitesse. Elle pourrait simplement quitter les lieux, mais elle ne serait pas assez rapide étant donné qu'un geste du bras lui requérait plusieurs secondes. Elle pourrait solliciter de l'aide, faire comprendre aux natifs que leur nouvelle reine était manipulée et qu'il fallait combattre, mais elle mettrait sa sœur dans une position délicate et elle voulait éviter à tout prix de la perdre pour de bon.

Erwin s'approcha encore et lui attrapa les poignets, comme pour appuyer le fait qu'elle n'avait pas le choix.

Depuis quand torturait-il Éva ? Certainement non moins longtemps que leurs mémoires pouvaient se souvenir.

— Braves gens ! La cérémonie va commencer !

Les voix lui parvenaient de façon si lointaine qu'elle se demanda si elle n'était pas immergée dans des eaux troubles. Mais le sourire d'Erwin, lui, apparaissait aussi clairement que dans de l'eau de roche.

— Pourquoi ? arriva-t-elle à articuler de ses lèvres noircies par la couronne.

Erwin sembla perdu un moment et l'observa sans réaction.

— Pourquoi quoi ?

Était-elle bel et bien là ou bien n'était-ce qu'un rêve ? Possédait-elle le corps de sa sœur ? Pouvait-elle vraiment agir en son nom ?

— Pourquoi fais-tu tout ça, Erwin ? Laisse-la partir.

Sa vision s'assombrit alors que l'elfe noir parut surpris. Elle voulut ajouter quelque chose, mais, déjà, elle flanchait.

Dans un ultime effort, elle s'agrippa aux mains d'Erwin, comme pour se retenir, et ce contact familier lui sembla plus qu'étrange dans ces conditions. Que restait-il des deux cent cinquante années qu'ils avaient partagées ? Avait-il seulement été sincère, au moins une fois ?

Comme si quelque chose la tirait vers l'arrière, elle se sentit fléchir.

Ses yeux s'ouvrirent encore. Elle était pourtant persuadée d'être déjà réveillée. Au-dessus d'elle, Dimitri et l'homme qu'elle avait reconnu l'observaient attentivement. Oui, c'était bien Grim. Ses cheveux roux et ses iris gris argent ne laissaient aucun doute sur sa nature. Il était un nocturna.

Elle se redressa tout à coup, complètement désorientée, et tenta une position de défense en cherchant son couteau, normalement accroché à sa jambe. Il n'y était pas.

— Du calme, lui somma Grim en plaçant une main sur son épaule. Tu es en sécurité ici.

Comme il la fixait, elle en fit de même en se détendant. Son visage n'avait pas changé à l'exception de quelques rides qui entouraient ses yeux. Son esprit était confus. Où se trouvait-elle, en quelle année ? Qui était-elle ?

— Grim, répéta-t-elle en plissant les paupières.

Il échangea un regard avec Dimitri. Quant à Wyllina, elle ressentit le besoin de se recoucher. Autour d'elle s'érigeait une pièce assez modeste où plusieurs instruments de médecine étaient éparpillés un peu partout. Elle aurait pu trouver ça normal, si tous ces objets ne provenaient pas de l'Ancien Royaume. Une fée aux larges ailes aussi fine que du papier de soie leur tournait le dos, elle semblait chercher quelque chose.

— Donc, dit-elle soudainement d'une voix trop enjouée pour la situation, comme je le disais… Oh, bonjour ! ajouta-t-elle en remarquant que Wyllina s'était réveillée. Comme je le disais, il faudrait qu'elle se fasse guérir sur Vaquoria. Sinon, elle ne cicatrisera jamais.

Dimitri lança un regard inquiet à la fée.

— Comment ça ? Elle avait été soignée à l'ARPM.

— Ne me dis pas que tu travaillais pour ces clowns, balança Grim à l'attention de Wyllina.

Elle ignora sa remarque et porta une main à son ventre en soupirant. La douleur était moindre, mais toujours présente. Et un épais bandage entourait désormais sa taille.

— Si, absolument, répondit Dimitri à sa place. Et elle était la meilleure.

— L'une des meilleures, rectifia-t-elle d'une voix faible.

Se désintéressant des deux garçons, elle se concentra sur la fée qui l'avait visiblement traitée.

— Cette blessure, pourquoi ne guérit-elle pas ?

La fée s'essuya les mains sur un linge, puis le laissa négligemment tomber sur le sol avant de mettre ses poings sur ses hanches.

— Vous savez pourquoi, dit-elle. Elle a été infligée là-bas, n'est-ce pas ? Avec une arme particulière. Je peux le voir, je ne suis pas dupe. Il ne sert à rien d'essayer de me mentir.

— Du calme, Mina, intervint Grim. Elle ne faisait que poser une question.

— Oui, et moi aussi, répondit la fée. Je me demande bien comment elle peut avoir été blessée par un poignard multidimensionnel alors qu'on se bat à tout instant pour trouver un moyen de retourner chez nous.

Là, Grim parut piqué par la curiosité.

— C'est compliqué, répliqua Dimitri. Est-ce qu'elle est guérie ? Au moins pour quelques semaines ?

Wyllina soupira à nouveau et tenta de se relever. Elle restait faible, mais était capable de bouger.

— Pour quelques semaines ? s'offusqua la fée. Je dirais quelques jours, si ce n'est pas moins ! Cette blessure ne cessera de s'aggraver si elle ne rentre pas au plus vite. Mais, rassurez-vous, je lui ai donné de puissants antidouleurs. Je pourrais mieux faire sur Vaquoria, mais bon.

La nocturna s'assit sur la table en inox sur laquelle on l'avait déposée et jaugea sa souffrance. Effectivement, c'était bien plus supportable, même si c'était loin d'être parfait.

— Merci, Mina, articula Grim pour lui signifier de quitter la pièce.

La fée ne se fit pas prier. Apparemment, elle était très agacée. Wyllina la suivit du regard jusqu'au moment où elle passa une porte en bois pratiquement aussi vieux qu'elle. Consciente que l'un et l'autre de ses amis l'observaient avec des questions en attente, elle se leva et soupira en récupérant ses effets personnels un peu plus loin. Son poignard, son poing américain, son revolver, ses objets… tout était là. À son immense soulagement.

Le silence qui se créa fut sûrement l'un des plus pesants qu'elle eût eu l'occasion d'expérimenter.

— Alors, tu es en vie, finit par dire Grim d'un air sérieux, adoptant leur langue natale des nocturnas.

— Toi aussi, lui répondit-elle, à mon grand désespoir…

L'attention de Dimitri oscilla entre la fée nocturne et l'homme qui les avait menés jusqu'ici. Il ne semblait pas comprendre.

— Mais…

— Il y a plus important, le coupa Wyllina en reprenant en natif. Trouver un moyen de ramener tout le monde chez nous avant qu'on ne meure tous.

— Et toi, avant les autres…, ajouta Dimitri d'un air sombre en croisant les bras.

Elle chassa cette hypothèse d'un geste de la main.

— Et il faut sauver Éva, reprit-elle à l'attention de Grim. Je crois que les choses vont très mal.

— Éva est… Elle est en vie aussi ?

Grim en parut sincèrement bouleversé. Wyllina fit mine d'ignorer son visage effrayé à l'idée de perdre encore une femme qu'il avait aimée par le passé.

— Si tu la chéris toujours, j'espère que tu es prêt à faire le nécessaire.

Une rapide visite de la ville souterraine avait mis les choses au clair dans l'esprit de Wyllina. Fondée lorsque les natifs avaient migré vers la Terre, approximativement cinq cents ans auparavant, cette ville, d'environ cinq mille habitants sur plusieurs niveaux que les tunnels desservaient, avait été creusée et bâtie par les nains. Ensuite, plusieurs espèces les avaient rejoints au fil des ans, préférant l'illusion d'une vie sur Vaquoria à l'abri du soleil plutôt que partager le quotidien des humains.

Ainsi donc, en se promenant, il était impossible de savoir qu'on était sur Terre.

Tout le monde était habillé à la mode de Vaquoria, les coutumes restaient les mêmes, les règles de bienséance également et, jusqu'à maintenant, elle n'avait vu aucun humain. Ici, tout le monde parlait la langue unifiée de Vaquoria. Mais certains mots s'étaient modifiés, fondant un dialecte que Wyllina ne comprenait pas toujours.

Pour tout dire, cela créait un sentiment étrange. Vivre à Vaquoria lui manquait, mais certains aspects de la vie dans l'Ancien Royaume n'étaient plus aussi justes qu'alors, à ses yeux. Elle avait perdu l'habitude de vivre chez elle et, les deux dernières fois, les choses ne s'étaient pas très bien passées.

Raison pour laquelle Grim lui conseilla de taire son identité. La rumeur qui incriminait une nocturna sauvage dans les meurtres de la famille royale s'était répandue comme une traînée de poudre, ici. Évidemment, elle ne pouvait cacher sa nature, mais pour la durée de son séjour, elle s'appellerait donc Lysia, prénom qu'elle empruntait à sa mère, disparue depuis longtemps à la fin de la guerre contre les elfes noirs. Wyllina et Éva n'étaient alors que des enfants. Personne ne pourrait faire le lien avec elle, avec l'assassinat des monarques et avec sa sœur.

Pourtant, elle ne cessait de penser à celle-ci. La situation semblait plus compliquée que ce qu'elle aurait pu imaginer. Erwin était sur le point de s'emparer du trône et Éva allait de plus en plus mal.

— Elienor ne devrait pas tarder à vous rejoindre, annonça Grim en posant ses deux poings sur la grande table ronde qui les séparait.

— D'accord, mais il ignore comment faire pour améliorer la conjoncture, exposa Dimitri. On est en possession de l'alliance d'Erwin, mais on ne sait pas comment l'utiliser. Et maintenant il est certainement à nos trousses.

Ce n'est qu'une question de temps avant qu'Erwin et sa bande nous retrouvent. Parmi tous les natifs présents ici, n'y a-t-il pas quelqu'un qui pourrait nous aider ?

Wyllina grimaça en se redressant sur sa chaise en bois vernis.

— Erwin est occupé pour le moment, dit-elle. Du moins, si j'en crois ce que j'ai vu.

Elle décida de parler. Après tout, garder ses visions pour elle n'arrangerait rien à la situation des natifs. Ni à la sienne. Dimitri, et Grim lui lancèrent un regard interrogateur.

Wyllina n'eut d'autre choix que d'éclaircir ses propos.

— Je crois que la plaie que ma…

Elle s'interrompit. Révéler que c'était sa sœur qui l'avait blessée impliquerait d'expliquer pourquoi elle avait souhaité le faire. Et même si elle connaissait Grim, elle se méfiait même de lui. Particulièrement de lui, à vrai dire.

— Je pense qu'elle établit un lien entre l'Ancien Royaume et la Terre à travers moi et à travers elle-même.

— Tu veux dire que… vous êtes comme connectées ? s'inquiéta Dimitri.

— Je n'en sais rien, mais j'ai l'impression d'avoir des visions de sa vie, comme si, pendant quelques secondes, j'étais dans son corps. Et après tout, ce serait logique. Nous sommes jumelles, faites pour nous opposer et nous comprendre mieux que quiconque. Si mon âme est quelque part entre Vaquoria et la Terre, je crois qu'Éva est la meilleure personne qui puisse l'accueillir.

— On règlera ça plus tard, l'interrompit Grim. J'ai besoin de savoir de quoi vous êtes au courant, à commencer par qui est cet… Erwin.

— Et moi, répondit Wyllina, j'ai besoin de savoir qu'on peut te faire confiance.

Grim lui adressa un regard sombre, comme pour la sonder. Mais il finit par fermer la porte de la pièce, un bureau aménagé dans ce qui lui servait de domicile, après avoir vérifié les allées et venues dans les rues de la ville. Au fil des ans, ses habitants avaient perdu l'habitude de verrouiller leur porte.

Là, la nocturna lui expliqua tout. Comment elle avait participé à l'établissement de l'ARPM, cinq cents ans plus tôt lorsque Pullman l'avait recueillie. Comment elle avait connu Erwin deux cent cinquante ans auparavant et l'avait rallié à leur cause. Comment celui-ci s'était évaporé, ce qu'ils avaient découvert depuis que Dimitri était arrivé. Sans oublier les détails concernant Éva, manipulée par l'elfe noir depuis visiblement bien longtemps à cause d'une vengeance qu'il voulait exécuter sur le roi. La façon dont ils avaient fait avaler au peuple que Wyllina était la meurtrière de la famille royale et qu'il fallait la sacrifier pour qu'Éva accédât au pouvoir. Et sans cacher non plus qu'un des héritiers de la couronne était encore en vie. Il n'y eut qu'une seule chose qu'elle ne révéla pas : l'identité de Dimitri.

— À l'époque, intervint Grim, ta sœur traînait beaucoup avec un elfe noir. Je crois que c'est à cause de lui qu'elle a rompu nos fiançailles.

Se rappeler cette période de son histoire était plus difficile qu'elle ne l'aurait pensé. Pas parce que le temps était passé et qu'elle ne parvenait pas à se souvenir de tout, mais au contraire parce que sa mémoire était comme marquée au fer rouge.

— Elle a brisé vos engagements parce qu'elle est devenue la garde personnelle du roi. Vous n'auriez pas pu…

— Non, la coupa Grim. Je repense très clairement au jour où je les ai vus, tous les deux, dans l'écurie de vos parents. Elle me disait l'avoir rencontré lorsqu'elle n'était encore que chevalière. Ils exerçaient dans le même bataillon. Mais il a rapidement été évincé et tournait toujours autour d'elle. Au départ, je ne m'en méfiais pas beaucoup, mais au fur et à mesure, il devenait de plus en plus intrusif. Tu n'étais pas là pour le voir, tu avais été envoyée à la cour au même moment. Mais moi, je m'en souviens comme si c'était hier.

Wyllina entrouvrit la bouche pour répondre, mais les mots restèrent coincés dans sa gorge. Serait-il possible que, depuis toujours, Erwin eût manipulé sa sœur sous son nez, sans qu'elle ne s'aperçût de rien ? Évidemment… Mais pourquoi ? Et comment ?

— Peu importe le passé, après tout, les interrompit Dimitri. Ce qu'il faut savoir, maintenant, c'est la façon dont on doit le stopper. Si on n'agit pas, on mourra tous d'ici quelques jours.

— Il a raison, confirma Grim. Cet Erwin est à mettre en pause immédiatement. Trouvons un moyen de vite retourner sur Vaqoria.

Wyllina soupira, déçue. En apercevant Grim, l'ancien fiancé de sa sœur, elle avait vu une aide parfaite pour la sauver au plus vite. Mais le bon sens de la fée nocturne était éloigné par l'angoisse de perdre Éva à nouveau, et ce, malgré tout ce qu'elle lui avait fait subir.

— Ici, on est en sécurité, reprit Grim. Personne ne peut parvenir à la ville sans qu'on le veuille. Donc peu importe ce Pullman ou cet Erwin, ils ne viendront pas jusqu'ici. Ce qui nous laisse le temps de trouver une solution.

Il baissa la tête avant de se redresser, paraissant trop grand pour la pièce, basse de plafond.

— Tout à l'heure, Mina a annoncé que tu avais été blessée par une arme multidimensionnelle. Est-ce que c'est le poignard qu'Éva a utilisé ?

La jeune fée opina du menton. Il était au courant de tout, à présent.

— Et tu as dit que… reprit Grim. Que tu avais des visions ?

— C'est ce que j'ai dit, oui, confirma-t-elle en haussant les épaules.

— Crois-tu qu'il soit possible, si tu te retrouves dans son corps, qu'elle habite le tien dans le même temps ?

Wyllina dut réfléchir et interrogea Dimitri du regard. Après tout, il avait assisté à chacune de ses absences depuis que cela arrivait. Avait-il remarqué quelque chose ?

L'héritier détacha ses iris noisette de la nocturna et se perdit dans ses pensées. Il sembla soudainement comprendre quelque chose.

— Je crois bien que oui, dit-il d'un air grave.

Sans vraiment appréhender où ses deux compagnons voulaient en venir, Wyllina les observait discuter de la situation tour à tour. D'après l'héritier, la nocturna n'avait pas des absences à proprement parler, mais paraissait à chaque fois curieuse de l'endroit où elle se trouvait. Comme si, soudainement, elle redécouvrait le monde pendant quelques secondes.

— Mais je ne vois pas en quoi c'est un avantage qu'Éva puisse être à ma place pendant quelques secondes. Au contraire, si Erwin le repérait et la faisait chanter pour connaître notre position ?

À ces mots, elle se rendit compte de l'énorme faute qu'elle avait perpétrée un peu plus tôt. Ses yeux se perdirent dans le vide alors qu'un hoquet de stupeur gonfla sa gorge.

— Et d'ailleurs, il va sûrement le découvrir, j'ai commis une erreur.

— Du calme, l'apaisa Dimitri. Si Éva prend réellement ta place lorsque tu occupes la sienne, elle n'a pas l'air… elle-même. Je ne crois pas qu'elle cherche à savoir où on est. C'est plutôt comme si… elle revivait.

— Là où je veux surtout en venir, poursuivit Grim, c'est que tu pourrais t'en servir pour trouver le poignard et qu'on pourrait aussi profiter de la présence d'Éva dans ton corps pour la convaincre de nous épauler. Ou bien de nous révéler l'identité de l'héritier survivant. Je ne sais pas, mais elle doit bien pouvoir nous aider.

— Je ne crois pas qu'elle le fera, répondit Dimitri, amer.

— Pourquoi ne désirerait-elle pas le faire si Erwin la manipule ? insista Grim. Elle a disséminé des indices pour Wyllina. Elle lui a laissé la vie sauve.

— Vous n'avez vraiment pas le même sens de la loyauté, vous, les nocturnas.

L'héritier croisa les bras en retenant un soupir de colère. De toute évidence, il était loin d'être d'accord. Il ne voulait pas pactiser avec la meurtrière de sa famille, et Wyllina pouvait le comprendre. Mais les choses avaient changé. Ils disposaient de nombreux éléments qui éclaircissaient le comportement et les actes d'Éva. De plus, s'il souhaitait rester incognito, Dimitri ferait mieux de mettre un peu d'eau dans son vin, au risque d'éveiller les soupçons.

— Je peux toujours essayer, intervint Wyllina. Mais c'est… compliqué d'être à sa place. Elle souffre beaucoup. La couronne lui pèse et je crois que ce n'est qu'une question de temps avant qu'elle… avant qu'elle ne soit tuée.

— Dans ce cas, répondit Grim après un instant de silence, il n'y a pas une minute à perdre.

Wyllina soupira en observant l'héritier. Malheureusement, elle n'avait aucun contrôle sur ses visions qui semblaient survenir chaque fois qu'elle était au plus mal, quand sa lésion était à vif. En supposant que ce fût une bonne idée, il n'aurait donc pas fallu la soigner. Mais puisque Mina, la fée infirmière, lui avait dit que la blessure ne ferait qu'empirer tant qu'elle ne serait pas traitée sur Vaquoria, il ne restait plus qu'à espérer que son état se dégradât rapidement.

— On doit m'enlever tout ça, alors, dit-elle en désignant son bandage.

Dimitri et Grim parurent troublés.

— Je ne contrôle pas les moments où je prends la place d'Éva, et cela n'arrive que lorsque ma plaie est au plus mal.

— Ce serait risquer que tu meures, réfuta Dimitri.

— Oui, confirma Grim, et avant que tu dises que ce serait un mal pour un bien, sache que tu es plus utile que tu ne le crois dans notre combat.

La nocturna baissa la tête, résignée.

— Vous avez entendu la fée ? insista-t-elle. Il ne me reste que quelques jours si on ne trouve pas une solution. Le temps qu'on cherche un moyen ou qu'on attende que les choses empirent, il sera sans doute trop tard pour faire quoi que ce soit.

Ses amis ne la contredirent pas.

— Mais il y a un autre détail important. Je veux bien partir en quête du poignard de ma sœur, mais comment pourrai-je le ramener ici ?

— Tu ne le pourras pas, répondit Dimitri, un sourire niché au coin des lèvres. Mais Éva, oui.

Chapitre 22

Les rues de Brinthorum, comme l'avaient baptisée les nains fondateurs de la ville souterraine, étaient incroyablement bruyantes. Ce n'était pas tant en raison de la surpopulation, puisqu'étonnamment, les habitants ne semblaient pas les uns sur les autres. C'était surtout à cause de la réverbération du moindre son sur la roche, de la même manière que dans une grotte. Il n'y faisait pas sombre, sauf à la tombée du jour, quand un gobelin assigné à cette tâche éteignait la plupart des torches qui éclairaient la chaussée. Le matin, c'était lui aussi qui était chargé de les allumer avec l'aide de Grim, qui n'avait qu'un claquement de doigts à faire pour toutes les enflammer.

Wyllina arpentait les différents commerces, observant avec attention le moindre détail. Elle était impressionnée par tant d'authenticité, même si, au fil des années, de nombreuses choses avaient évolué dans cette civilisation qui avait souhaité perpétuer la tradition. Elle avait déjà remarqué le langage, légèrement différent du natif de ses souvenirs, et constatait une variation dans le clivage des espèces. Ici, tout le monde cohabitait avec aisance, au point de se demander pourquoi ça n'avait jamais pu être le cas sur Vaquoria.

Elienor, arrivé un peu plus tôt sous les Alpes, après un voyage périlleux et interminable, lui indiqua de s'arrêter à une échoppe en faisant crisser les débris de roche sous ses pieds. Pour passer inaperçus, Grim et Elsa leur avaient prêté des vêtements qui rappelaient le bon vieux temps à Wyllina. Pour elle, une robe composée de plusieurs couches qu'elle avait dû enfiler une à une et nouer d'une façon qu'elle n'avait pas eue à faire depuis longtemps. Pour Dimitri, une chemise en lin et un pantalon en peau de chevreuil, et pour Elienor, un costume trois-pièces en soie. C'était la seule tenue qu'il avait accepté de porter.

— Regarde ça, dit l'elfe en évaluant une écharpe d'un œil dédaigneux. La mode terrienne me manquera, à coup sûr.

La nocturna s'intéressa à peine à ce qu'il lui montrait et replaça les pans de sa robe en observant les alentours. Elle avait la sensation que tout le monde les étudiait, ce qui n'était sans doute pas faux. De nouveaux arrivants devaient toujours être le centre de l'attention, ici, car tous, ou presque, se connaissaient. Entre quatre murs, les rumeurs se répandaient plus vite, rebondissant sur les parois de l'immense cavité creusée par les nains.

— Arrête un peu de faire du shopping, le réprimanda la nocturna. Je dois te rappeler pourquoi on joue cette comédie ?

— C'est vrai, se reprit l'elfe en se tournant vers elle, d'un air condescendant. J'ai toujours su que tu n'avais aucun goût pour la mode. Constamment habillée en noir, sans cesse avec le même style de vêtements…

— Ils étaient confortables. Active-toi un peu, les autres nous attendent.

Il renifla, comme pour lui signifier qu'elle l'agaçait, et s'éloigna enfin de l'échoppe, malgré les tentatives du vendeur pour capter à nouveau son intérêt.

— Je me demande bien pourquoi tu acceptes de faire une chose pareille. La récompense en vaut-elle le prix ?

La nocturna se remit en marche à son tour, difficilement. Sa blessure était douloureuse, même avec le bandage. Elle remarqua, non loin d'eux, qu'une mère réprimandait son fils qui voulait les approcher.

— Je n'ai pas vraiment le choix, répondit-elle.

— On a toujours le choix, petite nocturna.

— J'aurais dû faire celui de ne jamais t'écouter, rétorqua-t-elle en lui adressant un faux sourire.

Son regard changea pendant une seconde, mais ce n'était pas à cause d'elle. Il observait quelque chose d'autre, un peu plus loin. Un commerce avait manifestement attiré son intérêt. On y vendait toutes sortes d'herbes aromatiques, de cristaux et d'objets supposément magiques. Ils ne l'auraient jamais autant été que dans l'Ancien Royaume, mais pouvaient parfois donner l'illusion. Elle en savait quelque chose.

— Là, dit-il. Je suis sûr de trouver.

Pour économiser ses pas, la nocturna décida de l'attendre à l'extérieur. Quand ses amis et elle avaient exposé le plan à Elienor, celui-ci avait refusé de risquer la vie de Wyllina. « Elle représente une monnaie d'échange trop importante pour qu'on la laisse mourir », avait-il dit. Et il n'avait pas tort, même si tout le monde l'avait traité de monstre. Il avait alors décidé de tenter autre chose. La procédure serait la même, à une nuance près : il provoquerait les visions de Wyllina.

La nocturna, elle, n'avait pas vraiment le choix. Après tout, il n'y avait pas d'autres solutions, à part celle d'utiliser l'alliance d'Erwin, mais, ici, personne n'était parvenu à leur donner un seul indice sur la façon dont ils devaient s'y prendre. Ce qui était plutôt logique. Les portails avaient toujours existé entre la Terre et Vaquoria. Jamais personne n'avait eu besoin de les étudier pour en fabriquer ou de trouver un moyen différent de passer d'un monde à l'autre. Et si cela avait été fait, Wyllina et ses amis n'avaient pas encore croisé la bonne personne pour les aiguiller.

L'elfe revint après quelques minutes, un sac en lin dans une main. Il s'approcha de la nocturna avec cet air qui lui collait à la peau, entre la vanité et l'arrogance.

— On peut y aller, articula-t-il. Ne traînons plus.

Wyllina soupira de soulagement et le suivit dans les ruelles de Brinthorum. S'il avait insisté pour qu'elle l'accompagnât, c'était essentiellement pour la garder à l'œil, la nocturna en était persuadée. Parce qu'à part l'écouter se plaindre de la tache de sang que Pullman avait laissée dans son salon, de la façon affreuse dont on l'avait traité sur le trajet pour venir jusqu'ici, ou d'ô combien il détestait se mêler au peuple, son utilité était discutable. Surtout qu'elle avait dû abandonner Dimitri seul avec Grim. Mais puisqu'ils se retrouvaient tous les deux, la fée en profita.

— As-tu eu des nouvelles ? lui demanda-t-elle.

— Des nouvelles de qui ? s'enquit l'elfe.

— Je ne sais pas. De Pullman, de Peter… d'Erwin ?

L'elfe sourit d'un air moqueur. Est-ce qu'il était capable de lui cacher des informations, comme il avait l'habitude de le faire, malgré la situation ?

À coup sûr. Est-ce qu'il était honnête en disant vouloir les aider ? Certainement pas. S'il leur prêtait mainforte, c'était qu'il y gagnait sans doute quelque chose. Il fallait donc garder l'avantage. Et savoir si d'autres tentaient, eux aussi, de lui soudoyer son assistance.

— Le petit Peter s'occupe de votre patron, dit-il. De ce que j'ai compris, ils sont en fuite. L'ARPM leur court après, ils l'ont trahie en t'aidant.

— Et Erwin ? insista-t-elle.

Il fit tourner le sac en lin autour de son doigt, comme si cette conversation l'amusait beaucoup.

— Il est venu me demander si je savais où tu étais passée.

La peur la força à s'arrêter net. L'elfe était incapable de mentir. Avait-il tout bonnement révélé leur position à Erwin ?

— Et qu'as-tu répondu ?

— Que vous auriez pris un train pour les Pays-Bas il y a quelques jours.

Il lui adressa un clin d'œil et la jeune fée eut besoin de quelques secondes pour comprendre que l'elfe avait dit la vérité, mais une vérité tronquée. Ce papier, qu'il lui avait donné lorsqu'ils étaient partis de chez lui avec Dimitri, indiquait en effet une destination près d'Amsterdam. Destination qui avait changé seulement après que le voyage fut bien amorcé, et qui était finalement dans les Alpes.

— Comment as-tu… ?

— Si tu es persuadé que ce que tu dis est vrai, ce n'est pas vraiment mentir, n'est-ce pas ?

Elienor avait-il en fait ignoré où Dimitri et Wyllina eurent été expédiés ? Était-ce pour cette raison qu'il avait envoyé Alain, pour qu'il le tînt au courant et l'informât ? Certainement.

— J'en ai assez de tes manigances, le sermonna-t-elle. Mais je dois admettre que c'était bien joué.

— Garde tes éloges pour plus tard, petite nocturna. Je vais bientôt te faire souffrir, et plus encore que tu ne l'as jamais imaginé.

La fée nocturne observa tour à tour Dimitri, Grim, et Elienor qui s'affairaient. Au milieu du salon de Grim, décoré au goût des nocturnas, elle ne pouvait masquer son angoisse. Ce qu'ils s'apprêtaient à faire était dangereux. Déjà, parce que personne n'était certain du résultat, ensuite, parce que si effectivement, elle prenait la place d'Éva, les risques qu'elle ferait courir à sa sœur dans le Nouveau Royaume étaient élevés. L'idée de se retrouver une fois encore nez à nez avec Erwin ne l'enchantait guère. Serait-elle capable de se maîtriser ? Il le faudrait bien.

— Est-ce que tu es prête ? lui demanda Grim en l'aidant à s'installer sur les nombreux coussins disposés sur le sol.

Wyllina grimaça en s'asseyant, presque davantage de crainte que de douleur.

— Est-ce qu'on a le choix ? répliqua-t-elle.

Grim ne répondit rien, puis il se redressa avant de s'accroupir en face d'elle, rejoint par Dimitri, qui n'avait pas dit un mot depuis leur retour. La jeune fée tenta d'échanger un regard avec lui, sans succès. Elle inspira profondément lorsqu'Elienor s'approcha d'elle, un bol rempli d'un liquide verdâtre et épais, loin d'être appétissant.

— Je dois boire ce truc ? lui demanda-t-elle avec une moue de dégoût.

L'elfe parut étonné et retint un rire moqueur.

— Bien sûr que non, petite nocturna. Je te prie de bien vouloir soulever tes jupons.

Elle hésita, surprise. Seule face à ses trois amis, elle se sentit soudainement vulnérable.

— C'est vraiment nécessaire ?

— Je dois appliquer cet onguent sur ta plaie.

Elle soupira en s'exécutant, découvrant son ventre, mais veilla à conserver une certaine pudeur. Elienor s'accroupit près d'elle, déposa le bol à ses côtés et retira son bandage.

— Souviens-toi, dit-il, certaines choses pourront te sembler… déformées. Garde en tête ton objectif et surtout, ne fais rien de stupide.

Elle se retint de lui envoyer un coup de poing lorsqu'il dénuda sa blessure douloureuse.

— Et comment je fais pour revenir ? demanda-t-elle.

— Tu n'as rien à faire. La vision se terminera d'elle-même, comme les précédentes. Mais cela risque d'être un peu plus long et plus… tangible.

L'elfe lui adressa un sourire qui, cette fois, parut empli de gentillesse. Ça ne lui ressemblait pas, à tel point que la nocturna en fut bouleversée. Mais avant qu'elle ne pût dire quelque chose, il prit une grosse poignée d'onguent et l'appliqua au creux de sa blessure.

Aussitôt, la nocturna retint un gémissement de douleur et se sentit obligée de s'allonger.

Plus Elienor étalait la mixture sur sa plaie, plus la souffrance était insoutenable. Bientôt, Dimitri et Grim durent venir en aide à l'elfe pour la maintenir en place, alors qu'elle ne parvenait plus à contenir ses cris.

— Arrêtez, quelque chose ne va pas ! hurla-t-elle.

— C'est normal, contredit l'elfe d'une voix mesurée. Ne la lâchez pas !

C'était comme si la pâte s'infiltrait dans la moindre de ses cellules, partout dans son corps, dans son sang, dans son âme. Rapidement, la douleur lui fit tourner la tête, si bien qu'elle dut fermer les yeux. Elle comprit qu'elle devenait brûlante lorsqu'elle sentit Elienor s'éloigner. Seules les mains de Grim et de Dimitri pouvaient encore la toucher. Jusqu'à ce que Dimitri fût contraint de la lâcher.

Alors que son cœur s'emballait et qu'une souffrance atroce lui traversait le corps, tout cessa.

Doucement, elle reprit son souffle, sans oser ouvrir les yeux. Mais rien qu'à la façon dont se soulevait sa poitrine, elle sut qu'ils avaient réussi. Sur sa tête, le poids de la couronne lui parut écrasant. La robe qu'elle portait était trop serrée et trop lourde.

Et cette odeur… Une odeur qu'elle n'avait pas sentie depuis longtemps, mais qu'elle avait humée au palais la fois où elle s'était retrouvée dans le Nouveau Royaume. Une odeur d'ambre.

Elle y était. Il n'y avait pas une seconde à perdre.

Tout d'un coup, elle ouvrit les yeux. Elienor l'avait prévenue, mais le voir de ses propres yeux fut un choc. Autour d'elle, la salle du trône se présentait aussi clairement que si elle s'y trouvait vraiment. Plus de brume, plus de sons effacés. Ses gestes semblaient plus simples, même si, de toute évidence, Éva n'était pas libre de ses mouvements. Face à elle, en bas de l'estrade où elle se hissait, un gobelin l'observait, un genou à terre, comme s'il attendait une réponse.

Éva était en pleine séance de doléance.

Wyllina l'ignora et étudia les alentours, tentant de se repérer. Où devait-elle se rendre pour dénicher le poignard ? Dans la chambre d'Éva, certainement.

Sans prêter attention au gobelin et à la centaine d'autres sujets qui patientaient avant de pouvoir se faire entendre, elle se leva du trône difficilement, puis s'éclipsa. Heureusement pour elle, Erwin ne semblait pas être là. Du moins, pas pour le moment. Mais Aria, la naine qui lui avait servi de guide pour visiter le palais et qui était présente à ses côtés, la suivit du regard d'un air déboussolé.

Pas de temps à perdre, Éva trouverait bien quelque chose à dire pour se défendre une fois qu'elle reviendrait à elle. En hâte, mais devant fournir un effort monstrueux pour chacun de ses pas, Wyllina s'éclipsa par la porte dissimulée derrière le trône.

Elle se sentait si lourde qu'elle devait prendre appui contre les murs du palais pour tenir debout et avancer. Dans son dos, elle entendit Aria s'adresser aux sujets du royaume, cherchant à excuser la reine. Là, Wyllina fit une pause pour reprendre son souffle, tandis qu'elle prit conscience qu'en évoquant la reine, on parlait de sa sœur. Et à ce moment précis, d'elle-même.

Mais peu importait. Elle devait opérer vite. Elle se remémora alors sa carte mentale du palais. Si tout se passait bien, elle pourrait être dans la chambre de la reine d'ici une dizaine de minutes. Elle se mit en route.

Et ce fut plus simple que ce qu'elle aurait cru, bien qu'elle croisât plusieurs personnes désireuses de lui adresser la parole sur son chemin. Mais elle les ignora toutes, tentant de garder l'équilibre, la mine sûrement déconfite.

Déjà, elle avait trop chaud.

Le plus important était qu'elle ne rencontrât pas Erwin. Et lorsqu'elle parvint enfin à rejoindre les appartements de sa sœur, elle ferma violemment la porte en s'y appuyant, à bout de souffle. Chacun de ses membres semblait lesté de plusieurs kilos.

Après avoir repris sa respiration, elle voulut verrouiller l'entrée de la chambre, mais aucune clef ne le lui permettait. Et elle devina qu'Erwin y était pour quelque chose. Éva n'avait aucune intimité, aucun répit. Tant pis, elle ferait sans. Précipitamment, elle se tourna pour sonder la pièce. Où sa sœur pourrait-elle bien cacher quelque chose d'aussi important ? Parmi les objets qu'elle avait ramenés de la Terre ? Dans sa commode ? Dans sa coiffeuse ?

Comme elle n'en savait rien, elle décida de fouiller chaque meuble, chaque recoin et même sous son matelas. Mais elle ne trouva rien d'autre que quelques emballages de sucreries, des notes écrites à la main et un carnet déchiré.

Elle se tourna face à la coiffeuse et croisa son reflet. L'allure de sa sœur ne s'était pas améliorée. Mais on remarquait aisément qu'elle était reine, comme si la structure de son visage était modifiée par le pouvoir. Ce qui était sans doute le cas.

Déjà, la brume commençait à réapparaître dans son champ de vision, faisant comprendre à Wyllina qu'elle ne devait pas traîner. Elle ouvrit donc le dernier tiroir qu'elle n'avait pas exploré, en dessous du miroir dans lequel elle se reflétait.

Mais ce qu'elle y trouva n'avait rien à voir avec ce qu'elle cherchait. Au travers du brouillard de plus en plus épais et au milieu d'autres objets en tout genre, Wyllina remarqua une fiole contenant trois larmes, une mèche de cheveux emprisonnée dans un flacon semblable et quelques pièces d'or frappées du symbole des nocturnas.

Plus précisément de l'emblème de la reine. Quelques feuilles de papier brun s'étalaient dans le fond du tiroir, comme si on avait cherché à les cacher rapidement, comme si Éva avait été interrompue.

Sous le choc, la nocturna ne put tenir debout plus longtemps, elle s'accroupit en face de la coiffeuse, agrippant les effets qu'elle avait précédemment fournis à Elienor et qu'un commanditaire anonyme lui avait réclamés. Alors c'était elle ?

Elle voulut les récupérer. Sa sœur ne devait pas détenir ces fameuses mèches et larmes qui pouvaient causer sa perte. Mais les prendre dans ses mains ne changerait rien. Elle se souvint qu'elle occupait le corps d'Éva et que celui-ci resterait dans l'Ancien Royaume quand elle se réveillerait.

Elle lâcha donc les fioles et tomba à genoux, à bout de force. Dans un élan de désespoir, elle tenta de retirer la couronne, solidement accrochée à son front. Mais la douleur que cela provoqua l'obligea à s'arrêter.

Quand la brume envahissait son champ de vision, quelqu'un entra sauvagement dans la chambre. Elle n'eut pas le temps de voir de qui il s'agissait avant qu'on la saisît violemment par les bras. Là, juste à quelques centimètres d'elle, apparut le visage d'Erwin, plus carnassier que jamais. Elle n'aurait su dire comment c'était possible, mais elle était persuadée qu'il avait compris ce qui se passait.

— Je vais te retrouver, *telith*, grogna-t-il sans lâcher sa prise.

Elle voulut répondre, mais une soudaine douleur au ventre lui fit fermer les yeux. Erwin la laissa négligemment retomber sur le sol. Wyllina eut le temps d'observer, accroché à la ceinture de l'elfe noir, un poignard en or qu'elle aurait reconnu entre mille.

Celui qu'Éva avait utilisé pour la tuer.

Qu'allait-il advenir d'Éva une fois qu'elle aurait retrouvé sa place ? Dans un ultime geste, sa main trouva la couronne plantée sur le crâne de sa sœur. Du bout des doigts, elle en effleura l'obsidienne, sertie en son centre.

Et avant qu'elle ne perdît connaissance pour de bon, Erwin et le palais disparurent.

Elienor observa le corps de Wyllina convulser. Grim lui lança un regard inquiet, tandis qu'il restait de marbre. Celui que Wyllina persistait à appeler Dimitri, lui, semblait perdu dans ses pensées. Ils n'avaient pas de raison de paniquer. Tout se déroulait exactement comme prévu.

Après quelques secondes d'agitation, le corps de la nocturna se calma. La chaleur qui émanait d'elle et qui chauffait la pièce parut s'apaiser, elle aussi. Et ses yeux s'ouvrirent doucement.

Pour quelqu'un qui connaissait bien la nocturna, il n'était pourtant pas difficile de comprendre que ce n'était plus elle qui avait la possession de son corps. Son regard voyagea entre chaque personne présente. D'abord, elle s'attarda sur l'elfe, puis sur Dimitri et enfin sur Grim qui lui tenait toujours les poignets. Là, elle sembla perdue.

— Grim ? murmura-t-elle d'une voix moins douce et plus assurée que celle de sa sœur jumelle.

Grim lâcha sa prise et s'éloigna de quelques centimètres, comme s'il n'osait plus la toucher. Ce qui amusa beaucoup Elienor.

— Salut Éva, répondit-il alors qu'elle se redressait.

À mi-chemin, elle cessa de bouger, avant que son visage ne se déformât sous la douleur. Elle porta une main à son ventre, sous le regard patient des trois hommes.

— Qu'est-ce que vous lui avez fait ? questionna-t-elle, angoissée.

— C'est toi qui lui as fait ça, grogna Dimitri, les yeux sombres.

Éva s'attarda un peu plus sur la figure de la fée des glaces. Elle parut perplexe, mais comprit soudain quelque chose.

— Ardamir…

Aussitôt, Dimitri se leva et lui empoigna les bras, la secouant.

— Dis-nous comment on peut réparer tes erreurs ! Wyllina va mourir, et nous aussi, si l'on n'agit pas !

Elienor observait la scène avec intérêt. Étrange façon d'intervenir… et ce prénom… Ardamir… Une vague de froid parcourut la pièce, à tel point que du givre s'étira sur les surfaces. L'elfe resta silencieux et suivit des yeux les cristaux de glace qui se formaient autour du garçon avec curiosité. Cela lui rappelait la manière dont les sentiments de Wyllina agissaient sur son environnement en surchauffant l'espace. Le gel, en revanche, était une spécificité d'une famille en particulier. Une famille qui…

— Eh ! Laisse-la tranquille ! le réprimanda Grim en le repoussant des deux mains.

Dimitri se recula en se relevant, commençant à faire les cent pas de façon énergique, les poings serrés. Visiblement, il ne parvenait pas à maîtriser sa colère. Mais qui était-il ?

— Éva, reprit Grim, nous manquons de temps, mais on a besoin de toi. Il faut que tu…

— Wyllina, où est-elle ? murmura Éva. Que se passe-t-il ?

— Écoute-moi, continua le nocturna, tu dois être concentrée, Wyllina est dans ton corps et…

— Non !

Elle cria et, soudainement, tout le monde se sentit contraint de garder le silence. Personne n'osait esquisser un geste, observant Éva, à bout de souffle, peinant à maintenir la tête droite tant son esprit était confus. Bien, puisque quelqu'un devait s'y prendre de la bonne façon…

Elienor se leva doucement en prenant soin de mesurer le moindre de ses mouvements. Malgré tout, il avait l'habitude de travailler avec des chats effarouchés. Wyllina n'avait pas été la première, et Éva ne serait sûrement pas la dernière. Tout cela faisait partie de la mission qu'on lui avait accordée pour se racheter, des milliers d'années plus tôt.

Avec sang-froid, il s'accroupit en face d'elle, pendant qu'elle s'épongeait le front, et effleura des doigts la fine couche de glace qui recouvrait le sol. Éva souffrait beaucoup, de toute évidence, tant physiquement que mentalement.

— Bonjour *Vasta*, dit-il d'une voix posée. Je suis Elienor. Pardonnez à mes deux… camarades, ils ne savent pas se tenir devant une reine.

Il mima une révérence de sa main, avant d'empoigner celle d'Éva et d'y déposer un baiser. Les sourcils de la reine se froncèrent, mais elle finit par se détendre quelque peu.

— Que me voulez-vous ? parvint-elle à articuler. Où est-ce qu'on est ? Non, ne me le dites pas, il pourrait…

Ses yeux explorèrent la pièce avec agitation, et son souffle se fit plus court. Elienor s'efforça de conserver son calme.

— Pas de panique, il n'y a que nous dans cette pièce. Erwin ne peut rien contre vous.

— Peut-être, mais il peut contre Wyllina.

— Ne perdons pas une minute, alors. Plus longtemps vous resterez ici, plus longtemps elle sera piégée dans votre corps.

La nocturna observa à nouveau chaque personne présente, comme si elle mesurait le pour et le contre. Elle se redressa sensiblement, simulant de ne ressentir aucune douleur.

— Très bien, je vous écoute.

— Depuis que vous êtes au pouvoir, la magie a disparu sur Terre. Ce qui ne laisse plus que quelques jours aux natifs pour trouver un moyen de traverser les mondes, sans quoi nous périrons tous.

— Sans oublier que ta sœur est entre la vie et la mort à cause de cette blessure que tu lui as infligée, intervint Grim en lançant un regard prudent à Dimitri, qui restait en retrait.

Éva s'obligea à se tenir plus droite, affichant une grimace de douleur. Ce fut à ce moment-là qu'Elienor comprit à quel point elle était forte. Plus forte que ce que Wyllina pensait.

— Oui, tu as toujours eu un faible pour elle, n'est-ce pas ? répondit-elle sèchement en s'adressant à Grim. Je ne vois pas ce que je peux faire pour vous aider. Vous l'ignorez peut-être, mais je ne suis qu'un pantin.

— Ce poignard que vous avez utilisé, reprit Elienor, il ouvre des portails, pas vrai ?

Éva sourit largement, les yeux écarquillés, et finit par éclater de rire. Même l'elfe ne s'expliqua pas sa réaction.

— En effet, articula-t-elle enfin. Mais Erwin me l'a confisqué. Elienor… C'est bien à vous que j'ai passé commande, n'est-ce pas ?

Au départ, l'elfe ne comprit pas ce qu'elle voulait dire. Mais en y réfléchissant, il tiqua. Est-ce qu'elle parlait de ce fameux commanditaire anonyme à qui il avait envoyé une mèche de cheveux de Wyllina ainsi que d'autres choses ? Celui qui lui promettait la richesse ? Il ne put s'empêcher de soupirer d'admiration. D'aucuns diraient que son appât du gain primait, mais il éprouvait une réelle estime pour cette reine qui tentait d'aider sa sœur même si tout semblait prouver le contraire.

— Oui… balbutia-t-il, alors que Dimitri et Grim l'observaient sans comprendre ce à quoi la reine faisait allusion.

— Si j'ai demandé tout ça, c'était justement pour lui venir en assistance. À Wyllina. Avec ce que j'ai reçu, j'ai pratiquement de quoi créer un passage rien que pour elle. Il ne me manque qu'une seule chose.

Son regard pivota vers Dimitri, qui, les bras croisés, parut surpris d'être ciblé par l'attention de la reine.

— Il me faut un de ses cheveux, à lui.

Grim et l'elfe prirent quelques secondes pour réfléchir, avant de se tourner vers celui qu'ils confondaient avec une fée des glaces. Pourquoi donc la reine voudrait-elle un cheveu de cet avorton ?

— Je…, commença Dimitri.

— C'est lui l'héritier, lâcha Éva. Si vous souhaitez que je la fasse traverser, il me faut un de ses cheveux pour que le royaume tisse un lien entre lui, le roi légitime et la Terre. Grâce à lui, je pourrai créer un portail depuis Vaquoria.

L'héritier ? Elienor se recula et tomba à genoux.

Cela compromettait ses plans.

Pourquoi n'avait-il pas été mis au courant de ce détail ?

— Tu n'as pas toute ta tête, nocturna, tenta Dimitri.

— Ah non ? Pourquoi ne leur dis-tu pas, Ardamir, que l'obsidienne que ma bien-aimée sœur chérissait tant était ce qui permettait à ton père de connecter son royaume et la Terre ?

Elienor était perdu. Après tout, il ne connaissait ce monde que depuis un peu plus d'un millénaire, ce qui équivalait à quelques secondes, en comparaison à la durée de sa vie. Certaines choses lui échappaient toujours. À une exception près. Il voyait exactement à quelle obsidienne la reine faisait allusion. Mais Dimitri, ou plutôt Ardamir, ne parut pas comprendre ses sous-entendus.

— Cette obsidienne, répondit l'héritier, elle pensait que c'était ce qu'il restait de toi.

Éva sourit de façon amère. Grim, lui, observait l'échange avec attention.

— Non, dit-elle, son front commençant à perler de sueur. C'est ce qu'il subsistait de la couronne que j'avais dans mes bras lorsqu'elle a tenté de me tuer. Elle l'a serrée si fort que ça nous a tous expulsés sur Terre. Comment pensez-vous qu'on était tous arrivés ici ? Pourquoi croyez-vous que je l'ai récupérée pour la porter à mon tour ?

Elle ferma sensiblement les yeux, et les trois hommes ne trouvèrent pas quoi dire.

— J'ai la tête qui tourne…

— C'est normal, vous allez bientôt retrouver votre corps. Alors, promettez-nous une chose : créer un portail pour les natifs, sinon nous mourrons tous.

— C'est d'accord, j'essayerai, souffla-t-elle. J'ignorais… votre condition…

— Et garantis-nous que Wyllina pourra vivre sereinement sur Vaquoria, continua Dimitri. Qu'Erwin ne déclenchera pas une chasse à l'homme.

— Il n'en fera rien, tout le monde pense que je suis la reine parce que je l'ai tuée. Lancer une prime sur elle reviendrait à admettre que je ne l'ai pas abattue, et que je ne suis donc pas la reine. Par conséquent, il ne serait plus le roi.

— Mais les terres de Vaquoria vous ont acceptée, pas vrai ?

Le regard d'Éva s'assombrit. Le temps leur était compté. Mais Elienor avait au moins obtenu des réponses. Il se tourna vers Dimitri, sans remarquer que la reine semblait perdre connaissance. Il s'apprêtait à l'apostropher lorsqu'un courant d'air chaud éteignit toutes les bougies allumées dans le salon. Surpris, les trois amis se protégèrent le visage à l'aide de leur bras.

Elienor fut le premier à oser observer autour de lui. Wyllina parut reprendre ses esprits en toussotant et, de l'autre côté de la pièce, allongée douloureusement sur le sol, le corps d'Éva, vêtu d'une magnifique robe royale, était apparu. Ses doigts noircis par le pouvoir cessèrent de caresser l'obsidienne qui surmontait sa couronne avant de retomber mollement sur les tapis.

— Oh…, annonça Elienor. Je n'avais pas prévu ça.

Chapitre 23

Wyllina ouvrit les yeux sur le salon sombre de Grim. Dans l'obscurité, elle hoqueta face à la douleur qui l'assaillait à nouveau. Une odeur de fumée lui parvint. Devant elle, elle distingua Dimitri, le visage fermé et le corps tendu. Elle remarqua ensuite Elienor qui se glissait jusqu'à une bougie dans le but de l'enflammer à l'aide d'une allumette. Aussitôt, la lumière inonda la pièce, mais elle devina que Grim y était pour quelque chose, lorsqu'elle l'aperçut les mains levées, derrière elle.

— Que s'est-il passé ? demanda-t-elle en cherchant une position dans laquelle la douleur était supportable.

L'héritier ne répondit rien, mais l'observa d'un air sombre. Éva avait-elle encore une fois fait des siennes ?

Tandis que Grim soupira longuement, elle remarqua enfin ce qui les tenait silencieux. À l'autre bout de la pièce, elle vit le corps d'Éva qu'elle habitait quelques secondes plus tôt. D'abord sous le choc, elle dut s'efforcer de se remémorer ce qu'elle venait de vivre quand elle avait pris la place de sa sœur dans le Nouveau Royaume.

Erwin, le poignard à sa ceinture, les effets qu'Elienor lui avait subtilisés. Et ses doigts qui effleuraient la couronne.

— Bienvenue, Wyllina, l'accueillit Elienor, qui semblait être le seul à garder la tête froide. Ravi de voir que tu as découvert toi aussi que l'obsidienne peut nous servir à voyager entre les mondes. Par contre, nous ramener le corps de ta sœur n'était peut-être pas la meilleure des idées.

De quoi parlait-il au juste ?

— Je n'ai rien fait, répliqua-t-elle finalement, la voix serrée par la douleur.

Un sourire bienveillant éclaira le visage d'Elienor. Dimitri se frotta le menton de ses mains et Wyllina comprit que quelque chose s'était passé.

— Je ne sais pas ce que j'ai préféré dans cette conversation avec la reine, reprit l'elfe en se relevant, étudiant minutieusement ses doigts. Était-ce le fait d'apprendre que l'obsidienne que tu portais autour de ton cou depuis cinq cents ans appartenait à la couronne du roi et que c'est elle qui est la cause de notre arrivée sur la Terre ? Ou bien était-ce d'apprendre qui était réellement ce cher… Dimitri ?

Wyllina observa l'elfe, abasourdie. Son regard dévia vers son ami, qui baissa les bras d'un air résigné. Était-ce possible que sa sœur l'eût reconnu ? Qu'elle eût divulgué sa véritable identité ?

— Un genre de fée des glaces, hein ? continua Elienor. Là, ma chère, je dois dire que je ne m'y attendais pas.

— Ce n'est pas ce que tu crois, souffla Wyllina. Je n'en savais rien.

— De quoi parles-tu ? L'obsidienne ou Ardamir ?

La nocturna détourna la tête, incapable de lui faire face. Et incapable de mentir. Elle comprenait la réaction de l'elfe. Un héritier était encore en vie et elle savait précisément de qui il s'agissait depuis le début.

Pour autant, malgré les difficultés, elle n'avait rien divulgué à personne, ce qui aurait pourtant contribué à contrecarrer le couronnement d'Éva et d'Erwin. Mais Elienor n'avait aucune idée de ce que révéler l'identité d'Ardamir aurait engendré. Elle avait fait au mieux pour le protéger.

— Laisse-la tranquille, le somma Dimitri. C'est moi qui lui ai demandé de ne rien dire.

— Je vois. Et pourquoi donc n'as-tu pas pensé nécessaire de nous venir en aide quand le moment s'est présenté, cher héritier ? Regarder souffrir ton peuple t'amusait ?

— Erwin l'aurait tué de sang-froid, le défendit Wyllina.

— Ça suffit, tempéra Grim. Vous ne croyez pas qu'il y a plus important dans l'immédiat ?

Il se dirigea vers Éva. Doucement, il posa deux doigts sur son cou pour prendre son pouls. Il parut soulagé après quelques secondes et observa chacune des personnes présentes dans la pièce.

— Pour le moment, Éva est la *Vasta*. Nous réfléchirons plus tard à la façon dont rendre le trône à qui de droit. Ardamir, Dimitri… Peu importe. Sans Éva, nous revenons au point de départ.

Elienor échangea un regard avec l'héritier. Celui-ci semblait ne rien oser dire. Et à sa place, Wyllina réagirait sûrement de la même manière. Depuis le temps qu'ils espéraient le retour de la couronne, voilà qu'ils constataient qu'un successeur préférait vivre sous une fausse identité plutôt que d'assumer son rôle. Ardamir aurait du mal à trouver que dire pour sa défense.

— Et ce que j'ai découvert, ça vous tente de le savoir ? lâcha Wyllina, amère d'avoir traversé tout ça pour qu'au final personne ne s'y intéressât.

Mais elle comprit alors qu'en réalité, le plus important pour Elienor, Grim et Dimitri était d'avoir pu s'entretenir avec la reine à travers elle. Elle eut soudainement la sensation nauséabonde de n'être qu'une marionnette. Et finalement, c'était ce qu'ils étaient tous, depuis toujours.

— Laisse-moi résumer, commença Dimitri, Éva est le commanditaire d'Elienor, Erwin a le poignard qui t'a blessée et l'obsidienne... ça, tu le sais déjà.

Le corps de Wyllina se tordit sous la douleur, mais elle hocha la tête. Alors Éva leur avait déjà tout révélé ?

— Il y a autre chose. J'ignore comment, mais Erwin a compris qu'Éva et moi échangions nos places. Il a dit qu'il me retrouverait. Et si maintenant Éva s'est évaporée sous ses yeux, je peux miser sur le fait qu'il ne cessera jamais de nous chercher.

— Sans compter que, si Éva reste inconsciente, ajouta Grim, comment allons-nous ouvrir un portail ? Et comment va réagir Vaquoria si sa reine n'est plus là ?

La nocturna réfléchissait en s'efforçant de ne pas se laisser déborder par ses émotions. Et il y avait fort à parier que l'esprit d'Éva demeurait dans l'Ancien Royaume, même si son corps était ici, sur Terre.

— Elle ne se réveillera pas tant qu'on sera sur Terre. Pas vrai ? ajouta-t-elle à l'attention de l'elfe.

— Je pense, oui, répondit Elienor. Je n'avais pas vraiment prévu ce contretemps. Alors désormais, petite nocturna, il ne te reste plus qu'à nous faire traverser, comme tu l'as fait il y a cinq cents ans.

Elienor se dirigea en douceur vers le corps d'Éva et observa la couronne plantée sur sa tête.

— Je n'ai aucune idée de la façon dont je dois m'y prendre. Lorsque c'est arrivé, c'était… un hasard.

— C'était grâce à ça, dit-il en s'accroupissant, avant de tapoter l'obsidienne du bout d'un ongle.

Wyllina n'avait pas très bien saisi ce qu'Elienor lui disait, un peu plus tôt, à propos de cette obsidienne, mais là, c'était pire que tout. La douleur lui jouait des tours. Elle baissa la tête et se frotta les tempes pour tenter de se concentrer. Dimitri sembla remarquer qu'elle était perdue, puisqu'il lui réexpliqua en détail ce qu'ils avaient appris concernant la gemme.

Les épaules de la nocturna s'affaissèrent lorsqu'elle comprit que ce qu'elle avait chéri pendant cinq cents ans était sans doute la cause de tous leurs problèmes. Ça et le fait qu'elle eût eu quelque chose d'aussi puissant sur elle sans même s'en apercevoir la rendaient malade.

Grim fouilla la poche de son pantalon et en sortit un petit couteau qu'il tendit à Elienor. L'elfe et le nocturna savaient parfaitement qu'il était impossible de retirer la couronne du crâne de la reine sans lui ôter la vie. Alors, Elienor se pencha sur le sertissage de l'obsidienne et, en un coup habile, la fit sauter. Doucement, il la récupéra entre les coussins disposés sur le sol et l'étudia pendant un moment.

La nocturna s'inquiéta. Que lui passait-il par la tête ? Est-ce qu'il pourrait songer à rentrer seul dans l'Ancien Royaume et à retourner sa veste ? Est-ce qu'il serait capable de les abandonner, après tout ce qu'ils avaient vécu ?

Mais alors qu'elle s'apprêtait à dire quelque chose, il se concentra sur elle et lui lança la roche. Elle parvint à l'attraper in extremis, transpercée par un éclair de douleur. Le contact de la pierre lui parut chaud et familier. Elle avait cru que cette pierre était tout ce qu'il lui restait de sa sœur pendant cinq cents ans, quand c'était tout ce qu'il subsistait du roi. Émue, elle serra la gemme contre son cœur.

Après discussion, Elienor avait suggéré de rassembler tout le monde pour débattre de la situation. Plus il y avait de têtes pensantes, plus une solution était susceptible d'être trouvée. Alain les avait donc rejoints, et ils avaient installé Éva dans un lit improvisé avec les coussins du salon de Grim. Toujours au milieu de sa maison, le faune se redressa en observant le groupe.

— Avez-vous réfléchi au fait que certains d'entre nous ne souhaitent pas retourner dans l'Ancien Royaume ? annonça Alain, perché sur ses béquilles.

Wyllina soupira longuement. Oui, elle s'en doutait. Sans compter que le nouveau souverain n'inspirait aucune confiance et qu'il préparait très certainement une guerre.

— Personne n'a le choix, répondit Grim. Je dois te rappeler que, sans magie, notre survie dans ce monde est d'à peine quinze jours ?

Le faune ne commenta pas et observa Wyllina un moment. Son regard se tourna ensuite vers Éva, toujours inconsciente.

— Vous avez intérêt à vous dépêcher de la renvoyer là-bas. Si la rumeur se répand qu'elle est ici… seule Vaquoria sait à quel point la place d'une reine est convoitée.

Wyllina fixa sa sœur à son tour. Elle semblait paisible. Mais elle était lucide sur le fait que tout cela n'était qu'apparence. Et Alain n'avait pas tort. Qui pouvait deviner lequel des natifs présents à Brinthorum pourrait vouloir la tuer pour accéder au pouvoir ?

Elle posa une main sur sa blessure de plus en plus douloureuse. La sueur qui perlait sur son front témoignait de son état. Il était mauvais.

— Dans tous les cas, on doit les évacuer elles deux le plus vite possible, intervint Dimitri en désignant Wyllina et Éva d'un signe du menton.

— Et il faut trouver quelqu'un qui puisse guérir Wyllina.

— Je veux bien m'en charger, répondit Elienor, d'un air neutre.

La nocturna souhaita riposter, mais elle n'en avait plus la force. Elle lança un regard à Dimitri pour lui signifier que, lui aussi, devait se rendre sur ses terres. Mais même s'il comprit le sens de ce regard, il prit soin de l'ignorer.

— Quant à toi… ajouta Grim en se tournant vers l'héritier.

— Je pense que je peux essayer de me servir de cette pierre, annonça Dimitri. Après tout…

— C'est Wyllina qui nous a tous fait passer il y a cinq cents ans, le coupa Grim. Peut-être que c'est à elle de le faire.

Les deux hommes s'affrontèrent du regard pendant un moment, avant que Grim ne cédât.

— Mais en définitive, elle n'est pas en état.

Le nocturna s'approcha de Wyllina et lui arracha l'obsidienne des mains. Avec tout autant de vigueur, il la donna à Dimitri, qui l'empoigna à regret.

— Vas-y, on t'admire.

Évidemment, l'héritier parut confus. Wyllina toussota à cause de la douleur et décida d'intervenir. Elle ne savait pas grand-chose, mais les deux dernières fois qu'elle avait utilisé cette obsidienne, elle n'en était pas consciente. C'était dans des moments d'émotions intenses.

— Ce n'est pas comme ça que ça fonctionne, il faut sincèrement y croire.

Elle se redressa sensiblement. Tous les regards se tournèrent vers elle, attendant une explication.

— La première fois, je souffrais et je voulais honnêtement sauver le plus de monde possible de la destruction du royaume. Et tout à l'heure, j'étais désespérée quant à ce qu'il adviendrait d'Éva si elle restait au côté d'Erwin. Je crois que cette pierre fonctionne si la personne est animée par un désir de protection.

Elle allait poursuivre, lorsqu'un bruit leur parvint. Il venait des rues de la ville souterraine. On aurait dit que les habitants criaient. La nocturna eut un très mauvais pressentiment.

Aussitôt, Grim et Alain furent en alerte. Wyllina se laissa tomber mollement sur sa chaise, incapable de bouger. Si quelque chose de grave se passait, elle ne pourrait pas s'enfuir.

Le nain qui les avait conduits dans les tunnels jusqu'à la ville ouvrit brusquement la porte du salon de Grim, décontenancée.

— Ils nous ont trouvé… dit-il, la gorge serrée. Il faut partir !

Mais de qui parlait-il ? Automatiquement, Wyllina observa sa sœur. Comment abandonner les lieux alors qu'elle était blessée et sa jumelle inconsciente ?

Dimitri se rapprocha d'elle lorsqu'une explosion retentit, faisant trembler toute la grotte, renversant bon nombre des objets de Grim et les déséquilibrant.

332

Grim et Alain se précipitèrent à l'extérieur de la maison, tandis que Wyllina se traînait tant bien que mal vers la reine. Difficilement, elle attrapa sa main et se souleva de l'autre pour l'observer.

Son visage était si paisible malgré ses lèvres noircies, malgré les blessures de la couronne, malgré son teint si pâle…

Une deuxième explosion se fit entendre. Tout semblait sur le point de s'effondrer. Au milieu d'un rideau de poussière, Wyllina remarqua qu'Elienor rampait vers elle et Éva, évitant les débris qui commençaient à tomber de toutes parts.

Il finit par lui attraper le pied, puis ils échangèrent un regard. Alors ce serait de cette façon qu'ils mourraient ?

Mais Elienor lui sourit et repéra Dimitri, accroupi dans l'autre coin de la pièce. Bloqué par des décombres, il les observait, un mélange de satisfaction et de tristesse dans les yeux.

— Pardonne-moi Wylli ! parvint-elle à entendre, alors que tout s'effritait autour d'eux.

Elle dut faire un effort incommensurable pour ne pas comparer ce moment avec la destruction du royaume.

Là, il lança l'obsidienne à travers le salon.

— Non ! cria-t-elle.

Elienor l'attrapa de justesse, au moment même où une partie du toit tombait à ses pieds.

Wyllina hurla encore. Elienor se jeta sur elle. Elle serra la main de sa sœur de toutes ses forces. Et puis, tout cessa.

Une douleur puissante la traversa avant qu'elle ne sentît ses poumons se remplir plus que d'habitude. Sonnée, elle releva sa tête jusque-là blottie contre de la mousse humide, tâchant de ne pas perdre connaissance.

La magie qui la pénétra lui arracha une grimace. Elle reconnut une forêt typique de la région elfique de Vaquoria, où les lianes s'accrochaient aux arbres comme les mystères qui s'y terraient.

Éva était avec elle, ses yeux s'agitaient sous ses paupières à la lumière d'un clair de lune perçant les feuillages. Deux mains lui agrippèrent les épaules, Elienor l'obligea à lui faire face, mais elle en était incapable.

Pourquoi Elienor les avait-il fait revenir ? Comment avait-il pu faire ça alors que Dimitri était encore coincé là-bas, certainement mort ?

Elle le repoussa violemment, tâchant de maîtriser sa douleur et sa colère.

— Wylli… se réveilla sa sœur.

— Il faut partir ! insista l'elfe en saisissant à nouveau Wyllina par la taille.

Elle se débattit, mais Elienor avait une trop bonne prise et elle était trop faible. Il la souleva avec presque trop d'aisance et commença à l'éloigner de sa sœur, à reculons.

— Hors de question que je l'abandonne, elle aussi !

— Il le faut, elle nous tuera !

— Wylli, qu'est-ce que…

Mais Wyllina ne pouvait plus se maîtriser. Elle se sentit bouillir, si bien que, très vite, l'elfe ne pouvait plus maintenir le contact avec son corps. Elienor la lâcha en étudiant ses mains brûlées, tandis qu'elle retombait sur le sol avant de ramper jusqu'à sa sœur, une fois encore. Peu lui importait la douleur, peu lui importait le sang qui coulait de sa blessure, peu lui importait de salir la robe et le corsage qui l'habillaient à présent.

Éva la remarqua et lui sourit avec tendresse. Doucement, elle se redressa en observant les environs, prenant une profonde inspiration. Elienor avait raison, elle devait être sur Vaquoria pour revenir à elle.

— Où sont les autres ? Que s'est-il passé ?

Soudainement, son regard changea, comme si elle prenait conscience de ce qui était arrivé. Elle scruta Wyllina à nouveau, mais l'affection semblait avoir fait place à autre chose. De la peur ? De la douleur ? De la colère ?

Wyllina s'arrêta à quelques centimètres d'elle, à bout de force, incapable d'avancer davantage. Son souffle court fit virevolter une feuille morte loin de ses lèvres, comme s'il s'agissait de son destin. Elle ne devait pas fermer les yeux.

— Éva... murmura-t-elle.

Mais la reine l'ignora. Après s'être relevée et avoir replacé sa robe, elle s'épousseta en observant sa sœur jumelle agonisante. Sans même chuchoter un mot, sans même afficher une quelconque expression sur le visage, elle s'éloigna, ses pas noircissant la mousse qui recouvrait le sol du sous-bois. Derrière elle, elle laissait des empreintes funèbres.

— Éva ! l'implora-t-elle un peu plus fort, des larmes brûlantes lui troublant la vue.

Pour unique réponse, Éva lui jeta un regard par-dessus son épaule, comme si elle ne reconnaissait même pas les traits qui étaient les siens. Était-ce seulement encore elle ? Elle semblait plus possédée par les terres que jamais. Les yeux entièrement blancs, les veines apparentes, elle lui offrit un sourire terrifiant.

— Le *Rova* est mort, vive la *Vasta.*

Son rictus s'élargit, faisant émerger ses dents blanches surmontées de gencives charbonneuses. Wyllina était sous le choc.

Alors que sa vue se brouillait, la reine disparut parmi les arbres.

Chapitre 24

Les murmures de la région elfique la dénichèrent jusque dans son sommeil, incitant la fée nocturne à ouvrir les yeux. Baignée de lumière, une modeste pièce semblable à une cabane en bois confinait son regard. Les objets qui s'y trouvaient étaient cassés pour la plupart, mais on devinait aisément de quel type d'habitat il s'agissait, abrité au creux de la forêt elfique et des ombres du passé. Mis à part les possessions matérielles de son peuple, cette forêt n'avait pas changé. Wyllina se redressa sur ses coudes, observant un peu plus la chambre.

Un feu y brûlait dans un coin, surmonté d'un petit chaudron en fonte. Une large table en bois brut séparait la cuisine du salon, et une échelle tordue était fixée contre un mur, offrant un accès instable à une mezzanine en sapin. Wyllina étudia ensuite la natte sur laquelle elle était allongée, si abîmée que la paille qui la rembourrait dépassait.

Elle se rendit ensuite compte des vêtements qu'elle portait. La même robe qu'on lui avait enfilée le soir de son sacrifice, lors du couronnement d'Éva. Elle se frotta le visage et réalisa soudainement qu'elle n'avait plus de douleur au ventre.

Doucement, elle souleva un pan de sa robe et observa sous son corsage sa blessure soignée et presque cicatrisée. Elle soupira alors que les bribes de ce qui s'était passé lui revenaient lentement en tête. La ville souterraine, les explosions…

Tout semblait si lointain et, ici, tout paraissait si paisible qu'elle eut du mal à croire s'être retrouvée dans un tel chaos. Pourtant, c'était le cas et elle se souvint que ça avait aussi été celui de Dimitri, de Grim et d'Alain.

Et d'Éva…

Elle grimaça lorsque son cœur se serra. Que leur était-il arrivé ?

Malheureusement, la dernière phrase d'Éva et sa subite métamorphose ne laissaient planer aucun doute. Se pourrait-il qu'Ardamir fût… mort ?

Une légère brise se faufila par la fenêtre sans carreaux, portant avec elle le parfum de fleurs elfiques. Elle jeta un œil dehors, comme pour s'assurer que tout cela était bien réel. Combien de temps était-elle restée sans connaissance ? Combien de temps subsistait-il aux natifs avant de périr sur Terre ?

Précipitamment, elle se leva de son lit et chercha quelque chose qui pourrait l'aiguiller quant à l'endroit précis où elle se trouvait et celui où se trouvaient les autres. Sur la table en bois, une cruche de vin rouge à moitié vide et un verre en argile plein l'attendaient. Elle ne put résister, même si elle se sentait encore faible. Elle but une gorgée et constata qu'il s'agissait d'un vin elfique. Ces vins étaient connus pour leur douceur et leurs arômes particulièrement fins. En emportant le verre, elle fit le tour de la pièce.

Quelqu'un se trouvait ici avec elle peu de temps auparavant, c'était certain. Était-ce Elienor ?

Une robe de paysanne était posée sur une chaise. Aucun mot ne l'accompagnait, mais elle supposa qu'elle était pour elle. Alors, elle s'empressa de se changer, ravie d'enlever la tenue aux souvenirs funèbre qu'elle portait. Mais quelque chose attira son attention dans son corsage.

Trois cheveux roux qu'elle avait glissés là depuis plusieurs semaines. Elle eut besoin d'un moment pour se remémorer qu'il s'agissait de cheveux d'Éva qu'elle avait subtilisés sur sa brosse lorsqu'Erwin l'avait fait traverser avec lui.

Quelqu'un ouvrit la porte et elle replaça immédiatement les cheveux à l'abri des regards. De mauvaises mains ne devaient s'en emparer sous aucun prétexte et, à ce moment-là, Wyllina n'était plus sûre de rien ni de personne.

— Une minute ! dit-elle en se retournant, feignant de devoir finir de s'habiller.

— Ravi de voir que tu es sur pied, petite nocturna.

Malgré elle, son cœur se réchauffa. Elle se tourna furtivement vers Elienor, qui l'observait avec fierté. Elle lui offrit une accolade amicale. Elle n'était plus certaine de personne, mais appréciait le bien-être que lui procurait un visage familier en ces temps indécis.

S'apercevant que l'elfe restait droit comme un piquet, les bras chargés de gibier en tout genre, elle se recula. Lui était habillé de la même manière que sur Terre, à peu de chose près. Son veston avait été troqué contre une peau de renard gris et davantage d'outils pendaient à sa ceinture.

— Merci pour…

Elle désigna son ventre et Elienor lui sourit d'un air charmeur.

— Attends pour me remercier. Tu ne sais pas encore ce que je vais te demander en contrepartie.

Le visage de la nocturna se décomposa alors que l'elfe étudiait sa réaction.

— Je plaisante, finit-il par dire en levant les yeux au ciel.

Wyllina s'écarta pour le laisser passer. Elle avait tant de questions à lui poser. Aurait-il les réponses ?

— Allez, vas-y, je t'écoute, dit-il en déposant le gibier sur la table. Et restitue-moi mon canon de vin.

Le verre en terre cuite qu'elle tenait encore lui sembla soudainement trop lourd et elle le lui rendit volontiers.

— Est-ce que j'ai complètement perdu l'esprit ou est-ce que nous sommes sur le territoire des elfes, à Vaquoria ?

Elienor but une gorgée sans la quitter des yeux. Comme il ne répondait pas, elle en déduisit qu'il comptait bien la faire mariner.

— D'accord, reprit-elle, alors est-ce que c'est toi qui as complètement perdu l'esprit ?

Elienor parut surpris, comme s'il ne s'attendait pas à ce qu'elle fût en colère.

— Je pense que tu cherches plutôt à me remercier.

— Absolument pas. De quel côté es-tu, au juste ? J'estimais que tu avais compris que tout ce qui m'importait était de sauver Éva. Et l'héritier.

Il lâcha un rire amer en détournant la tête, ce qui en disait long sur l'égard qu'il portait à Dimitri.

— Et ?

— Et tu as fait tout l'inverse. Éva est en proie au pouvoir de la couronne. Qui sait jusqu'où cela la détruira ? En la gardant sur Terre, on aurait pu agir, là, il est trop tard. Quant à l'héritier... Il est certainement mort à l'heure qu'il est. C'est lui qui devrait se trouver ici, à la place d'Éva.

D'avouer que Dimitri était sûrement décédé la troublait plus que de raison. Serait-il possible qu'elle eût ressenti davantage que de la loyauté pour lui ?

Son cœur se serra, plus vite et plus fort qu'elle ne l'aurait voulu, si bien qu'elle dut chasser ses larmes en passant sa main dans le pelage d'un lièvre abattu par l'elfe. Elienor but à nouveau une gorgée de vin avant de reposer le verre sur la table et d'en resservir. Mais, cette fois, il le fit glisser jusqu'à elle, en claquant sa langue.

— Je t'ai sauvée, toi, dit-il.

Elle attendit une suite qui ne vint pas. Visiblement, c'était un argument suffisant selon lui.

— Je ne suis pas la plus importante. Ce n'est pas à moi de regagner le contrôle du royaume ni de changer le destin des milliers de personnes concernées. Ce n'est pas à moi de les secourir.

Il sourit en observant le feu, non loin de lui.

— Tu ne sais donc vraiment pas quelle influence tu as, petite nocturna ?

— Pour qui ? Toi ?

L'elfe ne put se retenir de rire. Wyllina patienta le temps qu'il reprît son souffle en buvant une gorgée de vin.

— Tu ne t'es jamais demandé pourquoi Erwin cherchait à tout prix à te connaître ? À te tuer ?

Pour être honnête, non, elle n'avait jamais voulu savoir pourquoi.

Dimitri, lui, s'était posé la question. Mais… tout ce qu'elle voulait comprendre était la façon dont il manipulait sa sœur et pourquoi.

— Tu ne t'es jamais dit qu'atteindre ta sœur, c'était atteindre ce que tu avais de plus cher et que tu as le plus peur de perdre ?

— Alors quoi, c'est moi qu'il cherche à compromettre ?

L'elfe tiqua et s'assit sur l'une des chaises, le dos droit.

— Je n'ai pas les réponses. Mais avoue que les questions méritent d'être posées. Quant à ce qui s'est passé… les intentions de Dimitri avaient l'air claires lorsqu'il m'a lancé cette obsidienne. Il ne voulait pas revenir sur Vaquoria. Et je le comprends. Comment aurait-il pu reprendre sa place après tant de temps ? Après s'être caché ? Penses-tu que le peuple l'aurait bien accueilli ? Penses-tu qu'il aurait été suffisamment motivé pour se battre ?

— S'il s'est caché, c'est parce que sa famille s'est fait massacrer avant que le royaume ne soit détruit. Tu ne crois pas qu'il avait une bonne excuse ?

— Et toi, estimes-tu qu'il aurait été capable de pardonner ?

La jeune fée cligna des yeux, sans comprendre.

— C'est qui la meurtrière de sa fratrie ? Pourquoi t'a-t-il retrouvée ? Pour la tuer. Enfin, pour tuer Éva.

La vengeance l'avait motivé pour la rechercher pendant cinq cents ans. Wyllina se laissa tomber sur une chaise à son tour, n'ayant pas mesuré les risques qu'elle avait fait prendre à sa sœur. Dimitri n'avait qu'un seul but en tête et elle lui avait maintes fois offert une opportunité de l'atteindre. Mais il ne l'aurait pas fait, si ? Leur amitié comptait davantage, n'est-ce pas ? Elle frémit, si bien que son teint blêmit. Ce que ne manqua pas de remarquer l'elfe.

— Alors finalement, ce n'est pas mieux qu'il soit mort ?

Elle se mordit la lèvre, prise de doutes. Non, elle s'était juré de lui accorder sa loyauté, comme elle l'avait fait pour le roi. Dimitri était l'héritier. Il méritait protection et obéissance. Elle s'était comportée de la meilleure façon possible. Elienor, en revanche…

— Ne cherche pas à te dédouaner en faisant passer tes erreurs pour de bonnes actions qui nous seraient bénéfiques à Éva et à moi.

La nocturna termina rapidement le verre de vin et le posa brutalement sur la table, comme pour sceller sa décision.

— Ne parlons plus jamais de lui, ajouta-t-elle, la voix tremblante. À moins que tu ne possèdes un moyen de le ressusciter.

Sans attendre, elle se détourna. Elle devait s'éloigner, juste le temps de retrouver son calme. Juste le temps de desserrer sa gorge et d'apaiser son cœur. En hâte, elle poussa la porte de la petite cabane en bois où Elienor avait élu domicile, chassant ses pleurs.

— Ne te perds pas, surtout ! lui lança l'elfe d'un air joueur.

Un jour, elle se le jura, elle boirait toutes les larmes de l'elfe.

Le portail, semblable à une bulle de savon, se referma doucement alors qu'Elienor en franchissait le seuil. Avec lui, il avait ramené une trentaine de natifs, pas tous ravis d'être de retour dans un royaume en proie à la gangrène.

Wyllina observa les alentours et n'aperçut que les arbres immémoriaux et colossaux de la forêt des elfes. Ici, la nature était préservée et ils étaient suffisamment cachés pour ne pas se faire repérer par Erwin.

Pourtant, des signes que la noirceur d'Éva pourrissait les sols étaient déjà visibles, même si cette région était la plus éloignée de la capitale, là où s'érigeait le palais. Certains oiseaux se fatiguaient bien trop vite, cessaient leurs mouvements en plein vol et retombaient sur la mousse mollement. Certaines fleurs perdaient de leur éclat et de leur fraîcheur quasi sur-le-champ. Quant à la terre… elle semblait vibrer dans une énergie différente et sombre.

L'elfe se rapprocha d'elle alors qu'elle se redressait, après avoir été accroupie dans le sous-bois jusque-là. Il lui tendit une gourde en peau de chèvre contenant de l'hydromel qu'elle attrapa en silence, le regard fixé sur les nouveaux arrivants.

— Combien de temps nous reste-t-il ? demanda-t-elle en prenant une gorgée.

Elienor haussa les épaules, comme s'il n'avait pas compté les jours durant lesquels il avait veillé sur elle.

— Pas longtemps. Mais on avance vite. Grâce à ça, je peux ramener autant de natifs que je le souhaite.

Il ouvrit sa main droite, au creux de laquelle reposait l'obsidienne du roi. Wyllina l'étudia un moment, avant de se concentrer à nouveau sur les natifs. Des elfes, des fées, des gobelins, des trolls… Tous semblaient… à la fois déboussolés et excités. Pour la plupart, leur vie sur Terre s'était mal terminée. D'ailleurs, d'après le précédent convoi, les pertes au sein des natifs, à cause de la guerre civile qui avait éclaté entre eux et les humains, n'étaient pas négligeables. Elienor devait user de prudence et d'ingéniosité pour accomplir autant de traversées sans attirer l'attention. Même si la situation avec les humains s'était calmée.

Bien sûr, il avait exclu la possibilité que ce fût Wyllina qui se chargeât de les ramener. Sans doute ne la croyait-il pas capable de garder son but en tête et de ne rien faire de stupide. Et à vrai dire, si elle avait été à nouveau en possession de cette pierre et si elle avait su s'en servir aussi bien que l'elfe, elle aurait certainement perdu toute son énergie à rechercher l'héritier et à tenter de libérer Éva de l'emprise de la couronne et d'Erwin. Mais puisque l'elfe s'était découvert une passion pour l'altruisme, elle lui laissait volontiers le rôle du sauveur.

— Que vont-ils devenir, maintenant ? Erwin finira par se rendre compte que le peuple revient.

Elienor soupira en lui arrachant la gourde des mains, ses yeux voyageant également parmi les natifs qui commençaient à prendre chacun leur route.

— Oui, mais pour être roi, il lui faut une population. Je ne crois pas que ça le dérange.

Ils échangèrent un regard, lorsqu'un syltain s'approchait d'eux. Au milieu de la forêt luxuriante, son teint verdâtre était amplifié. Il s'arrêta à quelques centimètres d'eux avant de chercher quelque chose dans le fond d'une de ses poches.

— Merci pour ce que vous faites, dit-il.

Il en sortit une opale, dont les reflets aux couleurs de l'arc-en-ciel illuminèrent les environs. Immédiatement, Elienor et Wyllina s'immobilisèrent. Ils connaissaient parfaitement cette pierre. C'était la même opale par laquelle tout avait commencé après la disparition d'Erwin.

— Mon cousin, Peter, et son ami, un gonthor... me l'ont transmise quand ils ont appris que je revenais ici. Ils m'ont demandé de la confier à la nocturna qui accompagne l'elfe.

Pullman, Peter… Wyllina ne savait pas quoi dire. Après la trahison du gonthor, elle ne s'attendait pas à un geste de sa part. Mais voilà qui était intéressant. Non seulement ils étaient en vie, mais ils avaient récupéré cette pierre qui leur avait donné tant d'espoir et de doutes. Est-ce qu'elle devait l'accepter ?

Comme elle restait immobile, Elienor se chargea de débarrasser le syltain en s'emparant de la gemme, puis le congédia en le remerciant. Plus loin, ils aperçurent le valtari qui accueillait les natifs pour les aider à voyager à travers le royaume. Il leur adressa un signe de tête, auquel seul Elienor répondit.

— Qu'est-ce que c'est que cette histoire ? dit-il ensuite en se tournant vers Wyllina, la pierre encore en main. Je croyais que cette pierre était en ma possession.

Wyllina ne commenta pas, mais lui lança un regard nostalgique. Elle n'avait aucune idée de ce qui avait pu convaincre Pullman qu'elle lui pardonnerait ni de la raison pour laquelle il avait pensé utile de lui faire parvenir cette roche qui, elle en était persuadée, avait atterri dans les mains d'Erwin dans l'entrepôt de Serge, le forgeron nain.

— Dimitri te l'avait volée, annonça-t-elle finalement, la voix teintée de tristesse.

L'elfe lui lança un regard perplexe, mais n'insista pas. Il fourra la gemme dans une de ses sacoches, déclarant qu'ils verraient ça plus tard.

— Continue, lui somma Wyllina en se détournant. Bon nombre de natifs attendent encore de rentrer à la maison.

Et elle s'éloigna, sans un mot, en observant les arbres qui l'entouraient. Le silence qui l'enveloppa, au fur et à mesure qu'elle avançait, la plongea dans une profonde anxiété.

Il n'était pas normal. Habituellement, cette forêt était assourdissante de promesses, de convoitises et de non-dits. En hâte, elle rejoignit la cabane, une sombre impression au creux du ventre.

Wyllina observait les flammes du feu de bois vaciller sous le chaudron qu'elle avait rempli d'un mélange de viande de lièvre, d'herbes du coin glanées lors d'une balade et de légumes déterrés là par hasard, issus certainement d'un ancien potager. Elienor était encore au travail, cherchant à ramener le plus de monde possible avant que l'absence de magie ne les décimât tous.

De ce fait, elle n'avait aucune idée de l'endroit où il se trouvait.

New York ? Paris ? Londres ?

Elle savait en tout cas où il ne se trouvait pas : à Brinthorum, la ville sous les Alpes dans laquelle les autres, et surtout Dimitri, avaient perdu la vie.

Doucement, son regard dévia vers l'opale qui reposait sur la table à côté de son verre de vin. Ses reflets semblaient se mouvoir au gré des flammes, comme si ces deux éléments s'offraient une danse.

Elle prit une gorgée de vin et l'observa avec plus d'attention.

Pourquoi Pullman la lui avait-il fait parvenir ? Pourquoi par le biais d'un intermédiaire, au lieu de se présenter en personne ? Et comment l'avait-il récupérée ?

Il pourrait s'agir d'une autre pierre, mais Wyllina était certaine que c'était la même, grâce à sa forme singulière qui l'avait déjà marquée quelques semaines auparavant.

Et puis, ça devint soudainement trop difficile de la regarder. En hâte, elle s'en empara et, dans un accès de colère, la jeta dans les flammes, souhaitant ainsi faire disparaître bien plus que sa couleur luminescente.

Son passé, la mort de l'héritier, son échec.

Elle avait échoué.

À protéger Éva, à protéger le roi, à protéger son héritier.

Dans le brasier, la pierre se noircit, se recouvrant de suie. La nocturna détourna les yeux et attrapa son visage, ne pouvant plus tenir. Le cœur serré, elle se laissa emporter par ses émotions, trop lourdes et trop vraies. Très vite, son verre de vin se mit à bouillir.

Alertée par un bruit, elle observa les alentours et se figea. Autour d'elle, tout se parait de filaments de lumières semblables à des aurores boréales. Ils se réfléchissaient sur les murs, sur les meubles, sur les objets et même sur elle.

Surprise, elle étudia le feu et l'opale qui y était enfouie. Doucement, elle se dirigea vers elle. Elle la déterra de sous les braises avec l'une de ses mains, sans même en ressentir la chaleur. Le cacholong brillait comme aucune autre. En nettoyant la suie, de nouveaux filaments apparurent, jusqu'à envahir toute la cabane.

Wyllina admira la beauté de la scène avec attention. Qu'est-ce que ça voulait dire ?

Son intérêt se porta à nouveau sur la pierre. Tout semblait normal, mis à part son scintillement. Mais même si elle avait quitté l'Ancien Royaume depuis longtemps, elle savait que cela n'était pas anodin.

La magie n'était jamais anodine.

Mais alors qu'elle observait les rais de lumière qui emplissaient la pièce, il y eut comme une interférence. C'était comme si les faisceaux rayonnants dessinaient une image sous ses yeux.

Jusqu'à ce qu'un portrait, qu'elle connaissait parfaitement, apparût sur les murs grâce à des taches de couleur. Et le plus étrange, c'était que la scène était en mouvement.

— Pullman ? souffla-t-elle, sans oser faire de bruit.

— Wyllina ! Tu m'entends ?

Elle secoua la tête, comme pour se persuader qu'elle devenait folle. Mais, même après avoir vigoureusement frotté ses yeux, le visage de Pullman persistait.

— Oui ?

Il sourit. La nocturna venait de comprendre. Cette opale était un moyen de communiquer. Et c'était exactement pour cette raison que Pullman la lui avait transmise.

— Je n'ai rien à te dire, cracha-t-elle avant de se lever.

— Attends ! insista son ancien patron.

Malgré elle, Wyllina s'interrompit. Son autorité lui faisait moins peur qu'auparavant, mais elle était incontestable. Doucement, elle se tourna à nouveau vers son reflet lumineux, curieuse de savoir ce qu'il espérait d'elle.

— Je m'excuse, d'accord, articula Pullman. Mais notre lutte est loin d'être finie. Il faut qu'on protège le peuple de Vaquoria.

La nocturna hocha la tête. Pour le coup, elle était sur la même longueur d'onde.

— Il s'est passé beaucoup de choses depuis la dernière fois qu'on s'est vus. Je me trouve sur Vaquoria à présent et je sais que nous avons un but commun.

Elle patienta en silence, ne souhaitant lui donner aucun indice qui pourrait lui permettre de la faire chanter.

— Je veux sauver le peuple, ce qui implique de retirer le pouvoir à Erwin. Et à ta sœur.

La curiosité la piqua. Certes, la confiance aveugle qu'elle lui accordait par le passé s'était étiolée, mais elle ne disait pas non à une aide pour secourir Éva.

— D'accord, et comment comptes-tu t'y prendre ?

— Certains membres de l'ARPM sont toujours de notre côté. Notre seul et unique but a sans cesse été de protéger la population. On est un petit groupe de résistants, près de la capitale. Il y a certains de tes anciens collègues avec moi.

Elle attendit une suite, qui ne vint pas. En observant les faisceaux de lumière, elle pesa le pour et le contre.

— Tu me demandes de vous rejoindre ? dit-elle. C'est risqué, sachant qu'Erwin me veut morte. Et que comptez-vous faire une fois qu'Erwin et Éva ne seront plus au pouvoir ? Qui souhaitez-vous hisser sur le trône ? Qui serait assez fou pour accepter une chose pareille, et assez vaillant pour être approuvé par les terres ?

Le visage de Pullman se crispa, mais il reprit une contenance rapidement.

— Cet héritier, dont tu parlais…

— Il est mort, le coupa Wyllina.

Elle resta de marbre, tandis que Pullman paraissait surpris. Il observa à ses côtés pendant une seconde, comme si un nouvel espoir lui échappait, avant de s'intéresser de nouveau à elle.

— Rendez-vous à Morum, la capitale de Vaquoria. On établira un plan avec toi quand tu seras à nos côtés. C'est trop risqué, maintenant.

— Attends !

354

Et aussitôt, l'image disparut. Les faisceaux de lumière qui provenaient de l'opale s'éteignirent au fur et à mesure, jusqu'à ce qu'elle retrouvât son éclat naturel.

Wyllina restait immobile au milieu de la cabane, sans savoir que penser de cet échange. Pullman devait vraiment tenir à son soutien pour avoir pris le risque de la contacter. Ou bien s'agissait-il d'un piège ? Comment être sûre qu'Erwin ne se cachait pas derrière tout ça ?

Dans l'obscurité, elle se laissa tomber sur sa chaise.

Il était temps d'intervenir.

 Chapitre 25

— Donc, tu penses qu'il s'agit d'une excellente idée de te jeter dans la gueule du loup ? Petite nocturna… tu m'étonneras toujours.

Wyllina lui lança un regard empli de reproches tout en enfilant une cape noire, glanée dans un village du coin, auprès d'un nouvel artisan tout juste arrivé de la Terre.

— Dans le pire des cas, cela me fera une remarquable occasion de tous les tuer.

Comme pour appuyer ses mots, elle souleva les pans de sa robe et entoura sa cuisse d'une ceinture avant d'y accrocher différentes armes trouvées dans le même village.

— Cette pierre, tu disais qu'Erwin te l'avait reprise et elle revient à toi comme par miracle par le biais de Pullman. Tu ne crois pas que la coïncidence est trop grosse ? Il doit certainement attendre avec impatience que tu…

— Sans doute, oui, le coupa-t-elle en replaçant son tablier. Mais est-ce que j'ai le choix ?

Elle se tourna vers l'elfe et planta son regard argenté dans le sien. De toute évidence, il trouvait que tout ceci était une très mauvaise idée. Et, à vrai dire, Wyllina était du même avis.

Mais ce n'était pas en restant terrée là qu'elle parviendrait à faire changer les choses ni à sauver Éva.

— Je suis une agente super entraînée, dit-elle. Et ici, mes pouvoirs reprennent de leur vigueur. Ne t'inquiète pas pour moi.

Elienor l'observa se préparer en silence, assis en face de la lourde table en bois, l'obsidienne en main.

— Laisse-moi t'accompagner, dans ce cas.

— Tu as encore à faire.

— Il y a de moins en moins de natifs aux points de rendez-vous. Soit ils sont tous revenus, soit les derniers se méfient.

La nocturna lâcha un rire amer sans pouvoir le contrôler.

— Je les comprends, répondit-elle. La plupart avaient une vie tranquille sur Terre. Pourquoi risquer de rentrer ici et de tout perdre ? Cinq cents ans, Elienor… c'est très long.

Il entrouvrit la bouche, comme pour rétorquer, mais les mots restèrent dans sa gorge. C'était bien la première fois que l'elfe n'avait aucune répartie.

— Avec moi, tu peux être là-bas en deux secondes, insista-t-il. Ce truc est vraiment efficace pour se téléporter.

Wyllina cilla, bloquée sur ce qu'Elienor venait de dire. Cela n'avait pas beaucoup d'importance, mais un détail lui revenait en tête. Erwin avait l'air de pouvoir se téléporter avec une aisance déconcertante pendant sa disparition. Avant qu'elle ne découvrît la vérité. Serait-il possible qu'il fût en possession d'une pierre du même acabit que l'obsidienne du roi ? Certainement.

Cela signifiait également que s'il apprenait leur position, il pouvait parfaitement s'y rendre en moins de quelques secondes. Y compris sous les Alpes…

— Est-ce que quelqu'un est au courant que nous sommes ici ?

Elle désigna la pièce autour d'eux d'un geste du bras pour préciser sa pensée.

L'elfe secoua la tête. Cela ne l'étonnait guère, Elienor était plutôt du genre discret, surtout s'il avait quelque chose à gagner. Mais en réalité, il n'avait rien à se reprocher. En revanche... Pullman avait probablement vu davantage que le visage de la nocturna durant leur échange.

— Il vaut mieux ne pas prendre de risques. Il faut que tu abandonnes les lieux toi aussi.

— Ça veut dire que je t'accompagne ? s'enthousiasma-t-il.

Elle haussa les épaules et pointa l'obsidienne du doigt.

— Je ne sais pas me servir de ce truc et, la dernière fois, j'ai envoyé tout le peuple dans un autre monde. Je crois que je préfère ne pas y toucher. Mais puisqu'on doit évacuer les lieux rapidement, ça nous sera plus qu'utile.

— Tu es une vraie girouette. À moins que tu ne me caches quelque chose, petite nocturna ?

Wyllina ne répondit rien. Comment pourrait-elle lui dissimuler quelque chose alors qu'elle improvisait chaque seconde ? Elle attrapa une sacoche en peau de chèvre et y glissa l'opale avant de la caler sur son épaule.

— Et pour les natifs qui sont toujours sur Terre ? Je ne suis pas le seul passeur, mais...

Elle inspira profondément. Combien étaient-ils encore, là-bas ? Combien de temps cela prendrait-il de les rassembler, de les convaincre et de les ramener ? Il ne leur restait déjà plus qu'un jour ou deux avant que leur destin ne fût scellé.

Elle se frotta le front, honteuse de la phrase qu'elle s'apprêtait à prononcer.

— Parfois, il faut faire des sacrifices. Mais si tout se passe comme prévu, tu pourras me laisser là-bas et redémarrer les rapatriements.

Ses pieds frappèrent les pavés de Morum en même temps que ceux d'Elienor. Une nausée la surprit à cause de ce voyage particulier, mais elle le tira en vitesse par le bras pour se mettre à couvert. Personne ne semblait les observer dans l'obscurité, mais il fallait faire preuve de prudence. Elle ne pourrait plus venir en aide à personne si elle se faisait tuer. Un peu sonnée, elle choisit de se cacher, avec l'elfe, dans une vieille bâtisse dont la porte était brisée. Ici, les fantômes du passé paraissaient plus vivants que jamais. La ville avait l'air déserte et la plupart des maisons avaient été détruites.

Par l'ouverture du passage, elle contempla la rue dans laquelle ils avaient atterri tout en sommant Elienor de garder le silence. Mais puisqu'aucun bruit ne lui parvint, elle se détendit et se tourna vers lui qui était également camouflé à l'aide d'une grande cape noire.

— Et maintenant ? chuchota-t-il.

Elle plongea la main dans sa sacoche et en sortit l'opale. Elienor fronça le nez. Sans doute comprenait-il ce que la nocturna s'apprêtait à faire et trouvait-il ce plan trop risqué. Mais Wyllina l'ignora et plaça la pierre à plat dans sa paume. Là, elle se mit à réchauffer son corps, jusqu'à ce qu'elle eût trop chaud et jusqu'à ce que même l'elfe perlât de sueur. La dernière fois, le feu avait activé l'opale. Elle supposait que de bouillir de l'intérieur serait suffisant.

Et, en effet, après quelques secondes, des faisceaux lumineux commencèrent à apparaître. Elle s'enfonça un peu plus dans la maison en ruine, ne souhaitant pas être repérée dans la rue, et tenta de limiter la brillance de la pierre avec sa cape.

Le visage de Pullman surgit sur les pans de son vêtement en laine noire. Il ne parut pas surpris, au contraire, mais plutôt concentré jusqu'au bout de sa longue barbe blanche.

— Ta position ? murmura-t-il.

Le cœur de la nocturna se réchauffa. Malgré elle, elle adorait faire ce genre de chose. Être agente faisait partie intégrante de sa vie, à présent, et elle n'avait pas réalisé, ces dernières semaines, à quel point cela lui manquait.

Elle observa les alentours, tentant de trouver un point de repère. Au travers d'une fenêtre brisée, elle aperçut les vestiges d'un clocher, unique témoin d'un ancien lieu de culte. Elle savait quelles étaient les croyances en vigueur dans cette région, ce qui l'aiderait à articuler un message. Et elle était persuadée que Pullman connaissait les environs comme sa poche. Elle se concentra à nouveau sur lui, veillant à ce qu'Elienor ne fît aucun bruit. Si jamais Pullman lui tendait un piège, il devait la présumer seule. Elienor était son unique porte de sortie.

— À quatorze heures de Quovarie.

Il sembla réfléchir une seconde, puis acquiesça. Avant qu'elle ne répondît, la communication se coupa. L'opale retrouva son éclat et Wyllina la replaça dans sa sacoche en se tournant vers l'elfe. Celui-ci l'observait d'un air écœuré en chassant une toile d'araignée de son épaule. Elle l'interrogea du regard.

— Cet endroit est dégoûtant, dit-il.

Elle leva les yeux au ciel et tâcha de rester concentrée. Heureusement, sur Vaquoria, le climat était plus clément que sur Terre, à part aux pôles. Comparé à la fraîcheur de Bruxelles et au gel des montagnes, l'hiver humide, ici, lui paraissait agréable.

Au bout de quelques instants, des bruits de pas se firent entendre. Prudente, la nocturna s'approcha de l'elfe et se plaça devant lui pour faire bouclier. Doucement, elle souleva les pans de sa robe et attrapa le manche d'un de ses poignards, prête à se défendre.

Mais elle baissa sa garde au moment où elle vit apparaître Peter. Elle le pensait incapable de la trahir. Et cela se confirma lorsqu'il leva les mains en guise de paix quand il la repéra dans l'ombre. Il l'interpella à voix haute, si bien que la nocturna pesta. Voilà pourquoi Peter n'avait jamais été envoyé sur le terrain. La discrétion et la méfiance n'étaient pas son fort. Mais puisqu'il attendait au milieu de la rue, elle se rhabilla correctement et jeta un regard à Elienor par-dessus son épaule.

— Tu peux y aller, lui murmura-t-elle.

— C'est hors de question. Peter n'est peut-être pas un danger, mais on ne sait pas où il t'emmène.

Wyllina s'agaça. Depuis quand l'elfe s'inquiétait-il pour sa vie ?

— Très bien…

Elle quitta la maison en ruine et s'approcha de Peter. Les pas qui résonnaient derrière elle lui indiquèrent qu'Elienor la suivait. En apercevant l'elfe, le syltain eut un geste de recul, mais la nocturna n'y prêta pas attention. Lorsqu'ils furent à sa hauteur, Wyllina resta méfiante. Cette ville était peut-être abandonnée, mais elle ne se trouvait qu'à quelques kilomètres du palais.

Erwin était assez malin pour avoir des espions qui pourraient le prévenir du moindre mouvement suspect.

— Salut, Wylli…

— Peter. Ne traînons pas, veux-tu.

— Il n'était pas prévu, ajouta-t-il en désignant Elienor du menton.

— Est-ce que c'est un problème qu'il soit avec moi ? demanda-t-elle d'une voix blanche.

Peter était incapable de mentir. Si cela compromettait le plan de Pullman, elle le verrait tout de suite. Mais, aussitôt, le petit homme des forêts secoua la tête en agitant les mains.

— Non, c'est juste qu'on ne sait pas vraiment si on peut lui faire confiance.

— Ma réputation me précède, à ce que je constate… se moqua Elienor.

Wyllina serra les dents en soupirant. Le vent se levait dans les rues de Morum, mais, alors qu'elle observait les alentours, elle remarqua qu'ici, la noirceur d'Éva avait atteint les terres de façon plus intense et irréversible. Elle secoua la tête pour se recentrer.

— On peut lui faire confiance, dit-elle. Vas-tu nous emmener ?

Peter sembla tressauter, comme s'il craignait son ancienne collègue. Ce qui avait toujours été le cas d'ailleurs. Mais face à la détermination de la nocturna, il leur indiqua de le suivre.

Le temps d'arriver à l'endroit où Pullman et son équipe avaient élu domicile, la jeune fée eut le loisir d'apercevoir les dégâts que la nouvelle couronne infligeait aux terres. Tout noircissait, jusqu'aux feuilles des arbres. Ou bien était-ce à cause de ce qui s'était déroulé, cinq cents ans auparavant ?

Impossible. Elle avait pu observer l'étendue du royaume, lorsqu'Erwin l'avait emmenée au palais, quelques semaines plus tôt.

Et la faune semblait s'être rétablie, ce qui n'était pas le cas ici. La noirceur paraissait s'étaler comme une tache d'encre dont le palais était le centre, rongeant au fur et à mesure la vie qui se trouvait sur son passage. Est-ce que cela les affecterait, eux aussi, les natifs ?

Certainement.

Si Éva avait été choisie pour reine, Wyllina devinait aisément que cette relation n'était avantageuse pour personne. Éva y perdait la forme à petit feu, à l'image de son royaume.

Mais peut-être étaient-ce les terres qui réagissaient à l'état de santé du *Rova* et de la *Vasta*.

Après plusieurs minutes à arpenter les rues de la ville fantôme, Peter s'arrêta en face d'un bâtiment à peu près viable, l'un de ceux qui étaient encore en bonne condition, comparé aux autres. Sur la façade, on pouvait lire « Auberge du lac royal », en référence au lac qui les séparait du palais, planté au centre d'une île. La nocturna sourit malgré elle.

Elle connaissait cet endroit, pour y être venue plusieurs fois avant d'être promue chevalière.

Peter entra et, au même moment, des murmures de conversation lui parvinrent. La nocturna pénétra à son tour, suivie d'Elienor. Les fenêtres avaient été masquées par des voiles noirs pour préserver leur discrétion, mais l'intérieur ressemblait comme deux gouttes d'eau à ce qu'il était auparavant. Un comptoir, sur sa gauche, laissait entrevoir des verres de toutes sortes et des pompes à hydromel et à vin elfique. De larges tables en bois et leurs bancs remplissaient la pièce. Le tout était éclairé par des bougies et des lanternes.

Pullman et quatre autres personnes discutaient en riant et en buvant.

Au milieu de leur table se trouvait une opale similaire à celle que Wyllina avait dans son sac. Lorsqu'ils les aperçurent, tout le monde se tut. Peter referma la porte derrière eux et Elienor échangea un regard avec Wyllina.

Tout ceci n'était pas vraiment l'idée qu'elle se faisait d'un QG ultra-secret.

Comme personne ne lui sautait à la gorge, la nocturna décida de se détendre. Elle retira la large capuche qui lui couvrait la tête et les cheveux, imitée par l'elfe. Aussitôt, Pullman se leva, occupant la totalité de la hauteur sous plafond, si bien qu'elle se demanda s'il ne devait pas se baisser de quelques centimètres pour ne pas se cogner le crâne.

— Wyllina…

Elle resta silencieuse. De le voir devant elle, si imposant et si sûr de lui, ne lui rappelait pas de bons souvenirs. Tremblante, elle gardait dans un coin de son esprit que, quelques semaines auparavant, il avait été prêt à les vendre, elle et Dimitri, pour sauver sa peau et celle des autres natifs. Tout cela après l'avoir tenue en laisse pendant près de cinq cents ans. Finalement, le retrouver était comme récupérer un joug. Mais elle chassa ses pensées et afficha un air assuré.

— Salut, Pullman.

— Donc, c'est grâce à ça que vous arrivez à communiquer ? s'intéressa Elienor en observant l'opale sur la table de leurs hôtes.

Wyllina lui donna un coup de coude dans les côtes. Il ne devait pas perdre de vue son objectif.

— Oui, répondit tout de même Pullman. Elles font le lien entre chaque personne qui en possède une. Je savais que tu trouverais rapidement comment t'en servir, Wyllina.

La nocturna haussa les épaules. Comprendre comment fonctionnaient cette opale et les autres ne l'importait que peu, sauf si cela permettait à sa sœur de rester en vie. Mais une question lui brûlait néanmoins les lèvres.

— Comment l'as-tu récupérée ? dit-elle d'un air sombre. Je croyais qu'Erwin me l'avait subtilisée.

Pullman gonfla le torse en prenant une profonde inspiration, comme s'il s'apprêtait à se lancer dans de grandes explications.

— C'est compliqué. Après que vous avez fui, et d'ailleurs, je suis ravi que vous ayez pu le faire, Peter et Elienor m'ont évacué. Erwin aurait pu me tuer pour lui avoir donné de faux espoirs. J'ai… reconsidéré ma position, et quand Elienor est parti, Peter et moi avons rencontré Erwin.

La nocturna se tendit. Était-ce le moment où elle devait se préparer à s'échapper, une fois encore ? Par réflexe, elle appuya sa main sur Elienor, comme pour lui signifier de ne pas perdre le fil et de se tenir prêt à s'évaporer.

— Nous avons appris pas mal de choses… notamment sur une pierre qu'il portait sur lui, un genre d'obsidienne.

Elle fit en sorte que son visage restât neutre. Pullman l'avait vue longtemps avec une gemme similaire autour du cou. Mais, visiblement, il ne choisissait pas ses mots au hasard, puisque ses yeux se plantèrent dans ceux de la nocturna.

— Il disait qu'elle provenait de la couronne de la *Vasta*, et que c'était grâce à celle-ci qu'il pouvait aller et venir partout où il le souhaitait.

Elle échangea furtivement un regard avec Elienor.

— Et d'ailleurs, de la couronne de la *Vasta*, il en avait aussi conservé l'or, continua Pullman. Tu te souviens de cette alliance qu'il ne quittait jamais ? Eh bien, c'est dans cet or là qu'il l'avait fait forger.

Wyllina garda le silence, mais ses pensées fusaient. L'alliance. Pourquoi en reparlait-il ? Dimitri la portait encore sur lui, quand… Et Pullman le savait sûrement, puisque la dernière fois qu'ils s'étaient vus, c'était lorsque l'héritier revenait de l'agence de l'ARPM, où il était allé chercher cette bague. À moins qu'il ne crût qu'elle l'avait récupérée ?

— Enfin bref, tout ça pour dire que ces opales étaient notre paiement pour avoir donné certaines informations.

Wyllina l'observa avec attention, alors qu'il adressait un regard à ses quatre acolytes qui s'étaient écartés pour leur laisser de l'intimité. Parmi eux se trouvaient deux non-natifs. Un vampire et un lycan. Mais Wyllina attendait de comprendre ce que lui voulait Pullman avant de lui demander ce qu'ils faisaient là.

— Quel genre d'informations ? finit par requérir Elienor.

Elle le remercia intérieurement de glaner les renseignements à sa place. Elle en était incapable depuis la mort de l'héritier et celle, probable, d'Éva.

Pullman s'apprêta à parler. Il semblait peser ses mots.

— Je… Je lui ai donné la position d'une ville qu'il cherchait depuis longtemps. Un repaire de natifs qui lui résistait sur Terre.

Il marqua une pause durant laquelle Wyllina se redressa. Il n'avait pas…

— Une ville sous les Alpes, du nom de…

— Brinthorum, le coupa Wyllina, la mine sombre.

Elle se leva d'un bond, ne pouvant rester en place. Venait-il de dire qu'il était responsable de l'attaque qui avait fait s'écrouler la ville, emportant avec elle Grim, Alain et surtout Dimitri ?

Elle attrapa son visage, alors qu'elle tâchait de se maîtriser. Elienor posa une main sur son épaule pour tenter de la calmer.

— J'ignorais que vous y étiez, continua Pullman. C'est Axel, là-bas, qui m'a prévenu il y a quelques jours que tu t'y trouvais.

La nocturna retint ses larmes. Mais ce n'étaient pas des larmes de tristesse. C'était sa colère qui voulait se libérer. Les verres se mirent à vibrer. Il lui était impossible de négliger ses émotions et ses sentiments. Elle-même sentit la température ambiante devenir plus que brûlante. Elle s'obligea pourtant à prendre une profonde inspiration en dégageant son visage. Furieuse, mais contrôlant malgré tout la moindre de ses cellules, elle se tourna vers Pullman.

— Grâce à toi, cher patron, cracha-t-elle la voix tremblante, il est mort. Grâce à toi, l'unique héritier de la couronne gît quelque part dans les Alpes.

Pullman l'interrogea du regard et il lui sembla que c'était lui qui avait peur d'elle.

— Dimitri, cet incompétent que tu m'as collé dans les pattes, c'était lui le successeur.

Sa voix, même si elle vrillait sous la rage, était mesurée et basse. Elle ne tenait pas à se faire entendre par les compagnons du gonthor. Et surtout pas des non-natifs. Pullman parut réellement surpris. Il sembla vouloir dire quelque chose, mais la nocturna n'en avait que faire. Elle ne pouvait plus écouter un seul mot provenant de sa bouche. Elle se détourna en vitesse, puis quitta l'auberge.

Chapitre 26

Après avoir observé le lac qui la séparait de sa sœur et d'Erwin un certain temps, cachée aux confins de Morum, Wyllina avait décidé de revenir à l'auberge. La colère s'était estompée, mais elle était toujours enfouie en elle. Elle ne savait pas si elle serait capable de pardonner à Pullman, même si, en fin de compte, il n'était pas volontairement responsable de la mort du prince.

Mais puisqu'ils avaient visiblement besoin d'elle, il fallait qu'elle réussît à mettre de côté ses ressentiments. Vaquoria méritait mieux qu'une gamine qui ne pensait qu'à son chagrin.

En attrapant son bock rempli d'hydromel, elle écouta Pullman lui exposer son plan. Parce que malgré toutes ses années d'expérience, aucune solution fiable ne lui venait à l'esprit, trop embrouillé pour réfléchir à quoi que ce soit.

— Il faut donc qu'on élimine d'abord Erwin, avant de pouvoir espérer atteindre Éva, dit-il en triturant sa barbe blanche.

— D'accord, répondit Elienor. Et comment comptes-tu t'y prendre ?

Le regard du gonthor se posa sur Wyllina, qui simulait un intérêt pour la conversation. Tout ceci lui passait un peu au-dessus.

Elle n'attendait qu'une chose : qu'on lui dît que faire sans qu'elle eût à réfléchir.

— Eh bien… Wyllina est un argument de poids pour le faire venir jusqu'à nous.

La nocturna but une gorgée en considérant sa réponse. Il avait totalement raison. Erwin, s'il ne pouvait pas mettre sa tête à prix, serait ravi de pouvoir la neutraliser dans le plus grand des secrets.

— Tu es sérieux ? s'indigna Elienor. Je pensais qu'on faisait équipe.

Pullman se gratta un sourcil, ne masquant pas sa gêne.

— Oui, c'est le cas. On la protégera à couvert, évidemment. Mais je crois que c'est la seule solution pour l'isoler et pouvoir frapper fort. Tu te vois débarquer au palais ? Avec tous ses gardes et son artillerie lourde ?

Elienor chercha à capter le regard de la nocturna, sans y parvenir. Attendait-il qu'elle s'indignât ? Qu'elle clamât haut et fort qu'elle n'avait aucune envie de servir d'appât ?

Elle n'en ferait rien.

— C'est d'accord, annonça-t-elle d'une voix blanche. Et ensuite ? Une fois que le roi est mort, comment libérons-nous Éva ?

L'elfe tenta d'intervenir, mais Wyllina le fit taire d'un geste de la main. De toute manière, il était trop tard pour penser à autre chose. Le temps leur était compté et elle avait déjà suffisamment échoué pour se laisser distraire à nouveau.

— C'est un peu plus compliqué, répondit Pullman. C'est elle qui a été élue par les terres. L'atteindre sera plus difficile. Mais…

Il jeta un regard à ses comparses, non loin d'eux.

Ils jouaient aux cartes, comme si la situation n'était pas urgente. Wyllina leva les yeux au ciel. Quelle bande d'amateurs !

— Je me disais, puisqu'Elienor est en possession de cette obsidienne, on pourrait s'en servir.

La nocturna se concentra en attendant la suite.

— Tu t'occupes d'Erwin et, immédiatement après, avant que la rumeur ne se répande, Elienor te transporte jusque là-bas. En un clin d'œil, tu es devant la reine et tu l'exécutes.

Elienor ne put retenir un rire moqueur. Wyllina resta de marbre et prit une autre gorgée de son hydromel, mesurant chacun de ses mouvements.

— Oui, dit-elle, mais il est hors de question que je tue Éva.

Pullman blêmit en même temps que ses compagnons s'exclamèrent, l'un reprochant à son voisin d'avoir triché. Wyllina ne cilla pas, son regard maintenant planté dans celui du gonthor.

— Oh ! je vois. Et comment comptes-tu la libérer de la couronne, dans ce cas ?

Elle reposa son verre sur la table et prit le temps de déguster sa gorgée avant de répondre.

— Je ne sais pas. Mais…

Là, elle plongea une main dans son corsage et en retira les cheveux qu'elle avait volés à sa sœur, quelques semaines plus tôt. Pullman et Elienor observèrent les mèches rousses avec intérêt.

— Ce sont les siens, annonça-t-elle.

Voyant leur confusion, elle ravala une rasade de son breuvage, comme si de rien n'était.

Pullman et Elienor semblaient considérer la question. Cela pourrait leur permettre de prendre le contrôle de son corps. Mais cela faisait de nombreuses années que l'un comme l'autre n'avait pas pratiqué ce genre de magie, inefficace sur Terre.

— On peut le tenter, affirma Elienor. Je pense que j'en suis capable.

— On lui demanderait d'enlever la couronne elle-même ?

— En tout cas, on peut au moins l'obliger à rester tranquille et nous attendre là où l'on peut la rencontrer.

Pullman hocha la tête et lança un regard à ses partenaires.

— Axel pourra faire le guet dès que l'on convoquera Erwin. Il nous prévient quand il part, on patiente et, pendant que Wyllina se débarrasse de lui, tu t'occupes de rendre ce rituel possible. Ensuite, tu te téléportes avec elle et, en espérant que cela fonctionne, vous parvenez à lui retirer la couronne. Mais il faudra trouver la prochaine reine ou le prochain roi…

— Ça me paraît faisable, acquiesça Elienor.

— J'ai juste une question, intervint Wyllina. Pourquoi des non-natifs se retrouvent-ils chez nous ?

Pullman sembla coincé face à cette question et prit quelques secondes avant d'y répondre.

— Suite à la révélation des natifs et non-natifs auprès des humains, beaucoup ne se sentent plus à leur place. Ils recherchent aussi une maison, Wyllina.

Elle haussa les épaules. Tout cela lui paraissait étrange, mais, après tout, elle ne comptait pas vivre pour le reste de ses jours en communauté.

Quand tout cela serait fini, elle trouverait un coin tranquille où résider avec sa sœur, qui allait sûrement avoir besoin de temps pour se remettre de tout ce qu'elle avait traversé.

— Bien, alors qu'est-ce qu'on attend ?

À couvert, Wyllina attendait qu'une ombre surgît de l'obscurité. À sa droite, elle repéra Elienor, prêt à intervenir. À sa gauche, Pullman observait la place sur laquelle il avait donné rendez-vous à Erwin, un peu plus tôt. Elle était vide, pour le moment, mais Axel venait de les avertir du départ de l'elfe noir du palais.

Pour le faire se mouvoir, Pullman avait prétexté avoir des informations capitales au sujet de Wyllina. Erwin avait accepté de le rencontrer sans se méfier. À croire que c'était habituel, pour eux deux. Et c'était sans doute le cas. Mais peu importait.

Wyllina n'attendait qu'une seule chose : se venger. Et Pullman lui offrait une excellente occasion de le faire.

Le gonthor lui adressa un signe de la main et elle comprit aussitôt. Erwin arrivait. En moins d'une seconde, le voici qui apparaissait sur la place de la ville, déserte et délabrée, au beau milieu de la nuit. Il observa les alentours, visiblement impatient. Son regard erra un moment sur le panorama que cet endroit accordait sur le lac.

C'était à elle d'entrer en scène.

Sans aucune once d'appréhension, elle souleva les pans de sa robe, arracha l'un des poignards accrochés à sa cuisse et s'avança vers lui, déterminée.

Plus elle progressait vers lui, plus elle le distinguait dans les moindres détails. Il paraissait changé. Ses traits s'étaient assombris et son front, surmonté d'une couronne plus petite que celle d'Éva, portait les marques de la royauté. Au centre de cette couronne, une obsidienne avait également été placée.

Wyllina sourit lorsqu'il la repéra. Mais curieusement, il ne sembla pas surpris. Elle ralentit sa course et jeta un regard à l'endroit où Elienor était censé se trouver. Il ne s'y cachait plus. Elle chercha Pullman d'un coup d'œil, sans succès. Elle prit quelques instants pour réfléchir.

Voilà qu'elle était tombée dans un piège, et comme une bleue.

— Bonsoir, Wyllina, l'accueillit Erwin en ouvrant les bras d'un ton enjoué.

Désarçonnée, elle s'arrêta à quelques mètres de lui. Elle pensait pouvoir le battre, mais elle se montrait d'autant plus prudente maintenant qu'elle savait n'avoir aucune porte de sortie.

— Je me demandais quand tu te déciderais enfin à venir régler tes comptes, *telith*.

La nocturna ne répondit rien et évalua la situation. Elle n'était pas bonne, mais elle avait connu pire. Rapidement, elle repéra ce qui pourrait l'aider autour d'elle. Ses doigts serrèrent le couteau de toutes leurs forces. Peut-être était-ce qui lui restait à faire : foncer dans le tas et massacrer ceux qui se trouvaient sur sa route.

Sans réfléchir, au risque de tout perdre, elle courut vers lui et enfonça le poignard dans ses côtes, en le fixant droit dans les yeux. Un craquement sinistre lui parvint lorsque la lame traversa son corps. Mais quelque chose n'allait pas.

Non seulement il n'avait pas cherché à se défiler, mais le sourire qui barrait son visage s'élargit. Troublée, elle lâcha son arme, plantée dans la poitrine de son ancien coéquipier, et se recula de quelques pas avant de baisser les yeux vers la blessure qu'elle lui avait infligée. Aucune goutte de sang ne venait tacher son costume royal. Et en observant son rictus et ses lèvres retroussées sur ses longues canines, elle se souvint. Erwin était un vampire.

Elle se décala encore, se rendant compte de l'énorme erreur qu'elle avait commise. Erwin porta son attention vers le poignard enfoncé dans son ventre et l'arracha sans même ciller. Il le jeta négligemment à terre, avant de se frotter les mains.

— Tu ne réfléchis donc plus ? lui demanda-t-il, sincèrement déçu.

— Erwin, je veux juste que tu laisses ma sœur tranquille.

Il ricana en s'approchant d'elle, à mesure qu'elle reculait. Sur les pavés abîmés de la place, leurs pas résonnaient en s'envolant dans l'obscurité, se perdant en écho au milieu du silence. À l'image de l'anxiété de Wyllina.

— C'est impossible, *telith*. Éva et moi, c'est une histoire de longue date, vois-tu ?

Doucement, il fallait qu'elle se calmât. Elle avait fait une erreur, mais la partie n'était pas terminée. Après tout, elle était censée être l'une des meilleures agentes de l'ARPM et ce n'était pas la première fois qu'Erwin et elle s'affrontaient, même si, auparavant, cela n'avait été que pour leurs entraînements. Elle assura ses appuis dans le sol, en position de défense, prête à riposter.

— Je sais, oui, c'est en ton nom qu'elle a tué la famille royale.

Son corps se tendit et la nocturna put lire la surprise sur son visage. Et c'était normal, elle n'était pas supposée le savoir, et il ignorait qu'elle avait épié leur conversation dans le bureau du roi. Ou plutôt, qu'elle les avait espionnés.

— Ce que je me demande, c'est comment tu as réussi à la rallier à ta cause ? Pourquoi se laisse-t-elle manipuler ?

L'elfe noir se frotta les mains en inspirant profondément l'air de la nuit. Comme pour faire durer le plaisir, il opéra un tour sur lui-même en regardant le ciel, avant de s'intéresser à nouveau à elle.

— Débutons par le commencement, si tu y tiens, entama-t-il. J'étais un chevalier plus que loyal envers notre roi. Mais après avoir dû décimer une partie de mon peuple et de ma famille lors de la guerre contre les elfes noirs, je n'ai plus vu les choses de la même façon. J'ai songé à me venger, mais on m'a dénoncé et j'ai été évincé de la cour, en même temps que ta sœur a été promue garde personnelle du roi. C'est là que tu y es entrée. Je connaissais déjà Éva depuis un moment, mais les choses ont évolué plus sérieusement à partir du moment où le roi lui répétait à quel point il était fier de celle que tu devenais.

Wyllina repéra, non loin d'elle, un poteau abîmé qui pourrait servir de pieu. Mais ce que disait Erwin l'intéressait plus qu'elle ne l'aurait avoué. Alors avant d'agir, elle l'invita à poursuivre.

— J'ai rapidement compris que c'était elle qui m'avait dénoncé. Je l'ai menacée de tuer toute sa famille si elle ne se ralliait pas à ma cause et qu'elle ne m'aidait pas à me venger. Je n'avais plus le droit de m'approcher du palais, il fallait donc que je trouve un moyen d'atteindre le roi autrement. Et devine ce qu'elle a choisi ?

La nocturna était perplexe. Éva aurait sacrifié son destin pour la sauver, elle ? Elle n'y croyait pas.

— Éva a toujours été égoïste, dit-elle. Elle ne supportait pas le fait que j'étais meilleure qu'elle, elle a menti au *Rova* pour que je ne sois plus une menace pour sa place.

Erwin rit à nouveau en s'approchant sensiblement d'elle, mesurant chacun de ses pas. Tout dans son attitude lui prouvait à quel point il était sûr de lui et amusé par la situation.

— Oui, elle a fini par vouloir te protéger et elle trouvait que t'exclure de la cour était un excellent moyen de le faire. Ensuite, elle s'est fait passer pour toi avant de tuer la famille royale, parce que j'allais encore avoir besoin d'elle pour exécuter parfaitement mon plan. Et personne n'aurait accepté que la véritable meurtrière du *Rova* et de la *Vasta* devienne reine à son tour. De plus, tu avais un remarquable mobile : le roi t'avait mise à l'écart malgré ta loyauté sans faille.

Les yeux de Wyllina s'écarquillèrent alors qu'elle rassemblait enfin les dernières pièces du puzzle. Tout cela lui paraissait bien trop dur à admettre. Trop rude à croire. Éva ne l'avait finalement trahie qu'en apparence. Et pendant tout ce temps, elle avait joué un double rôle pour s'assurer qu'elle la détesterait ?

— Ne me fais pas avaler que c'est uniquement pour me protéger qu'elle a accepté de faire tout ça.

Il se frotta un sourcil, comme s'il ne savait comment poursuivre, avant de reporter son attention sur elle, avançant lentement.

— Eh bien, le *Rova*, le grand roi, avait cette fâcheuse tendance à murmurer des choses qui devenaient réelles, je ne t'apprends rien, n'est-ce pas ?

Elle acquiesça.

Dimitri et elle en avaient parlé, lorsqu'il lui avait révélé être l'héritier. À l'instant où le roi susurrait quelque chose, cela s'accomplissait. Était-ce lui qui décidait du destin de ses sujets ou bien pouvait-il lire l'avenir ?

Nul ne le savait, mais cela se passait toujours de la même façon. Pourtant, elle ne voyait pas où Erwin souhaitait en venir. Le roi avait murmuré qu'elle serait chevalière et elle l'était devenue. Il avait murmuré à Éva qu'elle serait sa garde personnelle et cela s'était réalisé.

Son regard perdu trouva celui, amusé, de l'elfe noir. Il remarqua certainement sa confusion, puisqu'il sourit une fois encore.

— Visiblement, il chuchotait souvent à Éva qu'un jour, tu serais reine, *Vasta*. Même après t'avoir évincée de la cour.

Là, ce fut le choc.

Wyllina dut secouer la tête pour être sûre d'avoir bien entendu.

— Qu'est-ce que tu as dit ?

— Eh oui, *telith*. C'est toi, la plus importante dans cette histoire. C'est aussi pour ça que je m'acharne à te surveiller, au cas où tu ne l'aurais pas encore compris.

La nocturna nia du chef. Elle n'avait jamais eu l'ambition d'être *Vasta*. Être chevalière lui suffisait amplement. Pourquoi le *Rova* aurait-il pensé une chose pareille ?

— Mais c'est impossible, je ne peux pas être reine.

— Sur ce point-là, on est d'accord.

Là, sans prévenir, il se jeta sur elle. Surprise, elle tenta le tout pour le tout. Elle réprima un juron en passant la main devant son visage et se décala assez pour que l'attaque d'Erwin ne l'atteignît pas.

Un mal de tête la frappa soudain, mais elle comprit que ce qu'elle avait voulu faire fonctionnait, quand elle vit qu'Erwin la cherchait du regard. Elle était invisible.

— Ne te cache pas, Wylli, tu sais très bien comment tout ça doit se terminer.

La nocturna réfléchissait à toute vitesse, tentant de s'éloigner le plus possible d'Erwin. Elle se dirigea vers le poteau en bois qu'elle avait repéré un peu plus tôt. Elle devait faire vite, parce que dès qu'elle aurait arraché le pieu d'entre les pavés, il détecterait sa position. Elle se concentra de toutes ses forces, alors qu'Erwin perdait patience.

— Si tu ne te montres pas, c'est ta sœur que je tuerai.

La nocturna empoigna le piquet des deux mains et le tira avec vigueur. Il se détacha facilement du sol, mais elle sentit que son invisibilité s'amenuisait. Erwin planta son regard sur elle avec un sourire carnassier. Il s'approcha d'elle en un clin d'œil, si bien qu'elle en perdit l'équilibre. Mais au lieu de l'attaquer, il leva sa main et lui montra quelque chose, lié autour de ses doigts. Les yeux de la nocturna s'écarquillèrent lorsqu'elle reconnut des cheveux roux accrochés solidement à ses phalanges. Les cheveux qu'Éva avait reçus d'Elienor. Ses cheveux.

— Lâche ce pieu, demanda Erwin.

Sans pouvoir résister, Wyllina le laissa tomber sur le sol dans un bruit assourdissant. Déjà, des larmes inondaient ses joues.

— Que vas-tu faire de moi ?

En silence, il lui ordonna de rester immobile et posa la main sur elle.

En une seconde, ils se retrouvèrent dans une salle immense que Wyllina reconnut très vite comme étant la bibliothèque dans laquelle elle avait revu Éva pour la première fois. Puisqu'elle perdait l'équilibre, elle tomba sur le sol froid, tandis qu'Erwin reculait ses doigts comme s'il avait touché quelque chose qui le dégoûtait profondément.

Mais alors qu'il allait parler, quelqu'un lui sauta dessus, le faisant chanceler à son tour. Dans la précipitation, la nocturna eut le temps de se redresser et de s'éloigner. Elienor, derrière elle, se battait avec l'elfe noir. Au beau milieu de sa course, quelque chose l'empêcha pourtant d'avancer, raidissant son corps tout entier, l'immobilisant.

— Sa main ! cria-t-elle, alors qu'elle sentait l'emprise d'Erwin sur ses mouvements, produite grâce à ses cheveux enroulés autour de ses doigts.

Elienor lui accorda un regard. Une seconde de trop durant laquelle le roi se jeta sur lui. Les deux elfes furent projetés au sol, si bien qu'Elienor en perdit son épée. Désarmé, son ami se trouvait en mauvaise posture. Mais alors qu'elle s'apprêtait à courir pour lui venir en aide, un bruit attira son attention sur la mezzanine de la bibliothèque.

Éva se tenait immobile, à genoux, face à un homme encapuchonné. Un désagréable pressentiment lui parvint lorsqu'elle remarqua, enroulés autour d'une main de l'inconnu, des cheveux semblables aux siens. Les cheveux d'Éva.

Comment était-ce possible ? C'était à Pullman qu'elle les avait donnés un peu plus tôt. Est-ce que celui-ci était derrière tout ça ? La carrure de l'anonyme était trop petite pour que ce fût lui, mais par conséquent, qui se cachait sous cette capuche ?

Dans son autre main, l'homme tenait un poignard en or tendu vers la poitrine de sa sœur, le même qu'Eva avait utilisé pour la sacrifier. Comment pouvait-il être en sa possession ? Aux dernières nouvelles, c'était Erwin qui l'avait.

Mais avant que Wyllina ne pût faire quoi que ce soit, l'individu ordonna à Éva de se lever en silence, ce qu'elle fit sans résistance à cause des cheveux enroulés dans la main de cet homme. Il la gouvernait, tout comme Erwin contrôlait Wyllina.

Sans plus attendre, l'inconnu planta le couteau dans le cœur de sa sœur. La reine hurla, mais resta immobile, à la merci de celui qui la maîtrisait. Face à sa douleur, Wyllina, Elienor, et même Erwin, se plièrent en deux, surpris par un puissant coup au thorax. Tout le monde ressentait la souffrance du *Rova* et de la *Vasta* sur Vaquoria. Parce que tout le monde était lié.

Mais elle l'éprouva plus encore, parce qu'elle était sa sœur jumelle. Elle tituba en criant.

Éva tourna la tête vers Wyllina, du sang noir sortant de sa bouche. À mesure que sa vie la délaissait, ses iris retrouvaient leur éclat, sa peau recouvrait sa finesse et ses traits s'adoucissaient. Elle tomba à genoux, perdant ses forces, alors que son assassin se reculait légèrement en récupérant le poignard et en faisant jaillir l'hémoglobine tout autour d'eux.

— Salut, Wylli… articula-t-elle dans un soubresaut.

— Non ! Éva !

Elle voulut s'avancer vers elle, mais quelque chose l'en empêchait. Elle reporta son attention sur Erwin, ses doigts fermés sur eux-mêmes, qui la fixait avec ardeur.

Sa posture indiquait qu'il ressentait la douleur de sa reine avec une intensité toute particulière, lui aussi. Son souffle était court, son visage crispé et il peinait à se redresser. D'un équilibre précaire, il fit un pas vers elle, serrant le poing plus encore.

Wyllina en éprouva la pression jusque dans ses os. Elle cria face à la frustration, la colère et l'impuissance.

Il l'empêchait de bouger, ses cheveux fermement enlacés dans sa main. Jusqu'à ce qu'Elienor, profitant de ce moment d'inattention, retirât un poignard de la doublure de sa veste, et le levât de ses deux mains avant de le laisser tomber sur le poignet de l'elfe noir. D'un coup sec, il trancha ce qui permettait de la contrôler.

Immédiatement, l'emprise qui lui enserrait le cœur se relâcha et la nocturna fut libre de ses mouvements.

— Vas-y ! lui cria Elienor alors qu'Erwin hurlait de douleur.

Sans attendre, elle se précipita vers la mezzanine où Éva s'effondrait au sol, et repoussa vivement l'assassin d'un geste du bras. Celui-ci ne tenta même pas de se défendre. Il n'était là que pour la reine. Lorsqu'Éva heurta le tapis, la couronne quitta son crâne, ne lui laissant de son règne que des cicatrices funestes.

Son meurtrier s'éloigna encore, abandonnant son œuvre. Wyllina put entendre son expiration entrecoupée et courte. Il était essoufflé ou il souffrait, lui aussi. Sur le sol, elle ne remarqua pas que le sang de sa sœur se cristallisait, comme si le givre avait soudainement envahi la pièce et qu'il gelait tout ce qu'il touchait. D'ailleurs, elle ne releva pas le froid brutal ni la vapeur que sa respiration et celle trop faible d'Éva provoquaient.

— Non, Éva, je t'en prie !

Ignorant l'assassin, Wyllina se laissa tomber près d'Éva. Ce ne fut que lorsqu'elle approcha son visage à quelques centimètres de celui de sa jumelle qu'on l'attrapa par les épaules, cherchant à la tirer en arrière. Wyllina se débattit sans quitter sa sœur des yeux, malgré les mains glaciales du meurtrier qui ne la lâchaient pas. La nocturne pouvait sentir leur fraîcheur à travers ses vêtements.

À mesure que son sang coulait, les traits d'Éva se muaient en ceux que Wyllina connaissait si bien. Elle redevenait elle-même et cela lui brisait le cœur. Sa jumelle accrocha le regard de la nocturna pour ne plus le délaisser.

L'assassin resserra sa prise autour des épaules de Wyllina et parvint à la mettre debout. Mais elle lui donna un coup de coude, suivi d'un coup de talon dans le genou. Il finit par la laisser lui échapper en retenant un cri de douleur et elle se jeta sur Éva, pleurant en enfouissant son nez dans le cou de sa sœur.

— Je t'en prie, Éva, ne me fais pas ça, reste avec nous.

Elle souleva doucement la tête de la reine pour l'étreindre, mais, déjà, les prémices de son dernier souffle se dessinaient sur ses lèvres en proie au givre. Son visage et son corps paraissaient se couvrir de glace. Autour d'elles, le silence se fit. Le temps semblait en pause. C'était comme si tous ceux qui étaient présents dans la pièce les observaient sans savoir que faire.

— J'ai fait tout ça pour toi, Wylli…

La nocturna lui chuchota de ne pas parler, la serrant légèrement plus fort.

— Je t'aime, Éva. Je te pardonne.

— Je t'aime, Wyllina.

Son corps s'alanguit, un peu plus à chaque seconde, jusqu'à ressembler à une poupée de chiffon. Éva parut paisible, soudain. À tel point que la jeune fée crut d'abord qu'elle s'était endormie.

Mais des perles glacées s'enfilaient sur ses cils, et des volutes de givre recouvraient sa peau. À l'absence de mouvements de sa cage thoracique, elle devina que c'était fini.

Son cri déchira l'atmosphère.

Elle avait échoué.

Éva était morte.

On l'attrapa à nouveau, l'obligeant à lâcher la dépouille de sa sœur. Mais les larmes et la douleur étaient si intenses qu'elle eut du mal à se libérer.

— Laissez-moi ! gémit-elle.

Elle se débattit encore, mais on l'incitait à descendre les marches de la mezzanine, lui enserrant solidement la taille et lui bloquant les bras. Ses pieds ne touchaient plus le sol. Une odeur la traversa alors que les escaliers défilaient sous ses yeux. Une odeur de sous-bois qu'elle connaissait bien, pour l'avoir sentie sur Dimitri et sur son père avant lui. Mais elle chassa ce détail en tentant de se défaire de la prise de l'assassin. Parce que ça ne pouvait être que lui qui la tenait, Elienor et Erwin s'étaient remis à se battre.

Ils se trouvaient au palais. Le roi y avait vécu plusieurs siècles. Voilà pourquoi elle humait son essence. Et comme Dimitri était mort...

Arrivée à hauteur du plateau d'échecs sur lequel Éva et Erwin s'affrontaient quelques semaines plus tôt, la nocturna poussa des jambes contre l'une des chaises pour déstabiliser celui qui l'agrippait.

En retrouvant un appui sur le sol, elle le balança droit sur la table, si bien que les pions en corne posés sur le jeu s'éparpillèrent partout dans la pièce. Wyllina se redressa en remarquant que la reine blanche roulait jusqu'à ses pieds et leva la tête vers son adversaire.

Une capuche, un homme. Le meurtrier de sa sœur.

Cherchant à recouvrer son équilibre, il se mit à genoux pour se relever, mais Wyllina se jeta sur lui en le saisissant à la gorge. Sa rage aurait pu la pousser à faire n'importe quoi, à tel point qu'elle était persuadée que la chaleur de la pièce était soudainement insoutenable pour les autres. Le meurtrier cria en portant les mains à ses yeux, les rétines bouillantes. Elle n'avait qu'une envie : le tuer.

Mais lorsqu'elle repéra une mèche de cheveux bleu ciel qui dépassait de sa capuche, toute forme de fureur la quitta immédiatement. Son cœur se serra sous le choc.

Elle lâcha prise, comme si elle s'était brûlé les doigts. Mais c'était de la glace que sa peau avait éprouvée. L'homme s'immobilisa, lui aussi, et releva la tête vers elle, le souffle court.

Serait-il possible que… ?

Cette odeur, qu'elle avait sentie, lui attaqua les narines. Pour en avoir la certitude, elle attrapa le tissu qui recouvrait son visage et le dégagea d'un coup sec. Son cœur ne fit qu'un bond, en même temps que toutes ses convictions. Elle eut un mouvement de recul, les yeux ronds.

— Toi ! fulmina Erwin qui avait observé la scène du coin de l'œil. Misérable vermine !

Le regard de Dimitri se détacha de celui de la nocturna et dérapa sur Erwin, qui était parvenu à se débarrasser d'Elienor pour quelques instants.

Une main en moins, il se dirigeait vers eux dans un élan de rage, dispersant du sang tout autour de lui. Wyllina réfléchit très vite.

L'héritier était en vie. Dimitri était en vie. Erwin allait le tuer.

Elle récupéra avec vélocité l'épée d'Elienor, qui avait glissé non loin d'eux dans sa lutte avec l'elfe noir, et la serra fermement. Erwin se jeta sur Dimitri, mais avant qu'il ne l'atteignît, elle s'intercala entre eux deux en soulevant l'épée devant elle.

Et cette fois, elle visa le cœur.

Le corps de l'elfe noir s'empala si facilement sur la lame que Wyllina ne bougea pas d'un poil. Elle esquissa une moue de dégoût au son de la chair humide traversée par le métal, puis détourna les yeux de son ancien coéquipier. Du sang coulait déjà sur ses mains, réchauffant ses doigts glacés au contact de Dimitri.

Le visage d'Erwin changea, se tordant sous la douleur. Sa tête se baissa vers Wyllina qui, déterminée, tourna le fer pour l'atteindre plus en profondeur encore.

Alors qu'il agrippait l'épée en gémissant, elle le lâcha en le repoussant d'un coup de pied. Il tomba à la renverse sur le sol et son corps se fluidifia en tremblotant au fur et à mesure que ses cris s'intensifiaient. Sa couronne roula sur le tapis taché de sang, jusqu'aux pieds d'Elienor qui surveillait la scène, haletant.

Le souffle court, la nocturna étudiait la flaque qui s'étalait devant elle, seule preuve qu'Erwin s'était trouvé là et qu'il était mort. Elle leva ses mains couvertes du liquide visqueux et noir face à ses yeux, un poids d'une tonne sur la poitrine. Son cœur se serra alors qu'elle reprenait ses esprits en chancelant.

Un regard fut échangé avec l'elfe, puis elle se concentra sur l'héritier, toujours à genoux, qui observait l'endroit où le corps d'Erwin s'était dissous, comme celui de n'importe quel vampire. Il était en vie.

Et il venait de tuer sa sœur. Son visage se tordit sous la douleur.

Elle l'avait protégé, malgré elle. Ses sentiments se mélangeaient trop pour qu'elle pût réfléchir. Les mots lui manquaient, alors elle ne dit rien. Vidée, elle jeta l'épée sur le sol, les joues envahies de larmes, et se tourna vivement pour apercevoir le cadavre d'Éva.

Éva était morte.

— Il faut partir, souffla Elienor. Les gardes… ils ne vont pas tarder…

Mais Wyllina l'ignora. Dimitri se releva et lui tendit la main, où s'entrelaçaient encore les cheveux d'Éva, comme pour l'inviter à les suivre. Elle la repoussa à contrecœur sans lui accorder un regard et se précipita vers le corps sans vie de la reine.

Les escaliers qu'elle dut gravir une seconde fois lui parurent trop longs. Le silence était trop lourd, seulement entrecoupé par leurs trois respirations haletantes. Et lorsqu'elle atteignit enfin le sommet, elle n'eut d'autre choix que de marcher dans le sang noir, visqueux et glacé de sa sœur. Dans un cri du cœur, elle se laissa tomber à ses côtés et l'enlaça, lui offrant ses dernières larmes, lui faisant son dernier adieu.

À présent, son corps gelé reposait à l'ombre du givre.

 Chapitre 27

Une main noircie par la gangrène atterrit lâchement sur la table, en face de son nez. Wyllina se redressa brusquement. Elle s'apprêtait à réprimander celui qui osait la déranger dans sa tranquillité, mais découvrit Elienor, un grand sourire aux lèvres, debout devant elle. Son regard voyagea entre la main pourrie et l'elfe. Autour des doigts gonflés, elle repéra des filaments roux. Il s'agissait probablement de la main d'Erwin, coupée par son ami peu avant sa mort. Les cheveux de Wyllina y étaient encore fermement accrochés, ancrés dans la chair.

— Je peux t'aider ? lui demanda-t-elle d'une voix déjà fatiguée.

— J'ai pensé que tu voudrais récupérer cette main et ce qui l'entrave. Tu n'envisagerais pas que quelqu'un d'autre en profite pour…

Elle attrapa vivement la main et la jeta par-dessus sa table de jardin en bois, si bien que celle-ci s'envola dans les fourrés un peu plus loin. Elienor resta immobile un moment, d'abord surpris, avant de perdre son regard dans la flore de la région des nocturnas, où Wyllina avait décidé de couler des jours paisibles.

— Bon, je vois.

Il huma l'air, profitant des odeurs riches et enivrantes de ce territoire. Wyllina avait préféré s'isoler.

Et quoi de mieux que de revenir sur ses terres d'origine ? Mais au lieu d'un terrain aride et volcanique, comme durant sa jeunesse, la nocturna avait opté pour une zone fertile au pied des volcans, où la terre rouge faisait pousser son raisin avec abondance. Ici, les volcans millénaires ne se réveilleraient pas. Le climat était clément et la végétation luxuriante. Un ruisseau lui apportait de l'eau, quelques mètres en contrebas de son champ qui s'étendait sur la pente d'une colline. Et elle était seule, à plusieurs dizaines de kilomètres à la ronde.

— Qu'est-ce que tu fais là, Elienor ?

Elle cessa de tresser des fleurs fraîchement cueillies pour en faire des couronnes et releva le nez vers lui. Son attention s'était reportée sur elle et il l'observait, intrigué, comme s'il ne la reconnaissait plus.

— Je pourrais te retourner la question, petite nocturna. Des couronnes de fleurs, sérieusement ?

Wyllina haussa les épaules en triturant les pétales d'une marguerite.

— Ça me détend.

Il sourit, comme s'il ne la croyait pas une seconde. La nocturna s'appuya sur le dossier de sa chaise, abandonnant ses bouquets en se frottant les mains. Un long soupir s'échappa d'elle avant que son ami ne reprît la parole.

— Il aimerait te voir.

Wyllina joua avec l'une de ses mèches de cheveux. Dimitri n'avait pas eu le temps de lui expliquer comment il avait survécu, à Brinthorum, ni comment il était parvenu à revenir sur Vaquoria.

Ni comment il avait réussi à subtiliser le poignard en or qu'Erwin avait volé à sa sœur, et bon nombre d'autres choses.

Mais tout ça lui importait peu.

Elle n'avait plus envie de savoir ce qui s'était passé. Ni pour lui, ni pour Pullman, ni pour Elienor. Elle avait l'impression d'avoir été prise pour une idiote, alors que chacun avait élaboré son propre plan sans le lui révéler. Et, de toute évidence, s'ils l'avaient mise au fait de la façon dont ils voulaient procéder, elle n'aurait jamais accepté.

— Il n'y a rien à expliquer. Tout ça est terminé maintenant, je ne souhaite plus en parler.

Mais en observant son ami, elle reconsidéra ses propos. Elle plissa les yeux en l'étudiant. Il n'avait pas l'air beaucoup plus riche, ni moins seul. Ses traits étaient détendus, mais il ne sentait pas assez bon pour venir du palais. Il ne sentait pas non plus mauvais, comme certains paysans, sur la terre des nains. Mais après tout, Elienor était un elfe.

Ce qui la troubla, c'était que rien ne semblait avoir changé, chez lui. Ce qui était plutôt étrange, si l'on considérait qu'il ne faisait rien gratuitement et qu'il exigeait toujours d'excellentes contreparties.

— Qu'avais-tu à gagner dans toute cette histoire, Elienor ?

L'elfe abandonna son regard dans le vide pendant quelques secondes, comme s'il réfléchissait aux mots qu'il allait prononcer.

— Tous les trésors ne sont pas d'or, petite nocturna…

— J'aimerais pouvoir dire la même chose, répondit-elle sèchement.

Après la mort d'Éva, elle avait été grassement… « récompensée » par le royaume pour avoir participé à sa résurrection. Pour elle, cela n'avait rien d'une récompense.

Sans qu'elle l'y invitât, Elienor prit place sur une chaise, en face d'elle. Il regarda les fleurs qu'elle avait cueillies et les dizaines de couronnes qui attendaient d'être distribuées.

— Pourquoi est-ce que tu fais ça ? s'enquit-il sérieusement.

La nocturna avala sa salive avant de répondre, l'esprit ailleurs.

— Il y a une représentation ce soir d'un ancien rituel des nocturnas. Ils cherchaient quelqu'un d'assez peu occupé pour pouvoir perdre son temps à faire des décorations.

Depuis que les natifs étaient revenus dans l'Ancien Royaume, Wyllina avait retrouvé bon nombre de ses anciens amis. Mais également des cousins et des cousines. Elle avait toujours cru que les nocturnas n'existaient plus, ou bien en très petit nombre. Mais la plupart s'étaient fait passer pour une autre espèce durant ces cinq cents années sur Terre. Et on pouvait le comprendre, puisque la rumeur courait que c'était une nocturna qui avait tué la famille royale. Ce qui était tout à fait vrai et l'était encore. Mais maintenant qu'une autre de leur espèce était du « bon côté », ils n'avaient plus honte de se présenter tels qu'ils étaient.

Les actions de Wyllina avaient redoré le blason de son espèce.

Quelle ironie.

— Tu parles de celle qui a lieu au palais ? Pour fêter le couronnement ?

Le regard de la nocturna s'assombrit lorsqu'elle hocha la tête avant de s'intéresser de nouveau à ses fleurs.

— Tu as conscience qu'il y sera ?

— Je n'ai jamais dit que j'avais l'intention d'y aller.

— Tu veux dire que tu as l'intention de me laisser y aller sans partenaire ?

Il lui offrit un sourire en coin que la nocturna ignora en détournant les yeux. Était-il venu jusqu'ici uniquement pour lui proposer de l'accompagner à une fête qu'elle n'avait aucune envie de célébrer ?

— Un elfe et une nocturna, on aura tout vu, dit-elle.

Elienor se redressa et prit une profonde inspiration en observant le paysage. La nocturna recommença à tresser les couronnes. Elle avait encore du pain sur la planche.

— En fait, c'est surtout parce qu'on est les deux principaux intéressés de cette fête. C'est grâce à nous que Dimitri est devenu roi.

Elle lâcha rapidement les tiges qu'elle tenait entre ses doigts et lui lança un regard de reproche.

— Je vois, c'est lui qui t'a demandé de venir me chercher, c'est ça ?

L'elfe sourit largement, mais ne répondit rien. À l'inverse, il se leva et fouilla dans sa poche. Il posa un objet sur la table et le fit glisser doucement jusqu'à elle, avant de le dévoiler en retirant ses mains. Ses yeux rencontrèrent un joli pochon en feutre marron fermé comme une petite bourse. Sur l'une des faces, le nom de Wyllina était brodé en lettre d'or.

Elle détourna la tête tandis que sa respiration s'allongeait.

— Je ne veux plus avoir affaire à lui. Il a tué ma sœur. Et il aurait pu se déplacer en personne, il sait où j'habite.

— Avait-il une autre solution ? s'enquit l'elfe. Comment comptais-tu la libérer de la couronne sans lui ôter la vie ?

Cette fois, elle ne trouva rien à répondre. Au lieu de ça, elle se contenta de fixer le cadeau qu'Elienor lui avait fait parvenir. Elle n'avait aucune idée de la façon dont elle aurait pu s'y prendre pour sauver Éva. Mais elle aurait découvert un moyen, si seulement on lui avait laissé le temps.

Maintenant, c'était trop tard. Et elle n'avait même pas pu offrir un enterrement digne de ce nom à sa sœur jumelle, parce que son corps avait été réquisitionné, ainsi que celui d'Erwin, par la cour. Comment pouvait-elle songer à faire la fête sur le dos d'une morte ?

— Tu oublies quelque chose, petite nocturna, reprit Elienor en s'éloignant doucement. De hisser Dimitri à sa place d'héritier était aussi l'une de tes intentions. Tu ne l'as tout de même pas protégé tout ce temps pour ne pas récolter les fruits de ta dévotion, si ?

— Va-t'en.

Il lui adressa un grand sourire avant de se détourner. Pendant quelques secondes, elle le regarda s'écarter dans la colline rouge. Puis, son attention se reporta sur le pochon qu'il lui avait donné, toujours posé sur la table. Elle vérifia qu'Elienor était bien parti et qu'elle n'était plus dans son champ de vision avant de l'attraper. Elle l'ouvrit, curieuse malgré elle.

En le renversant, un collier en or tomba dans sa main. Il s'agissait d'une chaîne finement travaillée et de haute qualité. Un pendentif en forme de fleur de feu en or, au centre de laquelle une obsidienne était sertie, se balançait au rythme rapide de sa respiration.

Le symbole des nocturnas. Le symbole de la reine.

Elle le retourna et remarqua une inscription gravée au dos du pendentif. Elle put y lire : « Pour que tu trouves ton chemin, où que tu sois. »

La nocturna ferma les yeux, consciente du double sens de ce message. L'émotion la gagna malgré elle et elle serra le bijou contre son cœur, avant d'observer les arbres peints en rose par l'aurore.

Au loin, un oiseau semblait s'approcher d'elle, d'un vol approximatif. Elle mit sa main en visière pour mieux l'apercevoir. Mais avant qu'il ne fût à sa hauteur, il chuta dans les herbes sauvages de son terrain.

Wyllina se leva en vitesse et courut vers lui. Lorsqu'elle l'atteignit, elle reconnut un mevelba, un oiseau des mers. Un mot froissé était fermement tenu dans son bec.

Elle s'en empara et le parcourut des yeux.

À suivre…

Glossaire

Les quelques mots natifs présents dans le texte sont regroupés ici avec leurs définitions.

Dethra : « bordel », « putain », dans la langue des nocturnas.

Ar, balan estel : « Ah, quelle impatience ! », dans la langue des elfes.

Telith : « ma chère » dans la langue des elfes noirs.

sâl dornoth : « saloperie de nocturna », dans la langue des nains.

Vasta : la grande reine de Vaquoria

Rova : Le grand roi de Vaquoria

Remerciements

En premier lieu, je tiens à remercier ma maman, qui m'a toujours encouragée dans mes projets d'écriture et qui a été la première à lire mes histoires (même celles qui n'étaient pas au point !). Elle investit beaucoup de son temps pour me conseiller et m'offrir son expertise. C'est aussi grâce à elle que j'ai commencé la lecture, et je ne la remercierai jamais assez de m'avoir fait découvrir cette passion.

Grâce à elle, j'ai persévéré et amélioré mon style d'écriture et mon imagination.

Merci à Béatrice Bourguet, pour ses corrections et sa patience. Finalement, j'ai réussi à m'arrêter et à publier cette histoire en étant satisfaite, et c'est grâce à vous !

Merci à Dimitri, mon compagnon et père de mon fils, qui m'a toujours soutenue avec une grande fierté, qui a subi des soirées entières durant lesquelles je m'isolais pour écrire ou corriger, encore, ce texte. Et qui, pour cette saga, prête son prénom à l'un des personnages principaux.

Merci à mon fils, pour m'avoir donné l'impulsion que j'attendais pour oser franchir le pas de l'édition et de la publication de mes textes. Sans toi, Gabriel, mes livres gonfleraient mon disque dur sans n'être jamais lus par personne. Tu es trop petit pour lire ces quelques lignes, mais c'est à toi que je dédie tout mon travail. Ta maman aura fait, en plus de toi, quelque chose qui laissera peut-être une marque dans l'esprit de quelqu'un. Et ça, c'est le plus important.

Merci à mes lecteurs, pour m'avoir fait confiance et pour avoir donné leur chance à Wyllina et Dimitri, j'espère qu'ils ont captivé vos jours et vos nuits, que vous en gardez un beau souvenir et qu'ils vivront encore un peu dans votre cœur.

Vous avez aimé cette histoire ? N'hésitez pas à laisser un avis sur Amazon, sur Booknode ou Babelio. Les avis de lecteurs sont très importants pour que le livre ait la visibilité qu'il mérite.

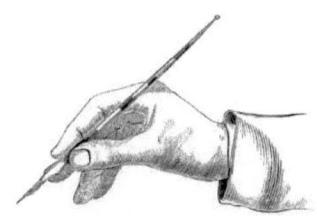

De la même autrice

Disponibles en Ebook et en broché sur tous les sites de ventes (Amazon, Fnac, Cultura, BOD...), et sur le site personnel de l'autrice (brochés et collectors uniquement).

Trilogie des Ombres :
> *Les Ombres de l'Aube,* Tome 2, 2024
> *Les Ombres de...,* Tome 3, 2025 (à paraître)

Trilogie des Albides :
> *Le Turban Rouge,* tome 1, 2025 (à paraître)

One-shot :
Le journal de Kialys, 2024

No salt, just Pepper :
> *Les yeux ambrés du chat sauvage,* Tome 1, 2024
> *Les jeux de l'enfer,* Tome 2, 2024
> *Ombre et lumière,* tome 3, 2025

> ...

> Facebook : charlotte deghilage autrice
> Instagram : charlotte.deghilage.autrice
> TikTok : cha_deghilage_autrice